ZAKON KRAŃCA ŚWIATA

fabryka słów®
WYDAWNICTWO

MMXVII

KOSSAKOWSKA
MAJA LIDIA

ZAKON KRAŃCA ŚWIATA

TOM II

Ilustracje
Dominik Broniek

fabryka słów®
Lublin – Warszawa

KU DRZEWU

Rozdział 1

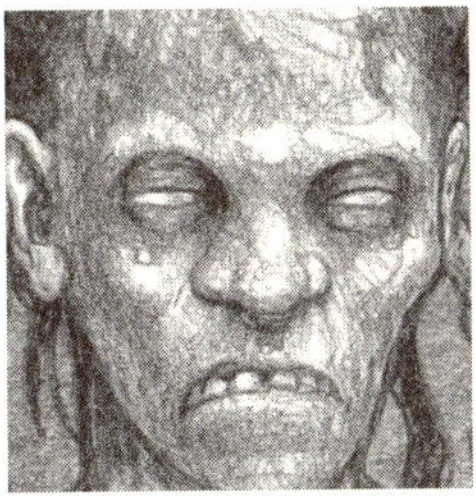

Bezoki bezskutecznie starał się uderzyć dziobem swego trójokiego przeciwnika. Bił dwiema parami skrzydeł i skrzeczał ze złością. Atakowany podskakiwał na jedynej szerokiej, wielopalczastej łapie, stroszący się gniewnie. Otworzył połyskujący metalicznie dziób, z którego wystrzelił długi bicz jęzora. Ślepy ptak, trafiony, potrząsnął łbem, kracząc wściekle. Łańcuszek umocowany do obręczy na jego nodze zabrzęczał cicho. Drugi koniec tkwił mocno w ściance pudła z ciemnego drewna, służącego krukom za ring.

Trójoki ponowił uderzenie, lecz tym razem obły, pozbawiony oczodołów łeb uchylił się zwinnie, a zbrojna w ostre pazury łapa prześliznęła się po piórach na piersi napastnika. Kruk wrzasnął niemal ludzkim głosem i spróbował wzbić się w powietrze, ale łańcuszek nie pozwolił mu odlecieć. W trzech błękitnych ślepiach niby w lustrach odbijał się obraz pomieszczenia. Za każdym uderzeniem skrzydeł rozwścieczonych stworzeń powietrze przepajał oszałamiający, słodki zapach wanilii i kwitnącej czeremchy.

Wysoki mężczyzna o bladej twarzy i włosach czarnych niczym atrament nie zwracał uwagi na walczące ptaki. W skupieniu wpatrywał się w leżącą na stole marmurową tabliczkę, pokrytą połyskliwą szarą substancją. Każdy ruch kruków sprawiał, że na srebrzystej tafli pojawiał się skomplikowany znak. W końcu linie i punkty pokryły całą powierzchnię tabliczki.

Blady mężczyzna zacisnął usta.

Ptaki walczyły, pokrzykując chrapliwie.

Brwi czarnowłosego zmarszczyły się, tworząc ciemną, prostą kreskę.

Wiadomość była jednoznaczna. Drzewo wykazało wzmożoną aktywność. Niewykluczone, że znów kogoś wezwało.

Mężczyzna splótł palce. Zastanawiał się przez chwilę, a potem szybkim ruchem starł znaki, pozostawiając taflę połyskliwą i gładką. Długim, czarnym jak obsydian paznokciem nakreślił na powierzchni marmuru przekreślony dwukrotnie trójkąt. Linie o poszarpanych krawędziach przypominały zadaną szponem drapieżnika ranę.

Zadanie zostało przyjęte. Wiedział, że nie wolno mu odmówić. Gdyby chodziło o zwykłego pozyskiwacza, rozważałby, czy chce podjąć wyzwanie. Ale nie wtedy, gdy w grę mogło wchodzić powołanie. Na pewno nie wtedy.

Kruki nadal walczyły zaciekle, chociaż przekaz przestał już płynąć.

Czarnowłosy wstał od stołu. Spojrzał obojętnie na ptaki. Później rzuci im jakieś ochłapy, psie szczury albo młodego kłapacza, zdecydował. Teraz musi zacząć przygotowania do czekającej go roboty.

To nie ma sensu, pomyślał Berg, gramoląc się z koi. Rozejrzał się niechętnie po azylu. Odrapane, brudne ściany bez okien, ciasnota i zapach stęchlizny. Pomieszczenie wydało mu się bardziej ponure niż chram Mistrza Przemian. Maszyny zawodziły monotonnie, sezam terkotał wstrząsany drgawkami, jakby zaraz miał się rozlecieć. Sprzęt gorszy niż u najbardziej szmatławego pasterza.

Berg spuścił nogi na podłogę i pomasował skronie. Koja miała spieprzoną wentylację, więc w dusznym powietrzu rozbolała go głowa.

Poczekał, aż sezam przestanie się trząść, i uchylił czaszę. Na dnie leżał nowiutki sześcian energetyczny, dwa naładowane talizmany uzdrawiające i średniej wielkości wykrywacz. Pryz raczej przeciętny, chociaż tutaj oczekiwany jak skarb.

Tutaj, pomyślał Lars i skrzywił się. W małym, prowincjonalnym miasteczku daleko na północy. W cholernej dziurze, która nie była niczym więcej niż nadmiernie rozciągniętą wiochą.

Kiedy przybył tu prawie trzy tygodnie temu, nie przypuszczał, że zostanie dłużej niż kilka godzin. Akurat tyle, żeby naprawić przednie koło Achillesa. Ale utknął na dobre. Bo cholerny pech sprawił, że spotkał Zekego. Małego, łysawego człowieczka z końską twarzą, który sam siebie nazywał burmistrzem i trząsł całym tym parszywym miasteczkiem. I bardzo się ucieszył na widok prawdziwego pozyskiwacza, wlokącego się leśnym traktem na popsutym motocyklu. Zaproponował nieoczekiwanemu gościowi nocleg, kolację i wannę pełną gorącej wody. A potem z życzliwym uśmiechem obserwował, jak oczy przybysza płoną niczym gwiazdy na myśl o wszystkich tych cudach cywilizacji. Po posiłku wypytywał uprzejmie o wieści z wielkiego świata i mimochodem napomknął, że ma wygodny, nowoczesny azyl, tylko pozyskiwaczy kiepskich i całkiem pozbawionych talentu. Gdyby więc szanowny Grabieżca zechciał nieco podreperować swój budżet, przeprowadzając jeden czy dwa abordaże, to on, Zeke, byłby naprawdę zaszczycony. A senny Grabieżca, który dopiero teraz poczuł, że naprawdę jest bardzo zmęczony, z trudem odzyskiwał czucie w skostniałych dłoniach. W kominku płonęły suche świerkowe szczapy wysokim, jasnym płomieniem. Z kuchni dochodził cudowny zapach pieczonego drobiu. Na niskim stole stał kubek pełen grzanego wina z miodem. Ściany z solidnych belek chroniły przed hulającym na zewnątrz zimnym wiatrem. Fotel, w który Berg zapadł, był wielki i wygodny, a łagodny głos gospodarza zdawał się przytaczać same rozsądne argumenty. Grabieżca przymknął oczy. Dawno nie czuł się tak dobrze. Dwa tygodnie spędzone na trakcie wydawały się paskudnym, nużącym snem, który właśnie dobiegł końca. Na samą myśl, że miałby spędzić następną noc w namiocie, Berg poczuł dreszcze.

W końcu co w tym złego, jeśli zdecyduję się zostać na trochę. Wykonam kilka abordaży, zarobię parę groszy i odpocznę, pomyślał sennie. Koncepcja wydała mu się doskonała. Prawdziwe zrządzenie losu. Odemknął z trudem powieki i spojrzał serdecznie na drobnego burmistrza. Dobrze spotkać naprawdę życzliwego człowieka. Zwłaszcza po dwóch tygodniach włóczenia się po lesie w czasie parszywej, zimnej jak diabli wczesnej wiosny.

Rozparty w sąsiednim fotelu Zeke obiecywał pomoc w naprawie Achillesa. Kiedy tylko mechanik wróci z wyprawy do swojej rodzinnej wioski. Niedługo. Pewnie za kilka dni. Grabieżca kiwał potakująco głową. Nie słuchał. Znów zamknął oczy i pozwolił, żeby ogarnęła go rozkoszna, leniwa senność.

Maszyna burczała coraz ciszej, od czasu do czasu wstrząsana atakiem dychawicznej czkawki. Berg westchnął i ponownie roztarł skronie. Po cholerę się w ogóle zgadzałem? – pomyślał ze złością. Trzy tygodnie psu w dupę.

Achilles stał w szopie Zekego, nawet nietknięty ręką mechanika, który, co Berg zaczął w końcu podejrzewać, okazał się istotą mityczną, widywaną w mieścinie równie często, co jednorożec. Osławiony, dobrze wyposażony azyl był brudną norą pełną zebranego naprędce, zdezelowanego sprzętu, a Grabieżca tracił czas na bezsensowne abordaże.

– Dość tego – powiedział półgłosem. – Czas ruszyć tyłek, Berg.

Przez szczeliny w deskach wpadały do szopy długie smugi słonecznego światła. W powietrzu tańczyły drobiny kurzu. Berg mocował się z kołem Achillesa. Na szczęście awaria okazała się niezbyt groźna. Rozlazło się łączenie doprowadzające oddech energetyczny z kryształów bezpośrednio do osi. Zaburzenia w cyrkulacji mocy blokowały koło.

Grabieżca wcisnął palce pod metalową osłonę i spróbował pochwycić cienki błękitny kabelek dyndający pod cięgłem reduktora. Już prawie dotykał jarzącego się słabym niebieskim blaskiem oplotu, gdy nastąpiło wyładowanie. Iskra strzeliła białym zygzakiem i na podobieństwo rozzłoszczonego owada ukąsiła Berga w palec. Grabieżca odruchowo cofnął rękę, a ostra krawędź osłony zostawiła na skórze płytkie nacięcie. Kabelek zakołysał się i napiął, chowając się między zagiętymi blachami. Widać było tylko cienką błękitną strunę oplotu. Berg spojrzał na nią z nienawiścią. Potem westchnął i uniósł wzrok na górującą nad nim bryłę motocykla.

– Nie pomagasz mi, stary – mruknął z wyrzutem.

Wytarł skaleczony palec o spodnie, rozmazując czerwoną kreskę krwi. Sięgnął po wąskie, wydłużone szczypce i szósty czy siódmy raz spróbował dosięgnąć za ich pomocą kabla. Parszywa niebieska smużka wcisnęła się głębiej w szczelinę w osłonie.

Lars zaklął. Odłożył szczypce i przesunął ręką po twarzy.

– Dobra – powiedział pod nosem. – Spróbujmy wygiąć haczyk z drutu. Zaczepimy drania i pociągniemy. Co ty na to, Achilles?

Przez długie, spędzane na trakcie dni nabrał nawyku gawędzenia z motorem. Czasem żałował, że nie podróżuje na koniu czy innym żywym stworzeniu, w którym tliłaby się choć iskra świadomości.

Motocykl stał nieruchomo na podpórkach. Grabieżca leżał na brudnej podłodze szopy, otoczony rozrzuconymi niedbale narzędziami. Starał się właśnie zaczepić wygięty kawałek drutu o kabel, gdy drzwi otwarły się ze skrzypnięciem.

Berg usłyszał odgłos drobnych kroków i tuż przed sobą zobaczył noski wyglansowanych trzewików burmistrza. Zeke przykucnął. Na bladej, końskiej twarzy, która pojawiła się w polu widzenia Larsa, malowało się zafrasowanie.

– Aaa, Bergerson – zaczął z naganą w głosie. – Po co leżysz na tej brudnej, zaśmieconej podłodze? Poczekaj, aż wróci mechanik...

– Jasne – burknął Lars. – Właśnie widzę, jak bardzo się śpieszy. Spuszcza się po linie z samego księżyca.

Malutki burmistrz żachnął się, wyraźnie urażony.

– No wiesz, Bergerson. Chciałem tylko pomóc.

Lars wyczołgał się spod Achillesa i wstał. Oczy miał chłodne niczym stawy w czasie roztopów.

– Wyjeżdżam, Zeke. Gdy tylko zdołam naprawić motor. Jeszcze dziś, a najpóźniej jutro rano.

Burmistrz rozłożył ręce. W jego głosie dawało się słyszeć rozczarowanie.

– Dlaczego tak nagle? Poczekaj trochę. Kilka dni. Wróci mechanik, naprawi motor i wtedy...

Berg potrząsnął głową.

– Jaki mechanik, Zeke? Ten sam, co składał trumnę dla Królewny Śnieżki? Nie macie tu żadnego mechanika, burmistrzu. Nasz układ się skończył. Już dla ciebie nie pracuję.

Na twarzy małego człowieczka pojawił się uśmiech zrozumienia.

– Chcesz pogadać o podwyżce, tak? Dobra, zastanowię się...

Lars pochylił się nisko, żeby spojrzeć w oczy pracodawcy.

– Zeke, nie zgrywaj idioty. Muszę jechać. I tak zostałem znacznie dłużej, niż było trzeba. To koniec współpracy. Zrozumiałeś?

Burmistrz wsadził ręce w kieszenie starannie skrojonego garnituru z drelichu.

– Co ci się nie podoba, Bergerson? Do tej pory nie narzekałeś. Pracujesz, zarabiasz, masz gdzie mieszkać i co jeść. Dokąd się nagle spieszysz?

– Nie twój interes, kolego. Przyjechałem, popracowałem i wyjeżdżam, jasne?

Zeke podrapał się w policzek. Przez chwilę sprawiał wrażenie, jakby zastanawiał się nad odpowiedzią.

– Nie bardzo. Źle ci u mnie? Porządna robota, klarowne warunki...

– Posłuchaj... – Mięśnie szczęk Berga zadrgały. – Jestem Grabieżcą. Gdybym szukał roboty, zostałbym w mieście, a nie trafił do twojej zakazanej dziury. Było miło, ale to koniec. Obaj odnieśliśmy korzyści z tej krótkiej znajomości. Ty zarobiłeś, ja zarobiłem. Wspaniale. A teraz odsuń się, muszę dokończyć naprawę.

Burmistrz cofnął się posłusznie. Wyglądał żałośnie, jakby nagle zeszło z niego powietrze.

– Lars – zaczął słabym głosem – to miasto cię potrzebuje. Potrzebuje twego talentu...

– Jasne – warknął Berg. – Codziennie rano gromady wdów i sierot szlochają z rozpaczy, gdy pomyślą, że mogłoby mnie tu zabraknąć. Uszanuj moją inteligencję, Zeke, i nie wciskaj mi takiego gówna.

Mały człowieczek wyprostował się.

– W porządku – burknął. – Ja cię potrzebuję. Muszę mieć dobrego pozyskiwacza. Bez ciebie daleko nie zajadę.

– Masz Schiffera.

Zeke prychnął oburzony.

– Dobrze wiesz, że to stary pijak. Jest skończony.

Berg klęknął na podłodze i sięgnął po szczypce.

– Jakoś sobie radziłeś, zanim przyjechałem.

Burmistrz zniecierpliwiony machnął ręką.

– Świetnie to ująłeś. Jakoś. A teraz...

– Przeżywasz chwilowy okres prosperity, bo trafił ci się na tym zadupiu Grabieżca – warknął Lars. – I powinieneś za to dziękować losowi. To był bonus, Zeke. Prezent. A teraz żegnaj, kolego. Jestem zajęty.

Zeke przykucnął na podłodze.

– Zostań. Co ci szkodzi? Chociaż trochę.

Berg przesunął dłonią po twarzy.

– Zeke, jesteś rozsądnym facetem. Czego właściwie nie rozumiesz? Sądziłeś, że będę tu siedział w nieskończoność? Dobrze wiedziałeś, że to układ na krótko. Najwyżej kilka dni. I co? Chcesz mnie zatrzymać siłą?

Czarne jak u krewetki oczy burmistrza wydawały się bezbrzeżnie smutne.

– Zostań, Berg. Błagam. Nie możesz odejść. Nie teraz. Tyle kasy, takie zyski. Nie rób mi tego.

Pięknie, skonstatował ponuro Lars. Zwariował.

Potrząsnął głową.

– Nie ma mowy. Koniec współpracy. Rozumiesz?

Chuda pierś opięta drelichem poruszyła się w bezgłośnym westchnieniu.

– Trudno. Idź swoją drogą. Ale zostań chociaż do jutra. Zaraz zrobi się ciemno.

Lars spojrzał na drzwi. Rzeczywiście, wpadające do szopy światło było już czerwone i złote jak świąteczny serwis obiadowy.

Wzruszył ramionami.

– Zobaczę. Zależy, o której skończę. Jeśli zejdzie mi do nocy, może zostanę.

Zeke westchnął.

– Dobrze, Lars. Ale pomyśl jeszcze nad tym.

– Przykro mi – mruknął Berg. – W sumie miło było cię poznać, Zeke.

Wyciągnął do burmistrza dłoń, a ten zacisnął na palcach Grabieżcy małą, wilgotną łapkę.

– Szkoda tracić takiego pozyskiwacza. Ale co poradzę. Na razie.

Berg patrzył, jak Zeke idzie do drzwi, szurając nogami.

Chyba naprawdę miał nadzieję, że zostanę, pomyślał. Biedny świr.

Ukląkł i znów zanurzył szczypce w trzewiach motocykla.

Kiedy wreszcie skończył, okazało się, że na zewnątrz panuje gęsty niczym melasa mrok. Nawet księżyc skrył się za chmurami.

Lars wycierał w szmatę ubrudzone smarami ręce.

Nici z wyjazdu, stwierdził. W tej cholernej ciemności nie tylko nie znajdę ścieżki, ale zabiję się o własne nogi.

Z westchnieniem podniósł latarnię i ruszył do swojej kwatery w rozległym parterowym domu, który Zeke upierał się nazywać ratuszem.

Światło, widoczne w szczelinie zamkniętych drzwi, przypominało fosforyzujący sznurek. Berg zatrzymał się i potarł w zamyśleniu policzek. Kiedy wychodził do szopy, było jeszcze jasno, więc z pewnością nie zostawił zapalonej lampy. Ostrożnie nacisnął klamkę.

– Witaj, Berg. Myślałam, że się nie doczekam – powiedziała Lizbeth głębokim, gardłowym głosem. Przywodził na myśl dojrzały owoc zanurzony w miodzie. Ilekroć Lars słyszał kochankę burmistrza przemawiającą w ten sposób, miał przed oczami wielkie złociste morele, ociekające lepką słodyczą.

Zawahał się i zamarł w progu. Pokój, oświetlony mnóstwem grubych woskowych świec, wyglądał jak kaplica. Osobliwa kaplica, bo na zastawionym licznymi srebrami i kryształami stole siedziała Lizbeth, wyciągając przed siebie długie jak autostrada nogi opięte prawdziwymi koronkowymi pończochami. Cieniutka czerwona sukienka była tak obcisła, że wydawała się namalowana na pięknym, smukłym ciele kobiety.

Żeby się odezwać, Berg musiał najpierw przełknąć ślinę, bo gardło zrobiło się nagle wyschnięte na wiór.

– Miło, że Zeke chce się podzielić tym, co ma najlepszego, ale dzięki – powiedział. – Jutro wyjeżdżam i nie chciałbym nadużywać jego gościnności.

Zaśmiała się cicho i zsunęła ze stołu. Obcasy zastukały o deski podłogi, a Berg po raz kolejny zdziwił się, jak wysoka jest kochanka burmistrza. Przy tej ogromnej niczym walkiria blondynce Zeke wyglądał wyjątkowo pokracznie.

– Nie wyobrażaj sobie za dużo, Berg. – Uśmiechnęła się serdecznie. – To tylko pożegnalna kolacja. Zeke chce, żebyś przyjemnie wspomniał pobyt u nas. Usiądź, pewnie jesteś głodny. Niestety, Zeke nie może przyjść. Jako burmistrz ma wiele obowiązków. Nawet po zmroku. Ale ja dotrzymam ci towarzystwa. Żebyś się nie nudził.

Jeszcze jeden olśniewający uśmiech i mnóstwo chłodu w niebieskich, czystych jak szkło oczach.

Berg poczuł nagłe ukłucie niepokoju. Coś nie jest w porządku, pomyślał. Albo ta mała gnida Zeke oszalała, albo planuje coś paskudnego. Tylko co? Lizbeth ma mnie otruć, zadusić czy zasztyletować? Opanuj się, Bergerson. To nie przedstawienie kukiełkowe o rozgrywkach gangów pasterzy. Jesteś w zapadłej dziurze na prowincji, gdzie nikt nie rozumie znaczenia słowa „intryga".

Wszedł do środka i zamknął drzwi. Lizbeth sięgnęła po wysokie kryształowe kieliszki.

– Za twoją podróż, Lars. Obyś znalazł to, czego szukasz.

Długie, smukłe palce musnęły jego brudną od smaru rękę.

Berg poczuł dreszcz przebiegający po skórze niczym wyładowanie elektryczne.

Nie walkiria, pomyślał. Ale córka Lodowego Olbrzyma. Do diabła, jest trudniej, niż przypuszczałem.

Lizbeth uśmiechała się samymi ustami. Tuż przed sobą widział jej oczy niebieskie niczym arktyczny ocean. Chłodne i przenikliwe. Ale w głębi, za błękitem, czaiło się dziwne napięcie.

Nagle poczuł nieprzyjemne mrowienie w lewym ramieniu. Dobrze znane mrowienie.

Coś jest w tym cholernym winie, pomyślał.

Serce zabiło mocniej, blizna po tatuażu ćmiła.

Lizbeth umoczyła wargi w trunku. Upiła łyk i cofnęła się o pół kroku. Dziwne napięcie w jej wzroku znikło.

Lars uniósł kieliszek i powąchał ciemny, rubinowy płyn. Pachniał słodko aromatem dojrzewających w słońcu porzeczek. Przykre mrowienie w ramieniu ustało.

Nie świruj, Bergerson, skarcił się w myślach. To zwykłe wino. Popadasz w paranoję. Przecież po prawdziwej stronie końska czaszka nie może działać. Jest bezużyteczna.

Pociągnął mały łyczek. Trunek miał głęboki, łagodny smak.

– Pyszne, prawda? – rzuciła Lizbeth. – Zeke trzyma je na naprawdę specjalne okazje.

Eksplozja bólu w ramieniu zapłonęła niby dotknięcie suchego lodu. Berg drgnął, z trudem powstrzymując się, żeby nie zacisnąć palców na bliźnie. Cholera, zdecydowanie nie służyło mu to wino.

– Coś się stało? – spytała Lizbeth i choć jej głos nadal był słodki i kuszący niczym morele w syropie, Lars wyraźnie wyczuł w nim niepokój.

– Nie, skąd. – Uśmiechnął się możliwie naturalnie. – Mam strasznie brudne ręce. Całe w smarze. Umyję i zaraz wrócę.

Obrócił się ku drzwiom, a wtedy Lizbeth upuściła na podłogę kieliszek. Zadzwonił przy uderzeniu o deski i rozsypał się na mnóstwo srebrzystych kryształków.

Berg sięgnął do klamki.

Kochanka Zekego miała twarz ściągniętą i bladą.

– Wybacz – powiedziała zdecydowanie za głośno. – Straszna ze mnie niezdara.

Drzwi otworzyły się z trzaskiem. Berg zdążył tylko kątem oka dostrzec, że Lizbeth zwinnie usuwa się za stół. Czterech rosłych facetów wpadło do środka. Lars rozpoznał Iwona i Sebastiana, najbardziej zaufanych ochroniarzy burmistrza, cwałujących ku niemu jak rozpędzone byki. Grzmotnął w pysk najbliższego napastnika i spróbował uskoczyć w bok, ale tam już stał Sebastian. Berg zderzył się z nim, odbił i stracił równowagę.

– Teraz! – krzyknął Iwo.

Przed oczami Grabieżcy mignął przezroczysty, lśniący kastet obejmujący grube palce Sebastiana, a potem oślepiającym błyskiem eksplodował ból. Lars upadł na podłogę. Rzeczywistość wokoło pociemniała gwałtownie, rozleciała się na strzępy czerni i głębokiej zieleni.

– Mamy go, Zeke – zabrzęczały unurzane w miodzie szklane morele.

A wtedy mroczna, bagienna toń zamknęła się nad Larsem i świat zgasł.

Razem z mdłym, żółtawym światłem nadpłynął ból głowy. Czaszka zdawała się wypełniona potłuczonym szkłem, które przesypywało się przy każdym ruchu.

Berg zamrugał. Leżał na szorstkiej drewnianej podłodze. W ustach czuł nieprzyjemny żelazisty posmak. Usiadł z trudem i spróbował lekko potrząsnąć głową, żeby rozproszyć oszołomienie. Ostre kawałki zabrzęczały boleśnie.

Kastet Settiego, pomyślał z goryczą. Niezawodny paralizator. Cholera, sam go dostarczyłem tej pieprzonej gnidzie Zekemu. Dobry Jezu, przecież to kompletny świr! Niewolnika sobie znalazł!

Poczuł napływającą falę wściekłości.

– Skurwiel! – warknął. – Mały, pieprznięty skurwiel! Ależ cię urządził, Bergerson!

Rozejrzał się po pomieszczeniu. Było ciasne, pozbawione okien, ze ścianami z grubych drewnianych bali, za to wysokie na jakieś trzy i pół metra. Za podłogę wystarczały krzywo ułożone, nieheblowane dechy. Nikłe światło wpadało przez wąską, zakratowaną szczelinę pod samym sufitem, ciągnącą się przez całą długość ściany. Otwór powstał prawdopodobnie przez usunięcie jednego tramu.

W kąt pomieszczenia wepchnięto krzywą drewnianą pryczę, zaścieloną derką. Obok stało wiadro. Innych sprzętów nie było.

Jak ja się tu dostałem? – zastanowił się niemrawo Lars. Przecież nie przecisnęli mnie przez kraty u góry.

Dźwignął się z trudem i obmacał ściany. Półmrok panujący w celi utrudniał zadanie, ale w końcu Berg znalazł dwie pionowe szczeliny w belkach, prawdopodobnie zamaskowane i zabezpieczone od zewnątrz drzwi.

– No to pięknie – powiedział cicho. – Niedźwiedź by tego nie sforsował.

Usiadł na pryczy i ścisnął palcami skronie. Ból głowy zmienił się w tępe pulsowanie. Sytuacja wydawała się beznadziejna. Lars westchnął. Nie miał pojęcia, co zrobić. Zeke wyraźnie oszalał. Mógł go tu trzymać latami albo, wiedziony jakąś niepojętą żądzą zemsty, po prostu zamorzyć głodem.

Dobiegający z góry szelest sprawił, że Grabieżca uniósł wzrok. Pomiędzy kratami pojawiła się zatroskana twarz burmistrza. Berg porwał się na nogi.

– Zeke! – krzyknął z wściekłością. – Co to ma znaczyć, do kurwy nędzy?!

Usta małego człowieczka wykrzywił przepraszający uśmieszek.

– Och, Berg, nawet nie wiesz, jak mi przykro...

Dłonie Grabieżcy bezwiednie zacisnęły się w pięści.

– Przykro ci, bydlaku?! – wrzasnął z furią. – Powiadasz, że ci przykro?! Ty skurwielu! Ogłuszyłeś mnie i zamknąłeś w jakiejś pieprzonej norze, a teraz ci przykro?!

Zeke zamachał rozpaczliwie rękami.

– Ty nic nie rozumiesz, Berg! Potrzebuję cię! Nie mogłem pozwolić, żebyś odszedł. Przecież próbowałem załatwić wszystko jak trzeba. Dałbym ci nawet podwyżkę. Ale ty się uparłeś. Nie miałem wyjścia, sam widzisz!

Lars poczuł, że wściekłość cofa się niczym fala odpływu. Zastąpiła ją ciężka, przygnębiająca rezygnacja. Zeke naprawdę miał nierówno pod kapeluszem. A dyskusja z szaleńcem zdawała się stratą czasu.

Usiadł na pryczy.

– Chcesz mnie tu trzymać w nieskończoność? – spytał ponuro.

Burmistrz potrząsnął energicznie głową.

– Nie, jasne, że nie. Wypuszczę cię, gdy trochę ochłoniesz, zrozumiesz, co jest korzystne dla nas obu. Mam nadzieję, że jak najprędzej.

Lars przesunął dłonią po twarzy.

No to koniec, pomyślał. Muszę coś wymyślić, zanim ten świr mnie wykończy.

Podniósł wzrok i spojrzał wprost w ciemne, zakłopotane oczy burmistrza.

– No dobra, Zeke – zaczął sucho. – Powiedz tylko, jak mnie zmusisz, żebym dla ciebie pracował?

Na zapadniętych policzkach Zekego pojawiły się rumieńce wstydu.

– Och, Berg. Liczyłem, że do tego nie dojdzie. Ale rozumiesz... są sposoby. Różne sposoby. Tak mi przykro, naprawdę. Proszę, nie zmuszaj mnie, żebym któregoś użył. Bardzo cię lubię, ale muszę cię skłonić do współpracy. Sam powinieneś zrozumieć, jakie to ważne. Przemyśl wszystko, dobrze? Porozmawiamy rano, kiedy opadną emocje. Powiadają, że ranek jest mądrzejszy od wieczora. Zastanów się nad wszystkim, a jutro znów pogadamy. Dobranoc, Berg.

– Hej! Zaraz! – krzyknął Grabieżca, gdy zasmucona, końska twarz zniknęła z widoku.

– Dobranoc! – zawołał Zeke i niczym jakiś szalony, przekorny bóg powołał do życia mrok. Ciemność zapadła momentalnie, czarna i gęsta jak atrament. Przed oczami Larsa przez chwilę tańczyły kolorowe rozbłyski. Usłyszał, że gdzieś na górze szczęknęła zasuwa. Położył się na pryczy, macając dłońmi siennik.

Zdawało mu się, że znalazł się niespodziewanie na dnie zamkniętej kamienną płytą studni albo w trumnie zakopanej głęboko w ziemi. We wszystkich tych przypadkach miałby mniej więcej takie same szanse na odzyskanie wolności.

Ani poranna, ani kolejne rozmowy z Zekem nie poprawiły sytuacji. Burmistrz nie miał najmniejszego zamiaru wypuścić więźnia. Kiedy po raz kolejny zostawił Grabieżcę w ciemności, Lars ze złością zacisnął zęby. Wcześniejsza rezygnacja znów zamieniła się we wściekłość.

Jednego był pewien. Niewolnicza praca dla tego małego skurwiela nie wchodziła w grę. Wiedział, że jeśli ulegnie, burmistrz każe po prostu wstawić sprzęt do celi i Berg nigdy już nie zobaczy słońca. Pryzy będzie wsadzał do koszyka spuszczanego pomiędzy kratami na linie. W ten sposób podawano mu posiłki i opróżniano kubełek z nieczystościami.

Gorzej niż w jakimś cholernym lochu.

Siedział więc w celi niczym pieprzony szczur w zaczopowanej rurze i zastanawiał się, w jaki sposób uciec. Ale nic rozsądnego nie przychodziło mu do głowy. Nie miał nawet łyżeczki, żeby zacząć wygrzebywać podziemny tunel. A poddać się nie chciał. Honor Grabieżcy w żadnym wypadku nie pozwalał.

Ale się wdałeś, Bergerson, myślał ponuro. A wszystko z chęci zysku. Po diabła ci była forsa małego gnoja? Zachłanność to paskudna cecha, nie nauczyli cię w gildii, panie Przezorny?

Na szczęście miał pudełko zielonych pigułek. Starał się łykać lekarstwa oszczędnie, ale na samą myśl, że kiedyś się skończą, robiło mu się zimno.

Próbował liczyć, jak długo tkwi w celi, ale szybko stracił rachubę. Oceniał z grubsza, że dwa, może trzy dni.

Po jakimś czasie Zeke z wielkim smutkiem, wzdychając głośno i apelując do rozsądku więźnia, zapowiedział, że jest zmuszony ograniczyć racje żywnościowe. Berg znajdował w koszyku już tylko suchary i podpleśniały ser. Pokrojony w cienkie plastry od czasu, gdy Lars, rzuciwszy celnie twardą jak kamień gomółką, podbił burmistrzowi oko.

Zeke wydawał się naprawdę wstrząśnięty. Blada, końska twarz wykrzywiła się żałośnie.

– Och, Berg! – zajęczał. – Nie musiałeś tego robić. Myślałem, że jesteśmy przyjaciółmi. Przecież nie chcę zrobić ci krzywdy. Pragnę tylko, żebyś wykorzystywał talent, realizował prawdziwe powołanie pozyskiwacza. Niesienie pomocy potrzebującym. Tylko tyle.

Ponieważ Lars okazywał niezrozumiałą zatwardziałość, Zeke z wielkim bólem przestał go w ogóle karmić, a racje wody ograniczył do kubka dziennie.

Z początku Grabieżca myślał, że burmistrz blefuje. Lecz szybko się przekonał, że koszyk z jedzeniem naprawdę przestał zjeżdżać w dół.

W końcu zrozumiał, że Zeke faktycznie chce go zagłodzić.

Nie wierzę, pomyślał osłupiały. To jakiś pieprzony koszmar. Zatrułem się i mam zwidy.

Ale wkrótce koszmar stał się codziennością.

Zeke odwiedzał więźnia i błagał, żeby ten poszedł po rozum do głowy, a Berg z każdym dniem nabierał większej ochoty, żeby zacisnąć palce na chudej szyi prześladowcy i skręcić mu kark jak kurczakowi. Miał kłopoty ze snem. Czasami, kiedy wreszcie zapadał w krótką, niespokojną drzemkę, męczyły go natrętne majaki. Roił, że goni burmistrza, który zamienia się w gulgoczącego głośno indora albo wielką gadającą krewetkę. Budził się wtedy zmęczony, z bólem głowy. Większą część czasu spędzał w całkowitej ciemności, snując plany zaduszenia małego człowieczka w drelichowym garniturze, z wolna graniczące z obsesją.

Myśl o tym, żeby się złamać i znów pracować dla gnoja, była i kusząca, i nienawistna. Zwłaszcza że jedyny plan, który zaczynał z wolna kiełkować w głowie Grabieżcy, wymagał dostępu do azylu. Ale był to plan ryzykowny i niebezpieczny. Nie tylko dla Berga, ale także dla przyjaciół Zekego i mieszkańców całej wioski. Mogło zginąć wielu niewinnych ludzi, więc Lars postanowił zrealizować pomysł jedynie w ostateczności. Na razie spróbuje wytrwać i przetrzymać tego małego szaleńca.

Udręczony ciasnotą i ciemnością, na całe godziny przenosił się do ogrodu. Kiedy pierwszy raz przecisnął się przez szczelinę w skałach i zobaczył zalaną słońcem kotlinę, poczuł się naprawdę szczęśliwy. Znalazł się w domu, bezpiecznym i spokojnym, pośród przyjaciół, którzy pocieszą go i pomogą znaleźć drogę ucieczki z pułapki. Bardzo potrzebował rady od swoich zwierząt mocy. Liczył, że razem wymyślą skuteczny plan.

Jednak ogród zdawał się zupełnie pusty. Lars obszedł wkoło kotlinę, a potem ruszył ku morzu. Fale łagodnie lizały piasek, woda była zielona i gładka niby szkło. Berg wdrapał się na omszały głaz.

– Hej! – zawołał – Max! Felis! Gdzie jesteście?

Odpowiedziała mu cisza.

– Wróciłem! – krzyknął głośniej. – Co z wami?

Fale pluskały miękko, wiatr pędził po niebie nieliczne obłoki. Przez chwilę Bergowi wydawało się, że widzi w oddali sylwetkę biegnącego Maksa, ale koń się nie zjawił.

Lars zeskoczył z kamienia i wrócił na łąkę. W korzeniach drzewa zauważył jakiś ruch.

– Euzebiusz? – spytał z nadzieją.

Szczur podniósł wąski pyszczek. Błysnęły czarne paciorki ślepek. Berg otworzył usta, żeby spytać, czemu Max i Felis nie przyszli, gdy Euzebiusz odwrócił się i znikł w norze pod korzeniem.

Lars zagryzł wargę. Nie miał wątpliwości. Zwierzęta dlaczegoś nie chciały z nim gadać.

Rozdrażniony, wzruszył ramionami.

– Nie, to nie – rzucił na pozór obojętnie, chociaż zrobiło mu się przykro.

Jednak nie miał zamiaru przejmować się fochami futrzaków. Odetchnął głęboko czystym powietrzem. Nad głową, niby czasza namiotu, rozpinało się niebo, niebieskie jak na rysunkach dla dzieci. Cudownie było czuć pod stopami trawę i rozgrzany piasek, zanurzyć się w wodzie, posiedzieć w cieniu rosnącego pośrodku kotliny drzewa i spróbować soczystych, słodkich prawie-śliwek. Spacerował brzegiem morza, siedział na kamieniach i patrzył w dal, pływał. Dopiero w ogrodzie zdał sobie sprawę, do jakiego stopnia bardzo brakuje mu kąpieli i czystych ubrań. Musiał lepić się z brudu i cuchnąć.

Doskonale wiedział, że cudowna kotlina to tylko miejsce w jego umyśle. Ucieczka była pozorna, ale dawała wytchnienie od ponurej rzeczywistości. Tam musiał zostać sam z oszalałym, nienawistnym Zekem. Coraz częściej pokraczny, chuderlawy burmistrz jawił mu się w snach jako diabeł. Siadał na pryczy, śmierdząc siarką i bredząc o prawdziwym powołaniu pozyskiwacza.

Mało brakowało, a Berg postradałby rozum.

Właśnie wtedy Zeke doszedł do wniosku, że nie może dłużej czekać.

Kiedy ozwał się szczęk zasuw, a belki w ścianie więzienia zaczęły z hukiem spadać, Berg był pewien, że to kolejny majak. Światło naftowej lampy oślepiło przyzwyczajone do mroku oczy. Lars mrużył powieki niczym kret wygrzebany z nory. Z trudem rozpoznał sylwetki ochroniarzy, majaczące w otworze drzwi.

Iwo chwycił go mocno za ramię i wypchnął na dwór. Grabieżcy plątały się nogi. Gdy wciągnął w płuca haust zimnego, świeżego powietrza, poczuł zawrót głowy. W celi musiało być przez cały czas cholernie duszno.

Ciemność nocy rozświetlały latarnie w dłoniach ludzi Zekego. Sebastian wykręcił do tyłu ręce więźnia i mocno skrępował je na plecach.

Nie jest dobrze, pomyślał Lars.

Uniósł głowę i spojrzał w niebo. Odległe, zimne gwiazdy po wielu dniach niewoli wydawały się obce i nierzeczywiste. Poczuł mocne szturchnięcie w plecy.

– Ruszaj – warknął Iwo.

Nie było sensu protestować. Berg znał osiłków burmistrza i wiedział, że nie będą się specjalnie wzdragać przed użyciem siły. A czuł się zbyt osłabiony, żeby walczyć.

– Dokąd? – spytał tylko.

Iwo ruchem głowy wskazał kierunek. Zawsze sprawiał wrażenie, jakby mowa przychodziła mu z najwyższym trudem. Sebastian chyba wcale nie opanował tej sztuki.

Pod stopami chlupotało błoto wczesnowiosennych roztopów. Trzej mężczyźni przemierzali podwórze rezydencji Zekego, kierując się w stronę zabudowań gospodarskich.

Berg szedł powoli, rozglądając się dyskretnie i oceniając szanse ewentualnej ucieczki. Które z każdym krokiem stawały się bardziej nikłe.

Jeśli sukinsyny zechcą mnie zabić, spróbuję zrobić wszystko, co w mojej mocy, żeby im przeszkodzić. Co i tak się nie uda, pomyślał ponuro.

Sebastian otworzył drzwi szopy służącej za drewutnię i warsztat ciesielski.

– Właź – mruknął Iwo.

Wnętrze okazało się suche i przestronne, oświetlone ćmiącą się w rogu lampą przyłączoną do na wpół wypalonego kryształu energetycznego. Podłogę, niczym osobliwy śnieg, zasnuwała warstwa trocin. Pachniało świeżym drewnem.

Wepchnięty do środka Berg rozglądał się niepewnie. Ochroniarze burmistrza nagle przestali się nim interesować. Sebastian usiadł na stole, z łokciem niedbale opartym na imadle, a Iwo, wsparłszy się o ścianę, zaczął z namaszczeniem skręcać papierosa.

Pewnie czekają na swojego kurduplowatego pana, stwierdził Lars z niechęcią. Grzeczne psy. Dobrze wytresowane.

Właściwie nie czuł strachu. Wszystko, co wydarzyło się, odkąd postanowił opuścić osadę, wydawało się nierealne na podobieństwo złego snu. Miałby zginąć w szopie na drewno, zamordowany przez wioskowego tyrana, ledwo odrosłego od podłogi wariata, który ubrdał sobie, że może mieć prywatnego niewolnika? I na nic wszystkie przepowiednie, tajemniczy Zakon, wyrocznia zwana Księżniczką? Amen. Koniec pana Bergersona, Grabieżcy, niech mu trociny lekkie będą. Niemożliwe. Zbyt absurdalne.

Cofnął się pod ścianę, żeby usiąść na wiązce polan, możliwie daleko od ochroniarzy. I wtedy zobaczył linę. Dyndała przewieszona przez solidny pierścień w suficie. Gruba na dwa palce, o starannym, gładkim oplocie. Idealna na stryczek.

Berg poczuł, że w żołądku rośnie mu ciężka, lodowata kula. Dłonie zwilgotniały, a serce przyspieszyło bieg.

Do diabła, po co miałby to robić? – pomyślał, starając się uspokoić. Co komu po martwym pozyskiwaczu?

Wzdrygnął się lekko, kiedy skrzypnęły drzwi i w progu pojawił się Zeke. W obszernym, za długim płaszczu wyglądał jak nietoperz. Na twarzy miał ten sam co zawsze zażenowany uśmieszek.

– Zimna noc – stwierdził, jakby to wszystko usprawiedliwiało.

Berg starał się zachować spokój. Wstał i spojrzał prosto w czarne oczy.

– Wypuść mnie, Zeke – powiedział możliwie opanowanym tonem. – Przecież to jakieś wariactwo. Przejrzyj wreszcie. Nie możesz mnie więzić do końca świata.

Mały człowieczek westchnął ciężko.

– Rzeczywiście, nie mogę. Sam widzisz, Berg. Nie mam wyjścia. Okropnie mi przykro. Naprawdę. Bierzcie go – rzucił ochroniarzom.

Iwo natychmiast zdusił papierosa o stół. Lars odruchowo cofnął się o parę kroków.

– Zaczekaj, Zeke! Pogadajmy.

– Później, Berg. – Burmistrz uśmiechnął się przepraszająco. – Po prostu muszę cię przekonać. Radykalnie.

Sebastian i Iwo chwycili Grabieżcę za ramiona i powlekli w stronę zwisającej z sufitu liny. Berg próbował kopnąć Iwona z boku w kolano, ale drugi ochroniarz podciął mu nogi. Lars grzmotnął kolanami o podłogę.

– Co ty, kurwa, wyrabiasz, Zeke?! – wrzasnął z furią. – Odbiło ci?!

Poczuł szorstki dotyk liny na nadgarstkach.

– Jezu Chryste, Zeke! – krzyknął, kiedy gwałtowne szarpnięcie niemal wyrwało mu ramiona ze stawów.

Lina naprężyła się.

Lars rozpaczliwie próbował wstać. Wściekły ból wzmagał się nieustannie, oddech stał się krótki, świszczący. Grabieżca czuł, że za moment ramiona wyskoczą mu ze stawów, barki połamią się, a mięśnie pozrywają. Z bólu ledwie widział na oczy.

– Przestań! – wycharczał desperacko. – Na cholerę ci pozyskiwacz z połamanymi rękami!

Zeke wyraźnie się przestraszył.

– Puśćcie go! – nakazał szybko.

Naprężona lina zwiędła i Berg upadł ciężko. Barki i ramiona bolały jak diabli. Ale jeszcze nie pękły.

Leżał, dysząc. Zeke przydreptał i kucnął obok swojego więźnia. Przywodził na myśl ojca, który musiał przyprowadzić krnąbrnego dzieciaka do dentysty. Zafrasowany, ale pewien swej rodzicielskiej mocy.

– Zeke, ja cię zabiję, sukinsynu – wychrypiał Berg.

Burmistrz rozłożył ręce.

– Nie, Bergerson. Będziesz dla mnie pracował. Mam zobowiązania, które muszę wypełnić. Bez ciebie jestem skończony, a do tego nie mogę dopuścić. Smutne, ale prawdziwe.

Lars uśmiechnął się z goryczą.

– Co mi zrobisz? Pobijesz? Okaleczysz? I jaki będzie pożytek z niesprawnego pozyskiwacza? Sam widzisz, że to beznadziejne.

Zeke pokiwał głową.

– Faktycznie – przyznał. – Popełniłem błąd. Ale właśnie wymyśliłem coś innego. Zabiorę ci pigułki. Powinienem był od tego zacząć.

Berg dźwignął się na kolana, chociaż nadwerężone ramiona zapłonęły bólem, od którego pociemniało mu w oczach.

– Nie zrobisz takiego draństwa, Zeke!

Burmistrz uśmiechnął się przepraszająco.

– Jasne, że zrobię. Wybacz, ale też jestem przyparty do muru. Iwo!

Ochroniarz oderwał się od ściany.

– Czekaj! – krzyknął Berg. – Masz mnie. Będę dla ciebie skakał, draniu.

Na długiej, wąskiej twarzy pojawił się wyraz ulgi. Zeke się rozpromienił.

– Nareszcie, Berg! Nie trzeba tak było do razu, co? Straciliśmy mnóstwo czasu. Pomóżcie mu wstać – rzucił do Iwona i Sebastiana.

Lars zacisnął usta.

Ciesz się, gnido, pomyślał. Na razie wygrałeś. Ale do czasu. Dostaniesz, co twoje. Przysięgam. I sam będziesz sobie winny.

Poprzednie obawy Berga spełniły się całkowicie. Zeke ani myślał zwrócić więźniowi wolności. Grabieżca wrócił do celi. Na szczęście burmistrz pozwolił mu się wykąpać i przebrać, zabrać lampę, zapas paliwa i dodatkowy koc. Nareszcie czysty i ogolony, Grabieżca zastał w celi suty, gorący posiłek oraz butelkę wina. Równie smacznego jak to, do którego Lizbeth dosypała środków usypiających.

Kiedy to było? – zastanowił się Berg. Miał wrażenie, że całą wieczność temu. W rzeczywistości przesiedział w zamknięciu pięć dni.

W celi zastał kilka dodatkowych sprzętów. Stół i krzesło, kufer z ubraniami, miskę ustawioną na metalowym stojaku i duży dzban z wodą. Na ścianie, nad tą prymitywną umywalką, ktoś powiesił małe lusterko i wieszak z płóciennymi ręcznikami.

– Co za luksusy – mruknął Berg z goryczą. – Jak w pałacu.

Jednak tej nocy położył się spać wreszcie syty i odświeżony, a śmierdzący siarką, sypiący iskrami z uszu Zeke już mu się nie przyśnił.

Rankiem okazało się, że nie sposób wnieść do celi sprzętu z azylu, bo rozklekotane, wiekowe urządzenia nie przeżyją przeprowadzki. Zafrasowany Zeke musiał się zgodzić, żeby Berg chodził pracować do głównego budynku. Ale cały czas pod eskortą milczących osiłków z kastetami Settiego w dłoniach.

Kiedy Lars wrócił z pierwszym pryzem, burmistrz był tak uradowany, że omal nie pękł ze szczęścia.

– Wspaniale, Berg! – powtarzał w kółko. – To się nam opłaci, zobaczysz!

Zobaczysz, co to znaczy igrać z Grabieżcą, Zeke, myślał Lars ponuro. I pożałujesz, kolego. A wszystko na własną prośbę. Zachłanność to paskudna cecha, panie burmistrzu. Trudno, zmusiłeś mnie. Czas zrealizować plan.

Odbywał proste abordaże, przynosił pryzy średniej wartości i czekał na okazję. Niedługo, zaledwie kilka dni. Poczuł, że nadeszła, gdy tylko rozproszyła się aksamitna ciemność w koi i postawił stopę na długim nadrzecznym wale, swoim pasie startowym.

Przejście było gwałtowne i nieprzyjemne. Berg zawisł nad taflą srebrzystej, gęstej mgły. Wytężył wzrok, żeby dobrze przypatrzeć się majaczącemu niewyraźnie obrazowi. Blizna po tatuażu odzywała się przejmującym zimnem, od którego cierpło całe ramię. Mroczna, groźna aura wisiała nad tym miejscem niczym kir. Każdy pozyskiwacz przy zdrowych zmysłach natychmiast by się wycofał. Ale Berg uśmiechnął się leciutko.

Mam cię, Zeke, pomyślał i opadł na taflę mgły.

Człowiek, którego niegdyś zwano Przydatnym Dwudziestym Siódmym z Domu Słonecznego Szóstego, obecnie noszący haniebne miano Niegodziwego, trząsł się z zimna i głodu. A także z lęku. Bo chociaż starał się ze wszystkich sił ignorować wszelkie bodźce zewnętrzne, hałas, który słyszał, nie ustawał. Szur, szur. Ciche, ostrożne stąpnięcia.

Niegodziwy zacisnął powieki. Gdyby mógł poruszać rękami, zatkałby uszy. Lecz to oznaczałoby triumf materii nad wolą. Powinien nauczyć się zobojętnienia na cały świat zewnętrzny i każdą swą myśl poświęcać Mistrzowi. Ale nie potrafił. Wciąż słyszał zbliżające się ostrożne kroki. Drżał więc, przeszywany coraz większym strachem. Wyschniętymi, spierzchniętymi wargami powtarzał nieustannie hymn na cześć Mistrza.

– Mistrz jest najwyższym światłem. Mistrz jest najwyższą prawdą. Wszelka cześć należna jest Mistrzowi. Wszelka myśl należy do Mistrza. Każda żywa istota wzywa Mistrza i wielbi Mistrza. Ponad Niego nie ma nic na tym świecie. Dobro jest złudą, bo tylko Mistrz zna ścieżki. Wszelkie przywiązanie jest złem, bo oddala od Mistrza...

Usta powtarzały hymn, ale słowa dawno nie były bardziej czcze i puste. Niegodziwy trząsł się i pocił ze strachu, ale nie potrafił nie słyszeć kroków. Rozwartymi z przerażenia oczami zezował to na ciemny wlot korytarza, to na ogromne kamienne koło zawieszone na ścianie tuż przed nim.

Odgłos kroków ucichł i w ciemności korytarza pojawiła się postać.

Niegodziwy chciał odwrócić wzrok, zamknąć powieki, ale już było za późno. Zauważył go. Akolitę w dziwnie powyciąganej i poplamionej szacie.

To koniec, zrozumiał z przerażającą jasnością.

Oddychał szybko, czuł spływające po twarzy strużki potu.

Koło. Mógł teraz patrzeć jedynie na pokryte drobnymi, misternymi płaskorzeźbami koło. Widział, że drgnęło. Drgnęło i zaraz się obróci. Z pewnością zaraz się obróci. Nie. Tylko nie to!

Błagam, błagam! – modlił się w myślach do jakiegoś dobrego, nieistniejącego boga, choć wiedział, że już jest za późno.

Usta powtarzały hymn, ale głos robił się coraz bardziej piskliwy ze strachu.

– Nie istnieją związki przywiązania, bo trwała jest tylko chwała Mistrza. Jedynie medytacja o Mistrzu jest godna istoty żywej. Mistrz...

Potężne koło osadzone na wbitym w skalną ścianę trzpieniu obróciło się, hurkocząc głośno. Niegodziwy wydał wysoki, wibrujący przerażeniem krzyk. Jego oczy zamgliły się, wpatrzone w najbliższą płaskorzeźbę. Malutka kobieca postać rozciągnięta na taśmie podajnika zbliżała się ku rozwartej paszczy olbrzymiej zgniatarki. Wewnątrz urządzenia widać było precyzyjnie ukazane tarcze, które miały powoli miażdżyć ciało. Scena została przedstawiona niezwykle realistycznie. Rozwarte szeroko, wypełnione łzami oczy Niegodziwego rozpoznały w maleńkiej twarzy rysy Przydatnej Siedemnastej z Domu Księżycowego Osiemdziesiątego.

– Nie! – zaszlochał i wtedy postać z płaskorzeźby zaczęła rosnąć.

Ale nie była już kamieniem. Niegodziwy stał, patrząc na olbrzymią zgniatarkę, która zaraz zacznie pochłaniać szamoczącą się w więzach, wyjącą ze strachu kobietę.

– Przywiązanie do innej istoty żywej jest wielkim grzechem i niegodziwością, bo wszelkie uczucie należy się jedynie Mistrzowi. Miłość do Mistrza stanowi najczystszą duchową wielkość, daje życie i staje się życiem – wyrecytował łamiącym się z rozpaczy głosem.

Stopy Przydatnej Siedemnastej znalazły się w paszczy zgniatarki, obracające się tarcze już muskały palce. Krzyki kobiety zmieniły się w przeciągły wrzask.

Niegodziwy całym wysiłkiem woli zmuszał się, żeby też nie zacząć krzyczeć. Nie mógł nawet zamknąć oczu, bo tu, w świecie koła, był samym wzrokiem i słuchem.

– Miłość do innej istoty żywej to niegodziwość najgorsza z najgorszych i hańba, jakiej zmyć niepodobna... – wyszeptał ochryple, nie chcąc, nie mogąc patrzeć na to, co za chwilę zacznie się dziać.

Błagam, nie! – myślał gorączkowo, rozpaczliwie, choć wiedział, że nie wolno mu czepiać się żadnej nadziei. Przydatna Siedemnasta zginie za chwilę w straszliwych męczarniach, ponieważ nie potrafił wyzbyć się złych, niegodnych, materialnych uczuć. Ponieważ nienawidzi Mistrza z całego serca i nigdy tego nie zmieni.

Zaszlochał z rozpaczy, bólu i wściekłości.

A wtedy wybuchła ciemność. Rozlała się, topiąc wszystko w atramentowym mroku. Niegodziwy poczuł ucisk w skroniach i na krótką chwilę stracił przytomność.

Berg wsunął się do ciasnej, spowitej półmrokiem niszy. Wiedział, że musi się zachowywać cholernie ostrożnie, jeśli chce wyjść stąd żywy. W korytarzach i celach wisiał gęsty, zatęchły odór. Smród niemytych ciał i niewietrzonych pomieszczeń. Zapach cierpienia.

Rozejrzał się, wypatrując obłego kształtu ćmy. Skalne ściany były pokryte bladym kożuchem pleśni. Mdłe światło lamp męczyło wzrok.

Ani jednej, pomyślał z niechęcią. Cholera, będę musiał zajrzeć do celi.

Zdecydowanie wolałby tego uniknąć. A jednak tylko tam miał szansę zwabić ćmę.

Nie musiał obawiać się pułapek, bo żaden pozyskiwacz nigdy nie zjawiłby się tu z własnej woli. Dzięki temu dość łatwo dokonał abordażu.

Korytarz wydawał się pusty. Tylko u wylotu majaczył jakiś cień, ale to chyba nie był strażnik. W nikłym świetle Berg nie był w stanie stwierdzić, czy widzi istotę ludzką, czy ulega złudzeniu. Jeśli miał zaryzykować, to lepiej teraz, zanim domniemany strażnik podejdzie bliżej. Wysunął się z cienia i zniknął w otworze najbliższej celi. Zamarł w pół kroku.

Skulony w nienaturalnej pozie, wychudły do granic możliwości człowiek nie był wyrzeźbionym w kamieniu posągiem. Za bardzo śmierdział. Przypominał chorą małpę. Albo pokraczny, wyjątkowo brzydki maszkaron. Opierał się na wspartych o podłogę dłoniach, a patykowate nogi o żylastych stopach z długimi jak szpony paznokciami trzymał zaplecione w pozycji lotosu i uniesione w górę. Cały ciężar chudego ciała musiały więc utrzymywać ręce. Głowa podrygiwała na cienkiej szyi, kołysał się przylepiony do czaszki ciężki kołtun pokrytych pleśnią włosów.

Więzień mamrotał coś monotonnie. W jego głosie dawało się słyszeć napięcie. Nieprzytomnymi, szeroko rozwartymi oczami wpatrywał się w kamienny okrąg zawieszony na ścianie. Po pobrużdżonej, wykrzywionej rozpaczliwie twarzy płynęły łzy. Spływały kanionami zmarszczek jak strumienie po wiosennych roztopach.

Berg cofnął się odruchowo. Gałki oczne nieszczęsnej istoty poruszyły się i Lars napotkał pełne zwierzęcego przerażenia spojrzenie więźnia.

Wtedy koło drgnęło z chrobotem, a człowiek wydał wysoki, pełen rozpaczy pisk.

Lars ocknął się z odrętwienia. Płynnym ruchem wydobył z kieszeni smolną łzę i cisnął prosto w środek kamiennego koła. Ciemna kulka uderzyła w tarczę i rozlała się gęstą, podobną do oparu mgły czernią. Powierzchnia koła natychmiast zmatowiała, reliefy pokryły się szarawym nalotem. Urządzenie, które napawało nieszczęsnego więźnia takim lękiem, zamarło na zawsze.

Berg nabrał głęboko powietrza. Wsunął rękę do kieszeni i namacał cieniutką, delikatną materię cienia. Miał tylko jeden, kupiony dawno temu za grube pieniądze, dlatego musiał się dobrze przygotować. Zaburzenie mocy, spowodowane uszkodzeniem koła, powinno ściągnąć ćmę. W końcu została stworzona właśnie na takie okazje.

Berg delikatnie wymacał brzeg cienia. Nie chciał za wcześnie wyjmować sideł z kieszeni, żeby nie porwać delikatnego materiału. Przylgnął plecami do ściany i nasłuchiwał. Zdawało mu się, że z korytarza dobiega już śpiewny, delikatny szelest. Odgłos bijących skrzydeł ćmy.

Rozejrzał się szybko po celi, oceniając przyszłe pole walki, i napotkał zdumione spojrzenie szeroko rozwartych źrenic więźnia.

Położył palec na ustach i lekko pokręcił głową.

– Nie zrobię ci krzywdy – szepnął. – Tylko nie krzycz.

Wychudłą, zniszczoną twarz wykrzywił nagły grymas. Wydawało się, że mężczyzna chce przytaknąć, ale nie może wydobyć słowa.

Szelest wzmógł się. Wysoki, śpiewny wizg i w polu widzenia pojawiła się ćma. Czarne, puste oczodoły dostrzegły ubranego w tęczową tunikę Berga. Grabieżca sprężył się, wyszarpnął z kieszeni cień. Stwór, wytrącony z równowagi obecnością akolity, zawisł na sekundę w drzwiach celi. Lars nigdy jeszcze nie widział ćmy z tak bliska. Wyglądała odrażająco. Przypominała zsiniały, opuchnięty jakby na skutek utonięcia ludzki embrion, trzepoczący trzema parami błoniastych skrzydeł. Pod zapadniętą klatką piersiową spazmatycznie drgały wąskie, łukowato wygięte szczeliny podobne do skrzeli.Białą pergaminową skórę pokrywały szkarłatne i niebieskawe plamy.

Berg zamachnął się i cisnął sidła. Cienka, szarawa materia rozpostarła się w powietrzu i zaczęła opadać. Przypominała widmową kałamarnicę. Ćma wydała wysoki, wibrujący pisk, poderwała się w górę. Za późno. Macki musnęły siny tułów istoty, która zamachała wściekle ośmioma odnóżami, starając się rozszarpać cieniutki materiał zakrzywionymi, ostrymi jak noże pazurami. Gwałtowny ruch spowodował, że sidła zacisnęły się momentalnie. Ćma wrzasnęła jeszcze raz, starając się zawrócić ku wlotowi korytarza, ale srebrzystoszare pasma cienia już krępowały błoniaste skrzydła. Stwór zato-

czył się w powietrzu i runął prosto na Grabieżcę. Berg odskoczył, tłukąc boleśnie ramieniem w występ skalny. Żółte, zakrzywione kły o włos minęły jego twarz. Poczuł kwaśny odór istoty, która przeleciała tuż przed nim. Skrępowane cieniem skrzydło musnęło pierś Grabieżcy, rozcinając kolorową tunikę. Poczuł ostry, piekący ból. Na skórze wykwitła długa, czerwona smuga.

Ćma odbiła się od ściany i upadła, wizgając i tłukąc rozpaczliwie oplątanymi cieniem skrzydłami. Łysa głowa waliła o kamienną podłogę, podobne do czarnej ziejącej dziury usta kłapały spazmatycznie. A sidła zaciskały się, powoli oblepiając paskudny tułów niczym kokon. W końcu stwór, całkowicie owinięty szarawą, widmową materią, znieruchomiał.

Lars rozchylił tunikę i obejrzał skaleczenie. Nie krwawiło, ale piekło ostro.

Cholerstwo mogło być jadowite, pomyślał z niepokojem.

Rzucił okiem na ciało ćmy. Leżało na kamieniach, jak tłumok okręcony szarymi szmatami. Chwycił stwora za koniec skrzydła, mimowolnie wzdrygnąwszy się z obrzydzenia.

– Czas się zmywać – mruknął do siebie.

Wrzaski ćmy z pewnością sprowadzą mu na łeb strażników. Odwrócił się, żeby odejść, gdy dobiegł go słaby, ochrypły szept.

– Panie...

Spojrzał na skulonego w nienaturalnej pozycji więźnia. W ciemnych, pozbawionych blasku oczach dojrzał jedynie ból.

– Uwolnij mnie, panie... – wymamrotały bezkrwiste usta.

Berg przykucnął obok. Wiedział, że musi uciekać, ale poczuł nagle falę ogromnego współczucia, która aż ściskała za gardło. Ten człowiek nie był paskudnym maszkaronem z kamienia. Żył i cierpiał. I przyczyniał się mimowolnie do potęgi znienawidzonego Mistrza.

Na omszałym skalnym występie nad jego głową, niczym osobliwe kwiaty, wykwitały potężne, krystaliczne nacieki. Świeże miały głęboką barwę krwi, starsze nabrały brązowawego odcienia surowej wątroby. Emanowały potężną mocą. Obok, na skale, wyraźnie odznaczały się bruzdy po poprzednich, odłupanych już kryształach. Widocznie więzień spędził w celi wiele czasu.

– Nie mogę cię uwolnić – powiedział cicho Grabieżca. – Nie potrafię.

Skazaniec lekko potrząsnął głową, tak jakby Berg nie zrozumiał prośby.

– Możesz – wychrypiał. – Tylko ty możesz. Czy koło...?

– Nigdy się już nie obróci. Nie obawiaj się. Zepsułem je na zawsze.

– Kim jesteś?

– Grabieżcą. To znaczy pozyskiwaczem.

Usta więźnia drgnęły.

– Nie rozumiem. Nie jesteś akolitą, prawda?

– Nie. Pochodzę z Ziemi. Dostaję się do dziedziny Mistrzów Blasku i zabieram różne przedmioty.

Skazaniec zachłysnął się oddechem. Na popielatych, zapadłych policzkach zapłonęły niezdrowe rumieńce.

– Z Ziemi? – powtórzył z niedowierzaniem. – Naprawdę? Czy tam są ludzie? Prawdziwi ludzie?

Berg skinął głową.

– Są – szepnął. – Wolni.

W oczach więźnia zapłonął blask.

– Cudownie – wychrypiał. – Nie wierzyłem, ale to cudownie...

Berg zagryzł wargę. Wiedział, że powinien już iść, ale nie mógł porzucić tego nieszczęsnego człowieka w pół słowa. Więzień zasługiwał przynajmniej na chwilę uwagi.

– Mówią, że tam jest teraz piekło – bezkrwiste wargi poruszyły się niemal bezgłośnie. – Ale to nieprawda. Piekło jest tutaj. Popełniłem straszną zbrodnię. Ośmieliłem się darzyć uczuciem kobietę, z którą kazano mi płodzić dzieci. Przydatną Siedemnastą z Domu Księżycowego Osiemdziesiątego. Zamknęli mnie tu, żebym się nauczył poskramiać wszelkie przywiązanie. Ale się nie nauczyłem, człowieku z Ziemi. O nie, nie nauczyłem się...

Zaniósł się nerwowym chichotem.

– Wiedział, że się nie nauczę. Teraz karmię Mistrza moim cierpieniem, moim lękiem. Spójrz na kryształy. Popatrz, jakie są potężne, krwiste. Wiem, chociaż nie mogę nawet odwrócić głowy, żeby na nie spojrzeć. Teraz naprawdę jestem przydatny. Chociaż nazywają mnie Niegodziwym. Tu są setki, tysiące takich jak ja. Zakutych w kamień, budujących potęgę potwora, który mieni się Mistrzem. Uwolnij mnie, człowieku z Ziemi. Odejdę szczęśliwy.

Berg zwilżył wargi.

– Jak? – szepnął, chociaż już zrozumiał i ciarki przebiegły mu po plecach. – Przecież nie mogę cię zabrać ze sobą.

Grymas wykrzywił usta więźnia.

– Ofiaruj mi najpiękniejszą, najcenniejszą rzecz, o której wszyscy tutaj marzą. Daj mi śmierć, Grabieżco z Ziemi.

Berg drgnął.

– Słuchaj, ja nie potrafię... Nie jestem mordercą.

Skazaniec przymknął powieki.

– Ale jesteś dobry – szepnął.

Lars z trudem przełknął ślinę. Gardło miał ściśnięte i suche niczym wiór.

– Nigdy mnie stąd nie wypuszczą, przecież wiesz – usłyszał cichy głos człowieka-maszkarona. – Znajdą mnie, przyniosą nowe koło i wszystko zacznie się od początku. Nawet nie mam ciała. Jestem jak kamień. Mogę tylko poruszać oczami i ustami, wielbić Mistrza, pocić się, drżeć ze strachu i przyczyniać się do jego potęgi. Daj mi śmierć. Błagam cię, dobry człowieku z Ziemi.

Berg przesunął dłonią po twarzy.

Zeke, pomyślał gorzko, twoja głupota kosztuje mnie więcej, niż możesz sobie wyobrazić.

Spojrzał na udręczoną, skręconą postać więźnia.

– Dobrze – powiedział ochryple, bo głos z trudem wydobywał się ze ściśniętego gardła. – To jest smolna łza. Zabije cię natychmiast. Odejdziesz bez bólu.

Wyciągnął z kieszeni ciemną, elastyczną grudkę. Palce drżały tylko trochę.

Więzień zerknął na wyciągniętą rękę Grabieżcy. Wąskie wargi wykrzywił leciutki uśmieszek.

– Nie mogę się poruszyć, przyjacielu. Bardzo pragnę przyjąć od ciebie śmierć, ale nie mam jak.

Berg nabrał głęboko powietrza i wcisnął grudkę w usta więźnia. Zadrżał, gdy poczuł muśnięcie zimnych jak nagrobek warg.

– Rozgryź – powiedział, chwycił ćmę i wstał, nie oglądając się na skazańca.

– Dziękuję – usłyszał cichy głos. – Ofiarowałeś mi wolność i wielkie szczęście, Grabieżco. Nie zapomnę o tobie, dokądkolwiek pójdę. Żegnaj.

I ja nie zapomnę, pomyślał Berg. Nawet gdybym bardzo chciał.

Znalazł się na cichym i pustym korytarzu. Przycisnął dłoń do piersi, żeby uspokoić walące niczym młot kowalski serce.

Zabiłem człowieka, kołatało mu się w głowie. Dobry Jezu, zabiłem tego nieszczęsnego człowieka. Ale co miałem zrobić?

Wepchnął ćmę pod pachę. Szamotała się niemrawo, czyli, na szczęście, żyła.

Lars odrzucił z obrzydzeniem przelotną myśl, żeby wrócić i utrącić ze ściany kilka naładowanych mocą kryształów. Z pewnością były bardzo potężne, ale wydawały mu się przeklęte i wstrętne. Mocno przycisnął do boku tłumok ze zdobyczą i puścił się biegiem.

Przejście dokonało się szybko i czysto, a Berg z ulgą opuścił wreszcie więzienie pełne nieszczęśników, którzy obrazili majestat Mistrza Blasku.

Odchylił pokrywę koi. Zaskrzypiała jak wrota czyśćca. Wygramolił się z trudem, opuścił nogi na podłogę i wstał. W ustach czuł nieprzyjemny słony posmak. Czerwona krecha na piersi piekła.

Niech cię diabli, Zeke, pomyślał z niechęcią.

Czuł się paskudnie. Jak tchórz. Jak morderca.

Po raz setny zapytał sam siebie, czy na pewno nie istniał żaden inny sposób, i po raz kolejny odpowiedź brzmiała „nie". Ale to nie przynosiło ulgi.

Sebastian, niedbale wsparty o ścianę, nie zwrócił uwagi na powrót Grabieżcy. Czyścił sobie paznokcie ostrzem scyzoryka.

Sezam trząsł się i zgrzytał, jakby nawiedził go duch zmarłego więźnia. Berg przyglądał się urządzeniu z niepokojem.

Oby tylko to ścierwo nie zdechło, pomyślał ponuro. Drugi raz nie zdobędę się na taki abordaż.

W końcu maszyna wydała agonalny klekot i zamarła. Lars przygryzł wargę. Za chwilę sezam się otworzy i będzie musiał wyjąć pryz. Ostrożnie. Bardzo ostrożnie. Nie miał pojęcia, w jakiej formie przeszła ćma. Tylko jedno wiedział na pewno. Cokolwiek ukaże się w szczelinie czaszy, będzie czystą, śmiercionośną furią.

Powoli zbliżył się do sezamu. Spojrzał na matowe szkło i poczuł niemiłe mrowienie w żołądku. Musiał wyjąć to draństwo ze środka i nie dopuścić, żeby go zabiło. Ale nie miał pomysłu jak.

Być może, jeśli będzie się zachowywał bardzo spokojnie i ostrożnie, nie wyląduje na podłodze z rozchlastanym gardłem. W najlepszym wypadku zdoła też zachować palce. Być może. Przełknął nerwowo ślinę. Czasza rozchyliła się z sykiem.

Teraz, pomyślał Berg. Już miał pochylić się nad sezamem, lecz Sebastian oderwał się od ściany i ruchem ręki nakazał Grabieżcy, żeby się zatrzymał.

– Zostań – burknął.

Berg uśmiechnął się krzywo.

Jak sobie życzysz, stary, pomyślał.

Pierwszy raz, odkąd Lars został więźniem Zekego, los zechciał mu pomóc.

Ochroniarz, rozsunąwszy półkule czaszy, wsunął ręce do środka. I odskoczył z wrzaskiem. Obojętną dotąd twarz wykrzywiło zdumienie. Poderwał do oczu ociekające czerwienią dłonie.

– Co to za gówno?! – zdołał wykrztusić.

Berg nie zdążył odpowiedzieć.

Z głębi sezamu wyprysnęła ćma. Nie przypominała żywego stworzenia. Stała się kłębem wirujących metalowych ostrzy. Długie, kolczaste klingi otwierały się i zamykały ze świstem. Sebastian cofnął się o krok i machnął ręką. Zanim czerwone krople zdążyły upaść na deski podłogi, ogromny, pływający w powietrzu kłąb noży opadł na twarz ochroniarza. Bluznęła krew, Sebastian wrzasnął w agonii, a płaty skóry i włosów posypały się wokół niczym upiorne konfetti. Umierający mężczyzna zachwiał się i runął na kolana. Nie przypominał już osiłka z nieodłącznym pogardliwym uśmieszkiem na wargach. Wyglądał jak kukła w czerwonej masce diabła.

Ćma poderwała się w górę i zawróciła. Wirujące ostrza zagłębiły się w czaszce, siekając kości łatwo jak młynek orzechy.

Berg zamarł. Teraz moja kolej, pomyślał spokojnie. Nie powstrzymam jej. To koniec.

Czuł miarowe uderzenia serca. Nie bał się. Wiedział już, że plan się nie powiódł. Ćma okazała się zbyt agresywna.

Ciało Sebastiana ciężko zwaliło się na bok. Krew barwiła deski podłogi, malowała abstrakcyjny wzór na białym tynku ściany. Martwy ochroniarz wyciągał przed siebie ręce, jakby chciał pochwycić umykające życie. Kłąb wirującej śmierci unosił się nad jego głową niczym szalona aureola.

Berg wstrzymał oddech. Ćma wisiała w powietrzu, najwyraźniej nieco zdezorientowana. Grabieżca słyszał ciche, metaliczne wibrowanie przypominających klingi skrzydeł. Nagle stwór rozpostarł szerzej rzędy ostrzy, ukazując segmentowy tułów i obłą, bezoką głowę. Wydał jękliwy odgłos zakończony nieprzyjemnym zgrzytem i wzbił się pod sufit.

Zaraz mnie dopadnie, pomyślał z przeraźliwą jasnością Lars.

Czas zatrzymał się, rozciągnął jak wieczność. Trwało tylko wysokie brzęczenie ćmy.

Huk otwieranych drzwi brzmiał, jakby roztrzaskały się podwaliny świata. Berg dostrzegł w progu barczystą postać Iwona. W dłoni ochroniarza błysnął kastet Settiego. A potem kula ostrzy rzuciła się do przodu. Iwo krzyknął i cofnął się gwałtownie. Ćma wypadła za nim na korytarz.

Lars poczuł zimny, lepki pot spływający po skroniach. Przed oczami zatańczyły czarne plamy. Musiał oprzeć się plecami o ścianę, żeby nie upaść.

Z korytarza dobiegały rozpaczliwe krzyki Iwona. Krótko. Bardzo krótko. Potem dał się słyszeć wysoki wizg potwora. I cichy szum metalowych skrzydeł. Nagle gdzieś z głębi budynku zabrzmiał histeryczny kobiecy pisk.

Odleciała, pomyślał Lars. Na miękkich nogach zbliżył się do drzwi i wyjrzał ostrożnie. Iwo wyglądał, jakby przejechała po nim kosiarka. Czerwone bryzgi na ścianach przypominały fantazyjne kwiaty. Cuchnęło krwią i świeżym mięsem. Berg kucnął przy ochroniarzu i wyjął z zaciśniętej dłoni kastet Settiego. Wsadził lepką od krwi broń do kieszeni tuniki. Wstał i zwilżył językiem suche wargi. Mógłby wydostać się na podwórze, zabrać Achillesa i uciec. Pewnie rozsądek nakazywałby tak postąpić. Ale nie sumienie.

Lars westchnął. Spojrzał na poszatkowane ciało Iwona, na zbryzgane krwią ściany. Nie chciał tej jatki. Próbował tylko wydostać się z zamknięcia, wystraszyć porządnie burmistrza i zmusić, żeby zwrócił mu wolność. Po drugiej stronie ćmy były klawiszami w więzieniach, lecz nie zabójcami. Mogły potężnie pokaleczyć, ale rzadko odbierały życie. Po prawdziwej stronie widocznie przybierały inną, bardziej zabójczą formę. W dominium Mistrzów Blasku zdawały się posiadać jakąś śladową inteligencję. Tutaj stwór wyraźnie oszalał. Atakował każdego, kogo spostrzegł. Wkrótce wybije pewnie całą załogę ratusza i ruszy na dalsze łowy. Berg liczył się z niebezpieczeństwem, zakładał, że kilka osób może zginąć. Ale nie wszyscy. A nic nie wskazywało, żeby mieszkańcy wioski mieli jakieś szanse w starciu z ćmą. Sytuacja wymknęła się spod kontroli. Przyniósł mieszkańcom wioski przeklęty pryz. Śmierć w czystej postaci. Więc powinien ją teraz powstrzymać. Byłoby łatwiej, gdyby miał chociaż cień pomysłu, w jaki sposób.

Wsunął palce w otwory kastetu i wyjął dłoń z kieszeni. Nie spodziewał się, żeby urządzenie mogło ogłuszyć ćmę, ale nie miał innej broni. Przypomniał sobie mgliście, że kastet Settiego uchodził za najbardziej skuteczny paralizator istniejący w dziedzinach Mistrzów Blasku. Nosili go wszyscy adepci i Oświeceni, żeby w razie czego zaprowadzić szybko porządek wśród wiernych. To był drogi pryz. Sam miał dużo szczęścia, że zdobył go dla Zekego. Ale kastet powalał żywe istoty, nie maszyny. A ćma nie miała w sobie chyba ani krztyny żywych tkanek. Trudno kłąb latających noży uznać za zwierzę.

Zresztą jeśli znajdzie się tak blisko stwora, żeby uderzyć go kastetem, z pewnością sam będzie już martwy.

Odwrócił się, żeby odejść, i nadepnął na coś twardego. Na podłodze leżała zapalniczka. Musiała wypaść z kieszeni Iwona. Lars schylił się i podniósł ciężki, metalowy przedmiot, obrócił w palcach. Był stary, bardzo stary, ale w świetnym stanie. Mógł pochodzić jeszcze sprzed Przesilenia. Z pewnością słono ochroniarza kosztował. Nagle Bergowi wydało się, że ciśnięcie zapalniczki na podłogę byłoby wielką nieuprzejmością wobec zmarłego. W gildii nauczyli go szanować stare przedmioty. Wsunął ją więc do kieszeni. Jeśli przeżyje, odda Zekemu.

Ruszył ostrożnie korytarzem, nasłuchując metalicznego brzęczenia ćmy. W progu jadalni natknął się na zwłoki Marka, jednego z tutejszych pozyskiwaczy. A raczej na to, co z nich zostało. Widocznie ćma była w coraz gorszym humorze.

Obszedł ostrożnie ciało, starając się nie poślizgnąć na flakach i krwi. Zacisnął palce na kastecie. A wtedy odezwało się delikatne mrowienie w lewym ramieniu. Berg poderwał głowę, nasłuchując. Cichutkie brzęczenie brzmiało jak odległy odgłos wiatrowych dzwonków. Przybliżało się. Korytarzem płynęła ćma.

Lars przypadł do ściany, starając się poruszać bezszelestnie, podsunął się ku najbliższym drzwiom. Tutaj nie miał dokąd uciekać. Wolał spotkać się z przeciwnikiem w pomieszczeniu, w którym miałby większą swobodę ruchu. Przekroczył próg salonu. Przypomniał sobie, że tu Zeke po raz pierwszy nakarmił go ciepłym posiłkiem i mamił słodkimi słówkami. Dawno, cholernie dawno temu. W bezpiecznym świecie lasu i gościńca.

Szedł tyłem przez bezmiar puchatego dywanu, nie spuszczając oka z otworu drzwi. Serce tłukło jak szalone, w gardle zaschło.

Wysoki, wibrujący dźwięk narastał. Wreszcie ćma pojawiła się w polu widzenia. Płynęła majestatycznie korytarzem, niczym misterny metalowy płatek śniegu. Berg wstrzymał oddech. Zdawało się, że ćma minie drzwi, ale nagle wykonała zwrot i skręciła do salonu.

Broń! – pomyślał rozpaczliwie Lars. Jakakolwiek broń!

Kłąb ostrzy unosił się w powietrzu, migając klingami skrzydeł. Poruszał się bardzo wolno, ostrożnie.

Berg stał tyłem do kominka. Czuł na plecach ciepło bijące od płonących polan. Wiosna była kapryśna i chłodna, a Lizbeth nie znosiła marznąć.

Ćma zbliżyła się do Grabieżcy, zakołysała w locie, jakby zdziwiona. Berg widział wyraźnie między migającymi ostrzami małą, pozbawioną oczu głowę i szczelinę stanowiącą coś w rodzaju ust. Stwór rozłożył skrzydła, segmentowy odwłok zadrgał.

Atakuje, zrozumiał Lars.

Przykucnął gwałtownie i w półobrocie wyszarpnął z paleniska płonącą belkę. Poczuł ukąszenie gorąca na skórze. Zamachnął się prowizoryczną bronią. Pomarańczowy odblask rozbłysł na srebrzystym pancerzu ćmy. Istota wzbiła się wyżej, wrzasnęła dziko, ale nie rzuciła się na Grabieżcę. Zawisła w powietrzu, jakby się wahała. Być może lękała się ognia.

Berg znów machnął kłodą, modląc się, żeby nie zgasła.

Ćma zawyła ponownie, skrzydła rozszerzyły się, tułów skurczył. Jednak szykowała się do ataku.

Wszystko na nic, pomyślał Lars. Zaraz mnie poszatkuje.

Nie bał się. Nie miał czasu. Zacisnął dłonie na dogasającej głowni, sprężył mięśnie.

A wtedy z głębi domu rozległ się głuchy trzask i brzęk tłuczonej szyby. Dały się słyszeć stłumione ludzkie okrzyki i kolejny brzęk.

Ćma stuliła klingi skrzydeł, zrobiła zwrot w miejscu i na kształt pocisku wystrzeliła na korytarz.

Pod Bergiem ugięły się nogi. Poczuł, że ubranie ma zupełnie mokre od potu. Rzucił polano do paleniska i przesunął ręką po twarzy, zostawiając na skórze czarne smugi sadzy. Wnętrze dłoni znaczyły trzy czerwone krechy. Oparzenia piekły lekko, ale nie były poważne. Z pewnością znacznie mniej poważne niż rany, które mogłyby zadać kolce ćmy.

– Pieprzone bydlę – wymamrotał pod nosem Lars. – Jak cię załatwić?

Na korytarzu zadudniły kroki. Grabieżca podniósł głowę i zamarł w bezruchu.

W otwartych drzwiach stał Zeke. Jego długa, końska twarz miała barwę popiołu, rzadkie włosy sterczały we wszystkie strony. W dłoniach burmistrza spoczywał ogromny, pokraczny pistolet o rozszerzonej lufie. Wyglądał jak potomek obrzyna i garłacza, które Lars oglądał jeszcze jako chłopiec w ogromnym, pełnym rupieci arsenale gildii. Mieli tam nawet halabardy. Podobno z rekwizytorni upadłego teatru.

Spojrzał na małego człowieczka. Drelichowy garnitur Zekego znaczyły rdzawe plamy. Nogawka spodni była rozdarta na prawym udzie, cała przesiąknięta krwią.

Burmistrz oddychał szybko jak po długim biegu. Spojrzenie szalonych, szeroko rozwartych źrenic zatrzymało się na twarzy Berga.

– Sprowadziłeś to draństwo, co? – wychrypiał.

Grabieżca cofnął się o pół kroku. Lufa garłacza celowała teraz prosto w jego brzuch.

Zrobi we mnie dziurę większą niż pięść, pomyślał.

– To ćma jaskiniowa, Zeke – powiedział spokojnie. – Postaram się ją powstrzymać. Ale musisz mi pomóc.

Szare, chłodne oczy Grabieżcy spotkały się z głęboką czernią źrenic burmistrza. Mięśnie szczęk Zekego zadrgały.

– Zabij to, Bergerson. Zabierz to z mego domu – powiedział twardo.

– Już od jakiegoś czasu próbuję to zrobić – warknął Lars.

Zeke dyszał ciężko. Opuścił broń, a jego spojrzenie znów zrobiło się smutne jak u krewetki na ruszcie.

– Czy to można zastrzelić?

Berg pokręcił głową.

– Nie wiem. Zobaczymy. Prawdopodobnie boi się ognia. Wiesz, gdzie może teraz być?

Burmistrz westchnął.

– Przeszła przez kuchnię. Próbowałem zorganizować ewakuację. Skończyło się jatką. Ten potwór wpadł i poszatkował większość moich ludzi. Teraz jest pewnie w lewym skrzydle budynku.

Pobladł nagle, cała krew odpłynęła mu z twarzy.

– Dobry Boże – jęknął. – Tam jest pokój Lizbeth!

– Chodź! – krzyknął Lars.

Ruszyli biegiem. Mały burmistrz kulał, ale nie zostawał w tyle.

– Gdzie trzymasz naftę, olej do lamp, coś łatwopalnego? – spytał Lars.

– Chyba w szopie – wysapał Zeke.

Wtedy usłyszeli wrzask. Straszny, piskliwy wrzask kobiety, której przydarzyło się coś bardzo złego. Tak złego, jak spotkanie z ćmą.

Zeke rzucił się na ratunek.

– Czekaj, a nafta? – zawołał za nim Lars.

– Nie ma czasu! – w głosie burmistrza pobrzmiewała nuta paniki. – To chyba ona!

Grabieżca rozejrzał się błyskawicznie, zerwał z haka najbliższą lampę i puścił się za Zekem. Mały człowieczek zniknął w korytarzu wiodącym do lewego skrzydła. Berg skręcił także i potknął się o rozciągnięte w poprzek drogi długie nogi Slima, chłopaka z wioski, siedzącego pod ścianą z otwartymi głupkowato ustami. Martwego jak kłoda. Grabieżca nie zdołał utrzymać się na nogach, runął ciężko na trupa. Slim okręcił się, oplatając Larsa ramionami, jakby chciał go uściskać. Pozyskiwacz zerwał się, strząsając z siebie ręce zmarłego. Zobaczył, że Zeke zatrzymał się, wymachując garłaczem.

– Berg! – krzyknął. – Szybciej!

Pozyskiwacz przeskoczył ciało chłopaka i dołączył do towarzysza.

Wysoki, rozpaczliwy krzyk kobiety niósł się echem w korytarzu. Berg nie był w stanie ocenić, czy głos należy do kochanki burmistrza. Niczym nie przywodził na myśl dojrzałych brzoskwiń w syropie. Biegli korytarzem, kierując się w stronę, skąd dochodził wrzask. Wpadli do obszernego pomieszczenia, które Zeke szumnie nazywał gabinetem.

Akurat w chwili, gdy Gina, dziewczyna, która pomagała w kuchni, zamieniała się w poszatkowane drobno mięso. A w kącie przylepiona do ściany stała Lizbeth. Miała ściągniętą, popielatą twarz i usta rozwarte do bezgłośnego krzyku.

Berg sięgnął do kieszeni, żeby wydobyć zapalniczkę. Palce natrafiły na bezużyteczną księżycową łzę, namacały metalowy prostokąt płytki maskującej. Ale nie znalazły masywnej bryły zapalniczki. Bo jej tam nie było. Musiała wypaść, kiedy się przewrócił. Przeszukał gorączkowo kieszeń i znów nic. Zapalniczka znikła.

Lars spojrzał na Zekego. Burmistrz stał jak skamieniały, nawet nie wycelowawszy z garłacza. Berg zaklął.

– Daj mi broń! – nakazał ostrym szeptem.

Wtedy ćma przestała znęcać się nad szczątkami Giny. Wirując i szczękając ostrzami, zakręciła się w powietrzu i zawisła tuż przed oczami drugiej kobiety.

– Lizbeth! – ryknął Zeke i rzucił się do przodu.

Ćma spadła jak piorun na twarz jasnowłosej walkirii. Kochanka burmistrza krzyknęła i targnęła głową. Metalowe skrzydła wplątały się w grube, rozpuszczone pukle. Siekły wściekle, sypiąc wokół jasnym puchem niczym z rozprutej poduszki. Lizbeth szamotała się, krzycząc rozpaczliwie. Po karku i plecach zaczęły jej spływać cieniutkie sznureczki krwi.

– Nie ruszaj się! – zawył Zeke.

Ale Lizbeth wirowała w upiornym tańcu z ćmą, wymachując rozpaczliwie rękami.

– Strzelaj! – krzyknął Berg. – Bo ją zabije!

Garłacz plunął ogniem. Huk wystrzału ogłuszył Grabieżcę na moment. Zobaczył, jak ćma wystrzela w górę, a kochanka burmistrza zatacza się i pada na podłogę.

– Jezu, Lizbeth! – załkał Zeke i przypadł do zakrwawionej kobiety.

Ostrza przecięły powietrze ze śpiewnym gwizdem. Grabieżca poderwał głowę. Kłąb śmiercionośnych noży zawrócił z gracją i pikował prosto na małego burmistrza.

– Wraca! – krzyknął ochryple Berg. – Uważaj!

Zeke obrócił się błyskawicznie, cyklopie oko lufy spojrzało wprost na stwora. Garłacz huknął znowu. Impet uderzenia odrzucił ćmę na ścianę. Segmentowy tułów drgał spazmatycznie.

– Zdychaj! – wrzasnął Zeke. W jego głosie wściekłość mieszała się z triumfem.

Stwór osunął się na podłogę. Kolczaste ostrza darły deski.

– Mamy ją! – powiedział Zeke.

– Nie! – krzyknął Grabieżca.

Szeroko rozwartymi oczami patrzył prosto na ćmę. Nie wyglądała na konającą. Segmentowe łuski zwarły się, a chaotycznie bijące skrzydła wyprostowały i uniosły w górę.

– Uważaj! – wrzasnął, ale ćma już ruszyła do ataku.

Berg zamachnął się lampą i rzucił nią w stwora, który uchylił się zwinnie jak myśliwiec. Rozległ się brzęk tłuczonego szkła, zapachniało rozlaną naftą.

Zeke zasłonił się rozpaczliwie garłaczem. Z pewnością nie miał już naboi. Stwór wpadł na niego z impetem. Mały człowieczek padł na ciało Lizbeth, zasłaniając głowę ramionami. Ćma wydała wysoki, wibrujący pisk i przeorała plecy burmistrza końcami śmiercionośnych skrzydeł. Krzyknął z bólu i zaskoczenia. Potwór zawirował w powietrzu, szykując się do ostatecznego starcia.

Zabije go, zrozumiał Berg.

Sprężył się i skoczył do przodu.

– Tu jestem, pieprzona suko! – warknął.

Ćma zawizgała głośno, stuliła skrzydła i wystrzeliła wprost na Grabieżcę. Odskoczył w ostatniej chwili, wykonując rozpaczliwy obrót. Poczuł, że ostrza tną materiał tuniki i rozdzierają skórę. Lewy bark i obojczyk spłynęły ciepłą krwią. Strużki popłynęły po piersi, wsiąkały w brudną i poplamioną szatę. Zabolało jak diabli, ale nie miał czasu o tym myśleć. Ćma wykonała szybki zwrot i uderzyła ponownie. Znów zrobił niezgrabny piruet, podrywając instynktownie ramię, żeby osłonić oczy. Ostrza musnęły rękaw i rozharatały rękę od łokcia po nadgarstek. Krople krwi poleciały na podłogę niczym paciorki rozerwanego naszyjnika. Ćma zawisła na moment tuż przed twarzą Berga. Zobaczył szeroko rozwarte skrzydła i drgające segmenty tułowia. Wiedział, że zaraz rzuci się do ataku. Stwór zgrzytnął metalowymi stawami, pochylił obłą, bezoką głowę. Lars nie czekał. Uderzył sierpem z dołu i trzasnął ćmę kastetem Settiego. Wydała wysoki, rozdzierający wrzask. Lecz nie było w nim wściekłości ani triumfu. Machnęła rozpaczliwie skrzydłami, opadła na pierś Grabieżcy, próbując rozpruć mu żebra kolczastymi ostrzami, ale zostawiła na skórze tylko cienkie zadrapania. Lars chwycił za wystające stawy skrzydeł i odepchnął stwora od siebie. Z metalicznym brzękiem kłąb noży potoczył się po podłodze i znieruchomiał.

Berg oddychał otwartymi ustami. Pociemniało mu w oczach, poszorował plecami po ścianie i usiadł ciężko, bliski omdlenia. Mięśnie brzucha drgały, zbierało mu się na wymioty. Rozdarte przedramię krwawiło mocno. Brudna, poszarpana tunika piła czerwień spływającą z poranionego barku. Lars przymknął oczy. Wiedział, że ogłuszona ćma w każdej chwili może się ocknąć, ale nie dbał o to. Musiał po prostu przez chwilę odpocząć. Nie liczył, że kastet zadziała. Uderzył odruchowo, ale właściwie już żegnał się z życiem.

Zmusił się, żeby otworzyć oczy i spojrzeć na burmistrza.

– Zeke? – wychrypiał. – Żyjesz?

Drelichowy garnitur burmistrza był w strzępach. Wyglądał, jakby ktoś niefachowo, ale gorliwie próbował przefarbować go na czerwono. Zeke poruszył się i jęknął.

– Berg? – szepnął. – Czy to zdechło?

Grabieżca powolnym ruchem pokręcił głową.

– Dostała kastetem Settiego. Jakimś cudem zadziałał.

Zeke z trudem gramolił się z ziemi. Zakaszlał i skrzywił się z bólu.

– Dobry Jezu – jęknął. – Jak się pozbyć tego cholerstwa?

Berg przycisnął dłoń do barku. Momentalnie zrobiła się szkarłatna i lepka od krwi.

– Masz tu kotłownię? – spytał.

Zeke skinął głową.

– Wrzucimy bydlę do pieca. Powinno zdechnąć. Co z Lizbeth?

Po końskiej twarzy burmistrza przebiegł skurcz.

– Żyje – szepnął. – Dzięki Bogu, żyje. Chyba jest w szoku. Berg?

– No?

– Uratowałeś nas. Dziękuję.

Lars machnął zdrową ręką.

– Drobiazg. Ale wiesz co, Zeke? Nigdy więcej nie próbuj więzić pozyskiwacza, dobra?

Wąskie wargi burmistrza rozciągnęły się w słabym uśmieszku.

– Przyznaję, to był błąd. Głupi błąd. Nie mam ci za złe tego burdelu, wiesz?

– Super – mruknął Lars.

Zeke przysunął się bliżej. Wyglądał, jakby pogłaskał go niedźwiedź.

– Możesz wstać? Musimy załatwić tego stwora. A potem spróbować jakoś poskładać się do kupy.

Berg zacisnął zęby i zmusił się, żeby stanąć na nogi. Trącił czubkiem buta nieruchomą ćmę. Nie dawała znaku życia.

– Przysmaż ją jeszcze raz i idziemy – powiedział Zeke.

Wstał chwiejnie i kulejąc, ruszył korytarzem. Berg pochylił się, uderzył ciało stwora lśniącym, przejrzystym taserem kastetu. Przeskoczyły fioletowe iskry, ale ćma nawet nie drgnęła. Lars przezwyciężył obrzydzenie, podniósł zewłok za skrzydło i ruszył za małym burmistrzem.

Berg poprawił się na siodełku Achillesa. Plecak cholernie uciskał zraniony bark i Grabieżca poważnie się zastanawiał, czy w ogóle da radę jechać. Ale nie chciał spędzić ani dnia więcej w gospodarstwie Zekego. I tak odczekał dwie doby, zanim uznał, że może wsiąść na motor.

Zacisnął zęby. Jakoś to pójdzie. Musi.

Wyjął z plecaka wszystko, co tylko się dało. Motocykl wyglądał teraz jak objuczony muł.

Mały burmistrz stał na progu swojej rezydencji, drapiąc się w głowę.

– Eee, Berg – zaczął. – Głupio robisz. Naprawdę głupio. Powinieneś zostać trochę. Kilka dni. Podleczyłbyś się, odpoczął. Poważnie. Nie dasz sobie rady. Po co się tak katować?

Lars uśmiechnął się złośliwie.

– I zarobił parę groszy, co?

Zeke się żachnął.

– Daj spokój. Wiesz, że nie o to mi chodzi. Nie zamknąłbym cię drugi raz. Za skarby.

Lars popatrzył na pociągłą, jakby postarzałą twarz burmistrza. Można było tego wszystkiego uniknąć, stary głupku, pomyślał.

– Żegnaj, Zeke – rzucił, zaciskając mocniej dłonie na kierownicy. – Dzięki za gościnę.

Usta małego człowieczka rozciągnął smutny uśmieszek.

– Nie winię cię za to, co się stało, Berg. Chociaż straciłem wielu dobrych ludzi. Ot, głupio wyszło. Ty też nie miej mi za złe, Grabieżco. Myślałem, że wszystko inaczej się potoczy.

Lars westchnął. Też tak myślałem, powiedział sobie w duchu. Teraz widma Giny, Slima, Marka i dwóch ochroniarzy będą mnie straszyć po nocach, a kiedy umrę, powitają w drzwiach piekła. To wszystko twoja zasługa, Zeke, ty durniu. I twojej nieprawdopodobnej zachłanności.

Już nie czuł żadnej nienawiści, nie pragnął zacisnąć palców na szyi pracodawcy. Właściwie żal mu było samozwańczego burmistrza, który wyglądał żałośnie w za dużym płaszczu, jakiś skurczony i smutny.

Berg wyciągnął rękę.

– Żegnaj, Zeke – powtórzył. – Nie będę cię źle wspominał.

Drobne palce, podobne do ptasich szponów, zacisnęły się na dłoni Grabieżcy.

– Aaa, uważaj na siebie, Berg. Szczęśliwej podróży.

Lars zapuścił motor.

– Pozdrów Lizbeth – powiedział.

Burmistrz tylko skinął głową.

Berg kopnął gaz. Spod kół Achillesa wystrzeliły drobne kamyki.

– Hej, Berg! – zawołał Zeke, przekrzykując ryk motoru. – Rozumiem, że musisz jechać. Ale gdybyś chciał trochę zarobić... Może kiedy będziesz wracał?

– Pieprz się! – wrzasnął Berg, ale się roześmiał.

Achilles, porykując, wypadł na drogę. Lars zobaczył jeszcze, że Zeke macha na pożegnanie.

– Co za facet – mruknął.

Wiosna, choć chłodna i niechętna, przybyła już na dobre. Błoto po roztopach obeschło. Na gałęziach drzew nabrzmiewały grube, lepkie pąki. Niektóre krzaki okryły się już bledziutką woalką pierwszych, niepewnych jeszcze listków.

Gdyby nie dojmujący ból w barku i rozharatanej ręce, Berg czułby się naprawdę świetnie. Odetchnął głęboko świeżym, ciepłym powietrzem wiosny.

Wyrwałem się, pomyślał. Jednak się udało.

Zeke zapakował mu na drogę mnóstwo prowiantu, podarował ciepły koc i co do grosza wypłacił należność za pryzy. Lars nie potrafił źle o nim myśleć. Mimo wszystko polubił tego dziwacznego szaleńca, małego króla swego równie niewielkiego królestwa. Jednak obiecał sobie solennie, że nigdy już nie popełni błędu i choćby nastąpiły nie wiedzieć jakie okoliczności, nie przyzna się, że jest pozyskiwaczem. Za jasną cholerę.

Akolita cicho wsunął się do komnaty. Wysoki mężczyzna o włosach czarnych jak sadza, zapatrzony w okno, zdawał się go nie widzieć.

– Panie... – zagadnął niepewnie przybyły.

Trójoki kruk siedzący na drążku w kącie sali wrzasnął przeraźliwie i zamachał skrzydłami. Rozszedł się słodki zapach wanilii.

– Cisza – syknął czarnowłosy.

Długi, lśniący metalicznie dziób ptaka natychmiast zamknął się z trzaskiem. Mężczyzna przy oknie odwrócił się. Miał białą, nieruchomą twarz, niczym lalka z porcelany. Akolita zgiął się w ukłonie.

– Mów -- nakazał czarnowłosy.

– Panie – wykrztusił przybysz. – Drzewo znów wykazuje silną aktywność...

Wysoki mężczyzna przyskoczył do posłańca tak błyskawicznie, jakby był upiorem, nie istotą ludzką. Wyraz porcelanowej twarzy nie zmienił się, ale w cichym, świszczącym jak syk głosie brzmiała furia.

– Wiem. Dlaczego ośmielasz się przeszkadzać?

Akolita przypadł do podłogi.

– Wybraniec Drzewa – wykrztusił – wtargnął do dominium Mistrza Przemian. Zabił ćmę i jednego z Niegodziwych.

Cienkie kreski brwi czarnowłosego uniosły się lekko w górę.

– Dostał się do miejsca pokuty? – zasyczał szeleszczącym jak suche liście głosem. – Jakim sposobem? Po co?

– Nikt nie wie – szepnął akolita. – Rzucił jeden z tych swoich diabelskich wynalazków i zniszczył święte koło wyzwolenia...

– Co? – zaszeleścił porcelanowy upiór. Wydawał się wzburzony.

Akolita nie ośmielił się unieść wzroku.

– To prawda, panie – wymamrotał.

Czarnowłosy wyprostował się, wyłamał palce wąskich, białych niczym chińskie filiżanki dłoni.

– Zawiadom Mistrza Przemian, że przybędę jak najszybciej.

– Tak, panie.

Akolita na kolanach wycofał się z komnaty.

Bezoki kruk targnął łbem i zakrakał krótko, chrapliwie.

– A więc niedługo się poznamy, wybrańcze – powiedział czarnowłosy.

Mężczyzna o twarzy lalki w skupieniu przyglądał się kołu pokrytemu szarawym nalotem. Za to ani jednym spojrzeniem nie zaszczycił martwego Niegodziwego, wciąż skulonego w kącie celi.

Ubrany na biało starszy mężczyzna w milczeniu czekał na zewnątrz.

Czarnowłosy zamknął oczy, wyciągnął dłoń i dotknął kamiennego kręgu. Drgnął lekko, zacisnąwszy usta w prostą kreskę. Po dłuższej chwili opuścił rękę i rozwarł powieki.

Człowiek w bieli spojrzał na niego pytająco.

– Wielki Oświecony – zasyczał czarnowłosy. – Przekaż swemu panu, Mistrzowi Przemian, że poznałem już cel.

– Widziałeś wybrańca? – zapytał stary człowiek.

Wąska kreska ust drgnęła.

– O tak. Odnajdę go i rozpoznam.

– To dobrze – stwierdził z zadowoleniem Oświecony. – Kiedy możesz rozpocząć wykonywanie zadania?

Biała, porcelanowa twarz pozostała nieruchoma, ale w oczach zapłonął złowrogi blask.

– Natychmiast.

Oświecony skinął głową.

– Wszyscy liczymy na twoje talenty, Tanathosie.

Czarnowłosy skłonił się lekko, ale nic nie odpowiedział.

Rozdział 2

Zmierzch zaskoczył Grabieżcę. Nadszedł niepostrzeżenie, przez chwilę rozchlapywał na pniach i gałęziach drzew szkarłatne światło zachodu, a zaraz potem sfioletowiał i ściemniał. Zanim Berg zdążył rozstawić namiot i rozpalić niewielkie ognisko, zrobiło się całkiem ciemno. Przegryzł kilka sucharów z wędzonym mięsem i wczołgał się pod brezent. Nie był specjalnie głodny. Za to czuł się paskudnie obolały i zmęczony. Opatrunek na barku przesiąkł ciemną, brunatną krwią, ale nie miał siły go zmienić. Wpełzł do śpiwora i szybko zapadł w niespokojny sen.

Wąska, oświetlona księżycem droga wyglądała niczym szczelina na tle czerni lasu. Ogromna jaśniejąca tarcza wisiała nieruchomo na niebie. Przypominała wypolerowaną na błysk srebrną tacę. Najlżejszy wiatr nie poruszał konarami. Nienaturalna cisza aż brzęczała w uszach. Dlatego odległy szelest zabrzmiał głośno i wyraźnie. Coś przedzierało się przez poszycie lasu. Coś naprawdę dużego.

Berg nie pamiętał, kiedy wyszedł z namiotu. Stał na ścieżce, czekając na przybycie zwierza. Wreszcie krzaki rozchyliły się, spomiędzy gałęzi wychynął długi, łuskowaty pysk. Ogromny jaszczur, wielki co najmniej jak krowa, powoli przekraczał trakt. Podobny do podwójnego bicza jęzor co chwila wysuwał się spomiędzy rzędów ostrych jak igły kłów i ostrożnie macał grunt. Stwór wyglądał złowrogo, ale przejrzyste, żółte, bursztynowe ślepia miały łagodny, wręcz melancholijny wyraz. Potężne cielsko wysunęło się z zarośli i Berg ze zdumieniem dostrzegł, że na grzbiecie gada podróżuje dziewczynka w białej sukience z koronek. Siedziała bokiem, niczym na damskim siodle. Bose stopy wspierały się o łuskowaty bok, dłonie spoczywały na kolanach. Mała miała zamknięte oczy, wyglądała, jakby spała lub trwała pogrążona w transie. W gęstych, jasnych lokach było pełno igliwia.

Jaszczur człapał spokojnie w poprzek drogi. Nagle dziewczynka otworzyła oczy. Pod powiekami nie było tęczówek ani źrenic, tylko głęboka czerń.

– Ty szukasz mnie, a ktoś ciebie – odezwała się niskim, wibrującym głosem. – Uważaj!

Berg drgnął zaskoczony.

Twarz dziewczynki uległa przemianie. Zrobiła się biała i gładka jak fajans. Rysy wyostrzyły się, były teraz zdecydowanie męskie. Brwi stały się maźniętymi pędzlem kreskami, ciemne oczy były zupełnie bez wyrazu. Zaciśnięte usta zdawały się wcale nie mieć warg. Głowę porosły długie, proste, czarne włosy. Nowe oblicze przypominało twarz wyjątkowo brzydkiej farfurki. Pojawiło się tylko na moment, a już po chwili znikło. Dziewczynka znów zamknęła oczy i znieruchomiała.

Jaszczur przeszedł przez drogę i zagłębił się w zaroślach po drugiej stronie. Za nim, ciemny na tle wysrebrzonej księżycem ścieżki, stał niewysoki, szczupły mężczyzna. Niezbyt młody, bo krótko obcięte włosy miały zdecydowanie szpakowaty odcień. Przybysz miał na sobie wyciągnięty, znoszony sweter i robocze spodnie. Uśmiechał się.

– Jesteś zdolny, Bergerson – oświadczył. – Wierzę, że ci się uda. Tylko nie lekceważ słów Wyroczni. Tanathos jest niebezpieczny. Pomogę ci, kiedy tylko będę mógł. Na razie mogę jedynie cię ostrzec. Uważaj, Grabieżco. Dobranoc.

Wyciągnął dłoń, a Berg poczuł, że się przewraca. Padł na wilgotną ziemię, kompletnie pozbawiony kontroli nad ciałem. Chciał się zerwać, poruszyć, odezwać, ale leżał jak sparaliżowany. Powieki mimowolnie opadły i ogarnęła go ciemność.

Obudził się zlany potem, dysząc ciężko. Przed oczami zamiast nieba widział bury brezent namiotu. Zranione przedramię pulsowało tępym bólem, bark rwał. Lars przesunął dłońmi po twarzy.

– Cholerny koszmar – mruknął.

Spróbował odtworzyć sen. Mgliście przypominał sobie jaszczura i dziewczynkę. W głowie wciąż słyszał słowa spotkanego na ścieżce nieznajomego, ale nie potrafił przywołać w pamięci obrazu jego twarzy. Za to białe, nieruchome oblicze z brwiami jak kreski maźnięte pędzlem pamiętał ze wszystkimi szczegółami. I dobrze wiedział, że należy do śmiertelnego wroga.

Dziwne, pomyślał. Czy to prawdziwe ostrzeżenie, czy gorączkowe majaki?

Czuł się paskudnie. Rozbity i wytrącony z równowagi. Miał dreszcze, robiło mu się na przemian zimno i gorąco. Rany zadane przez ćmę dokuczały mocno. Ból był dojmujący, nadpływał falami i przygasał. Skóra zrobiła się sucha, nieprzyjemnie drażliwa, jakby doznała oparzeń słonecznych. Męczyło go pragnienie i lekkie mdłości.

– Do diabła – szepnął. – Może to bydlę było jednak jadowite?

Zastanowił się przelotnie, czy nie wrócić do Zekego, ale taka perspektywa wcale mu się nie uśmiechała. Postanowił zaczekać do rana. Jeśli przykre objawy nie miną, zastanowi się nad powrotem. Na razie połknął środek przeciwbólowy, który dostał od troskliwego burmistrza.

Nie spodziewał się, że łatwo zaśnie, ale gdy tylko przymknął oczy, opadł w miękką ciemność snu. Tym razem bez wizji.

Rano obudził się w znacznie lepszym stanie. Gorączka minęła, dreszcze też. Nocne majaki wydawały się odległe i nieistotne. Tylko jasna, nienaturalnie gładka, okolona czarnymi włosami twarz nie dawała się zapomnieć. Wyglądała nieco groteskowo. Mogłaby należeć do wampira albo magika z cyrku. Ale należała do wroga. Co do tego Berg nie miał żadnych wątpliwości.

W głowie znów zabrzmiał mu głos nieznajomego: *Uważaj. Tanathos jest niebezpieczny.*

– Jasne – mruknął. – Jak to śmierć.

Zjadł śniadanie, zwinął obóz i wdrapał się na siodełko Achillesa. Kiedy mijał miejsce, w którym zobaczył przedzierającego się przez zarośla jaszczura, obejrzał się. I z lekkim niepokojem dostrzegł, że krzaki są połamane, a na ścieżce leżą liście i drobne gałązki. Na wilgotnej ziemi odcisnęły się głębokie, wyraźne ślady, jakby ktoś przeciągał na drugą stronę traktu coś ciężkiego.

Na przykład długi, łuskowaty ogon, pomyślał Grabieżca, ale natychmiast odrzucił tę myśl.

Dodał gazu, motor skoczył do przodu. Słońce leniwie wspinało się po niebie, a Achilles podążał na północ, ku odległemu, nieznanemu morzu.

Kolejne dwa dni spędził w drodze. Raz nocował w namiocie, a na drugi nocleg zatrzymał się w małej, liczącej jedynie kilka domów wiosce. Za niewielką opłatą uczynny gospodarz pozwolił Grabieżcy nocować w przybudówce za stajnią i poczęstował dobrą gorącą zupą. Widocznie od dawna nie miał z kim pogadać, bo wypytywał gościa o przygody w drodze, a sam bardzo chętnie opowiadał o pobliskim mieście portowym i przeprawie przez cieśninę, jaką podobno odbył raz w młodości. Narzekał na zeszłoroczne plony i sklął serdecznie parobka, który uciekł w połowie zbiorów, żeby zasmakować życia marynarza. To on zajmował wcześniej przybudówkę, w której miał nocować Lars.

Gospodarz mówił z chropawym akcentem, przeciągając końcówki. Czasem trudno go było zrozumieć.

– Morze ciągnie. – Westchnął. – Tak jak i ciebie, co? A pewniej to, co podobno można znaleźć za wodą. Ale to wszystko głupoty. Wszędzie jest tak samo, wierz mi.

Berg poprawił się na krześle.

– A co niby miałoby być? – spytał obojętnie, chociaż serce zabiło mu mocniej. – Las jak las, wioski jak wioski. Tylko zimniej.

Chłop zaśmiał się.

– To czego tam szukasz? Ochłody?

Berg wzruszył ramionami.

– Roboty.

– Na moje oko nie znajdziesz. To dzika kraina. Niezbyt gościnna.

Lars pochylił się ku rozmówcy.

– To co znajdę, gospodarzu?

Chłop podrapał się po szczeciniastym podbródku.

– Ludzie gadają, że cuda. Im dalej na północ, tym potężniejsze. – Zniżył głos. – Mówią, że tam działa prawdziwa magia. Uzdrawiacze, czarownicy i takie tam. Ale ja nie wierzę. Byłem za morzem i nic ciekawego nie widziałem.

– W głębi lądu, tam, skąd pochodzę, opowiadali o takim miejscu, gdzie gromadzą się różni magicy. O jakimś zakonie czy jakoś tak... – zaczął ostrożnie Lars.

Gospodarz odłożył łyżkę i zmierzył gościa wzrokiem.

– Szukasz tego miejsca?

Berg roześmiał się.

– A po co? Co bym tam robił? Zaklęcia rzucał? Nie wierzę w takie bzdury. Tak tylko pytam, z ciekawości.

Chłop wyraźnie się odprężył.

– To niegłupi jesteś. Po co się zadawać z czarownikami? Może i gdzieś siedzą głęboko w lesie, bratają się z dzikusami. Mnie to nie obchodzi. A na dzikusów lepiej uważaj. Nie zapuszczaj się daleko na północ, bo tam już nie ma normalnych ludzi. Za wodą jest duże miasto, które nazywają Skała. Potem kilka miasteczek, wioski i puszcza. A w puszczy Bóg wie co się dzieje. Ale na pewno nic dobrego.

Berg skinął głową.

– No, tak daleko z pewnością się nie wybiorę. Nie ciągnie mnie do dzikich.

Ziewnął szeroko.

– Dziękuję za gościnę, gospodarzu, ale chyba pójdę się przespać. Jeśli wyruszę jutro rano, będę na wieczór w porcie?

Chłop machnął ręką.

– Nawet na popołudnie. Do morza już niedaleko. Czasem nocą słychać, jak szumi.

We łbie ci szumi, kolego, pomyślał Berg. Bo jakimś wielkim rozumem nie grzeszysz. Ale przynajmniej okazałeś się użyteczny. Kiepskie informacje są lepsze niż żadne.

Wstał od stołu, życząc gospodarzowi dobrej nocy.

Kwatera opuszczona przez parobka okazała się całkiem wygodna. Po kilku nocach spędzonych w namiocie drewniana prycza z siennikiem wydawała się królewskim posłaniem. Berg założył ręce pod głowę.

Pierwszy ślad, pomyślał. Dobre i to.

Był naprawdę zmęczony, więc zasnął szybko. Tym razem we śnie nie odwiedził go jaszczur z dziewczynką na grzbiecie.

Obudził się wczesnym rankiem, pożegnał z gospodarzem, wymienił kryształ energetyczny zasilający Achillesa i ruszył w drogę.

Dzisiaj zobaczę morze, pomyślał.

Wioski otaczające nadmorskie miasto, zwane przez okolicznych mieszkańców po prostu Portem, nie przypominały osiedli zbudowanych wokół dużych osad w głębi lądu. Już w południe Berg wyjechał z lasu. Droga, chociaż szersza i lepiej utrzymana niż trakt, miejscami zmieniła się w jeziora błota. Koła motocykla grzęzły, czasem Lars musiał zsiadać i wypychać ciężką maszynę ze szczególnie głębokich kolein.

Bark i ręka znów zaczęły boleć, bandaż na przedramieniu znaczyły plamy świeżego szkarłatu.

Co ja tu, u diabła, robię? – zastanawiał się zniechęcony Grabieżca.

Po raz pierwszy, odkąd trafił do Zekego, zatęsknił do domu. Brakowało mu Dirka i Mirandy, brakowało wieczorów w „Babilonie", własnego azylu, łóżka, wanny, czystych ubrań. Nawet Angelosa z nieruchomą twarzą marmurowego posągu. Tam wszystko było znajome, normalne, oswojone. A w podróży, którą rozpoczął Bóg wie po co i dlaczego, do tej pory nie zdarzyło się nic, co mógłby uznać za budujące.

Gonisz za mrzonkami, Bergerson – odezwał się dawno niesłyszany, zjadliwy głos w głowie. *Wyruszyłeś na wielką wyprawę niczym gorliwy arturianin na procesję ku czci Króla Rybaka, przepełniony duchem szlachetnym i wzniosłym, a masz na sumieniu sześciu ludzi, chłopie. Niewinnych ludzi, przypominam. Jeśli tak dalej pójdzie, wyprawisz na tamten świat całą cholerną armię. I jak się z tym czujesz, Lancelocie?*

Niedobrze, musiał przyznać Berg. Bardzo niedobrze.

Im bardziej przekonywał samego siebie, że chciał tylko odzyskać wolność, że nie mógł przewidzieć formy, w jakiej pojawiła się ćma, tym żałośniejszym dupkiem się sobie wydawał. Nawet blada, schorowana twarz Miriam, jej oczy, szare i puste niczym zachlapane deszczem szyby, nie tłumaczyły już szaleńczej podróży na północ. Dlaczego sądził, że zdoła uratować dziewczynę, że odnajdzie Avę, że będzie umiał poukładać wszystko na właściwych miejscach, jeśli tylko odjedzie odpowiednio daleko od domu? Bo uroiły mu się jakieś znaki, wyrocznie? Bo tak sobie wyobrażał? Takie rzeczy, Bergerson, to objawy choroby psychicznej. A tobie się zdawało, że mistyczne przesłania, frajerze. Zakon to legenda, bajeczka do straszenia głupich wieśniaków. I jeszcze głupszych naiwniaków.

Faktycznie, gonię za mrzonkami, pomyślał ze smutkiem. Ale odwrót nie wchodził w rachubę. Musiał się w końcu przekonać, czy Zakon rzeczywiście istnieje. A jeśli tak, to po co go wezwał.

Naparł z całej siły na Achillesa i wreszcie koło wytoczyło się z bruzdy. Berg otarł czoło i rozejrzał się wokół. Krajobraz sprawiał ponure wrażenie. Nad podmokłą szarą płachtą pól, ledwo pokrytą nalotem pierwszej wiosennej zieleni, wisiał gęsty opar mgły. W powietrzu unosiły się drobiny chłodnej marcowej wilgoci. Wciskały się pod ubranie, lśniły na włosach srebrnymi kropelkami. Niebo wyglądało jak ołowiana pokrywa, dotkliwy, ostry wiatr nie potrafił rozgonić chmur.

Lars zadrżał. Było zimno i nieprzyjemnie. Buty, pokryte skorupą błota, przemokły. Koła Achillesa zapadały się w rozmokłej ziemi.

To nie jest podróż marzeń, skonstatował Berg ponuro. Wgramolił się na siodełko i odpalił silnik.

Po dwóch długich godzinach zobaczył daleko w polu samotną sylwetkę oracza. Chłop i jego mały, pękaty koń zapadali się po kolana w błotnistej mazi. Na horyzoncie majaczyły dachy niewielkiego obejścia. Nic nie wskazywało na to, żeby w pobliżu znajdowało się miasto.

Berg dodał gazu. Droga przecinała pola niczym bura wstążka rzucona na połać pakowego papieru. Widok wydawał się Grabieżcy przygnębiająco szpetny.

Po południu pojawiły się pierwsze mewy. Ślizgały się po szarej płachcie nieba, skrzecząc głośno. Coraz częściej dawały się zauważyć pojedyncze, niedbale rozrzucone farmy, tworzące coś w rodzaju rozciągniętych wzdłuż drogi wiosek. Nie przypominały zwartej zabudowy przedmieść otaczających miasta w głębi lądu. Mieszkańcy krzątali się po obejściach, zajęci swoimi sprawami, nie zwracając na przybysza najmniejszej uwagi. Nawet dzieciaki bawiły się spokojnie dalej, jakby wielki motocykl był rzeczą codzienną i spowszedniałą.

W końcu zabudowa zaczęła się zagęszczać. Długie, pokryte spadzistymi dachami budynki skupiały się coraz bliżej siebie, pola kurczyły do rozmiaru małych spłachetków zaoranego gruntu lub wręcz przydomowych ogródków. Główną drogę zaczęły przecinać poprzeczne ścieżki, domy ścieśniły się tak, że między murami pozostały tylko wąskie przejścia, a Berg zrozumiał, że jest już w mieście.

Wkrótce jednopiętrowe budynki urosły o jedną lub dwie kondygnacje, zaś pod kołami motoru zagrzechotały kocie łby bruku.

Witamy w centrum, pomyślał Lars.

Mylił się. Dopiero po dłuższej jeździe zobaczył opustoszałe ruiny pierwszych blokowisk. W niczym nie przypominały Mrowiska. Budynki, znacznie niższe, niegdyś pewnie białe i schludne, wyglądały jak ciąg zlepionych z sobą kamieniczek. Ale trójkątne daszki i ganki zapadły się, oberwane balkony zwisały smętnie, w dziurach po drzwiach i oknach hulał wiatr. Osiedle zdawało się zupełnie puste.

Po lewej dostrzegł płaskie budynki centrum handlowego. Na rozległej przestrzeni dawnego parkingu, za ogrodzeniem z żerdzi, snuły się beżowe, długorogie krowy.

Prawdziwe miasto wyrosło niepostrzeżenie. Prosta, całkiem już szeroka droga rozplotła się nagle jak gruby sznur na kilka promieniście rozchodzących się ulic. Piętrowe domki zostały zastąpione przez zwarte rzędy kamienic. Pojawiły się chodniki i jezdnie wybrukowane gładkimi kamiennymi płytami. Gdzieniegdzie dały się zauważyć ciemne łaty asfaltu. W bramach zawisły szyldy sklepów i zakładów rzemieślniczych. Z targu ciągnęły wozy z zieleniną i mąką. Za furmankami dreptały cielęta i kozy. Widocznie tutejsi rolnicy mieli zwyczaj zbierać się do domu grubo przed zmierzchem.

Wąskimi, krętymi uliczkami Berg wjechał do śródmieścia. Spodziewał się, że po długim pobycie na trakcie poczuje się tu jak w domu, ale widok wydał mu się zupełnie obcy. Port musiał być kiedyś znacznie większym miastem, teraz zasiedlone wydawało się tylko stare centrum i jego najbliższe okolice. Brakowało wielkich znajomych domów o spokojnych, szarych fasadach. Małe kolorowe kamieniczki Portu tłoczyły się jak dzieciaki po cukierki. Wyższe piętra wąziutkich, stromych budynków służyły za mieszkania, dół zajmowały czasem wręcz miniaturowe warsztaty, sklepiki i bary. Z braku miejsca towary piętrzyły się na ulicy, było tłoczno i gwarno. Handlowano czym popadnie: ubraniami, jedzeniem, starociami i egzotycznymi artykułami przywiezionymi z morskich podróży. Miasto wyglądało niczym jeden wielki lombard. Berg nie mógł się oprzeć wrażeniu, że sprzedawcy okradli gigantyczny statek handlowy, a teraz chcą w miarę możliwości jak najszybciej pozbyć się trefnego towaru.

Mimo tłoku i życia toczącego się bezpośrednio na ulicy chodniki były schludne, a pod nogami nie poniewierały się śmieci. Mieszkańcy dbali o swoje domy. Większość fasad była czysta, porządnie odmalowana, wysokie attyki sterczały dumnie jak koki elegantek, framugi okien i drzwi lśniły lakierem, powiewały kolorowe firanki. Jednak czas i pogoda robiły swoje. Kamienne podmurówki podtrzymywały wypaczone, krzywe ściany. Mury znaczyły plamy zacieków i pleśni. W wąskich zaułkach drewniane plomby i podpory rozpychały chylące się ku sobie kamienice.

Berg minął kolejny kwartał budynków i znalazł się na moście. Koła motoru zadudniły głucho na drewnianych belkach. Przy wysokim nabrzeżu cumowała duża mieszkalna barka. Na relingu suszyły się pstre szmatki dziecięcych ubranek. Widocznie dopiero co odbyło się pranie.

Wystarczyło jeszcze kilka zakrętów, żeby Grabieżca przekonał się, że całe centrum przecinała sieć kanałów. Łukowate i płaskie mostki spinały kamienne nabrzeża sztucznych rzeczek. Woda połyskiwała oleiście, ciemna i cuchnąca piwnicą. Cierpliwie podmywała kamienne murki, lizała fundamenty budynków i płyty chodnika. Wszędzie cumowały szerokie, płaskie barki, Berg zauważył też kilka prześlizgujących się wąskimi kanałami łodzi. Życie miasta toczyło się także na wodzie.

Achilles z trudem przepychał się krętymi, zatłoczonymi ulicami. Lars bał się, że w ścisku potrąci jakiegoś przechodnia albo najedzie komuś na stopę. Port przypominał mu Skraj, tylko bez magiczno-mistycznej otoczki. Jechał przed siebie, przekonany, że w końcu trafi na nabrzeże, ale po półgodzinnym kluczeniu wśród zaułków zrozumiał, że się zgubił.

– Którędy do portu? – spytał kobietę siedzącą za straganem pełnym solonych i wędzonych ryb. – Nad wodę – powtórzył, widząc jej zdziwione spojrzenie.

Widocznie zrozumiała nareszcie, co mówił, bo z uśmiechem machnęła ręką.

– W lewo, tu zaraz. Za katedrą w prawo, znów w lewo i prosto.

Miała chropawy, gardłowy akcent, przeciągała końcówki, tak samo jak chłop, u którego nocował. Podziękował, motocykl wolno potoczył się dalej.

Skręcił w lewo zgodnie ze wskazówkami straganiarki i znalazł się niespodziewanie na sporym placu. Pośrodku, niczym wyspa wyłaniająca się z morza kocich łbów, sterczała ruina ogromnej katedry. Wysoka, schodkowa fasada trzymała się dzielnie, pobłyskując szafirowymi szybkami witrażowej rozety, ale w bocznych ścianach ziały dziury. Dach zapadł się częściowo, odsłaniając kamienne żebra konstrukcji, przez co budowla przypominała martwego wieloryba. Piękne, misterne kwiatony sterczały żałośnie w górę niczym połamane kości, gargulce szczerzyły w uśmiechach okaleczone twarze.

Lars poczuł nieprzyjemny dreszcz. Od pustych ścian biły smutek i zimno.

Bombę na nią spuścili czy co? – pomyślał ze smutkiem.

Na placu kręciło się znacznie mniej osób niż na ulicach, więc bez trudu objechał wielką bryłę zburzonej katedry. Potem już łatwo odnalazł drogę, bo uliczki zrobiły się szersze, a między budynkami widać było prześwity szarego, pochmurnego nieba.

Z daleka dochodził stłumiony, głuchy poszum. Brzmiał jak szept. Grabieżca rozpoznał ten dźwięk. Monolog wielkiej wody.

Minął ostatni zakręt, Achilles, porykując silnikiem, wtoczył się na szerokie betonowe nabrzeże i Berg zobaczył morze.

Ogromny stalowoszary przestwór, rozległy niczym drugie niebo, tylko głębsze i bardziej tajemnicze. Daleko mgliła się prawie niewidoczna linia horyzontu.

Wiatr pachniał solą, niósł w sobie wilgotny pył. Fale stroszyły gniewnie białe grzywy. Szum nasilił się, przenikał powietrze, zagłuszając tęskne krzyki mew.

Grabieżca zatrzymał motor. Ogarnęło go dziwne wzruszenie. Przed oczami przesunęły się zamglone obrazy. Plaża zaścielona drobnym popielatym piaskiem. Obłe, wygładzone do połysku otoczaki, barwne niczym szlachetne klejnoty. Czarne od wody, pokryte nalotem soli kawałki drewna wyrzuconego na brzeg. Dom o kamiennych ścianach, surowy, ale przyjazny. Rozwieszone do suszenia sieci. Sylwetki matki i ojca, dla kilkulatka wysokie niczym wieże. I morze. Każdego dnia inne, kapryśne i zmienne, morze, nad którym się wychował. Chyba zbyt łatwo o tym zapomniał.

– Witaj – szepnął.

Wysoka fala uderzyła o betonowy brzeg, opryskując pianą wyślizganą, porosłą pąklami krawędź. Mewa zakrzyczała żałośnie.

Berg drgnął. Turkot kół pokracznej garbonosej ciężarówki, wyłaniającej się z sąsiedniego zaułka, wyrwał go z zamyślenia. Rozejrzał się.

Długie, rozległe niczym lotnisko nabrzeże ciągnęło się na kształt litery L. Berg stał na końcu dłuższego ramienia. Główne zabudowania portowe skupiały się po drugiej stronie. Dwa ogromne żurawie, pamiętające czasy przed Przesileniem, sterczały w niebo niczym szkielety dinozaurów. Wyglądały krucho i złowieszczo, jakby czekały na najmniej odpowiedni moment, żeby runąć, zasypując przystań i molo tonami stali. Wokół tłoczyły się, czarne na tle wody, masywne sylwetki statków.

Ale coś z nimi było nie w porządku. Niektóre zapadały się za głęboko w wodę, inne stały wbite dziobami w skalny brzeg albo burtę najbliższego towarzysza. Jeden, szczególnie wielki, tkwił wbity w dno rufą do góry, jakby rozgniewany olbrzym spuścił go na nos ze znacznej wysokości. Między masywnymi cielskami uwijały się łodzie, barki czepiały się przerdzewiałych burt, niby dzieci matczynej spódnicy.

Berg zmrużył oczy. To wraki, zrozumiał.

Przy nabrzeżu nie cumował żaden statek, który mógłby wypłynąć w morze i nie utonąć jeszcze w porcie.

– Nie będzie łatwo – mruknął Lars i nacisnął gaz.

Jechał nabrzeżem, mijając ciągnące się rzędem tawerny, sklepiki i warsztaty. Im bliżej portu, tym mniejsze i bardziej zaniedbane. Wkrótce miejsce knajpek i kamieniczek o odrapanych ścianach i krzywych okiennicach zaczęły zajmować pustostany. Sterty złomu i beczki po paliwie tarasowały drogę. Na kołkach stał kadłub dużej łodzi. Spękany laminat zszarzał na słońcu i wietrze, boki znaczyły plamy z oleju i zacieki soli.

Berg minął połamany szlaban i znalazł się w porcie.

– Kurort to raczej nie jest – powiedział do siebie.

Faktycznie, przystań sprawiała przygnębiające wrażenie. Zewsząd ziało smutkiem i rozkładem. Płaski ceglany barak, jedyny w miarę porządny budynek, musiał pewnie mieścić coś w rodzaju kapitanatu. Wyciągnięte na brzeg stare kontenery z blachy służyły za magazyny i składy węgla. Obok parkowały trzy wielkie garbonose ciężarówki. Przypominały uśpione morskie stwory. W powietrzu unosił się ciężki smród nieświeżych ryb. Suszyły się rozpięte na kołkach sieci. Przy drewnianym pomoście cumowały dwa pękate kutry. Burty miały rude od rdzy, oblepione pąklami. Wionął od nich nieznośny gęsty fetor.

Ale armada, pomyślał Berg ponuro. Tym można najwyżej przepłynąć na drugą stronę tęczy.

Na cyplu, wyciągniętym ostrzegawczo na kształt palca, stała pękata, podobna do odwróconej szklanki latarnia morska. Ciemna i martwa, przywodziła na myśl brzydki nagrobek.

Lars zaparkował Achillesa przed ceglanym barakiem. Zastukał energicznie w drewniane wypaczone drzwi. Ale odpowiedziała mu cisza.

– Hej, jest tam kto? – zawołał.

Ze środka nie dobiegał żaden dźwięk.

Berg zajrzał przez zakurzoną szybę, ale zobaczył tylko mrok.

– Jest tu ktoś? – powtórzył.

Nic na to nie wskazywało.

Grabieżca westchnął zrezygnowany. Odwrócił się, żeby odejść, ale jego wzrok padł na ciemne bryły stłoczonych na mieliźnie statków.

Zamarł z dłonią opartą na kierownicy motoru.

Wygląda jak cmentarzysko potworów z głębin, pomyślał.

Wrakowisko stanowiło osobny świat. Na pokładach piętrzyły się byle jak sklecone budy i wysokie rusztowania z metalu i drewna. Prowizoryczne pomosty łączyły burty sąsiadujących okrętów, tworząc jedno pływające miasto. Cielska martwych kolosów były oplecione siecią z żerdzi i pordzewiałych blach. Podobne do jaskółczych gniazd lepianki czepiały się nadbudówek. Zewsząd wystawały osobliwe werandy, loggie wzniesione ze śmieci i złomu, pokraczne przybudówki, prowizoryczne tarasy z belek, fragmentów kontenerów i tego, co wyrzuciło morze, połączone systemem trapów i sznurowych drabin. Na niektórych podestach powstały żałosne, okaleczone ogródki. Pokręcone, maleńkie owocowe drzewka starały się przetrwać na odrobinie jałowej ziemi. W beczkach po paliwie rosły blade, rachityczne warzywa.

Chwiejne, spiętrzone bez ładu i składu konstrukcje oblepiały kadłuby okrętów jak osobliwy nowotwór.

Mieszkańcy wrakowiska krzątali się wokół codziennych spraw. Kopciły koksowniki, na ogniskach i prowizorycznych paleniskach podskakiwały garnki, w oknach zapalały się pierwsze lampy. Ktoś wyciągał z łodzi sieci pełne ryb. Ktoś wciągał na linie koszyki i skrzynki do chałupki przypominającej domek wiedźmy, która sterczała niby narośl na końcu blaszanego pomostu. Kołowrotek zgrzytał jękliwie. Wyżej, na jednym z tarasów, dzieci grały w piłkę. Jakaś kobieta pochylała się nad balią, inna dokładała do wielkiego chlebowego pieca na górnym pokładzie.

Pływająca osada w sinym, fioletowawym świetle zmierzchu wyglądała groteskowo i nierealnie. Jakby mieszkały w niej widma, duchy utopionych marynarzy, syreny i morskie potwory.

– Pierwszy raz widzisz wodnych ludzi, co? – odezwał się za plecami Larsa ochrypły głos. – Są dziwni, całkiem inni. Nigdy nie schodzą na ląd. Rodzą się i umierają na statkach. Nawet gadają po swojemu. Chciałbyś się tam dostać, co? Nic z tego. Nie wpuszczą cię, nawet jeśli zapłacisz. Ale mogę cię rano wziąć na łódkę. Podpłyniemy tak blisko, jak się da. Nie wezmę dużo. I co? Zgoda?

Grabieżca drgnął. Odwrócił się i zobaczył siwego mężczyznę w kapitańskiej czapce naciągniętej za głęboko na uszy.

– Nie, dzięki. Nie interesują mnie wodni ludzie. Chcę się przeprawić na drugą stronę cieśniny. Szukam transportu – wyjaśnił.

Stary podrapał się w zarośnięty policzek.

– Transportu, powiadasz? No to życzę szczęścia.

– Gdzie mogę się dowiedzieć, kiedy odpływa statek? – spytał Lars. – W tamtym budynku nikogo nie ma.

– Pewnie, że nie ma – zgodził się marynarz. – Przecież dopiero teraz wróciłem z knajpy.

Berg zmierzył starego wzrokiem. Kompletny kretyn, pomyślał. Wspaniale.

– Czy pan wie, kiedy odpływa najbliższy statek? Czy może mi pan powiedzieć?

Starzec w kapitańskiej czapce uśmiechnął się szeroko.

– Nie, synu. Tego akurat nie mogę.

Lars czuł narastającą irytację. Nie rozumie czy jak? – pomyślał. A może jest głuchy?

– Chcę się dostać do Skały – powtórzył wolno i wyraźnie. – Szukam transportu. Statku. Promu. Czegoś w tym rodzaju.

Stary marynarz zaśmiał się zgrzytliwie.

– Do Skały, synu? No, toś się wybrał.

Berg nabrał głęboko powietrza.

– Stąd odpływają statki na drugi brzeg cieśniny, tak?

Stary skinął głową. Na ustach miał szyderczy, paskudny uśmiech.

– Ano odpływają.

– Więc kiedy pojawi się najbliższy? Jutro rano? Za dwa dni?

Marynarz parsknął głośno.

– Jutro rano! Dobre! Nie, synu, nie pojawi się. Bóg raczy wiedzieć kiedy zobaczymy dobrą starą „Amandę". Jeśli w ogóle zobaczymy.

– Dlaczego? – warknął Lars, tracąc resztki cierpliwości.

– Bo to dziurawa, smutna krypa, która prędzej czy później się rozleci. Ot i tyle.

– A inne statki? Muszą być jakieś inne.

– A są, są – chichotał stary. – A jakże.

– Więc kiedy, u diabła, przypłyną?

– Kto to może wiedzieć, synu? Masz mnie za proroka czy jak?

Siwa broda trzęsła się, w piersiach starego grało. Zaniósł się paskudnym, chrapliwym kaszlem.

Jeszcze odwali kitę, stary dureń, pomyślał Grabieżca. Chętnie bym mu w tym pomógł.

Zacisnął zęby. Spojrzał na zasmarkane, czerwone z wysiłku oblicze starucha.

Nie będę się darł, obiecał sobie. Wytrzymam.

– Dobra – warknął poirytowany. – Jeszcze raz. Pływa tu jakiś prom?

Starzec zanosił się śmiechem, który brzmiał jak rzężenie młockarni. W bladych, błękitnych niczym sprane śpioszki oczach zalśniły łzy szczerej radości.

– Prom! – powtórzył, jakby powtarzał pointę świetnego dowcipu. – Patrzcie go! Prom.

Za chwilę szlag mnie trafi, pomyślał Lars.

– Chcę się dostać do Skały, człowieku. Co cię tak bawi?

Marynarz otarł oczy kułakiem.

– Synu – wykrztusił wreszcie. – Są wiosenne sztormy. Nawet szaleniec nie wypuści się na wodę. Nikt nie wie, kiedy statki wyruszą. Trzeba czekać, aż pogoda się poprawi. Cholera wie kiedy. Może za kilka dni, może za dwa tygodnie. To statki, synu. Nie ciężarówki.

– Fajnie – mruknął Lars. – Dzięki za wyczerpujące informacje.

Stary przestał się śmiać, spojrzał na Berga spod oka.

– Niech ci do łba nie strzeli przekupić jakiegoś głupka i wybrać się wynajętą łajbą przez cieśninę. Może się znajdzie jeden taki kretyn, ale życia szkoda, synu. Ja nie żartuję.

Lars rozłożył ręce.

– To co mam robić?

Stary wzruszył ramionami.

– Czekać. Skała ci nie ucieknie. Przychodź tu, najlepiej wieczorami. W końcu coś przypłynie.

– Dzięki – mruknął Berg.

Stary odwrócił się i poczłapał w kierunku baraku.

– A gdybyś jednak chciał zobaczyć wodnych ludzi... – rzucił na odchodnym.

– Nie sądzę. – Lars potrząsnął głową. – Ale w razie czego wiem, gdzie szukać.

Marynarz znikł między kontenerami.

Nie wygląda to różowo, pomyślał Berg.

Wdrapał się na siodełko motoru i odpalił silnik.

Wieczór zapadł już na dobre. Wrakowisko rozświetliło się mnóstwem lamp i ognisk. Statki przypominały teraz śpiące lewiatany.

Berg minął strzaskany szlaban i ruszył nabrzeżem w stronę miasta. Witryny sklepów i knajpek świeciły jasno niczym sznur choinkowych lampek.

Wiatr niósł teraz zapach gorącego oleju i smażonych ryb, a Grabieżca poczuł, że jest bardzo głodny. Najbliższa tawerna nosiła wdzięczną nazwę „U Syreny". Berg zaparkował motor pod samym oknem, żeby widzieć go ze środka, i szarpnął za klamkę. Wnętrze, choć ciasne i trochę mroczne, sprawiało miłe wrażenie. Na ścianach wisiały sieci, koła ratunkowe i różne przedmioty, które znudziły się morzu. Na szerokim kamiennym palenisku żarzyły się węgle. Lars z ulgą ściągnął z ramion plecak i usiadł przy drewnianym stole. Był tu jedynym gościem. Już miał zawołać lub chrząknąć znacząco, kiedy rozchyliła się zasłona z koralików i sieci. Niemłoda, zażywna kobieta o płaskiej jak patelnia twarzy w niczym nie przypominała syreny. Za to uwinęła się szybko i przed Grabieżcą niemal natychmiast pojawił się kubek pachnącego korzeniami grzanego wina i tłusta, pięknie wypieczona ryba.

Kiedy wreszcie odsunął talerz, z ryby pozostała tylko kupka ości. Ciepło bijące od paleniska przyjemnie grzało zziębnięte ręce i przemoczone nogi. Grabieżca poczuł się senny i zmęczony.

– Długo trzeba czekać na przewóz? – zagadnął.

– W taką pogodę? – zaśmiała się właścicielka. – To może potrwać. Z morzem nie ma żartów. Statki nawet w środku lata chodzą nieregularnie.

Berg westchnął. Będę potrzebował noclegu, pomyślał. Gdyby gildia jeszcze istniała, z pewnością uzyskałby pomoc, wynająłby pokój, a może popracował trochę, czekając na transport. Ale nie istniała. Mógłby zaryzykować i poszukać tutejszych pozyskiwaczy, nie sądził jednak, że spotkałby się z ciepłym przyjęciem. Prawdopodobnie zostałby potraktowany jak intruz. Istniało też niebezpieczeństwo, że wszyscy pracują dla kilku wpływowych pasterzy, którzy krzywym okiem patrzyliby na konkurencję. Zresztą po doświadczeniach z Zekem obiecał sobie, że nigdy nie przedstawi się jako Grabieżca. Pieniędzy mu na razie nie brakowało. Postanowił więc wynająć jakieś lokum.

– Czy dostanę w pobliżu jakiś pokój? – spytał.

Gruba syrena rozpromieniła się niczym lampa po podkręceniu knota.

– U mnie, na piętrze. Bardzo wygodny. I do portu blisko. Kiedy przypłynie statek, będzie pan wiedział pierwszy. Ten gwizd poderwałby na nogi umarłego.

Zmęczenie napływało potężnymi falami. Sytemu wreszcie i znużonemu Bergowi zamykały się oczy.

– Na zewnątrz stoi mój motocykl. Chciałbym go zostawić w bezpiecznym miejscu.

Karczmarka klasnęła w ręce.

– Za domem mam wiatkę. Zmieści się akurat. Tam mu będzie bezpiecznie jak na parkingu w raju.

Lars skinął głową.

Wszystko mi jedno, pomyślał. Bylebym mógł się umyć i wyspać.

– Będę mógł wziąć kąpiel? – upewnił się.

Właścicielka podparła się pod boki.

– Pewnie. Jest wanna i mnóstwo gorącej wody.

Zostaję, pomyślał Grabieżca. Nawet jeśli pokój będzie zupełną norą.

Nie był. Okazał się mały i schludny, z oknami wychodzącymi wprost na nabrzeże. Tej nocy Bergowi do snu grał niski, gniewny szum morza.

Rano obudził się wypoczęty. Wyjrzał przez okno, ale zgodnie z oczekiwaniami żadnego statku nie zobaczył. Niebo miało kolor cyny, a morze, granatowe i szare, tłukło gniewnie o nabrzeże.

Berg zjadł śniadanie, wypił kubek porządnej, mocnej herbaty i zastanowił się, co dalej. Mógł wrócić do pokoju i leżeć na łóżku, gapiąc się w sufit. Mógł zajrzeć do ogrodu i strawić tam trochę czasu. Albo spróbować się przespać. Ale żadna z tych opcji nie wydawała się kusząca. Pogoda nie była dramatycznie brzydka. Deszcz nie padał, w powietrzu wisiała tylko drobna mżawka, wiatr trochę osłabł, więc Lars postanowił obejrzeć sobie miasto.

– Niech pan idzie na targ – poradziła zażywna karczmarka. – Tam się zawsze coś dzieje. Sprzedają egzotyczne różności, są opowiadacze i brzuchomówcy, magicy pokazują sztuki, uśmiać się można.

Dlaczego nie, pomyślał Lars. Może dowiem się czegoś o Zakonie.

– Daleko to? – spytał.

Potrząsnęła głową.

– Nie, skąd. Minie pan plac przy katedrze, przejdzie przez most, a potem zapyta. Każdy powie.

– Dzięki – rzucił zdawkowo.

Wychodząc, zajrzał pod wiatę na tyłach domu. Achilles stał gdzie trzeba, suchy i bezpieczny.

Berg przeszedł się trochę nabrzeżem, a potem skręcił między kamienice. Drogę na plac katedralny znalazł bez trudu. Poranna mżawka minęła, ale powietrze wciąż było ciężkie od wilgoci. Co zdawało się wcale nie przeszkadzać przekupniom. Towary wylewały się z witryn i drzwi sklepów bezpośrednio na ulicę. Pstre wodospady tkanin zwieszały się nawet z okien na piętrach.

Zanim Lars dotarł do katedry, odmówił kupna trzech par butów, nieprzemakalnej kurtki z prawdziwej owczej wełny, paczki szafranu i butelki bimbru, reklamowanego jako prawdziwa szkocka sprzed Przesilenia.

Ale ciąg kramów i stoisk kończył się nagle wraz z wyznaczoną kocimi łbami granicą placu, na którym niczym wyrzut sumienia tkwiła ruina kościoła, jakby budynek emitował ponure, mistyczne pole siłowe. Jednak tym razem przed wejściem do katedry zebrała się spora grupa ludzi. Ubrani w długie, ciemne stroje nieśli w rękach zapalone świece albo wysokie żerdzie zwieńczone ciężkimi wyszywanymi płatami materiału. Z tych osobliwych sztandarów smutnym wzrokiem spoglądali na wiernych mężowie w fioletowych szatach, przystrojeni w lśniące nimby. Dzierżyli w dłoniach splecione węże lub zakrwawione miecze.

Milczący tłum stał wpatrzony w zamknięte drzwi kościoła. Tylko jeden mężczyzna, zapewne kapłan, ubrany w czerwony postrzępiony strój, nieprzyjemnie przypominający katowski, mówił coś podniesionym głosem, gestykulując żywo.

Grabieżca zatrzymał się. To pewnie wyznawcy, pomyślał. Dlaczego nie wejdą do środka?

Poryw wiatru załopotał ciężkimi materiami chorągwi. Złociści i purpurowi święci zadrżeli, jakby z lęku. Węże splotły się nerwowo, zafalowały wyszywane cekinami korabie.

Kapłan krzyknął wysokim głosem, wierni opadli na kolana, a wrota kościoła rozwarły się z trzaskiem.

Szeroko otwarte, okute odrzwia ukazały ciemne wnętrze. Przez otwór w dachu wpadał mdły, rozmyty snop światła. W prezbiterium, tam, gdzie powinien stać ołtarz, między smukłymi trzonami kolumn tkwił zardzewiały wrak samolotu. Skrzydła maszyny rozwierały się na kształt szeroko rozłożonych ramion. Ogon z odłamanymi statecznikami sterczał w górę. Strącony prawie sto lat wcześniej bombowiec wyglądał jak odwrócony krzyż. Szyderczy symbol zapowiedzianej i zrealizowanej apokalipsy.

Berg poczuł dreszcz wzdłuż kręgosłupa.

– Nic dziwnego, że ludzie nie lubią tu przychodzić – mruknął do siebie.

Kapłan w czerwieni zaczął zawodzić jękliwie, wyznawcy pochylili głowy, powtarzając słowa modlitwy. Nikt nie przestąpił progu.

Wyglądają, jakby bali się wejść, zastanowił się. Może uważają to miejsce za przeklęte. Ciekawe, o co tak usilnie proszą? O upadek Mistrzów Blasku? O powrót dawnego porządku?

Nagle ceremonia wydała mu się przygnębiająca.

Szkoda zachodu, pomyślał. Gdyby dobry Bóg miał coś do powiedzenia w tej kwestii, interweniowałby zawczasu.

Wsadził ręce w kieszenie i długimi krokami przemaszerował przez plac. W najbliższej uliczce spytał jakiegoś przechodnia o drogę na bazar i usłyszał, że właściwie jest prawie na miejscu.

Rzeczywiście, za rogiem zaczynało się targowisko, ale Lars zdążył już stracić ochotę na spacer. Snuł się między straganami, oglądał popisy akrobatów, przez chwilę słuchał opowiadacza, lecz ten streszczał jakąś zawiłą i nudną historię rodzinną. Minął dwa obwoźne lalkowe teatry i jeden stragan z marionetkami. Niektóre lalki były piękne, precyzyjnie wykonane i starannie ubrane, ale większość stanowiły toporne kukiełki byle jak sklecone ze szmat i kawałków drewna.

Bardziej niż atrakcje zaciekawiły go ciężkie, masywne ciężarówki zaparkowane na placu. Podobne zauważył już wcześniej, w porcie. Większość aut miała obłe, wydęte maski, jednak niektóre silniki okrywały tylko podobne do żeber kratownice. Wewnątrz, niby w drucianej klatce piersiowej, tkwiły ogromne matowe kryształy energetyczne, podłączone do motoru w sposób, którego Lars jeszcze nie widział. Same kryształy też były nietypowe. W głębokiej, mlecznej bieli pulsowało szkarłatne lub turkusowe jądro. Przypominało maleńkie serce.

Dziwne, pomyślał Berg. Muszą być bardzo wydajne, żeby uciągnąć takiego kolosa.

Zastanowił się przelotnie, skąd pozyskiwacze z Portu przynoszą takie pryzy. Najprawdopodobniej pochodziły z dominium Mistrza Przybliżeń, ale sam nigdy się na podobne nie natknął.

Chciał już wracać na nabrzeże, ale przypomniał sobie, że powinien kupić kilka kryształów do Achillesa. Na zapas, bo obawiał się, że w Skale mogą być z tym trudności. Zawrócił więc i znów znalazł się między straganami.

Na zbitych z nieheblowanych desek blatach i brezentowych płachtach, rozłożonych bezpośrednio na chodniku, piętrzyły się sterty prastarej elektroniki, pamiętającej czasy sprzed Przesilenia. Bezużyteczne skamieliny po upadłej cywilizacji, poddane osobliwej trepanacji i naszpikowane pryzami pozyskanymi z domeny Mistrzów Blasku. Brutalnie zadarte lub wyłamane pokrywy odsłaniały plątaninę kryształów energetycznych, termerów, pałeczek łącznikowych, separatorów i luster pamięci, połączonych z pierwotnymi wnętrznościami urządzeń.

Lars zatrzymał się, zaciekawiony. Wyciągnął rękę i dotknął pierwszego z brzegu elektronicznego Frankensteina, który niegdyś był chyba magnetofonem.

Sprzedawca, młody chłopak z zajęczą wargą, uśmiechnął się szeroko.

– W świetnym stanie – powiedział z dumą. – Naprawdę niezawodny. Sam bym go kupił.

Berg cofnął dłoń.

– Fajnie, ale co to jest?

Chłopak spojrzał na Grabieżcę z wyższością.

– Gadacz – wyjaśnił. – Mira, pokaż panu.

Wysoka dziewczyna z czubem różowych włosów pochyliła się nad urządzeniem. Czarnym, lśniącym paznokciem przesunęła podziałkę na skali i ze znudzoną miną, widoczną nawet pod imitującym rybie łuski makijażem, pokręciła gałkami. Gadacz przez chwilę szumiał jak zepsute radio, aż nagle przemówił świszczącym, głuchym szeptem. Słowa w niezrozumiałym szeleszczącym języku brzmiały złowieszczo niczym klątwa. Przekaz trwał zaledwie kilka sekund i rozpłynął się w szumie.

Sprzedawca patrzył na Larsa wyczekująco.

– I jak? – spytał wreszcie. – Bierze pan?

– Żeby mnie sklął parę razy dziennie, tak z czystej życzliwości? – Berg uśmiechnął się krzywo.

Chłopak żachnął się, wyraźnie urażony.

– Gadacz jest bardzo pożyteczny. Pozwala słyszeć głosy z zaświatów, a nawet komunikować się z duchami. Znaczy, wyższymi bytami i opiekunami duchowymi.

– Aha – mruknął Lars. – A to?

Wskazał pokryty siecią pęknięć monitor od komputera, wypchany termerami i kablami od stabilizatorów, połączonymi drutem z parą wielkich, brzydkich słuchawek, przypominających zdechłego homara.

Sprzedawca rozpromienił się.

– Opalizator. Dobry wybór.

– A co on potrafi? – Berg przesunął palcem po pęknięciach obudowy.

– Pokazuje krajobrazy z innych wymiarów – oznajmił z dumą Zajęcza Warga.

– Rozmazane plamy w różnych kolorach – burknęła niespodziewanie dziewczyna z rybim makijażem. – Śliczności.

Lars ściągnął usta, żeby się nie roześmiać.

– Ciekawe – mruknął. – Ale po co?

Chłopak rozdziawił usta.

– Jak to, po co?

– Po co pokazuje te krajobrazy – wyjaśnił cierpliwie Berg.

Zajęcza Warga się zmieszał.

– Aaa, hmm, działa korzystnie na rozwój duchowy... i w ogóle...

Grabieżca pokiwał głową.

– Rozwój duchowy – powtórzył z przekąsem.

Różowowłosa wyszczerzyła do niego zęby.

Co za badziewie, pomyślał. Same śmieci. Szkoda tylu zmarnowanych pryzów. Kto kupuje coś podobnego?

Wyciągnął ze sterty gratów małe pudełko przypominające papierośnicę. Przedmiot był zaśniedziały, bardzo zimny i dziwnie ciężki. Berg ważył go w dłoni. Chłód przenikał w głąb skóry, Grabieżca poczuł nieprzyjemne mrowienie, jakby pudełko emitowało słaby prąd.

– To kostka Amenofisa – gorliwie wyjaśnił Zajęcza Warga. – Rzadka rzecz. Przepowiada przyszłość.

– Gówno prawda – parsknęła gniewnie dziewczyna. – Skoro pan chce poznać przyszłość, niech pan lepiej idzie do wróżów. Mają stanowiska w przeciwległym rogu placu.

– Mira! – jęknął chłopak i spiorunował różowowłosą wzrokiem.

Wydęła pogardliwie usta.

Lars uśmiechnął się.

– Dzięki, królewno – powiedział. – Zapamiętam.

Obojętnie skinęła głową.

Grabieżca opuścił dłoń, żeby odłożyć pudełko, gdy nagle poczuł, że podskoczyło mu w palcach niby żywe.

W tej samej chwili usłyszał w głowie głos szeleszczący niczym suche liście.

Mortifer Tanathos. Już wkrótce, wybrańcze. Już wkrótce.

Drgnął i upuścił kostkę na ladę.

Co to było, u diabła? – pomyślał.

Ostrożnie musnął pudełko. Zrobiło się lodowato zimne.

Zajęcza Warga i dziewczyna z pewnością nie zauważyli niczego dziwnego. Za to Berg poczuł na karku gęsią skórę.

– Ile za to? – spytał.

– Dziesiątaka – rzucił hardo sprzedawca.

Lars bez protestów wysupłał pieniądze. Wsunął pudełko do kieszeni kurtki i odszedł śpiesznie. Zobaczył jeszcze, jak chłopak posyła różowowłosej pełne wyższości spojrzenie.

Zimna, kanciasta papierośnica ciążyła w kieszeni Grabieżcy, jakby była z kamienia.

Spróbuję jej użyć wieczorem, w spokoju, pomyślał. Jeśli głos się powtórzy, zastanowię się, o co właściwie chodzi. Albo rozbiorę to draństwo na kawałki i zobaczę, co ma w środku.

Z pozoru nie było powodu do obaw, ale incydent obudził w Grabieżcy podświadomy niepokój.

Mortifer Tanathos, huczało mu w głowie. Tanathos niosący śmierć. Zbitka podobnych wyrazów w dwóch starożytnych językach. Bez sensu. Brzmi niczym tandetne nazwisko. Egzaltowane i głupie. Pasuje do jakiegoś walniętego pasterza albo nawiedzonego maga. Pan

Śmiertelna Śmierć. Oklaski i chichoty. I co ja mogę mieć z tym wspólnego?

Wzruszył ramionami. Nieważne. To po prostu bzdury. Tandeta niewarta pryzu, który ma w środku.

Podniósł wzrok i stwierdził, że bezwiednie zapuścił się prawie na środek bazaru. Ludzi na targu przybywało. W powietrzu unosił się słodki, ciężki zapach karmelu i kusząca woń pieczonego na węglach mięsa. Grabieżca poczuł, że zgłodniał.

Czas coś zjeść, postanowił.

Stoiska z przekąskami znajdowały się teraz za nim, więc żeby do nich dotrzeć, musiał się cofnąć i przejść obok wróżbitów.

Odwrócił się i wtedy zobaczył Avę.

Siedziała w sąsiedniej alejce tyłem do niego, tak że widział tylko znajomą aż do bólu linię pleców i ramion, długie włosy okrywające plecy rudawym płaszczem. Serce podskoczyło mu do gardła, załomotało.

Niemożliwe, pomyślał, ale już biegł w tamtą stronę. Jego żona wyciągnęła rękę, sięgnęła po talię kart. Berg przeciskał się między stolikami, roztrącając przechodniów.

Ale jeszcze zanim zdołał spojrzeć w twarz wróżki, zrozumiał, że to nie Ava.

Rozczarowanie miało gorzki, cierpki smak smutku.

I to by było na tyle, pomyślał.

Zwolnił. Nie było już po co się śpieszyć.

Jest taka podobna, stwierdził ze zdziwieniem. Jak siostra.

Właściwie powinien zawrócić, ale chciał popatrzeć na dziewczynę, która przypominała mu utraconą żonę.

Widocznie miała wzięcie. Przy innych stolikach świeciło pustkami, a tutaj zebrała się spora grupka gapiów. Klient, wysoki facet z siwiejącymi włosami, przełożył karty.

Berg przysunął się bliżej, oparł biodro o krawędź stolika, żeby lepiej przyjrzeć się wróżce. I stwierdził, że się pomylił. Wcale tak bardzo nie przypominała Avy.

Była młodsza, z pewnością ledwie przekroczyła trzydziestkę. Owalna, szczupła twarz z wyraźnymi liniami ciemnych brwi, wąskim nosem i niewielkimi ustami nabrała skupionego wyrazu. Dziewczyna, nie podnosząc powiek, zaczęła sprawnymi ruchami rozkładać karty. Nie miała rysów klasycznej ślicznotki, ale było w niej coś, co sprawiało, że mogła wydawać się piękna. A Grabieżca dostrzegał to coś bardzo wyraźnie.

Z pozoru zdaje się podobna, ale jest zupełnie inna, pomyślał. Zdumiewające, że mogłem się tak pomylić.

Wróżka odkryła ostatni kartonik i otworzyła oczy. Zielone niby leśny mech, nakrapiane drobinami złota.

Berg zamarł.

Te oczy miały zieloność głębokiej, tajemniczej puszczy gdzieś na skraju świata i baśni. Włosy były jak czerwone pustkowie, które widywał we śnie, a skóra jaśniała złociście, niczym strumień pełen bryłek kruszcu.

I poczuł się tak, jakby nagle otworzyła się przed nim nieznana pustynia, niezwykły las i szkatułka pełna złotego pyłu.

Piękna kobieta. Nie dziwię się, że do niej przychodzą, pomyślał z podziwem. Zwłaszcza faceci. Prawdziwa Morgana le Fay. Królowa wróżek. Chyba też chciałbym poznać przyszłość. Tak z pięć razy dziennie.

Dziewczyna wpatrywała się w układ kart.

– Sprawa ma szansę zakończyć się pomyślnie – oznajmiła. – Ale nie może pan zrażać się początkowymi trudnościami. Proszę nie bać się śmiałych posunięć. Karta Złoczyńca wyraźnie wskazuje, że ryzyko się opłaci.

Miała niski, przyjemny głos.

Klient słuchał, kiwając głową. Wróżka wyjaśniała precyzyjnie znaczenie poszczególnych kart. Potem zainkasowała opłatę i zaczęła zgarniać ze stolika rozrzuconą talię. Berg zerknął na kolorowe kartoniki. Rysunki były staranne, wykonane ręcznie, ze swobodą i talentem. Nie przedstawiały figur tarota, przypominały je tylko z grubsza.

Kiedy następny klient sadowił się na składanym krześle, dziewczyna odwróciła kolejne karty koszulkami do dołu.

Zamieszanie wybuchło nagle i popłynęło alejką wróżbitów na podobieństwo fali przyboju. W powietrzu rozbrzmiewały krzyki i trzaski, rwetes narastał. Ludzie cofali się gwałtownie, złorzecząc i lamentując. W środku, niczym oko cyklonu, przesuwała się grupka ubranych na niebiesko bojówkarzy. Pałki migały jak młockarnia, rozbijając stragany. Berg poderwał głowę. Stoliki przewracały się, jakby uderzało w nie niewidzialne tornado, karty fruwały niczym płatki wielkich, kolorowych kwiatów, kryształowe kule spadały na bruk, sypiąc deszczem drobnych, lśniących odłamków, talizmany leciały wprost pod buty wystraszonych amatorów przepowiedni. Przerażeni magowie w pośpiechu zbierali narzędzia pracy. Gapie rzucili się do ucieczki, klient rudowłosej wróżki zerwał się i kopniakiem odrzucił krzesło.

Podobna do Avy Morgana też porwała się z miejsca.

– Cholera! – syknęła wściekle i szybkimi ruchami zaczęła zgarniać karty.

Talia wymsknęła się z palców i rozsypała po stole.

Lars wciągnął powietrze przez zęby. Na zielonym suknie blatu leżał obrazek przedstawiający biegnącego konia. A obok świecę osadzoną w prostym lichtarzu. I studnię. Okrągłą, cembrowaną studnię zamkniętą w przypominającym loch pomieszczeniu. Z otworu bił w górę słup nieziemskiego, błękitnego światła.

Karty z Biblioteki, pomyślał gorączkowo. Skąd się tu wzięły?

Szarpnął dziewczynę za rękaw. Migdałowe, zielono-złote oczy po raz pierwszy spotkały się z jego wzrokiem. I rozszerzyły z zaskoczenia.

– Skąd je masz?! – zapytał.

– Puszczaj! – Wyrwała rękę z uścisku. – Czego chcesz?

– Skąd masz karty? – powtórzył.

– Jakie, do diabła, karty?! – krzyknęła ze strachem. – Oszalałeś?! Uciekaj! Za chwilę nas rozwalą!

Berg odwrócił się. Rzeczywiście, bojówka błękitnych zbliżyła się niebezpiecznie. Dziewczyna, klnąc, pakowała karty za pazuchę kurtki. Gruba drewniana pałka roztrzaskała pobliski stolik.

– Zostaw to i wiej! – wrzasnął Grabieżca.

Krępy osiłek, postępujący na czele oddziału zniszczenia, zauważył Berga i ruszył ku niemu, wywijając pałą. Naciągnięta na twarz niebieska włóczkowa czapka z otworami na oczy i usta sprawiała, że przypominał postać z kukiełkowego przedstawienia. Jednak poruszał się ciężko, bez wdzięku. Nie wyglądał na speca od bójek.

Banda świrów, pomyślał Berg i sprzedał błękitnemu napastnikowi precyzyjny cios w szczękę. Niebieski zachwiał się, a Grabieżca poprawił paskudnym grzmotnięciem w skroń. Włóczkowy wojownik ze stęknięciem padł na kolana. Berg odepchnął go nogą. Rozejrzał się błyskawicznie i stwierdził, że reszta oddziału dalej zajmuje się demolką stoisk. Widocznie nie zauważyli upadku towarzysza.

Wtem tuż przed sobą dostrzegł kolejną niebieską kominiarkę. Napastnik zamierzył się pałą, ale Lars wywinął się zwinnie.

Wygląda jak wariacki strach na wróble, pomyślał przelotnie i kopnął przeciwnika w krocze. Błękitny, wrzasnąwszy dziko, opadł na chodnik. Jego kumple, zorientowawszy się, co się dzieje, wydali okrzyk bojowy i ruszyli na pomoc. Lars przeskoczył ruiny stolika. W tłumie uciekających mignęła mu czerwona chmura włosów. Trzasnął na odlew wyłaniającą się nagle z chaosu włóczkową błękitną maskę i pognał za dziewczyną.

Zwiewała zwinnie, lawirując między kramami, podciągnąwszy długą falbaniastą spódnicę. Biegł za nią, aż się zadyszał, ale kiedy wpadła w pobliskie zaułki, stracił nadzieję, że ją dopadnie. Pędziła niestrudzenie, niczym jakaś cholerna sarna na polowaniu. Szybko stracił ją z oczu. Minął trzy mosty i kilka przecznic, a potem opadł z sił. Zwolnił, oparł się o mur. Dyszał niby miech, ból rozsadzał płuca. W skroniach dudniła krew, przed oczami skakały czerwone błyski.

Cholerna sprinterka, pomyślał rozzłoszczony. Jakby ją diabli gonili.

I wtedy usłyszał płytki, przyspieszony oddech. Ostrożnie wychylił się zza węgła. Ruda Morgana stała zgięta wpół z rękami opartymi na udach. Otwartymi ustami łykała powietrze. Zerknęła na Berga i potrząsnęła głową.

– Zdekompletowali mi talię, sukinsyny – wydyszała. – Znowu będę musiała rysować.

Lars przełknął ślinę, żeby nawilżyć wyschnięte gardło.

– Ty je narysowałaś? – spytał.

Przytaknęła skinieniem.

– Po co uciekałaś? Przecież ci pomogłem.

Wzruszyła ramionami.

– Kto cię wie czemu. Przecież cię nie znam.

Uśmiechnął się.

– Lars Bergerson. Z Miasta Bramy.

Odgarnęła z czoła mokre od potu włosy.

– Amber – odpowiedziała. – Amber Svensen. Co robisz w Porcie? Przyjechałeś specjalnie po wróżbę?

W zieleni oczu zapłonął i zgasł kpiący ognik.

– Nie – zaczął Berg i już miał rzucić jakiś cięty żart, ale, niemal mimowolnie, odezwał się bardzo poważnie. – Jestem Grabieżcą, który szuka Zakonu Krańca Świata.

Dziewczyna wciągnęła gwałtownie powietrze.

– Naprawdę? – spytała zdumiona.

Skinął głową.

Uśmiechnęła się lekko.

– Znałam tylko jednego człowieka, który kiedyś szukał Zakonu. Ale nigdy się nie przyznał, czy znalazł. Dlaczego pytałeś o moje karty, Grabieżco?

– Zabrałem je z Biblioteki w Górnym Mieście, stolicy Mistrzów Blasku. A potem znalazłem studnię mocy, taką samą jak na twoim rysunku. W jaki sposób zdobyłaś te karty, Amber?

Dziewczyna przygryzła wargę.

– Śniłam o nich. Kolejno, przez wiele nocy. Kiedy się budziłam, szkicowałam obrazek. Starałam się zapamiętać wszystkie szczegóły, ale część i tak musiałam wymyślić. Potem narysowałam całą talię i nauczyłam się wróżyć. Są znacznie lepsze niż zwykłe karty albo tarot. Przynajmniej dla mnie. Sprawdzają się. Dlatego mam dużo klientów.

Powiedzmy, pomyślał Berg.

– Skąd się wzięli ci niebiescy kretyni? – zapytał. – Dlaczego rozbijali kramy?

Dziewczyna przewróciła oczami.

– To ludzie Bernharta. Takiego nawiedzonego świra, który pracował kiedyś jako pasterz, a potem doznał czegoś w rodzaju nawrócenia. Moim zdaniem miał zwykłe zapalenie opon mózgowych i nigdy nie doszedł do siebie. Uważa, że Mistrzowie Blasku to nowe wcielenie Najwyższego, a pozyskiwacze i wróżbici zakłócają boski porządek, więc są największymi grzesznikami, których trzeba tępić. Jest dość wpływowy, ma sporo pieniędzy, dlatego powołał te idiotyczne bojówki. Nazywa ich Niebieską Strażą. Żałosne, nie? Dość długo siedział spokojnie, ale teraz znowu się rzuca. Podobno pojawił się u niego jakiś facet z dalekich stron i Bernhart znów ma ataki. Powiada, że odwiedził go anioł. Ale to nie ty, co?

Zerknęła podejrzliwie spod kosmyka rudych loków.

Berg parsknął.

– Jasne, że ja. Archanioł Gabriel we własnej osobie. Chcesz usłyszeć dobrą nowinę?

Zaśmiała się.

– Nie, dzięki. Pamiętam, co z tego wynikło.

Zaraz sobie pójdzie, pomyślał i ta pewność zmroziła go nieprzyjemnie.

Strzepnęła dłońmi szeroką ciemnozieloną spódnicę, poprawiła szal na ramionach, a Berg gapił się na rude loki okalające szczupłą twarz i nie wiedział, co wymyślić, żeby ją zatrzymać.

Przeczesała włosy palcami.

– Ale się zmachałam. Co za kretyn z tego Bernharta. Ostatnio jest naprawdę jakiś nadaktywny.

– Chcesz wrócić na bazar? – spytał.

Potrząsnęła głową.

– Nie ma sensu. Niebieskie psy będą tam czatować do zmroku. Zresztą wystraszyli klientów. Dzisiaj nikt już nie przyjdzie. Wracam do domu.

Wyciągnął rękę.

– Poczekaj. Musimy pogadać.

Odsunęła się o krok.

– O czym? Przecież powiedziałam ci, skąd mam karty.

Zaczyna się, pomyślał. Wiedziałem.

– Powiedziałaś, ale to mi nie wystarczy. Chcę znać więcej szczegółów. Proszę, to dla mnie cholernie ważne. Muszę znaleźć Zakon. Wspomniałaś o nim.

Machnęła ręką.

– Znam tylko legendę. I tyle. Tu każdy ją zna.

Przepadło, pomyślał Lars. Do diabła, nie mogę na to pozwolić. Za wszelką cenę chciał zatrzymać dziewczynę, pogadać z nią, dowiedzieć się. Czego? Nie miał pojęcia, ale wiedział podświadomie, że spotkanie na bazarze to nie przypadek. Zresztą nie znalazł żadnych innych wskazówek. Miała karty z Biblioteki, wiedziała o Zakonie, pomylił ją z Avą, chociaż wcale nie była podobna, wszystko układało się w jakąś szaloną, ale logiczną całość. Odkąd spotkał Miriam i wplątał się w całą tę historię z Zakonem, żadne wydarzenie nie wydawało mu się równie ważne i sensowne.

– Amber, pomóż mi – poprosił. – Chcę tylko chwilę porozmawiać. Zapłacę ci.

Parsknęła.

– Nie trzeba. Mam mnóstwo klientów. Nie potrzebuję twojej forsy, Grabieżco.

Zacisnął zęby.

– Dobra, więc postaw mi karty.

Uśmiechnęła się z niedowierzaniem.

– Co?

– Potrzebuję wróżby. Od ciebie.

Zmrużyła oczy.

– Naprawdę chcesz, żebym ci wróżyła?

– Tak. Muszę się dowiedzieć, czy znajdę ten cholerny Zakon. No jak? Przyjmiesz dziś jeszcze jednego klienta?

Wzruszyła ramionami.

– Skoro nalegasz... to chodź.

Odetchnął z ulgą.

– W porządku, tylko powiedz gdzie. W knajpie? Ja mieszkam na nabrzeżu, w pokoju nad tawerną. Ale może być gdziekolwiek. Ty znasz miasto.

– Przecież mówiłam, że wracam do domu. Idziesz czy nie?

– Przyjmujesz domowe wizyty? – zdziwił się.

Uśmiechnęła się.

– Tylko specjalne.

– Dzięki. To mi pochlebia.

Znów wzruszyła ramionami.

– Twierdzisz, że jesteś Grabieżcą z daleka. Uparcie pytasz o Zakon. Rozpoznałeś karty. Biłeś się z Niebieską Strażą, żebym mogła uciec. Muszę ci pomóc. W końcu pracuję jako wiedźma. Czasami nie wolno odmówić współpracy.

– Karty ci kazały? – spytał, zanim zdążył ugryźć się w język.

Zielono-złote oczy patrzyły bardzo poważnie.

– Pewnie nie uwierzysz, ale tak. Kazały. Idziesz?

Skwapliwie skinął głową.

Nie tak wyobrażał sobie dom wiedźmy. Ruda Morgana mieszkała w spokojnej willowej dzielnicy, tuż nad kanałem. Do wejścia prowadziła drewniana kładka z balustradami. W malutkim frontowym ogródku sterczały teraz jedynie badyle pokryte grubymi, lepkimi pąkami, ale coś mówiło Grabieżcy, że wiosną przerodzą się w zadbane, dorodne krzaki. Domek był nieduży, ze stromo opadającym dachem i pokojami na mansardzie. Na ogród spoglądały pogodnie pomalowane na zielono futryny okien i drzwi z kołatką w kształcie lwiego łba.

– Zapraszam – uśmiechnęła się Amber.

Przekręciła klucz, zawiasy cicho zaskrzypiały i z wnętrza domu wypadły trzy burczące dziko futrzane kule. Berg cofnął się, nieco zaskoczony, a wróżka przykucnęła na ziemi, świergocząc radośnie i próbując wziąć jednocześnie w objęcia wszystkie trzy ocierające się o nogi i fikające koziołki koty.

– Filo! – pisnęła. – Moje maleństwo! Pani wróciła wcześniej. Zula, kiciuniu, no co to za wąsy? Co to za piękne wąsy, pani pyta? I Lilka, moje śliczności. Chodź do pani, skarbie!

Berg przyglądał się z uśmiechem temu wybuchowi kociej miłości, kiedy poczuł nagłe szturchnięcie w łydkę. Schylił się i pogłaskał okrągły niczym bila do gry w kulki łeb burasa, który żywo przypominał Felisa.

Wróżka gruchała słodko, po kolei podnosząc i przytulając zwierzaki. Nagle pochwyciła spojrzenie Grabieżcy, zarumieniła się i wstała, otrzepując trochę nerwowo spódnicę.

– Lubisz koty? – spytała nieco zaczepnie.

Berg poczochrał łepek burasa.

– Jasne. Ten przypomina Felisa, moje zwierzę mocy.

Dziewczyna uśmiechnęła się przepraszająco.

– To Filo, jest najmłodszy, a już wielki jak kaban. Każda szanująca się wiedźma powinna mieć koty. Nawet jeśli przesadzam, to tylko trochę.

Berg pokazał w uśmiechu zęby.

– Przesadzasz. Ale tylko trochę.

Bardzo zielone oczy zrobiły się ciepłe i złote.

– Chodź – zaprosiła go. – Przecież nie możesz doczekać się wróżby.

Wnętrze domu przypominało Bergowi pudełko po grubych, drogich skrętach, sprowadzanych podobno z Wyspy. Zieloną i złotą szkatułkę, pachnącą tytoniem, suszonymi śliwkami i żywicznym drewnem. Przez okna wpadało miękkie światło, wydobywając z mroku niezliczone pluszowe fotele, stoliczki na giętych nóżkach, regały zastawione książkami i całe zastępy bibelotów. Pokój nie różniłby się od typowego salonu starej cioci, gdyby nie reszta wystroju. Powieszone u powały pęki ziół i barwnych wstążek. Ogromny żyrandol z korali i turkusów wielkości kurzych jaj. Pentakle niedbale ciśnięte do okutej skrzynki. I podobne drobiazgi.

Berg starał się nie rozglądać zbyt nachalnie, ale głowa obracała mu się sama. Na ścianach, obok obrazków z kotami i końmi, wisiały tablice alchemiczne, kabalistyczne drzewa życia i inskrypcje w nieznanych językach. Szerokie, wiśniowe deski podłogi znaczyły woskowe kleksy wypalonych świec i resztki wyrysowanych kredą okręgów. Z kredensu spoglądały nieufnie srebrne kielichy i cynowe tace z wyobrażeniami zamkniętych w trójkącie oczu. W kącie pod oknem kołysał się wielki drewniany koń na biegunach. Brakowało tylko suszonych głów i ręki chwały. Powietrze pachniało ciężkimi, piżmowymi kadzidłami i ostrą wonią piołunu.

– Siadaj. – Amber wskazała rozkraczoną przed kominkiem wielką zieloną sofę, która wyglądała, jakby przed wiekami porosła pleśnią.

Koty, z ogonami do góry wyprężonymi niczym maszty, postępowały za swą panią, mierząc Berga lśniącymi turkusowo i bursztynowo spojrzeniami.

Wróżka zrzuciła z ramion gruby szal, ściągnęła kurtkę i z ulgą rozprostowała ramiona.

– Nie znoszę tego cholernego służbowego stroju – poskarżyła się. – Ale klienci uważają, że wiedźma powinna mieć długą kiecę i chustkę na ramionach. Jakby to miało jakiś wpływ na wynik wróżby. Szczególnie ta chustka jest brzydsza niż musztarda. Wyglądam w niej starzej od własnej babci.

Nie wyglądasz, królewno, pomyślał. Na pewno nie.

Dziewczyna była bardzo zgrabna. Berg gapił się na cienką talię odznaczającą się wyraźnie nad paskiem falbaniastej spódnicy, przekonany, że mógłby objąć ją palcami obu dłoni, i zastanawiał się, jak piękne muszą być ukryte pod fałdami niepotrzebnie spiętrzonego materiału nogi. Pod swetrem rysował się spory, zawadiacko uniesiony biust.

Cokolwiek teraz powiem, zabrzmi głupio, pomyślał. Ona nie wygląda na kokietkę. Po prostu mówi, co myśli.

– Często bywasz na targu? – ostrożnie zmienił temat.

Westchnęła.

– Na szczęście nie. Ze dwa, trzy razy w tygodniu. Ludzie teraz potrzebują magii. Takie czasy. Ale dobre dla wiedźm.

– I dla pozyskiwaczy – uśmiechnął się.

– Powiedziałeś, że jesteś Grabieżcą. To prawda?

Skinął głową.

– Zdążyłem dostać się do gildii, zanim się rozpadła.

– Tu mamy mało prawdziwych Grabieżców. Ale pozyskiwaczy sporo. Dużo można sprzedać, w końcu to portowe miasto.

– Pracują samodzielnie czy są zrzeszeni? – spytał ostrożnie.

Dziewczyna rozłożyła ręce.

– Jasne, że dla pasterzy. Takich jak kiedyś Bernhart. Żerują na nich niczym tłuste pijawki. Miasto jest podzielone na kilka stref wpływów. Żaden pozyskiwacz nie pracuje niezależnie. Gangsterzy trzymają łapę na wszystkim. Paskudna sprawa.

Berg przygryzł wargę. Pomyślał o pudełku zielonych pastylek i zafrasował się. Niedobrze, stwierdził w duchu.

Podrapał się w szyję, bo kołnierz nieprzyjemnie uwierał, i porozpinał guziki kurtki. W domu było goręcej niż w uchu. Od razu zaczął się pocić.

– Zdejmij to, przecież się zgrzejesz – zawołała. – Co ze mnie za gospodyni! Przepraszam, rzadko mam gości. Kurtkę możesz powiesić tam, na haku. – Wskazała ręką. – Tu jest porządnie napalone, bo ja ciągle marznę. Czego się napijesz?

Rozłożył ręce.

– Zależy, co masz. Byle nie naparu z tojadu albo podobnego świństwa.

Na ustach dziewczyny pojawił się porozumiewawczy uśmiech.

– Mam piwo. Najlepsze w mieście. Może być, panie Grabieżco?

– Jasne, pani wiedźmo.

Zapadł w miękką zieloność kanapy i z przyjemnością przyglądał się Amber, wyjmującej ze spiżarni ciemne, zalakowane butelki. Poruszała się z naturalnym wdziękiem, a Berg przypomniał sobie nagle, jak miło jest patrzeć na piękną kobietę, nawet gdy wykonuje tak banalne czynności jak odkorkowywanie flaszek i szukanie naczyń w kredensie. Nalała złotego, klarownego płynu do szklanek z grubego szkła i postawiła na stoliku obok kanapy.

– Poczekaj chwilę – poprosiła. – Przyniosę drugą talię. Żeby pokręciło tego świra Bernharta.

– Rzuć na niego urok – poradził Berg.

– Nie warto. – Machnęła ręką i znikła w głębi domu.

Lars pociągnął łyk piwa. Faktycznie, było znakomite. Dziewczyna zna się na rzeczy, pomyślał z uznaniem.

Wróciła z piękną, ręcznie malowaną talią w dłoni.

– Gotów? To zaczynamy.

– Co mam robić? Powiedzieć coś szczególnego, położyć rękę na sercu czy jakoś tak?

Sytuacja wydała mu się nagle komicznie absurdalna. Ściągnął usta, żeby się głupio nie uśmiechać.

Siedzę u wróżki, pomyślał. Jak stara baba z sercowymi rozterkami. Aptekarz czy szewc, kochana? Ten bogaty, a tamten do rany przyłóż.

Morgana zmierzyła go zimnym wzrokiem.

– Nie trzeba – mruknęła. – Kiedy potasuję, przełóż.

Chciał spytać, którą ręką, od siebie czy do siebie, ale spojrzał w zielone, nakrapiane złotem oczy i nic nie powiedział.

Przysunęła fotel do niskiego stolika przed kanapą. Karty migały w sprawnych dłoniach, na twarzy wróżki znów pojawił się wyraz skupienia. Wreszcie położyła przed Larsem zgrabny stosik. Przełożył na dwa.

Zerknęła znacząco i kiwnęła głową, jakby teraz wszystko stało się jasne.

Rozłożyła karty na blacie koszulkami do góry. Na Berga spoglądał teraz rząd nadąsanych słońc i sennych księżyców.

– Wybierz siedem kart – poleciła Amber.

Nie patrząc, sięgnął po kolorowe kartoniki. Kiedy trzymał je w palcach wydały mu się ciężkie i ciepłe. Za ciężkie i za ciepłe jak na zwykłe kawałki papieru. Przypomniał sobie dziwne uderzenie mocy, kiedy dotknął teczki w Bibliotece Mistrzów Blasku. Wrażenie było dużo słabsze, ale jakby podobne.

Świrujesz, stary, skarcił się w myślach.

Odłożył wybrane karty na blat. Wróżka szybko zgarnęła resztę na stos. Pozostałe siedem ułożyła w półokrąg. Patrzyła na układ zmrużonymi oczami tak długo, aż Berg poczuł się zakłopotany.

– Mam zadać pytanie? – spytał cicho.

Potrząsnęła głową.

– Dziwne – mruknęła. – Znajdziesz cel, którego szukasz, ale to nie będzie właściwa droga. Za twoimi plecami stoi przyjaciel. Ktoś, kto jednocześnie jest i nie jest człowiekiem. Bardzo potężny, ale ulotny, jakby był duchem czy istotą z innego wymiaru. Nie rozumiem, co to znaczy. Możesz podejmować ryzykowne działania, opłacą się. Spotkasz znów kobietę, która kiedyś była ci bardzo bliska...

– Avę? – szepnął Lars. – Jest w Zakonie?

Wróżka uciszyła go niecierpliwym machnięciem ręki.

– Nie wiem. Mówię to, co widzę. Ona jest... bardzo daleko, jakby obca, nie wiem. To spotkanie chyba nie przyniesie ci radości, ale mogę się mylić. Okropnie skomplikowany układ. Kim jest ta dziewczyna, z której powodu wyruszyłeś w podróż? Wiążą się z nią bardzo silne uczucia, ale nie sądzę, żeby była ci bliska jako kobieta. To siostra albo ktoś z rodziny. Wydaje się zamglona, jakby żyła tylko częściowo. Jest chora? Szukasz lekarstwa, chcesz ją uzdrowić? Wokół niej widać mnóstwo poczucia winy i żalu. Twojego żalu.

Lars z trudem przełknął ślinę.

– Wyzdrowieje? – spytał cicho.

Amber pochyliła głowę.

– Nie wiem. Ale ma szanse.

Westchnęła i podniosła wzrok znad blatu.

– Strasznie skomplikowany, niejasny układ. Obawiam się, że wróżba nie na wiele ci się przyda.

Berg przygryzł wargę.

– Przyda się. Dzięki.

Wróżka zgarnęła talię.

– Poczekaj – poprosił Lars. – Mogę jeszcze raz? Na początku powiedziałaś, że znajdę Zakon, ale to nie będzie właściwa droga. Chcę się dowiedzieć, co mnie czeka. I kim jest wybraniec Drzewa.

Amber drgnęła.

– Nie wiem, czy odpowiedzą, Grabieżco. Może za dużo chcesz wiedzieć.

Berg wzruszył ramionami.

– Spróbujmy.

Wróżka w milczeniu rozłożyła karty. Lars wybrał siedem i znów na blacie stołu pojawiło się półkole barwnych figur.

Amber spojrzała i zbladła. Zielone oczy rozszerzyły się z lęku. Szybkim ruchem zgarnęła układ, zaczęła zbierać talię. Berg zauważył, że palce dziewczyny drżą lekko.

– Wiedziałam – odezwała się stłumionym głosem, nie patrząc mu w twarz. – Nic nie powiedziały.

Berg chwycił ją za nadgarstek.

– Poczekaj. Zobaczyłaś coś, prawda? Co?

Potrząsnęła głową.

– Nic. Układ nie miał sensu.

Przytrzymał ją mocniej i zmusił, żeby spojrzała mu w oczy.

– Amber, proszę – szepnął. – Ja się nie boję.

Zacisnęła wargi.

– Nie masz czego. Nie wiem, co widziałam. Dla mnie to nie miało sensu. Karty nie chciały udzielić odpowiedzi. Powiem ci, jeśli musisz wiedzieć, ale to nie była prawdziwa wróżba. Jesteś częścią kosmicznego planu, boskiego planu, Bergerson, i on cię prowadzi. Osiągniesz swój cel, ale będziesz musiał przejść na drugą stronę rzeczywistości. Za kraniec świata. Tam, gdzie nie ma miejsca dla ludzi.

– Co to znaczy? – Mocniej zacisnął palce na smukłym nadgarstku dziewczyny.

Zielono-złote oczy popatrzyły twardo.

– Każdemu innemu powiedziałabym, że umrze, Grabieżco.

– Więc czemu nie mnie?

– Bo ty wrócisz.

Wypuścił wstrzymywane powietrze.

– To nie ma sensu – stwierdził z niechęcią.

Wzruszyła ramionami.

– Widzisz. Mówiłam, że karty nie udzieliły odpowiedzi. Czasem tak się dzieje, kiedy pytanie jest zbyt skomplikowane.

Zapadł w puchate niczym mech ramiona kanapy.

Dziwne, pomyślał. Przed chwilą dowiedziałem się, że zginę, i nie poczułem żadnego lęku. Jakby to było zupełnie naturalne, że podróż na kraniec świata prowadzi przez śmierć. Ale powiedziała też, że wrócę. Ciekawe jak?

Jako upiór? Chyba nie. To dobrze, bo nie mam zbytniej ochoty straszyć. Może nie skłamała. Może karty faktycznie nie udzieliły odpowiedzi.

Jednak w głębi duszy podejrzewał, że otrzymał odpowiedź. Na miarę pytania.

Amber starannie ułożyła talię i pociągnęła łyk piwa ze swojej szklanki.

– Opowiedz mi o kartach – poprosił.

Westchnęła. Znów wydawała się opanowana, ale była chyba lekko zdetonowana.

– Przyszły do mnie we śnie – zaczęła. – Dość długo trwało, zanim zebrałam wszystkie. Najczęściej ktoś mi je dawał lub pozwalał, żebym przyglądała się, w jaki sposób wróży. Stara kobieta w błękitnej pelerynie wyszywanej w gwiazdy. Mężczyzna w czerni, o łagodnej, pełnej ciepła twarzy. Bogini o kociej głowie. Nie bałam się, wiedziałam, że to dobre istoty. Inne karty musiałam sprytnie podejrzeć albo nawet ukraść. Zabierałam je śpiącym potworom i ludziom pokrytym łuskami. Zdawałam sobie sprawę, że to mieszkańcy Dolnego Świata. – Uśmiechnęła się. – Podświadomości, jeśli wolisz. A pozostałe musiałam narysować sama. We śnie oglądałam różne stworzenia i miejsca, które potem przenosiłam na papier. Pełna talia liczy czterdzieści dwie karty. Zebrałam wszystkie i nauczyłam się wróżyć. Nie miałam pojęcia, że istnieją poza światem snu. Myślałam, że to mój własny język symboli. Wiesz, dar od dobrych duchów.

Zarumieniła się, jakby zakłopotana. Berg z przyjemnością sączył piwo. Zapomniał już, jakie to miłe uczucie.

– Prawdziwe karty, dzieło jakiegoś dawnego, bardzo potężnego maga, leżą zamknięte w Bibliotece Mistrzów

Blasku w Górnym Mieście. Miałem je kiedyś w rękach i mogłem przenieść na naszą stronę, ale ktoś mi przeszkodził.

– Kto? – spytała zdziwiona. – Strażnicy?

Potrząsnął głową.

– Dziewczyna, którą wbrew rozsądkowi zgodziłem się szkolić. Postąpiłem jak kretyn. Przeze mnie wpakowała się na szarą bombę i zmieniła w cholerną roślinę.

– To okropne – wyszeptała. Wydawała się szczerze przejęta. – Karty powiedziały, że ma szansę wyzdrowieć.

Powiedziały też, że umrę, kotku, pomyślał. Więc lepiej nie pocieszaj mnie swoimi wróżbami.

– Co wiesz o Zakonie? – spytał. – Na kontynencie to tylko mało znana legenda.

Westchnęła.

– Tu właściwie też. Ludzie opowiadają o nim niestworzone brednie. Że to zamek czarowników, szczęśliwa kraina, gdzie nikt nie umiera, twierdza pełna bogactw, święte miejsce dzikich plemion i podobne bzdury. A Zakon, jeśli istnieje, zrzesza ludzi, którzy mają niezwykłe talenty i chcą się przeciwstawić dominacji Mistrzów Blasku. Mieszkają w ukryciu, bo są jeszcze zbyt słabi, żeby walczyć. Ale szykują się do wielkiej rozgrywki ze złem i kiedyś przywrócą właściwy porządek. Każdego nowego adepta wiedzie do wrót Zakonu przeznaczenie, a każdy, który wstąpi do stowarzyszenia, poświęca życie swojej misji. Nie wiem, ile w tym prawdy. To wszystko ma dosyć mistyczny wymiar. Wiesz, trochę przypomina legendę o królu Arturze. Wspaniali rycerze światłości pokonają mrocznych tyranów, bla, bla, bla. Jakby wszystko to wymyślili arturianie. Chociaż oni podobno nie chcą słyszeć o Zakonie. Dla nich to czysta herezja. Nie brzmi zbyt racjonalnie, ale podobno Zakon Krańca Świata naprawdę istnieje.

Berg uśmiechnął się lekko.

Zabawnie słyszeć tak sceptyczne słowa z ust czarownicy, pomyślał.

Amber umilkła. Pogłaskała czarną kotkę, która bezceremonialnie wskoczyła na kolana swojej pani.

– W jaki sposób znaleźć ten Zakon? – spytał. – Stanąć w określonym miejscu o wschodzie słońca i czekać, aż cień magicznego berła wskaże właściwą drogę? Podążać za białym jeleniem? Ktoś tam był kiedykolwiek i wrócił? Chociaż orientacyjnie wiadomo, gdzie może się znajdować to cholerne cudowne miejsce?

Wróżka rozłożyła ręce.

– Nie mam pojęcia. Chyba gdzieś daleko na północy. Na terytorium dzikich plemion. Podobno wiodą do niego różne drogi, ale wybraniec Drzewa zawsze odnajdzie właściwą.

Lars potarł policzek.

Faktycznie, pomyślał ze znużeniem. To zlepek dawnych bajek podlany sosem taniej mistyki.

– Jakiego drzewa? – spytał.

– Kosmicznego. – Amber spuściła wzrok, jakby z zakłopotaniem. – *Axis mundi*. Osi świata. Nie słyszałeś?

Potrząsnął głową.

– Czego was uczyli w tej gildii? – parsknęła.

– Jak ujść z życiem i przynieść pryz – burknął.

Wróżka uśmiechnęła się.

– Kiedyś tym samym zajmowali się szamani. Podróżowali do Górnej i Dolnej Krainy, wspinając się po gałęziach Drzewa, które spinało razem cały wszechświat. Rozumiesz, na tej samej zasadzie co szpilka do rolady.

Lars zmrużył oczy.

– Chcesz powiedzieć, że wybrała mnie gigantyczna wykałaczka i teraz realizuję jej plany?

– Można tak powiedzieć – przytaknęła, pociągając ze szklanki. – Dobre piwo?

– Doskonałe – przyznał szczerze.

– W Porcie mamy naprawdę dobre browary. Jeśli będziesz kupował, wybieraj butelki z czarną nalepką i małą złotą koroną. Jest najlepsze.

Roześmiał się.

– Dzięki. Znasz się na rzeczy.

Pokazała zęby w uśmiechu.

– Jak to wiedźma.

Kotka poderwała łepek i zeskoczyła z kolan Amber. W tej samej chwili trzasnęły frontowe drzwi.

Pewnie jej facet, pomyślał Berg z nagłą niechęcią. Przedtem jakoś nie przyszło mu do głowy, że wróżka pewnie nie mieszka sama.

– Amber! – odezwał się od drzwi piskliwy, zdecydowanie kobiecy głos. – Jesteś tam? Koniecznie musisz mi postawić karty!

Lars odetchnął z ulgą.

To tylko jakaś baba, przebiegło mu przez myśl, zanim zdążył się zastanowić, czemu ten fakt jest taki istotny.

Niska, korpulentna kobieta, której jasne włosy przylegały do czaszki, tworząc gładki hełm, wparowała bez pukania do pokoju.

– Nie mogę, po prostu nie mogę już dłużej tego znieść! Ciągle się zamartwiam, czy on naprawdę... –

Zobaczyła Berga i zachłysnęła się potokiem wymowy. – Och, przepraszam. Nie wiedziałam, że masz gościa.

Małe oczka, przypominające szklane kulki wciśnięte w surowe ciasto, spoglądały z zachłanną, złośliwą ciekawością.

Wróżka zmierzyła przybyłą chłodnym wzrokiem.

– Czasem przyjmuję w domu także innych klientów prócz ciebie, moja droga – odezwała się spokojnie.

– Ale chyba nie przeszkadzam, prawda? – zagruchała baba słodko. – Przecież już skończyliście.

Wymownie popatrzyła na złożone na stoliku karty.

Na kościach policzkowych wróżki pojawiły się ceglaste plamy, zielone oczy się zwęziły. Amber zacisnęła usta.

Zaraz będzie afera, pomyślał Lars. Co za parszywa gropa. Chętnie sprzedałbym kopa w ten wielki, tłusty tyłek.

Klientka skrzyżowała ręce na piersi na znak, że jest gotowa do boju i tak łatwo nie da się zbyć. Twarz Amber ściągnęła się gniewnie. Dziewczyna wyraźnie też nie zamierzała odpuścić.

Berg wstał. Nie chciał, żeby przez niego wróżka straciła klientkę. I to taką, która, choć nieznośna i głupia, z pewnością przynosiła niezłe zyski.

Założę się, że przylatuje z każdą bzdurą, pomyślał ze złością. I zawraca dziewczynie dupę. Co za cholerny babsztyl.

– Właśnie wychodziłem – odezwał się sucho. – Proszę się nie gorączkować. Zaraz pozna pani odpowiedź na nurtujące pytanie. Przyszłość odkryje przed panią swe tajemnice. Jeszcze moment cierpliwości.

Uśmiechnął się paskudnie. Amber też wstała.

– Odprowadzę klienta. Poczekaj tutaj, moja droga – wycedziła lodowato.

Wszystkie trzy koty wyszły za nią z pokoju z ostentacyjnie obrażonymi minami.

– Kiedyś się wścieknę i wywalę tę wścibską, cholerną kretynkę na zbity łeb – mruknęła w korytarzu.

– Ja bym to zaraz zrobił – przyznał rozeźlony Lars.

Amber wzruszyła ramionami.

– Płaci. Taki mam zawód. – Uniosła głowę i zachichotała. – Nawet koty jej nie znoszą. Kiedyś Filo nasikał jej do torby. Ale miałam ubaw.

Berg się uśmiechnął.

– Dzięki – powiedział ciepło. – Za karty i piwo. Ile kosztuje wróżba?

– Nic! – parsknęła, wyraźnie urażona. – Przecież powiedziałam, że nie chcę twoich pieniędzy, Grabieżco.

– Dlaczego? Są uczciwie zarobione. – Uśmiechnął się znów, ale przypomniał sobie ćmę i spochmurniał.

W oczach wróżki zabłysło i zgasło współczucie, a Berg przez jeden szalony moment był pewien, że ona wie. Ale wrażenie zaraz prysło.

– Znajdziesz ten Zakon – powiedziała cicho. – Powodzenia. Tylko uważaj na siebie. Na północy jest niebezpiecznie.

Berg dotknął dłoni dziewczyny. Była silna i ciepła.

– Posłuchaj, gdybym kiedyś... – zaczął.

– Amber, czy on już sobie poszedł? – zapiszczał nerwowo głos z salonu. – Pośpiesz się, proszę! Szaleję z niepokoju!

– Zaduszę babę – warknęła wróżka.

Zielone oczy zrobiły się zimne i złe.

Lars nacisnął klamkę.

– Dziękuję – powiedział jeszcze. – Do zobaczenia.

Przygryzła lekko wargę.

– Wróć, jeśli będziesz potrzebował nowej wróżby. Albo pomocy.

– Amber! Błagam! – rozdarła się histerycznie baba. – Ja muszę wiedzieć! Natychmiast!

– Idę! – wrzasnęła wróżka z furią.

– Na razie – pożegnał się Berg i zamknął za sobą drzwi.

Zatrzasnęły się głucho, a Lars znalazł się nagle w ogrodzie, mrużąc oczy przed perłową poświatą bijącą od powleczonego ołowiem nieba. Poczuł się obco i samotnie. Ogarnęło go przygnębienie pełne gorzkiego, niemiłego smaku porażki. Tak jakby wraz z drzwiami zamknęła się jakaś szansa. Jakby stracił coś naprawdę ważnego.

W tawernie zjadł późny obiad i poszedł do pokoju na górze. Wiatr gwizdał w szczelinach okien, morze mruczało gniewnie.

Berg założył ręce za głowę i przymknął oczy. Ale ilekroć próbował się zdrzemnąć, widział pod powiekami owalną, szczupłą twarz Amber.

Zdenerwowała się, kiedy zobaczyła, że mogę zginąć, pomyślał. Zbladła i dłonie jej drżały.

Nie wiedział dlaczego, ale wydało mu się to pokrzepiające.

Wrócił pamięcią do momentu spotkania Amber i bójki na bazarze. Uśmiechnął się krzywo na wspomnienie dupków w niebieskich kominiarkach. Brakowało im tylko robionych na szydełku uszu, żeby wyglądać jak pokraczne pluszowe misie. Z takimi nawet wstyd się bić. Zresztą i tak byli do niczego.

Potem przypomniał sobie kostkę Amenofisa. Sięgnął do kieszeni i wydobył pudełko. Było ciężkie i chłodne w dotyku, ale nie jakieś specjalnie lodowate.

– Ciekawe – mruknął.

Chwilę potrzymał kostkę w dłoni. Rozgrzała się od kontaktu ze skórą, jakby w mgnieniu oka straciła wszystkie magiczne właściwości. Jeśli kiedykolwiek je miała.

Berg zadrapał paznokciem śniedź. Na powierzchni nie pozostała nawet najmniejsza rysa. Pobawił się chwilę pudełkiem, a potem rzucił je na nocny stolik.

Nie zaprotestowało, więc uznał, że Mortifer Tanathos pewnie się wyprowadził. Na zawsze.

Połknął dwie zielone pastylki i z niepokojem potrząsnął puszką. Sytuacja jeszcze nie stała się dramatyczna, ale powoli zmierzała w tym kierunku.

Muszę kupić prochy tutaj, pomyślał. W Skale będzie jeszcze gorzej. Tylko gdzie? Jeśli wlezę ot tak na terytorium któregoś pasterza, załatwi mnie bez pytania. Cholera, niedobrze. Coś wymyślę. Nie mam wyjścia.

Podparł brodę pięścią i popatrzył na szarą, niespokojną wodę.

– Przypływaj, sukinsynu – mruknął, myśląc o statku.

Ale w porcie panowała cisza, nieprzerwana nawet odległym echem syreny.

Nie szukam pretekstu, powiedział sobie, stając przed zielonymi drzwiami z lwią kołatką. Potrzebuję pomocy. Sama mówiła, żebym w razie czego przyszedł.

Niebo wypogodziło się nieco przez dwie kolejne noce, wiatr gonił po błękitnej tafli postrzępione kłaki chmur. Jednak morze, granatowe i szare, złościło się bardziej niż kiedykolwiek. Wysokie fale zalewały nabrzeże, tłukły wściekle o beton.

Berg wracał właśnie z bazaru, nie zastawszy tam rudowłosej wiedźmy. Westchnął i po krótkim wahaniu ujął pierścień kołatki. Zastukał, lecz odpowiedziała mu cisza.

Zastukał ponownie. Nic.

Już miał odejść, starając się ukryć, jak bardzo jest rozczarowany, gdy usłyszał z góry głośne miauczenie. Okrągłogłowy burasek siedział na parapecie i darł się wniebogłosy.

– Filo, przestań natychmiast – rozległ się ze środka głos Amber. – No, o co chodzi kotu? Co się takiego stało?

Ruda czupryna pojawiła się w oknie. Filo wydał triumfalny wrzask i wygiął grzbiet w pałąk. Wróżka wychyliła głowę.

– Och, to ty! – zawołała do Berga. – Przepraszam, byłam w pracowni i nie słyszałam stukania. Już schodzę.

Po chwili zielone drzwi uchyliły się zapraszająco. Tym razem Amber nie miała na sobie długiej falbaniastej spódnicy, tylko prostą sukienkę wyglądającą na przydługi golf i Lars mógł się wreszcie przekonać, że długie, smukłe nogi wróżki są naprawdę tak piękne, jak przypuszczał.

– Proszę, wejdź. – Cofnęła się, wpuszczając go do środka.

Zobaczył, że ręce dziewczyny wystające z podwiniętych rękawów sukienki są pokryte kolorowymi plamami farby.

– Przepraszam – zmieszał się. – Chyba przyszedłem nie w porę. Jesteś zajęta.

Potrząsnęła głową.

– Nie, nie. Malowałam brakujące karty. Ale i tak już skończyłam. Teraz muszą przeschnąć. Chcesz zobaczyć?

– Pewnie. – Uśmiechnął się.

Znów znalazł się w ciemnawym wnętrzu salonu, ale tym razem Amber poprowadziła go dalej, do pracowni na piętrze. Pod skośnym belkowanym dachem było jaśniej i cieplej. Na środku pokoju stał wielki niczym lotnisko stół, zarzucony papierami i słoikami z farbą.

– Pracuję na górze, bo tu jest więcej światła – wyjaśniła. – Rozejrzyj się, a ja umyję ręce.

Berg podszedł do stołu. Na blacie leżało pięć mokrych od farby kart. Figury były nakreślone swobodną, pełną wdzięku kreską.

Ruda ma talent, pomyślał Lars. Spokojnie mogłaby pracować jako malarka.

Przyjrzał się kartom. Jeździec w złotej zbroi dosiadał skrzydlatego konia. Bestia podobna do jaszczura pożerała własny ogon. Istota o kociej głowie i kobiecym ciele szła po linie na rękach. Łeb ogromnego jaguara wisiał nad horyzontem, przypominając kosmate, cętkowane słońce, wywalony ozór przemieniał się w drogę, którą kroczył samotny wędrowiec, a obok orzeł walczył z dwugłowym psem.

Berg zapatrzył się na obrazki. Wydały mu się piękne i niepokojące.

Ciekawe, czy takie same leżą w Bibliotece Mistrzów Blasku, pomyślał. Były tak dziwne i pełne mocy, że właściwie nie miał wątpliwości. Ale czymś musiały się różnić, inaczej Amber zyskałaby potęgę równą Oświeconym.

Cichy szelest wyrwał Grabieżcę z zamyślenia. Kątem oka dostrzegł przy ścianie ruch. Buras Filo przyglądał mu się świecącymi turkusowymi oczami. Siedział na półce, pod którą rzędem wisiały lalki. Piękne, niemal metrowej wysokości marionetki, starannie ubrane i uczesane.

Lars zbliżył się do półki. Nie miał wątpliwości, że wszystkie były dziełem rąk Amber. Spojrzał w oczy wąsatego kocura w kapeluszu i rajtarskich butach, przesunął lekko chudzielca z krzywym, kpiącym uśmieszkiem i szopą związanych na karku białych jak len włosów, a potem wyciągnął rękę i musnął lalkę w grubym czarnym swetrze i drelichowych spodniach.

– Pańska twarz wydaje mi się znajoma – szepnął do marionetki, czując na karku dreszcz niepokoju. Przez krótką, szaloną chwilę spodziewał się, że kukiełka się odezwie, ale drewniane oblicze pozostało niewzruszone i nieruchome.

Ostrożnie podciągnął rękaw swetra. Na drewnianym ramieniu szczerzyła zęby precyzyjnie odtworzona końska czaszka.

Lars przygryzł wargę.

Coś pięknego, pomyślał. No i co teraz?

– O, widzę, że oglądasz lalki – usłyszał za plecami. – Podobają ci się?

W drzwiach stała Amber Svensen. Uśmiechała się, zupełnie niezmieszana.

Lars przełknął ślinę.

– To... jacyś konkretni ludzie? – spytał ostrożnie.

– Większość. – Zaśmiała się. – Oprócz kota w butach, jednorożca i zielonej syreny. Zrobiłam je na zamówienie, ale za bardzo mi się podobały, żebym chciała je sprzedać. Pozostałe przedstawiają moich przyjaciół i dobre istoty ze snów. To od nich otrzymałam karty.

Berg spojrzał na rząd lalek i dostrzegł starą kobietę w pelerynie wyszywanej w złote gwiazdy. Poczuł niemiły ucisk w klatce piersiowej.

Spokojnie, chłopie, pomyślał. Nie daj się zwariować.

– Zaraz – mruknął. – Chcesz powiedzieć, że...

– Dałeś mi je we śnie, Grabieżco. – Amber nadal uśmiechała się łagodnie. – Karty z koniem, świecą i studnią mocy. Od razu cię poznałam, ale z początku nie miałam pewności.

Berg rozłożył ręce.

– To niemożliwe – wykrztusił.

Wzruszyła ramionami.

– Dlaczego? Jesteś Grabieżcą, przenikasz do innych wymiarów, przemieszczasz się między światami, a ja jestem wiedźmą. Widzę więcej niż inni. Oboje mamy nietypowe zawody. Może pokrywają się bardziej, niż sądzisz.

Potrząsnął głową.

– Jak? Przecież to się kupy nie trzyma!

Przygryzła wargę.

– Złościsz się, że zrobiłam twoją lalkę? Nie znałam cię wtedy, nie wiedziałam, że w ogóle istniejesz.

Machnął ręką, zniecierpliwiony.

– Nie o to chodzi. Zrozum, to cholernie dziwne. Spotykam cię przypadkiem i nagle okazuje się... Do diabła, przecież to niemożliwe! Myślałem, że kontroluję swój talent. A tymczasem okazuje się, że latam po czyichś snach niby jakiś pieprzony piaskowy dziadek.

Westchnęła.

– Lars, tam jest inny świat. Inne wymiary. Nikt nie może powiedzieć, że kontroluje wydarzenia, które tam mają miejsce. Prawdziwe karty są obdarzone ogromną mocą. Kiedy je zabierałeś, ta moc mogła się uczynnić. Ja zobaczyłam jej odbicie, takie osobliwe echo tego zdarzenia. Pewnie tak miało być. Pewnie tego chciało.

Przesunął dłonią po twarzy.

– Kto znowu?

Spuściła wzrok.

– No, Drzewo – szepnęła. – Myślę, że Drzewo cię wybrało.

– Do czego? – Lars ścisnął palcami skronie. – Żebym pozrywał jabłka?

Potrząsnęła głową.

– Skąd mam wiedzieć? Jestem wiedźmą, nie wyrocznią, która ma gotową odpowiedź na wszystkie pytania. Niektóre rzeczy zdarzają się i już. Nie wściekaj się, przecież to tylko lalki. Po co się martwisz na zapas? Kiedyś się dowiesz. Albo nie, i też dobrze. Wielka księga magii mówi: podążaj za głosem intuicji. Może to i głupie, ale nieźle brzmi.

Zrobiła moją marionetkę, pomyślał Berg. Ja pieprzę, to niemożliwe. Pośniła sobie i już. Nawet nie mogę powiedzieć, że ma świra. Przecież, do diabła, nie zrobiła jej wczoraj. Chyba że utytłała to starannie udziergane ubranko w kurzu, a farby wysuszyła, chuchając. Co ze mną jest nie w porządku? Dlaczego nigdy nie trafiam na normalne kobiety? Ava rozpłynęła się w absolucie. Potem

pojawiła się panna Miriam z Czajnika. A teraz ta. Szalona wiedźma, która starannie wystrugała mnie z drewna. Obcego faceta, który jej się śnił. I przyniósł w zębach magiczne karty. Hokus-pokus. Jak pryz z sezamu. Bardzo proszę, na zamówienie. Dobre istoty ze świata snów. Duchy opiekuńcze. A wśród nich wesoło uśmiechnięty Grabieżca Lars Bergerson, wymachujący kartami z Biblioteki. Przecież to zupełne wariactwo. Cała moja wyprawa to czyste szaleństwo. Umrzesz od tej świrozy, Bergerson. Zobaczysz, chłopie. Ja ci to mówię.

Uśmiechnął się słabo.

– Nauczyłem cię czegoś jeszcze w twoim śnie, królewno?

Zaśmiała się.

– Ile razy mam powtarzać, że jestem profesjonalną czarownicą? Nie sądzę, żebyś dał radę nauczyć mnie czegoś szczególnego, panie Grabieżco.

Wskazał dłonią marionetkę.

– Naprawdę tak wyglądam? – Zmusił się, żeby spojrzeć jeszcze raz w drewnianą twarz lalki. – Mam taką śliczną gębę i w ogóle?

– No, chyba trochę jesteś podobny. Starałam się, jak umiałam. – Uśmiechnęła się, chyba lekko zakłopotana. – Chcesz herbaty? Dobrze ci zrobi.

Potrząsnął głową.

– Nie. Tak naprawdę przyszedłem zapytać, czy nie wiesz, gdzie mogę dostać prochy. Moje niedługo się skończą, a wtedy nie wiem, co zrobię. Skoro całe miasto jest opanowane przez pasterzy, nie dostanę leku u zwykłych sprzedawców.

Twarz Amber rozjaśniła się.

– Nie przejmuj się. Znam miejsce, gdzie możesz bez trudu kupić lekarstwo. Zaprowadzę cię.

Spojrzał nieufnie na dziewczynę.

– Gdzie to jest? W sąsiednim wymiarze?

Pokazała w uśmiechu zęby.

– Nie. W klasztorze.

Berg westchnął.

Za dużo tego dobrego, pomyślał.

Amber podniosła kołnierz płaszcza.

– Piekielnie zimne to przedwiośnie – poskarżyła się. – Mamy niestety kawałek do przejścia. Klasztor stoi prawie za miastem.

– Kto tam mieszka? – Berg wcisnął zmarznięte dłonie do kieszeni. – Jacyś lekarze? Kolejni magicy?

Uśmiechnęła się.

– Nie, mnisi. Ale znają się na medycynie. Prowadzą aptekę i mały szpitalik. Są w porządku. Zobaczysz.

Przeszli przez pusty plac katedralny. Tylko przed zamkniętymi drzwiami kościoła modliło się kilku ubranych na czarno wiernych.

– Dlaczego nie wejdą do środka? – zainteresował się Lars. – Boją się?

Amber potrząsnęła głową.

– To pokutnicy. Z Bractwa Rozpamiętywania Win. Ponieważ nie dostąpili wyzwolenia, nie czują się godni przestąpić progu świątyni. Z tego, co wiem, to raczej ponure towarzystwo. Są przekonani, że żyją w piekle. Optymiści, nie ma co.

Berg rzucił przelotne spojrzenie na wyznawców. Nieustannie rozpamiętując winy, faktycznie można sobie urządzić piekło, pomyślał i wzdrygnął się.

Klasztor okazał się prawdziwą małą twierdzą. Zza wysokiego kamiennego muru wystawały rozczochrane głowy owocowych drzew, pokryte mgiełką bladej zieleni, przysypane białym pyłem pąków. Amber zastukała i wielka, okuta furta otworzyła się z trzaskiem.

– Dzień dobry, bracie Michale – przywitała się wiedźma wesoło.

Mnich ubrany w szary habit z grubego płótna uśmiechnął się szeroko.

– Witaj, Amber. Dawno cię u nas nie było.

– Za to przyprowadziłam przyjaciela. – Zaśmiała się. – Jest ojciec przeor?

– W aptece – przytaknął mnich.

– Chodź – powiedziała wróżka, pociągając Berga za rękaw.

Apteka była wysoką, sklepioną żebrowo sienią, zastawioną strzelistymi niczym wieże regałami z ciemnego drewna. Na półkach piętrzyły się słoiczki z burymi i białymi mazidłami, opisane pajęczym pismem torebki z różnymi proszkami, duże i małe puszki, buteleczki z ciemnego szkła i cała masa innych cudów. Na belkach suszyły się pęczki ziół, w donicach przy oknach rosły rachityczne byliny i blade pnącza. Pachniało ostro terpentyną.

Pośrodku podłogi stała duża drewniana skarbonka. Widocznie mnisi pozostawiali kwestię zapłaty uczciwości klientów.

Lars zmrużył oczy, bo wnętrze było ciemnawe.

– Ojcze przeorze? – zagadnęła wróżka. – Jest tu ojciec?

Stojący w kącie worek poruszył się, odrzucił kaptur.

– Dzień dobry, ojcze. – Amber dygnęła jak mała dziewczynka.

– A, witaj, witaj, dziecko – zaskrzypiał worek, a właściwie coś, co znajdowało się w środku.

Prawdopodobnie przeor, domyślił się Berg.

Z czeluści zbyt obszernego habitu wyłoniła się pomarszczona niczym suszone jabłko twarz mnicha. Jasne, przenikliwe oczy patrzyły bystro. W kącikach zamiast należnego wiekowi zmęczenia mieszkał uśmiech.

– Potrzebujesz lekarstwa? – w zgrzytliwym głosie, przypominającym odgłos studziennego kołowrotu, zabrzmiała troska. – Aaa, widzę, że przyprowadziłaś znajomego. Jesteś chory, synu? Nie wyglądasz źle.

– To Lars Bergerson, ojcze – wyjaśniła Amber. – Jest Grabieżcą. Pozyskiwaczem. Potrzebuje lekarstwa, żeby kontrolować talent. Możesz mu pomóc?

Przeor rozłożył chudziutkie, pajęcze ręce.

– Zobaczę. Masz przy sobie swoje pigułki, młody człowieku?

Berg wyciągnął puszkę. Stary mnich wysypał kilka zielonych krążków na dłoń. Przybliżył do twarzy, powąchał, zadrapał powierzchnię pastylki twardym, żółtym paznokciem.

– Mocne – mruknął z lekką dezaprobatą. – Bardzo mocne. Nie mamy takich na składzie.

Dupa, pomyślał Lars. Wiedziałem.

– Jak ojciec myśli, dostanę je gdzie indziej? – Spojrzał na staruszka z nadzieją.

Przeor pokiwał głową i uśmiechnął się.

– Cierpliwości, synu. Pośpiech to diabelski wynalazek. Kto powiedział, że sprawa jest przegrana? Miej ufność w Panu, młody człowieku. Zrobimy ci twoje zielone pigułki. Ale nie za darmo.

Lars odetchnął z ulgą.

– Oczywiście, zapłacę, ile będzie trzeba.

Stary człowiek zachichotał.

– Drogi synu, nie wątpię. Ale nie potrzebuję twoich pieniędzy. W dzisiejszych czasach wiedza to waluta dużo bardziej wartościowa. Amber wspomniała, że jesteś Grabieżcą. W ramach zapłaty opowiesz mi wszystko, co wiesz o gildii. A brat Antoni dokładnie spisze twoją opowieść, dobrze?

– W porządku, ojcze – uśmiechnął się Lars. – To dobra cena.

A pieniądze i tak wrzucę do skrzynki, postanowił. Te prochy są bardzo drogie.

Przeor zatarł z radości kruche, półprzezroczyste dłonie.

– No to załatwione. Przygotujemy wszystko, kiedy przyjdziesz po lekarstwa.

– Bracia gromadzą wiedzę, Lars – wtrąciła Amber. – Zbierają i przepisują księgi, schematy działania różnych urządzeń, zapisują legendy i opowieści, wszystko, co da się ocalić z dawnej cywilizacji. Próbują stworzyć coś w rodzaju encyklopedii...

Przeor machnął ręką.

– Zaraz tam encyklopedii. Takie sobie zapiski. Może się kiedy przydadzą. Cóż, taka nasza klasztorna tradycja.

– Godna podziwu – powiedział Berg. – Z przyjemnością opowiem wam o gildii.

– To świetnie, świetnie – ucieszył się staruszek. – Aha, synku, byłbym zapomniał. Mamy schemat działania sezamu, ale nie wiemy, czy dobrze go odczytujemy. Gdybyś przy okazji zajrzał, z łaski swojej... Brat Łukasz byłby niewymownie wdzięczny.

– Oczywiście, ojcze – zgodził się Berg. – Żaden problem.

Opat się rozpromienił.

– Wspaniale. Naprawdę wspaniale.

Lars rozglądał się po regałach. Niektóre specyfiki wydały mu się odrobinę nietypowe.

Na półkach piętrzyły się stosy żmijowych głów, suszonych żab, muszli i zwierzęcych pazurów.

– Podziwiasz naszą skromną aptekę? – zagadnął przeor.

Lars wskazał słoje z marynowanymi traszkami.

– Czy to też są lekarstwa? – spytał, zanim zdążył ugryźć się w język. – Kojarzą się raczej z zabobonem. Albo czarodziejstwem.

Amber kopnęła go w kostkę.

Opat wsunął dłonie w obszerne rękawy habitu.

– Magia. – Uśmiechnął się. – Chyba nie ma w niej nic złego, jeśli służy naszemu Panu. Inaczej musiałbym potępiać pozyskiwaczy, a przecież Pan obdarzył ich talentem, żeby walczyli z butą i samowolą tak zwanych Mistrzów Blasku. Stali się narzędziem dobra w boskich rękach. Świat bardzo się zmienił. Fałszywi prorocy przybyli, spełniając zapowiedziane przez Księgę proroctwa, i w swojej pysze postanowili urządzić własne niebo. Ale, jak zwykle w takich wypadkach, wyszło im coś znacznie bardziej zbliżonego do piekła. No, młody człowieku. Przyjdź za dwa dni. Twoje lekarstwo będzie gotowe.

Lars podziękował i oboje z Amber opuścili aptekę.

– Miły staruszek – stwierdziła wiedźma. – Robi, co może, żeby przywrócić dawne czasy, ale nawet on musiał nieco przewartościować poglądy.

– Przynajmniej robi coś dobrego. – Berg przegarnął palcami włosy. – To bardziej pożyteczne niż rozpamiętywanie win.

Furtian otworzył bramę i znaleźli się na zewnątrz.

– Chodź, pójdziemy coś zjeść – zaproponował Grabieżca. – Z wdzięczności postawię ci obiad. Znasz jakąś dobrą knajpę?

Uśmiechnęła się.

– Znam same dobre knajpy. W końcu jestem wiedźmą.

Bernhart z bijącym sercem stał przed drzwiami, za którymi mieszkał anioł. Wahał się. Nie śmiał zapukać, żeby nie przeszkodzić przybyszowi w medytacjach. Zamarł z uniesioną w górze dłonią.

– Wejść – usłyszał komendę wypowiedzianą głosem niby szelest suchych liści.

Nacisnął klamkę i nieśmiało wsunął się do środka.

Anioł stał tyłem do drzwi. W czarnym płaszczu, z włosami opadającymi na plecy, przypominał rzeźbę z węgla.

– W twoim mieście panuje wielki nieporządek – zaszeleścił, nie odwracając się. – Panoszy się zło, występek i czarna magia. Bezkarnie działają bezczelni rabusie, ośmielający się zakłócać boski porządek pozyskiwacze. To wzbudza wielki gniew Dwunastu. Twoja nieudolność mnie zasmuca. Nie uczyniłeś nic, by ukrócić te haniebne praktyki.

Bernhart zadrżał. Chciał coś powiedzieć, wytłumaczyć, ale nie ośmielił się odezwać.

– Dość tego – zaszemrał anioł.

Odwrócił się i były pasterz zobaczył białą jak porcelana twarz z czarnymi kreskami zmarszczonych brwi.

– Nadszedł już czas, żebym wziął sprawy w swoje ręce – szepnął boski posłaniec Dwunastu, a Bernhart przypadł do podłogi, porażony mocą jarzących się czarnym płomieniem oczu.

Rozdział 3

Urok, pomyślał Berg. Tak się to właśnie nazywa. Rzuciła na mnie urok.

Zerknął na śpiącą obok Amber. Rude włosy kłębiły się na poduszce, na twarzy malował się spokój. Dookoła głowy wróżki na kształt trzech osobliwych jaśków drzemały koty. Berg miał ochotę pogłaskać policzek dziewczyny, ale bał się, że ją obudzi.

Dobry Boże, pomyślał. Spraw, żeby ten urok trwał jak najdłużej. Na zawsze.

Wysunął się spod kołdry. Amber sapnęła przez sen, wtuliła się mocniej w poduszkę. Odetchnął z ulgą. Nie chciał, żeby wiedziała, że kiepsko się czuje.

Ostrożnie usiadł na łóżku, ścisnął palcami skronie. Męczył go paskudny, ćmiący ból głowy. W ustach czuł nieprzyjemny, gorzki posmak. Niedobrze. Opuścił głowę i głęboko odetchnął. Nie pomogło. Poczuł gwałtowne tąpnięcie rzeczywistości. Pokój zwinął się, jakby porwany niewidzialnym wirem, framugi okien i drzwi zaczęły się wykrzywiać. Coś wielkiego, czarnego niczym śmierć pojawiło się w rogu pokoju. Rozszedł się przeraźliwie słodki, mdlący zapach wanilii.

Lars zmusił się do straszliwego wysiłku i drżącymi palcami wymacał pudełko leżące na szafce przy łóżku. Zdarł pokrywkę, zbawcze zielone drażetki rozsypały się po kołdrze i podłodze. Ciężki, słodkawy smród przyprawiał o torsje. Pod czaszką Grabieżcy rozdzwoniły się wibrujące, potężniejące z każdą chwilą gongi, krew w skroniach tłukła tak, jakby za chwilę miała rozsadzić żyły. Przed oczami tańczyły srebrne rozbłyski.

Ale rzeczywistość się nie rozstąpiła. To nie był zwykły atak. Półślepy, szarpany spazmami mdłości Berg rozpaczliwie próbował znaleźć chociaż kilka pastylek. Wreszcie dygoczące palce natrafiły na twardy, obły kształt. Zmusił się, żeby przełknąć pigułkę, chociaż omal nie utknęła mu w gardle.

Czarny cień w kącie poruszył się i wydał niski, charkotliwy dźwięk. Śmierdział przeraźliwie trupem i wanilią. Wcale nie przypominał halucynacji towarzyszących niekontrolowanemu przejściu. Wydawał się bardziej realny niż powykrzywiany nienaturalnie pokój.

Lars poczuł, że ucisk w skroniach nieco zelżał. Wymacał jeszcze dwie pigułki i połknął z trudem. Ból nadal rozsadzał głowę, ale nie był już tak nieznośny, w piersi ciężko łomotało serce. Oddech ze świstem wydobywał się przez zaciśnięte zęby. Wokół zrobiło się bardzo ciemno. Srebrne błyski przed oczami przelatywały niby miniaturowe błyskawice.

Do diabła, pomyślał Grabieżca. Chyba nie umrę. Co to za cholerstwo? Wylew?

Czarny stwór rozpostarł wielkie, postrzępione skrzydła. Lars usłyszał ochrypły, przeciągły wrzask i nagle wszystko wróciło do normy. Ból głowy ustąpił, serce przestało brykać niby rozzłoszczony koń, puls się uspokoił. Tylko mięśnie drgały jakby po wielkim wysiłku.

Leżał na łóżku wśród rozsypanych pigułek, niczym zmarły barbarzyńca obsypany paciorkami z malachitu. Odetchnął głęboko. Był zlany potem i cholernie zmęczony, jednak niewątpliwie żywy. Usiadł, przesunął ręką po twarzy, odgarnął z czoła lepkie, mokre kosmyki.

– Cholera – szepnął. – To był dopiero odjazd.

Sięgnął po szklankę i napił się wody. Nic nie wylał, ale ręce cały czas jeszcze drżały.

– Co się stało? – usłyszał pełen niepokoju cichy głos Amber. – Źle się czujesz?

Spróbował się uśmiechnąć, chociaż z białą jak wapno twarzą, mokrymi włosami i wyszczerzonymi nienaturalnie zębami wyglądał pewnie jeszcze bardziej upiornie.

– Nie, wszystko w porządku – skłamał. – Musiałem się napić.

Amber przygryzła wargę. Spojrzała na Grabieżcę i rozsypane pigułki.

– Znowu miałeś atak?

– Słaby. – Berg odwrócił wzrok. – Nie ma się czym przejmować.

Wielkie, wystraszone oczy wróżki były bardziej zielone niż paciorki pastylek.

– Cholera, to nie wygląda dobrze. Znam kogoś, kto ci pomoże. To wielki uzdrawiacz. Ma ogromny talent. Tylko że teraz jest chyba w Skale. Ale to nic. Skontaktuję się z nim. To mój przyjaciel. Znam go od lat. Nie odmówi pomocy. Na pewno ci pomoże. Jest bardzo skuteczny.

Lars pogłaskał Amber po włosach.

– Jasne, skarbie. W porządku. Może być uzdrawiacz. Ale rano. Teraz muszę się trochę przespać.

Skinęła głową.

– Dobra, pogadamy jutro. Zula, złaź z poduszki, podłe futro! Poczekaj, usunę z łóżka koty i możemy spać dalej. Dopiero świta.

Wsunął się pod kołdrę. Oczy mu się zamykały, ale sen nie przychodził. Amber też długo leżała, nie śpiąc, ale w końcu usłyszał jej równy, głęboki oddech. Sam też zapadł w płytką drzemkę. Śnił mu się gigantyczny kruk o postrzępionych piórach przypominających gałęzie drzewa. Ptak miał tylko jedną nogę, długie pazury wrastały w ziemię na kształt korzeni. Śmierdział nieznośnie zgnilizną i lepkim, ciężkim aromatem wanilii.

Rano Berg obudził się rozbity i zmęczony, z tępym, ćmiącym bólem głowy. Nie miał apetytu ani ochoty na najmniejszy wysiłek. Amber kręciła się po kuchni zgaszona i cicha, nawet koty pochowały się gdzieś po kątach, wcale nie zainteresowane zawartością misek.

Może i uzdrawiacz, pomyślał Berg. Przecież nie zaszkodzi.

Nie miał pojęcia, co się z nim dzieje. Najpierw myślał, że czuje się po prostu obco i nieswojo w nieco mrocznym, pełnym dziwnych przedmiotów domu wróżki, ale problemy ze snem i ataki niekontrolowanego przejścia zaczęły się jeszcze, gdy mieszkał w wynajętym pokoju nad tawerną. Łykał coraz więcej pigułek, ale nie pomagały.

Męczyły go koszmary. Nocami bał się zasnąć, bo powracały do niego widma zabitych przez ćmę. Iwo i Sebastian pochylali nad łóżkiem krwawe, zmasakrowane twarze. Pozyskiwacz Mark wskazywał go palcem i rozpadał się na strzępy czerwonego poszatkowanego mięsa, obryzgując łóżko parującą posoką. Kobieta z kuchni i chłopak z wioski w milczeniu demonstrowali straszne rany. A wszyscy patrzyli oskarżycielsko, we wszystkich oczach czytał jedno słowo. Morderca.

– Czego chcecie?! – krzyczał w desperacji. – Przecież to nie moja wina! Nie wiedziałem! Nie mogłem wiedzieć.

Ale oni nie odchodzili. Otaczali Grabieżcę milczącym kręgiem, kręgiem skrzywdzonych i umarłych.

Bywało, że Lars budził się z krzykiem, zlany potem i ledwie żywy ze zmęczenia. Cierpiał na nieustanne bóle głowy, prawie nic nie jadł i popadał w długie, pełne przygnębienia zamyślenie.

Na zewnątrz wybuchła wreszcie wiosna, pąki pękły i strzeliły świeżą zielenią, powietrze pachniało rześko, blade i mdłe zimowe słońce nabrało rumieńców, ale Berg coraz rzadziej chodził na nabrzeże. Przypłynęły pierwsze kutry, a nawet mały statek handlowy ze Skały, lecz Grabieżca stracił zainteresowanie przeprawą. Szczerze mówiąc, tracił powoli zainteresowanie całym światem. Nie potrafił przezwyciężyć narastającej apatii i przygnębienia.

Zakon, Drzewo, wyrocznia zwana Księżniczką, a nawet Miriam, Dirk czy Angelos stali się wyblakłymi cieniami w pamięci. Mglistymi, zamazanymi obrazami, jakby Lars miał wgląd we wspomnienia zupełnie obcej osoby.

Na tym mrocznym, pustym niebie świeciła tylko jedna gwiazda. Amber.

Proszę, niech zostanie, myślał. Ale bał się, że w końcu i ją zasypie szary pył apatii.

Co jest ze mną? – zastanawiał się zaniepokojony. Mam depresję? Jak histeryczna stara baba?

Nie mógł znaleźć żadnej przyczyny swojego stanu aż do chwili, gdy usłyszał w głowie słowa Mortifera Tanathosa.

Już po wszystkim, wybrańcze. Jesteś mój.

Stracił natychmiast czucie w rękach i nogach, ogarnął go lodowaty chłód, niczym oddech złej Królowej Śniegu. Spadł z fotela na podłogę, usłyszał jeszcze tylko przerażony głos Amber i stracił przytomność.

Ocknął się na plaży. Miękki, miałki piasek był gorący i złoty. Niebo miało barwę spranej dziewczęcej sukienki.

Zamrugał i przymrużył powieki. Słońce świeciło jasno, czuł na twarzy ciepło promieni. Leżał na wznak i nawet choćby chciał, nie mógł się poruszyć. Ale nie chciał. Było mu dobrze i wygodnie. Leniwie.

– Berg, nie zasypiaj, głupku! – usłyszał pełen napięcia głos.

Na kamieniu obok stał Felis. Ze zdenerwowania tłukł ogonem po bokach. Mały, bury tygrys.

– Nie chce mi się z tobą gadać – mruknął Lars. – Obraziłem się. Nie było cię, kiedy zeszłym razem potrzebowałem pomocy...

– Teraz potrzebujesz pomocy! – parsknął kocur. – Jest bardzo, bardzo niedobrze. Rozejrzyj się, idioto!

Głos Felisa łamał się z przerażenia. W ślepiach był tylko lęk. Berg zauważył, że futro kota jest zmierzwione i posklejane, trzecia powieka zakrywa pół oka niby bielmo, język, podobny do różowego plasterka szynki, wypada z pyszczka.

– Co się stało?! – wychrypiał Lars.

– Zabójca! – pisnął Felis. – Tu jest zabójca! W twoim ogrodzie.

Berg rozpaczliwym wysiłkiem poderwał ciało do góry i wsparł się na łokciach. Rozszerzonymi ze zdumienia oczami oglądał kotlinę. Prawie-śliwka zwiędła. Połamane, krzywe gałęzie zwieszały się smętnie ku ziemi. Zszarzałe, pokryte chorobliwymi plamami liście sypały się jak skrawki brudnego papieru. W rudej, suchej trawie leżał Max. Brązowy, pociemniały od potu bok unosił się spazmatycznie, drgały wyciągnięte sztywno nogi. Z otwartego pyska wystawał ozór, ściągnięte wargi odsłaniały wielkie, żółte zęby. Otwarte oczy były puste i mętne. Koń umierał.

– Max! – szepnął Berg z przerażeniem.

Nie mógł uwierzyć w to, co widzi. Pod drzewem leżał kłąb białych piór. Pani Luiza. Martwa śnieżna sowa. Obok, wtulony w połamane lotki, dygotał w agonii Euzebiusz. Pyszczek szczura otwierał się spazmatycznie, łapki drgały. Czarny, kosmaty koziołek z nienaturalnie wykręconą głową spoczywał nieopodal w piasku. Na otwartym, przeciętym pionową źrenicą oku lśniły kryształki soli.

– Co się dzieje, Felis?! – jęknął Lars.

Kot opadł ciężko na kamień. Dyszał z wysiłkiem.

– Zabija nas. Zabija ciebie. Egzekutor Mistrzów Blasku. Broń się.

– Jak? – spytał Grabieżca z rozpaczą.

Ale kocur już nie odpowiedział. Zsunął się z kamienia, bezwładny niczym szmatka.

Nie, pomyślał Berg. To się nie dzieje. To nie może się dziać!

Mogło.

Niebo pociemniało gwałtownie, rozstąpiło się niczym kurtyna. Na scenie, którą stanowił teraz horyzont, pojawiła się ogromna czarna postać. Księżycowa, biała twarz lalki obróciła się do Berga. Grabieżca rozpoznał proste smugi brwi i oczy przywodzące na myśl bryłki węgla.

Oblicze wroga ze snu.

Zadrżał. Już za późno, pomyślał rozpaczliwie.

Wąskie usta księżyca rozwarły się. Głos brzmiał niczym szelest suchych liści.

– Z wyroku Wielkich Dwunastu, panów Nieba i Ziemi, szafarzy życia i śmierci, zostajesz skazany na niebyt za bezprawne wtargnięcia do domeny Oświeconych, liczne kradzieże i haniebną profesję pozyskiwacza. Sprawiedliwość się dokonała.

Egzekutor, stojący na tle nieba na kształt ogromnej marionetki, rozwarł ramiona. Z szerokich rękawów płaszcza wysypały się skrawki ciemności. W powietrzu rozlał się odór zgnilizny i słodkiej wanilii.

Całe zastępy trójokich i ślepych kruków spadły z nieba i rzuciły się na martwe i konające zwierzęta mocy. Berg patrzył z rozpaczą, jak metalowe dzioby rwą skórę i łamią kości. Białe żebra Maksa wystawały spod rozdartych tkanek niczym połamane włócznie, kiedy nogi konia jeszcze spazmatycznie drgały. Śmierdzące wanilią mordercze strzępy sadzy nakryły go niczym obrzydliwy, kłębiący się całun z piór. Paskudny trójoki pterodaktyl jednym kłapnięciem połknął bezwładny futrzany flaczek, który był kiedyś Euzebiuszem. Dwa ślepe kruki, zadając na oślep ciosy, walczyły o na wpół rozdarte, wypatroszone ciało kota. Strzępy białych, a teraz burych i szkarłatnych piór wirowały w powietrzu na kształt upiornego śniegu. Nagie, sine truchło sowy wydawało się żałośnie małe i chude. Z czarnego koziołka pozostał tylko strzęp kłaków, rozpięty na połamanym stelażu żeber.

A kruki ucztowały w najlepsze.

Berg leżał na piasku, a siły i wola walki wyciekały z niego niczym krew z rozległej rany. Nie miał już nic, śmierć wkroczyła do ogrodu i tańczyła, wywijając kosą. W mgnieniu oka pokraczni padlinożercy pożarli część jego życia, umysłu i osobowości.

Osłabiony i bezwładny, nie mógł się nawet poruszyć.

Nie obronił swoich zwierząt. Nie obronił swojej duszy.

Odarte z mięsa szkielety konia, kota, sowy, szczura i kozła wydawały się żałośnie, nieprzyzwoicie nagie.

Po policzkach Grabieżcy spłynęły dwie łzy.

Skazany na niebyt pozyskiwacz zrozumiał, że sprawiedliwość Mistrzów Blasku naprawdę się dokonała.

Przegrał. A teraz mógł tylko umrzeć.

Amber klęczała na podłodze, podtrzymując bezwładną głowę Grabieżcy. Łkała cicho, przerażona i bezradna.

Nic nie mogła zrobić. Lars Bergerson umierał. Puls spadał, serce zamierało. Nie pomagało sztuczne oddychanie, nie pomagało uciskanie klatki piersiowej, ani nawet rozpaczliwe tłuczenie pięściami w mostek. Cały wygrzebany z trudem z pamięci histeryczny arsenał pierwszej pomocy.

Odchodzi, myślała przerażona Amber. Stracę go! Boże, tylko nie to!

Rozmazała po twarzy łzy i resztki makijażu. Lars zacharczał. Wiedźma pochyliła się nisko w kolejnej desperackiej próbie zrobienia sztucznego oddychania. I wtedy zobaczyła. Bladziutki, ledwo dostrzegalny szron osadzający się na skórze i włosach Grabieżcy.

Zachłysnęła się oddechem.

Dobry Boże! Atak! Atak czarnomagiczny!

Zerwała się, ale kolana się pod nią ugięły.

Jak mogła nie zauważyć wcześniej! Dlaczego była taka głupia! Przez nią Berg teraz zginie. Przez nią i tylko przez nią. Krąg! Natychmiast!

Potykając się, rzuciła się po kredę. Drżącymi dłońmi obrysowała spoczywające na podłodze bezwładne ciało Grabieżcy.

Boże, nie pamiętam, co robić! – myślała gorączkowo. Nigdy nie miała do czynienia z prawdziwym czarnomagicznym atakiem. W dodatku tak silnym.

– Matko Boska, pomóż mi, błagam – zapłakała. – Niech ktoś dobry mi pomoże!

Młynek, przypomniała sobie nagle, tak wyraźnie, jakby usłyszała w umyśle czyjś głos. *Przynieś młynek światła.*

Doskonale pamiętała tę starą, powgniataną maszynkę, kupioną kiedyś dla kaprysu na stoisku z magiczną elektroniką. Podobno niezawodny neutralizator czarnej magii i wrednych klątw.

Tylko gdzie on jest?

Wsunęła palce we włosy, zacisnęła powieki. Myśl! Myśl! Musisz sobie przypomnieć.

W kredensie, razem z resztą podobnych gratów.

Pobiegła do kuchni. Gorączkowo wyrzucała wszystko z półek kredensu, aż natrafiła na kanciastą bryłę młynka.

W mgnieniu oka znalazła się z powrotem w pokoju. Ustawiła urządzenie wewnątrz kręgu. Prawdę mówiąc, wydawało się jedynie beznadziejną kupką złomu. Zewsząd sterczały połamane wąsy odbijaczy, dwa kryształki energetyczne były matowe i porysowane, pęk stermerów powyginał się i popękał, rączka korbki ułamała się chyba wieki temu.

– Działaj, proszę, działaj – zaklinała Amber.

Zakręciła energicznie korbką. Urządzenie wydało niepokojący zgrzyt, ale głowica mrugnęła parę razy i rozjarzyła się ciepłym blaskiem.

A wtedy wróżka zaczęła widzieć podwójnie.

Ciało Larsa leżało na podłodze, a jednocześnie na piasku na brzegu morza. Na piersi Grabieżcy siedziały dwa pokraczne kruki. Jeden machał dwoma parami skrzydeł i przekrzywiał ze złością bezoki łeb, drugi zerkał trzema błękitnymi beznamiętnymi ślepiami i podskakiwał na jedynej krzywej łapie. Dzioby tłukły w żebra pozyskiwacza jak dłuta.

Amber krzyknęła ze zgrozy. Pożrą go żywcem, pomyślała przerażona.

Młynek obracał się, terkocząc, i cierpliwie tkał wokół Grabieżcy kokon ciepłego światła. Zaniepokojone kruki podniosły łby.

Amber zamarła, bojąc się poruszyć. Chciało jej się płakać, nie wiedziała, co robić.

Teraz wypędź demony, które zaatakowały Berga, podpowiedział ten sam opanowany głos w umyśle. *Daj im ofiarę. Nakarm je. To nie jest zwykły atak czarnomagiczny. To moc z domeny Mistrzów Blasku. Śpiesz się!*

Znów pobiegła do kuchni, porwała z lodówki krwisty ochłap mięsa, jajka i kawałek sera. Rzuciła jedzenie na podłogę.

– Ten człowiek jest niewinny! – zawołała drżącym głosem. – Nie uczynił nic złego. Odejdźcie. Przyniosłam wam dobry posiłek. Bardzo dobry. Podejdźcie tu i jedzcie. Odstąpcie od tego człowieka. Daję wam lepsze jedzenie. Odejdźcie od niego!

Własne słowa wydały jej się śmieszne i żałosne, ale kruki zdawały się słuchać.

– Zostawcie go. To niewinna ofiara – powtórzyła. – Macie tu mięso. Dobre, czerwone mięso.

Bezoki wydał radosny wrzask. Załopotał skrzydłami i rzucił się na ochłap. Kiedy przelatywał przez kokon światła, jego pióra na moment stanęły w płomieniach. Drugi kruk zakrakał i ruszył za towarzyszem.

Oba żarły wielkimi kęsami, a w miarę jak ubywało jedzenia, widmowe ptaki stawały się coraz bledsze i mniej wyraźne. W końcu zniknęły, a Amber wpatrywała się z niedowierzaniem w obrzydliwą, cuchnącą breję, w którą zamieniły się resztki posiłku demonów.

Podniosła wzrok i ze strachem spojrzała na Grabieżcę. Leżał bez ruchu, ze ściągniętą twarzą, niczym martwy. A nad nim pochylała się jakaś postać.

Wydało jej się, że widzi drobnego, niemłodego mężczyznę o krótko ostrzyżonych siwawych włosach, który przesuwa dłonią nad nieruchomą postacią Larsa. Zjawa uśmiechnęła się ze zmęczeniem i ulgą.

– Dobrze – zaszemrał głos słabym tchnieniem i widmo znikło.

Ciało Berga zadrgało, wygięło się w łuk. Grabieżca ze świstem wciągnął powietrze. Amber przycisnęła ucho do jego piersi. Serce biło słabo, lecz równo. Oddech, choć płytki, uspokoił się już. Młynek terkotał cierpliwie. Zasłona działała.

Wróżka ciężko opadła na podłogę. Zrobiło jej się słabo, przed oczami zawirowało. Drżącymi rękami przesunęła po twarzy.

Jak to się mogło stać? – pomyślała. Co ze mnie za czarownica. Do dupy. Po prostu do dupy. Nie upilnowałam własnego mężczyzny.

Przynęta! Nagle przypomniała sobie o przynęcie. Drobnym złym przedmiocie, który czarownik musi podrzucić do domu ofiary, żeby przekleństwo zadziałało. Z pewnością jest gdzieś w mieszkaniu. Trzeba go odszukać i zniszczyć.

Jakby to było takie łatwe.

Czołgała się po domu, przetrząsała wszystkie kąty, odsuwała meble. Obeszła na czworakach cały parter, szukając kłębka kłaków, złamanej igły zlepionej laką, zwierzęcego pazura okręconego włosem, kłębka supłów. Przynęty nigdzie nie było.

Boże, ile ja mam gratów, myślała rozpaczliwie, wywracając wazoniki, potrząsając farfurkami i wpychając palce za ramy obrazów. Przysięgam, że powyrzucam połowę. Kiedy już będzie po wszystkim.

Wczołgała się na górę, macając po drodze każdy stopień schodów.

To gdzieś tu jest! Musi tu gdzieś być!

Wpadła do sypialni. Obrzuciła pokój prędkim spojrzeniem. W ciemności pod zwisającą niedbale narzutą błyszczały trzy pary wystraszonych ślepi. Wszystkie trzy koty siedziały skulone pod łóżkiem, otwierając na przemian pyszczki i sycząc na małe zaśniedziałe pudełko leżące na podłodze.

Amber padła na kolana.

Jest draństwo! – pomyślała z triumfem.

Pudełko miało uchylone wieczko, a wróżce zdawało się, że patrzy w paszczę potwora. Ze środka wystawały brudne kłaki podobne do pakuł. W tym legowisku rozpierała się nieduża, przejrzysta, granatowoczarna kulka. Amber zauważyła też kilka skrawków zabazgranego brzydkimi, koślawymi znakami papieru. I długi, prosty ptasi dziób z rdzawymi plamami zakrzepłej krwi.

Przełamując obrzydzenie, wyciągnęła rękę i dotknęła pudełka. Kłapnęło, jakby było żywe. Amber poczuła na skórze przejmujący chłód, a koty wydały równocześnie gniewny bojowy wrzask.

Dziewczyna zacisnęła usta.

– Załatwię cię, parszywe gówno – warknęła.

Przynętę trzeba było zneutralizować. Najlepiej ogniem i wodą. Żywioły oczyszczą parszywe energie. Pobiegła po kadzidła i morską wodę. Zapaliła wonne zioła, piołun, dziurawiec i korę dębu. Stanęła w lekkim rozkroku, zacisnęła zęby.

– Mocą wody i soli oczyszczam ten przedmiot. Mocą dobra i łaski odczyniam klątwę.

Przechyliła buteleczkę i chlusnęła serdecznie wprost w paszczę pudełka.

Na cały rytuał nie było czasu. Musiała się śpieszyć.

Czarna kulka zasyczała i nadęła się, podwajając objętość. Amber cofnęła się zaskoczona. Spodziewała się odwrotnej reakcji.

To broń zabójcy, znów usłyszała w głowie wyraźny głos. *Działa na podobnej zasadzie co broń pozyskiwaczy. Pamiętaj, dla niego tu jest druga strona rzeczywistości. Wrzuć pudełko do młynka. Nie dotykaj go. Szybko.*

Nie miała pojęcia, kto do niej przemawia, ale na wątpliwości brakowało czasu. Znów zbiegła na dół, przyniosła szczypce do kominka i metalową szufelkę. Uchwyciła pudełko, które wyślizgiwało się z uścisku szczypiec jak żywe, i po kilku próbach umieściła na szufli.

Kiedy znalazła się znów w salonie, zobaczyła, że kokon światła otaczający Larsa jest złoty i gęsty niby mgła. Młynek turkotał niezmordowanie.

Uklękła, namacała pogiętą szufladkę u dołu obudowy i wrzuciła do wnętrza przynętę. Urządzenie wydało wysoki, wibrujący jęk. Zakrztusiło się turkotem, zgubiło rytm. Głowica zaczęła pulsować, światło rozbłysło pomarańczowo i ściemniało do fioletu.

Wytrzymaj, pomyślała Amber.

Młynek wył na wysokich obrotach, drgając, jakby miał się przewrócić. Fioletowy blask przygasł i zaczął pełgać. Szufladka uchyliła się, ze szczeliny wystrzeliły niebieskie płomyki. Zdawało się, że urządzenie kona.

Amber jęknęła. Sytuacja nie wyglądała dobrze.

Młynek zakrztusił się znowu, plunął z szufladki pękiem kolorowych iskier i zgasł.

Nie dał rady, pomyślała wiedźma z przerażeniem. Zepsuł się.

W tej samej chwili głowica rozjarzyła się słabym blaskiem. Pod porysowaną kopułką pełgał wesoły złoty ognik. Rozrósł się, rozszerzył, zalewając pokój ciepłym światłem. Z trzewi urządzenia dobywał się miarowy, równy turkot.

Wiedźma ukryła twarz w dłoniach. Między palcami popłynęły łzy ulgi i zmęczenia.

Berg zamknął oczy. Czuł, że zapada się w ciemność. I było mu wszystko jedno.

Odchodzę, pomyślał. To właśnie jest śmierć.

Przepełniały go smutek i gorycz. Widma martwych zwierząt stanęły mu przed oczami, spoglądały z wyrzutem. Zawiódł. Okazał się żałośnie słaby. Egekutor Mistrzów Blasku załatwił go bez walki, jakby udusił szczeniaka.

Śmierć nie niosła w sobie wyzwolenia. Ale była aktem łaski.

Grabieżca tonął w głębokim morzu mroku. Pełnym żalu, bólu i poczucia klęski.

Czysty niczym srebrny dzwonek głosik zabrzmiał w ciszy wesoło i całkowicie nienaturalnie. Był irytująco nie na miejscu, wwiercał się w uszy i umysł, nie dając się ignorować. Przeszkadzał skupiać się na rozpaczy. Przeszkadzał rozpamiętywać klęskę. Przeszkadzał umierać.

Srebrny głosik dzwonka niósł się przez mrok, pełen witalności i siły, niemożliwy do wytrzymania.

– Buduję mój dom na głowach nieprzyjaciół. Buduję mój dom na głowach nieprzyjaciół...

Lars odemknął powieki.

W poprzek leśnej drogi maszerował jaszczur. Dziewczynka śpiewała radośnie pełnym, jasnym głosem.

Prosta, wesoła melodia wibrowała ukrytą mocą, słowa nakładały się na siebie, zwielokrotniały. Wkrótce cały las, każde drzewo i krzak wykrzykiwały buńczucznie:

– Buduję mój dom na głowach nieprzyjaciół!

Pieśń niosła w sobie niewyobrażalną, większą niż jakikolwiek mrok potęgę. Życie.

Lars poczuł, jak tętni ziemia. A wszędzie wokół pulsuje moc istnienia. Prastary, boski pęd ku temu, żeby trwać. Żeby się nie poddawać.

Dar, którego nie sposób przecenić.

Grabieżca zacisnął dłonie w pięści. Coś drgnęło mu w piersi, coś rozbłysło w pogrążonym w mroku porażki umyśle. Gniew. Narastający i zwielokrotniony, rosnący do poziomu ślepej furii. Piękny biały płomień strzelił w górę i już nie dawał się zgasić rozpaczy.

Berg zawarł mocno szczęki.

Jeszcze nie zdycham, pomyślał. Jeszcze na coś mnie stać. Za Maksa. Za Felisa. Za bezimiennego więźnia, któremu przyniosłem wolność.

Skupił się, zebrał resztki sił i uderzył.

Zabójca o twarzy lalki nie spodziewał się żadnego oporu. Berg rozdarł jego zasłony i trzasnął prosto w ciemny, całkiem nieludzki, nieosłonięty umysł. Znalazł szaleńcze, dziwaczne pragnienia, zawirowania, od których zrobiło mu się słabo, i mroczną, bezmyślną potrzebę niesienia śmierci. Egzekutor Mistrzów Blasku nie był człowiekiem. Diabli wiedzą czym był, ale człowiekiem na pewno nie.

Gdyby Berg nie zawahał się i nie cofnął, zwyciężyłby. Ale odruchowo, niczym ktoś, kto dotknie nagle pająka, odskoczył i stracił przewagę. Moc Tanathosa uderzyła w niego z siłą kafara. Lars zacisnął zęby i skulił się z bólu. Ciemnowłosy stwór nosił właściwe imię. Rzeczywiście rozdawał śmierć.

Berg poczuł, że słabnie. Egzekutor dosłownie rozrywał go na strzępy. Otwierał niczym kopertę, gotów odczytać i zmiąć zawartość. Zaraz pozna zamknięte w środku tajemne imię i Lars Bergerson, Grabieżca, przestanie istnieć.

Ból miażdżył całe ciało, płonął w lewym ramieniu, tam, gdzie kiedyś była wytatuowana końska czaszka, w uszkodzonym nadgarstku, w każdej starej bliźnie.

Berg oddychał ze świstem przez zęby.

– Buduję mój dom na głowach nieprzyjaciół – wycharczał z trudem. – Buduję mój dom...

I nagle poczuł, że wyrywa się z uścisku Tanathosa i płynie gdzieś w górę, ku rozmytemu, jarzącemu się światłu.

No, teraz to chyba naprawdę umieram, pomyślał ze zdziwieniem. A potem świat zalał się ciepłym, przyjaznym blaskiem.

Ocknął się na podłodze w salonie Amber. W uszach brzmiało mu miarowe, spokojne terkotanie. Przypominało rytm piosenki dziewczynki na jaszczurze. Małe, pękate urządzenie, które wydawało dźwięk, świeciło ciepło niby morska latarnia dla karzełków.

Lars z trudem rozkleił powieki. Okropnie bolała go głowa.

Stwierdził, że leży na dywanie zupełnie nagi, a Amber klęczy nad nim i turla po jego skórze kurze jajko. Na podłodze poniewierały się też inne jajka, jakby dziewczyna chciała zrobić jakiś dziwaczny gigantyczny omlet z Grabieżcą w roli bekonu.

– Amber? – wyszeptał ochryple. – Co ty wyrabiasz?!

– Dzięki Bogu! – Ściągnięta, szara niczym płótno twarz wróżki rozjaśniła się. – Wróciłeś do siebie!

Z trudem przełknął ślinę.

– Nie jestem pewien, królewno. Co to za jaja?

– Rytuał trzynastu jajek – wyjaśniła śmiertelnie poważnie. – Zostałeś zaatakowany czarną magią. Omal nie umarłeś. Wciąż jeszcze jesteś w bardzo ciężkim stanie. Muszę usunąć truciznę. Jajka ją wyciągną. Nie śmiej się. To jeden z najpotężniejszych rytuałów uzdrawiających.

Wcale nie było mu do śmiechu. Tanathos nie został pokonany. Został w ogrodzie. W głębi umysłu, w samej duszy pozyskiwacza. Czaił się jak paskudny jadowity pająk. Zatruwał. I czekał, aż ofiara wpadnie w jego ręce. A coś Bergowi mówiło, że nie będzie czekał zbyt długo.

Sieć była rozpięta, a Grabieżca już szamotał się w środku.

– Amber – szepnął. – On wciąż tam jest. W moim ogrodzie. Jeszcze nie wygrałem.

– Kto? – spytała ze strachem.

– Zabójca. Egzekutor Mistrzów Blasku. Zabił moje zwierzęta mocy.

Na wspomnienie nieszczęsnych, odartych z ciała szkieletów poczuł falę strasznego gniewu i żalu. Zacisnął zęby.

Pokój zafalował lekko, kontury mebli rozmyły się. Twarz Amber zrobiła się maleńka, odległa niczym gwiazda.

– Przynieś mi strzałkę. Jest w plecaku, owinięta w szmatkę. Szybko. Jeśli mam przeżyć, muszę walczyć.

Skinęła tylko głową i popędziła na górę.

Berg walczył z ogarniającą go słabością. Świat falował wokół, przypominał morze płynnego szkła. Grabieżca dryfował jeszcze po powierzchni, ale powoli zaczął zapadać się coraz głębiej. Już prawie nic nie widział. Światło młynka przygasło. W powietrzu zapachniało ciężkim aromatem wanilii.

Lars tracił przytomność.

Wtem poczuł w dłoni zimny, smukły kształt strzałki.

– Walcz – usłyszał szept Amber. – Jestem z tobą, pamiętaj. Zawsze po twojej stronie.

Mała latarenka zgasła.

Ustał monotonny, kojący turkot.

Berg popłynął przez ciemność aż na dno.

Stał na ulicy. Popękane, wypaczone płyty chodnika sterczały w różne strony niby łuski zdechłego pancernika. Wokół wznosiły się krzywe, sklecone byle jak budy z zardzewiałych blach, starych beczek i śmieci. Wydawało się, że wygenerowało je samo śmietnisko, rosnąc i pęczniejąc, rozsadzane wewnętrznym fermentem.

Światła odległego, położonego na wzgórzu miasta przywodziły na myśl konstelacje gwiazd. Z nieba spoglądała obojętna, parna, tropikalna noc.

Było gorąco, koszula lepiła się do mokrych od potu pleców.

Zaraz, zastanowił się Berg. Co to za koszula?

Piaskowa, z dużymi kieszeniami z przodu i podwiniętymi rękawami. Porządna, fabryczna, dobrej firmy, może Camela albo Wranglera. Widział kiedyś starą metkę którejś z tych firm. Jeszcze w gildii. Spodnie khaki i wygodne buty z miękkiej skóry też wyglądały archaicznie.

Co jest? – pomyślał zaniepokojony.

Ulica była zupełnie pusta, cienie leżały na popękanym bruku ostre, jakby odcięte nożem. Perspektywa wydawała się nienaturalnie przerysowana, zakrzywiona niczym w soczewce szerokokątnego obiektywu.

Berg ścisnął w dłoni chłodny, obły grot. Rozejrzał się niepewnie. Nie miał pojęcia, gdzie się znajduje, ale wiedział, że nie jest bezpieczny.

Nieprzyjaciel wyszedł z cienia niespodziewanie, czarny i niewyraźny, jakby sam składał się z mroku. Ruszył w kierunku Berga, a jego sylwetka nabrała ostrości, jak gdyby był materializującą się właśnie zjawą.

Szedł niespiesznie ulicą z krzywym uśmieszkiem na smagłej, brązowej niczym licowana skóra twarzy. Tylko płonące ciemne oczy i proste kreski brwi pozostały takie same. Czarne długie włosy miał związane na karku. Okazał się zaskakująco chudy i drobny, niemal jak chłopiec, a nie dorosły mężczyzna. Czerwona koszula, którą nosił, była porozdzierana i brudna. Czarne spodnie poznaczone były śladami długiego używania, z postrzępionych nogawek wystawały chude, bose stopy.

Lars mocniej ścisnął strzałkę w dłoni. Od kroczącego ku niemu mężczyzny biła potężna, nienawistna energia, tak mroczna i gęsta, że niemal widzialna.

Berg odruchowo cofnął się o krok. Wróg pokazał ostre białe zęby w paskudnym uśmiechu, który przypominał raczej grymas wściekłego zwierzęcia.

– Jestem panem duchów i demonów – odezwał się cichym, bezdźwięcznym szeptem. – Wielki Jaguar liże z pokorą ślady mych stóp. Moje imię budzi lęk we wszystkich siedmiu światach. Moja moc nie ma sobie równych. Zniszczę cię i pożrę twą duszę. Jesteś zgubiony, biały gringo.

Czarne, rozpalone gorączką oczy wroga były pełne szaleństwa. Narkotyk płonął w nich jak flara.

Nagle w jednym mgnieniu oka Berg zobaczył, kim był niegdyś egzekutor Mistrzów Blasku. Widział wyraźnie jego dzieciństwo i młodość spędzone wśród nędznych chałup *barrio*, głód, widział nienawiść i rozpacz. Ataki, które były manifestacją niekontrolowanego talentu, a nie objawem szaleństwa. I zazdrość. Wściekłą, bezrozumną, zwierzęcą zazdrość o wszystko, co mają inni, a czego brakuje.

Stał twarzą w twarz z dzieckiem ulicy, najpotężniejszym wegetalistą swoich czasów, którego talent wypaczył się i wypalił, pozbawiony kontroli i warunków, żeby się rozwinąć.

A Mistrzowie bezlitośnie potrafili to wykorzystać. Chociaż urodził się człowiekiem, stał się żywą bronią w ich rękach. Szaloną bronią, zrozumiał Berg.

Więc tym naprawdę jesteś, pomyślał. Wtedy wegetalista cisnął strzałkę.

Czerwona iskra poszybowała błyskawicznie. Ręka Grabieżcy sama poderwała się w górę. Poczuł uderzenie, szarpnięcie grotu w dłoni, które niemal wyłamało mu nadgarstek, i dojmujący chłód przenikający aż do łokcia.

Czerwona iskra odbiła się i z sykiem poszybowała ku swojemu panu. Chwycił ją w locie płynnym ruchem, szczerząc kły w wilczym uśmiechu.

Nie będzie jak na ćwiczeniach w gildii, pomyślał Lars. Stanąłem właśnie do walki na noże. Zatrute noże. Sukinsyn nie może mnie nawet drasnąć.

Następne trzy szkarłatne błyski wystrzeliły w kierunku Berga. Odskoczył, blokując je strzałką. Wolno. Za wolno. Pierwsza odbiła się z jękliwym brzękiem, druga uderzyła w sam czubek złotego grotu i wniknęła do wewnątrz. Broń Grabieżcy zapłonęła zimnem, wchłaniając morderczą energię. Lecz trzecia iskra płynęła już skośnie z dołu. Lars spróbował przekręcić grot i odbić pocisk, ale nie zdążył. Czerwona iskra uderzyła go w bok, zalewając żebra falą wściekłego bólu. Berg zgiął się wpół, rozpaczliwie próbując zaczerpnąć powietrza.

Już nie żyję, pomyślał.

Zachwiał się na nogach, czekając na ciemność w oczach i ból ostatniego oddechu, ale czuł tylko nieznośne kłucie w żebrach. Nie stracił przytomności ani nie upadł. W boku rwało, jakby ktoś wbił mu między kości rozpalony pręt, jednak Grabieżca niewątpliwie żył i nic nie wskazywało, żeby miał przestać. Podniósł głowę i napotkał drwiące spojrzenie czarnych oczu.

Bawi się ze mną, zrozumiał wstrząśnięty. Drażni tylko, niczym taurosa zarzynanego na ofiarę Czarnej Bogini. I może sobie na to pozwolić, bo jest dobry jak wszyscy diabli.

Wegetalista posłał dwie nowe strzałki, lecz tym razem Berg zdołał je odbić. Walczył jednak z coraz większym wysiłkiem. Każdy unik wzmagał osłabienie, jakby siły wylewały się z Grabieżcy wiadrami. Ramię drętwiało, ból w boku nie ustępował, twarz i włosy zrobiły się mokre od potu. A uśmiechnięty brązowolicy przeciwnik wyglądał, jakby się dobrze bawił.

Dostanie mnie, pomyślał Berg z rozpaczą. Dostanie, skurwysyn, bo jest o niebo lepszy.

Jak na razie Grabieżca tylko się cofał i ani razu nie miał okazji uderzyć. I nie wyglądało na to, że kiedykolwiek zdoła tego dokonać.

Egzekutor ściągnął usta. W smukłej brązowej dłoni zalśnił metaliczny biały błysk.

Chce ze mną skończyć, zrozumiał Berg. Znudził się.

Stał, ciężko dysząc, na piaskowej koszuli pojawiły się ciemne, mokre plamy. Poprawił uścisk na trzonie strzałki. Poczuł płynącą ze złotego grotu moc, ciemną, gęstą, pulsującą w rytm bicia serca i uspokoił się trochę.

Nabrał głęboko powietrza.

Niech się już stanie, pomyślał.

Szczupła, wąska dłoń tamtego poruszyła się z szybkością żmii. Biały grot wystrzelił.

Nie odbiję jej, zrozumiał Grabieżca.

Uniósł rękę i rozluźnił palce. Opływowy złoty pocisk poszybował naprzeciw smudze bieli.

Grabieżca bezwiednie zacisnął pięści. Nie łudził się, że zdoła przeżyć.

Strzałki zderzyły się w powietrzu, sypiąc wokół bielą i złotem. Przez mgnienie oka rozbłysły świetlistą kulą i zgasły. Jeden obły, wydłużony kształt zamigotał w czerni nocy.

Pod Bergiem ugięły się nogi.

Złoty. Grot był złoty.

Wegetalista wydał z siebie wściekły wrzask. Sypnął garścią czerwonych iskier, ale złocista strzałka już zawracała, żeby spokojnie spocząć w dłoni Grabieżcy. Wzdrygnął się, kiedy dotknęła skóry, pulsująca potęgą, zimna i gorąca jednocześnie.

– Leć – szepnął i rozwarł palce.

Smuga złota popłynęła przez mrok, gasząc czerwień miniaturowych błyskawic, które z sykiem spadły na bruk.

Ciemna niczym ziarno kawy twarz egzekutora przybrała odcień popiołu. Uskoczył. Wyciągnięta dłoń nawet nie musnęła strzałki i smuga złota ugodziła wegetalistę prosto w pierś. Krzyknął ochryple. W jednej chwili rozbłysnął złocistym blaskiem niczym starożytny bóg. Długie włosy stanęły w płomieniach, ogień pełgał po skórze, z oczu strzeliły promienie światła. Mortifer Tanathos odchodził w niebyt. Złoto zmieniło się w czerwień i fiolet, blask przygasł. Sylwetka zabójcy pociemniała, w powietrzu wirowały strzępy mroku. Aż wreszcie ostatnia złota iskra zgasła i cień, który niegdyś był człowiekiem, osypał się szarym pyłem na spękane płyty chodnika.

Egzekutor Mistrzów Blasku obrócił się w popiół.

Berg opadł ciężko na ziemię. Dyszał z wysiłkiem. Ból w żebrach szalał, przyprawiając o mdłości. Grabieżca przycisnął łokieć do boku.

Chcę do domu, pomyślał. Mam dosyć.

Zamknął oczy i spróbował wyobrazić sobie salon Amber. Ale wszystko się kolebało, płynne i pokrzywione. W głowie nieznośnie szumiało, uszy kaleczył przeciągły, monotonny gwizd.

Potem nagle nastała cisza i Lars stracił przytomność.

Ocknął się na dywanie obok klęczącej wiedźmy. Czuł się tak potwornie niedobrze, jakby jednak miał umrzeć.

– Amber – wychrypiał. – Zabiłem go.

Poczuł na skórze dotyk ciepłych dłoni, usłyszał głos wróżki, ale niczego nie zdołał zrozumieć. Pokój wirował, zamglony i ciemny, wirowała też czerwona jak laka plama włosów Amber.

Poczuł gwałtowny skurcz w żołądku. Przekręcił się na brzuch i zwymiotował trochę żółci. Potem świat rozsypał się na zielone i czarne okruchy, a Grabieżca zemdlał znowu.

Bernhart, wystraszony i niepewny, czatował pod drzwiami boskiego posłańca. Bał się wejść, chociaż dziwaczne hałasy znów jakby się nasiliły. Ochrypłe krzyki, ataki kaszlu podobne do krakania, odgłos bijących skrzydeł. I smród. Słodki, nieznośnie mdły odór padliny posypanej szczodrze wanilią.

Może jest chory, pomyślał były pasterz, ale zaraz odrzucił tak głupią ewentualność. Przecież anioły nie chorują.

A może walczy z wrogami i potrzebuje pomocy, przeszło mu przez myśl.

Przestraszył się.

Jeżeli nie zareaguje, zostanie ukarany za nielojalność. Jednak jeśli wejdzie bez wezwania, narazi się na gniew anioła.

Wtem zza drzwi dobiegł paskudny, ochrypły chichot i skrzek, od którego Bernhartowi ciarki przebiegły po plecach.

Wchodzę, zdecydował.

Zawołał kilku swoich ludzi i z bijącym sercem nacisnął klamkę.

– Panie? – wyszeptał z pokorą. – Wybacz, ale...

Urwał, wytrzeszczywszy oczy. Cofnął się ze zgrozą, przerażony i oszołomiony.

Martwy anioł leżał na wznak, wpatrując się pustymi oczodołami w sufit, a dwa kruki, wielkie niby indyki, żarły jego wnętrzności.

Grabieżca długo przychodził do siebie. Przez dwa dni majaczył, budził się na krótkie, rozpalone gorączką chwile i znów zapadał w nerwowy, niespokojny półsen. Kiedy tylko otwierał oczy, widział nad sobą rudą plamę włosów wróżki, raz nawet zdawało mu się, że nad łóżkiem pochyla się maleńki, zasuszony przeor. Przypominał małpkę w worku. Lars chciał się odezwać, przywitać staruszka, lecz ten zamienił się nagle w wąsatego, nastroszonego Filona. Bury kot trącił pyszczkiem policzek Grabieżcy. Zimny, mokry nosek musnął skórę i Filo skoczył z poduszki wprost w ciemność.

Trzeciego dnia gorączka opadła, ale Berg był tak zmęczony, że właściwie bez przerwy spał. Wyraźna poprawa nastąpiła dopiero na czwarty dzień. Lars otworzył oczy i rozejrzał się trochę przytomniej.

– Amber? – szepnął.

Dziewczyna była blada, pod oczami miała ciemne półksiężyce sińców. Przygryzła wargę.

– Będzie dobrze – zapewniła go. – Wyjdziesz z tego.

Berg czuł się słaby i kruchy jak szklanka.

– Jasne – wyszeptał. – Jeśli nie przyślą drugiego.

Chciał się uśmiechnąć, ale twarz miał sztywną niczym maska.

Amber prychnęła.

– Daj spokój. Nikogo nie przyślą. Zdrowiej. Przeor powiedział, że nie powinno być żadnych komplikacji. Masz odpoczywać i myśleć pozytywnie.

Lars przymknął powieki.

Więc to nie było przywidzenie, pomyślał. Mały staruszek w workowatym habicie naprawdę przyszedł. Ciekawe, czy zaaplikował mi suszoną żabę?

Nie zdążył się zastanowić, bo pokój zakołysał się łagodnie, a na łóżko znów spadła ciężka zasłona snu.

– No, urządził cię, nie ma co – odezwała się Amber. – Jak się czujesz?

– W porządku – wymamrotał Grabieżca, krzywiąc się z bólu.

Wróżka starała się wcierać maść naprawdę delikatnie, ale skóra na prawym boku Berga była czerwona i popękana, jakby na skutek poparzenia.

Dziewczyna wytarła dłonie w szmatkę, a Grabieżca sięgnął po sweter.

Ależ schudł, pomyślała ze smutkiem. Potrzebny mu spokój i odpoczynek.

Lars z trudem rozprostował plecy. Czuł się połamany i obolały. W boku rwało, odezwał się ćmiący, tępy ból w nadgarstku uszkodzonym kiedyś przez płonącą wesz, dokuczały świeże blizny po zranieniach zadanych przez ćmę.

Na złom, Bergerson. Tylko do tego się nadajesz, pomyślał ponuro.

– Czasem mam wrażenie, że ten Zakon przynosi pecha – mruknął.

Amber uśmiechnęła się.

– Tylko pecha? Nic, zupełnie nic dobrego?

– No nie, jasne, że nie. Z wyłączeniem ciebie, królewno. – Berg wyszczerzył zęby w uśmiechu. – Ty rekompensujesz wszelkie trudności. I dolegliwości.

– No myślę! – parsknęła.

Lars spojrzał na nią i spoważniał. Zmizerniała, pomyślał. Martwiła się o mnie.

Westchnął i splótł palce.

– Amber... – zaczął z wahaniem. – Chcę wejść do ogrodu. Ale nie wiem, czy mi się uda. To może wyglądać dziwnie, jakbym zemdlał albo wpadł w jakiś trans. Mówię na wszelki wypadek, żebyś się nie przestraszyła.

Drgnęła.

– Lars, to chyba za wcześnie. Poczekaj trochę...

Potrząsnął głową.

– Nie mogę czekać. Muszę się przekonać, co się tam stało. W końcu każdy chce wiedzieć, czy w głowie ma wszystko w porządku.

Uśmiechnął się blado.

W zielonych oczach wróżki zapłonął niepokój.

– Myślę, że nie powinieneś – powiedziała cicho. – Lepiej, gdybyś odpoczął, wyzdrowiał. Ale jak chcesz. Kiedy masz zamiar tam wejść?

Przesunął ręką po twarzy.

– Zaraz.

Rozłożyła z rezygnacją ręce.

– Wolisz, żebym wyszła?

– Nie, nie musisz. – Poczuł się nagle naprawdę zmęczony i słaby.

Nie będzie ich, pomyślał z bólem. Wiem, że ich nie będzie. Przecież umarły.

Podniósł wzrok i spojrzał na dziewczynę. Na twarzy Amber malowała się troska.

– Lepiej wyjdę – szepnęła.

Wbrew obawom szczelina w skałach ukazała się natychmiast, ledwo zamknął oczy. Przeszedł dobrze znaną ścieżką między głazami i z bijącym sercem wkroczył do ogrodu. Prawie-śliwka stała cała w świeżej zieleni, obsypana białymi bryzgami pąków. Drobne i stulone, zaciśnięte niczym piąstki śpiącego niemowlęcia, czekały tylko na sygnał od słońca, żeby rozkwitnąć. Ziemię porastała młoda bujna trawa. Morze szumiało kojąco, fale cierpliwie lizały piasek.

Poza tym w ogrodzie panowała absolutna, niezmącona cisza.

Grabieżca usiadł w cieniu głazu, obejmując kolana ramionami. Opuścił głowę. Pod powiekami czuł nieprzyjemne pieczenie, jakby ktoś sypnął tam żwiru.

Kilka razy zbierał się w sobie, żeby wstać i zacząć wołać, ale nie potrafił. Nie zniósłby echa własnego głosu.

Nie wiedział, jak długo czekał w pustym, cichym ogrodzie. Zdawało mu się, że wieki. W końcu wstał i zawrócił ku szczelinie w skałach.

Twarz miał bladą i ściągniętą. W szarych oczach mieszkał tylko smutek.

Amber wsunęła się nieśmiało do pokoju.

– Berg? Nie jesteś głodny?

Potrząsnął głową.

– Zabił je – powiedział cicho. – Nie wróciły.

Wróżka oparła się o framugę.

– Nie mógł. Przecież są częścią ciebie.

Lars ścisnął palcami skronie.

– Więc zabił część mnie.

Amber usiadła obok na łóżku. Wsunęła w dłoń Grabieżcy otwartą butelkę piwa.

– W Skale mieszka mój przyjaciel. To potężny uzdrowiciel. Pomoże ci.

Berg pociągnął łyk pienistego, zimnego płynu i przymknął oczy.

– Wskrzesi moje zwierzęta mocy? – spytał drwiąco.

Wróżka westchnęła.

– Może. Jest potężny. Ma ogromny talent. Jeśli się postarasz, włożysz w to trochę wysiłku i będziesz słuchał wskazówek, uwolni cię od pigułek.

Lars przesunął dłonią po twarzy, jakby chciał z niej zetrzeć zmęczenie.

– I od czego jeszcze? Parszywego szczęścia? Głęboko skrywanych kompleksów? Łupieżu?

Amber westchnęła znowu. Zabrała mu butelkę i wypiła trochę.

– Berg, podróżujesz na północ. Tutaj magia naprawdę działa. Nie wiem dlaczego. Mistrzowie Blasku musieli poruszyć jakąś strukturę, otworzyć dawno zamknięte kanały. My jesteśmy bliżej źródła. Nie lekceważ tego. Uzdrawiacz naprawdę może ci pomóc. Znam go. Nie odmówi. Popłynę z tobą do Skały i porozmawiam z nim.

Na twarzy Larsa pojawił się krzywy uśmiech.

– Jakim cudem popłyniesz, skarbie? Z trzema kotami pod pachą?

Amber opuściła głowę.

– Moja sąsiadka się nimi zajmie. Berg, zrozum. Ja po prostu próbuję ci pomóc. A ty się bez przerwy czepiasz. Nie jestem twoim wrogiem. Kto jak kto, ale na pewno nie ja.

Grabieżca gapił się na własne palce.

– Przepraszam – odezwał się po chwili milczenia. – Nie mogę się pogodzić z tym, że je zabił. Były kawałkiem mojego umysłu. Mną w jakiś sposób. Przepraszam... To naprawdę trudno zrozumieć. Gildia i wszystko... Już jej nie ma. Zwierzęta były ze mną, odkąd przestałem być dzieckiem.

Pustka w ogrodzie okazała się straszniejsza, niż przypuszczał. Przypomniał sobie ćwiczenia w gildii. I szaleńczą radość, kiedy pierwszy raz zobaczył znikającego w zaroślach Maksa. Jego cudowne, główne zwierzę mocy. I tę chwilę, kiedy Felis po raz pierwszy podstawił łepek i dał się pogłaskać. I rozmowy. Trudne, czasem naiwne, ale cudowne. Rozmowy dorastającego dzieciaka ze sobą, światem, własnym talentem. I słabością. Bo zwierzęta zawsze potrafiły pomóc. Nawet jeśli nie przychodziły na wołanie, zmuszały go do przemyślenia swoich sądów i działań. A teraz, kiedy umarły, czuł się pusty. Jakby zabrano mu kawałek duszy.

Podniósł wzrok i spojrzał na dziewczynę. Gdyby powiedziała teraz, że normalni ludzie nie mają żadnych zwierząt i powinien przestać histeryzować, bo to tylko głupie projekcje wyobraźni, po prostu wstałby i wyszedł.

Ale przecież rozmawiał z Amber. Swoją cudem odnalezioną, zupełnie zwariowaną wróżką.

– Kładłam karty, Berg – powiedziała cicho. – One żyją. Musiały się ukryć, bo uwierzyłeś, że zginęły. Prawdziwi wewnętrzni opiekunowie nie odchodzą tak łatwo.

Lars westchnął.

– To nie takie proste, skarbie. Przywoływałem je, ale nie przyszły.

Amber delikatnie musnęła jego dłoń.

– Wiem. Berg, nie pomożesz sam sobie. Musi to zrobić ktoś inny.

Grabieżca uśmiechnął się krzywo.

– Uzdrowiciel?

Skinęła głową.

– Tak. Człowiek mocy. Healer. Najlepszy, jakiego ziemia nosiła.

– Jesteś jego agentką czy co?

Uśmiechnęła się.

– Nie muszę. Po prostu chcę, żebyś się przekonał.

Berg podrapał się w policzek.

– Dobra – zgodził się niechętnie. – Przekonałem się. I co teraz?

Uśmiechnęła się jeszcze szerzej.

– Jedziemy do Skały!

Grabieżca siedział w ogródku za domem. Zula, trójkolorowa kotka, która wyglądała, jakby ktoś pochlapał ją farbą, udeptywała mu kolana, burcząc jak mały futrzany agregat żarnikowy. Berg odetchnął głęboko pachnącym wiosną powietrzem i zapatrzył się na różową od kwiatów jabłonkę.

Teraz, gdy wyprawa do Skały została uzgodniona, obojgu przestało się śpieszyć. Amber utrzymywała, że Berg powinien wyzdrowieć i porządnie odpocząć, a Grabieżca wcale nie miał ochoty protestować.

Na myśl o mitycznym Zakonie czuł jedynie niechęć i przygnębienie. Do tej pory podróż przynosiła tylko ból i problemy. Z jej powodu ćma zabiła niewinnych ludzi, z jej powodu zginęły zwierzęta mocy, a Berg od bardzo dawna nie był tak chory, osłabiony i poraniony.

Po cholerę się tam pcham, pomyślał z niechęcią. Co niby znajdę? W najlepszym razie kilku starych grzybów z mózgami rozmiękczonymi od nieustannych medytacji. Mam usiąść obok i mamrotać mantry? Jestem pozyskiwaczem. Nie jakimś cholernym szamanem. Powinienem robić to, co potrafię. U Angelosa chociaż mogłem się do czegoś przydać. Powiedział, że będzie na mnie czekał. I da mi robotę, kiedy wrócę.

Westchnął.

Coraz częściej łapał się na tym, że myśli o powrocie. Zabrałby Amber, sprowadził do domu, w końcu dlaczego nie? W Bramie też mogłaby pracować. Z jej talentem znalazłaby mnóstwo nowych bogatych klientów. W mieście brakuje dobrych wróżów. Lalki też mogłaby nadal robić. W Bramie było mniej ulicznych teatrów, ale przecież w sumie całkiem sporo. Zresztą Amber traktowała lalkarstwo raczej jako hobby.

Zamyślony, bezwiednie głaskał mruczącą kotkę.

Kupiliby jedną z tych pękatych, silnych ciężarówek, załadowali konia na biegunach, koty, tyle farfurek Amber, ile się tylko da i pojechali do domu. Wiedział, że dziewczyna by się zgodziła. Mieszkałby razem z Amber w swojej wielkiej, poczciwej kamienicy, pracowałby u Angelosa i znów wszystko wyglądałoby normalnie. Tylko trochę piękniej.

A Miriam?

Znów stanęło mu przed oczami widmo Miriam z Czajnika. Cienkie, ptasie kości widoczne pod pergaminową skórą. Wielkie oczy, smutne niczym deszcz jesienią, bezrozumne i puste.

Przesunął dłonią po twarzy.

W końcu wyruszył ratować Miriam. Czyżby już zapomniał?

Jasne, że nie. Ale jaką miał gwarancję, że leząc gdzieś w dzikie lasy północy, w ogóle zdoła jej pomóc? Nawet tu, w Porcie, Zakon był tylko zwykłą legendą. Legendą strudzonych, pełnych obaw ludzi, którzy chcą sobie dodać nieco odwagi.

Popłyną z Amber do Skały, postanowił. Spotka się z uzdrawiaczem i przekona, czy rzeczywiście jest taki dobry. Jeśli tak, spróbuje go namówić, żeby pomógł Miriam. Więcej będzie z tego pożytku niż z idiotycznej wyprawy śladami szaleńczych wizji.

– Wrócimy do domu, Zula – powiedział z przekonaniem. – Rozumiesz, kocico?

Zwierzątko uniosło wąsaty, dwukolorowy jak u arlekina pyszczek. Oko kotki, które znajdowało się po beżowej stronie, wydawało się nieco większe niż to po stronie ciemnobrązowej, co nadawało Zuli wiecznie zdumiony, nieco wariacki wygląd.

– Mrrruu? – spytała z niedowierzaniem.

– Pewnie, że mru – potwierdził Grabieżca.

Znaki pojawiły się znienacka. Wtedy, kiedy myślał, że już koniec magii, dziwactw i wizji z zaświatów. Wtedy, kiedy naprawdę uwierzył, że może wrócić do domu. Zaczęło się od ptaków. Krążące nad miastem mewy, zamiast tęsknych skrzeków, wołały chrapliwie: „Bergerson! Bergerson!”. Ignorował je. Podejrzewałby, że zwariował, gdyby nie zachowanie Amber. Wróżka też słyszała nawoływania mew. Peszyła się wtedy i odwracała wzrok. Oboje milczeli, bo myśl o podróży Larsa napawała ich smutkiem i niepokojem.

Potem zrobiło się jeszcze gorzej. Berg słyszał zew Drzewa w głosach handlarzy zachwalających towar, w historiach snutych przez opowiadaczy, w gwarze ludzkich głosów na bazarze, w ponurych pieśniach Bractwa Rozpamiętywania Win. Jakaś żebraczka zaczepiła go, mówiąc, że Drzewo bardzo się niecierpliwi. Nocą widział za oknem cień ogromnych, nierealnych gałęzi.

Załamał się, kiedy na scenie ulicznego teatru, wystawiającego jakąś farsę na tyłach placu katedralnego, zobaczył lalkę w rozciągniętym swetrze i drelichowych spodniach, której marionetka, przedstawiająca kobietę w gwiaździstej pelerynie, skrzekliwym głosem kazała natychmiast ruszać w podróż. Widzowie śmiali się do łez, a Grabieżca czuł, jak w żołądku formuje mu się ciężka, lodowata kula. Pognał pędem do domu, wpadł na mansardę, żeby zobaczyć lalki Amber wiszące spokojnie na haku.

Usiadł ciężko na krześle, postukał paznokciem o zęby. Zalała go zimna, głucha złość.

– Dość tego – zdecydował. – Wracam do domu.

Wieczorem opowiedział o wszystkim Amber. Zielone oczy wróżki pociemniały od troski.

– Berg – szepnęła. – Nie wiem, czy to dobrze sprzeciwiać się Drzewu.

Lars zacisnął pięści.

– W dupie mam to cholerne Drzewo! – warknął. – Co to w ogóle jest? Żywa istota? Widmo? Bóg? Pieprzę takiego boga! Dał mi jakieś mdłe obietnice, głupie znaki i magiczne bzdety! Mam dość. Jestem zmęczony. Ledwo uszedłem z życiem, straciłem zwierzęta, wyglądam, jakby się po mnie koparka przejechała, nie pamiętam, kiedy tak źle mi się wiodło. Wszystko mnie boli, ręka rwie, bok się nie goi. Finito! Koniec! Ja nie żartuję. Mam dość. Wracam do domu. Jedziesz ze mną?

Zagryzła wargę.

– Oczywiście, że jadę. Tylko... boję się o ciebie. Kiedy leżałeś nieprzytomny, walcząc z tym wegetalistą, był przy tobie jakiś duch. Pomagał mi. Dzięki niemu znalazłam młynek i odpędziłam demony. Wydawał się dobry. Ale to istota z innego świata. Cholera wie co zrobi, kiedy sprzeciwisz się wołaniu Drzewa...

Berg rozłożył ręce.

– Duch, skarbie? Grzechoczące łańcuchami widmo? Dziadyga z piórami i majestatycznym wyrazem twarzy? Mam leźć gdzieś na tę cholerną północ, gdzie jest pełno dzikusów i diabli wiedzą czego, szukając szalonej fantasmagorii, bo tak chce jakiś duch?

Zadrżała.

– Och, proszę, Berg. Wiesz, że to nie tak. Nie chcę, żebyś dokądkolwiek jechał. Nie chcę się z tobą rozstawać. Ale znaki...

Lars ścisnął skronie.

– Amber, skarbie – przerwał jej zniecierpliwiony – ja już nie chcę słyszeć o żadnych znakach. Jestem cholernie zmęczony znakami. Nie zniosę ani jednej przepowiedni więcej. Podobno mam wolną wolę i zamierzam jej użyć. To koniec. Już po wyprawie na kraniec świata, królewno.

Spuściła wzrok.

– To może chociaż postawię karty – szepnęła.

Berg zacisnął szczęki.

– Nie. Żadnych kart. Jutro przeprawimy się do Skały, a potem wracamy do domu. W porządku?

Skinęła głową.

– Dobrze. Może to jednak mądra decyzja.

Lars ścisnął palcami kąciki oczu. Czuł się kiepsko, a zimna, twarda pięść ciągle gniotła mu wnętrzności.

Musiałem to wreszcie zrobić, pomyślał. Inaczej ta cholerna podróż mnie wykończy. I tak straciłem zbyt wiele.

Teraz, kiedy zdecydował się wracać, tęsknota za domem powróciła ze zdwojoną siłą.

Zdobył się na wątły, pełen ulgi uśmiech.

– Nie wyjechałbym bez ciebie – odezwał się cicho.

Spojrzała w szare niby morze, niespokojne oczy Grabieżcy i też spróbowała się uśmiechnąć.

– Wyjedziemy razem – zgodziła się, ale bez przekonania.

Sen był o krwi. O śmierci i umieraniu. O rozpaczy, strachu i smutku. I nieposłuszeństwie. Mimo że nie miał fabuły, bohaterów, logicznego ciągu wydarzeń, Grabieżca wiedział, że to ostrzeżenie. Ostateczne. Że wyśnił ten straszny, czerwono-czarny sen, przy którym piekło wydawało się doskonałym miejscem na wakacje, tylko raz. Drugiej szansy nie dostanie.

Leżał w łóżku obok Amber przerażony i tak szaleńczo wściekły, jak chyba nigdy dotąd. Bo też nigdy nie przekonał się tak niezbicie, że nie decyduje już o swoim życiu. Stał się niewolnikiem, gorzej, marionetką w rękach istoty lub mocy, której nie rozumiał. I chociaż z całej siły pragnął się nie poddawać, wiedział, że nie ma nic do gadania. Cena była zbyt wysoka.

To szantaż, myślał z nienawiścią. Podły, parszywy, ordynarny szantaż. Jesteś gorsze od Mistrzów Blasku, pieprzone, mistyczne Drzewo. Obyś zdechło. Oby cię robale zeżarły. Obyś zgniło, spróchniało i sczezło. Ty i bóg, który w tobie tkwi. Nie darzę cię niczym prócz pogardy i nienawiści. Spełnię twoją wolę, bo nie mam innego wyjścia. Ale przeklinam cię tu i teraz, ja, Lars Bergerson, pozyskiwacz z gildii Grabieżców. Póki mogę jeszcze wyrażać własne zdanie. Za groźby, które ośmielasz się rzucać na moich przyjaciół. I Amber. Przede wszystkim Amber.

Wściekłość i rozpacz płonęły wysokim, białym płomieniem, jakby Berg stał się pochodnią gniewu. Nienawidził Zakonu, nienawidził Drzewa, ku któremu wyruszył szukać nadziei, bardziej niż Mistrzów Blasku.

Położył się na wznak, ukrył twarz w dłoniach.

Pieprzone bzdury, pomyślał z goryczą. Cały świat wygląda tak samo. Jest przeżarty złem i oszustwem. Okazało się, co jest warta twoja wyprawa, Lancelocie.

Amber poruszyła się obok w ciemności i Grabieżca zrozumiał, że ona także nie śpi. Ścisnął mocno dłoń dziewczyny, ale się nie odezwał. Nie mógł. Dławiły go ból, smutek i straszliwe rozczarowanie.

– Nie popłynę z tobą do Skały – szepnęła wróżka. – Musisz jechać sam.

– Wiem – odpowiedział z trudem.

Gardło miał ściśnięte, mięśnie szczęk drżały.

– Spróbuj zasnąć – głos Amber był bezbarwny i cichy. – Powinieneś odpoczywać.

Ale żadne z nich do rana nie zmrużyło oka.

Na śniadanie był martwy ptak. Leżał na kuchennym stole, w srebrzystych odłamkach szyby i jaskrawym sosie krwi. Amber wydała stłumiony okrzyk i cofnęła się w progu. Zdechła mewa niepewnie uniosła łeb, kołysząc nim, jakby była ślepa.

– Grabieżco – wyrzęziła. – Nie wolno ci przerwać misji. Musisz iść... sam... na północ...

Lars zacisnął dłonie w pięści, aż pobielały kostki.

– Nie wysilaj się – warknął. – Już się dowiedziałem. W nocy.

Ptak zadrgał, skrzydła uderzyły o blat, z rozwartego dzioba wypłynęło nieco krwi. Potem znieruchomiał.

Amber oddychała płytko szeroko otwartymi ustami. W oczach miała strach.

– Nie przestanie – szepnęła. – Drzewo nie przestanie, Berg.

Lars miał wrażenie, że coś pęka mu w środku, rozrywa się z okropnym, nieznośnym trzaskiem. Przycisnął pięść do mostka, ponieważ zabrakło mu tchu.

– Pojadę – powiedział z trudem, bo słowa były ostre niczym drut kolczasty. – Jeszcze dziś albo jutro. Daj jakiś worek. Wyrzucę to truchło.

„Amfitryta" kołysała się leniwie na fali. Pękata, krótka i brzydka, śmiesznie mała przy wielkich czarnych kształtach statków z wrakowiska. Wysoki komin dymił nieznacznie, widocznie podtrzymywano ogień pod kotłami. Z wody wystawały półksiężyce dwóch kół łopatkowych, śliskich i zielonych od glonów. Dzięki nim „Amfitryta" przywodziła na myśl zabawkę z bazaru, drewnianą kaczkę na kółkach. Brakowało tylko małej główki podskakującej na szyi komina.

Lars stał na nabrzeżu, patrząc w niespokojną zieloność oczu wróżki. Amber wyciągnęła rękę. W dłoni trzymała zalakowaną kopertę.

– To list do uzdrowiciela. Pytaj o niego w Skale. Nazywa się Edwin Aakunen. Na pewno pokażą ci drogę.

Berg sięgnął po list, schował w wewnętrznej kieszeni kurtki. Amber miętosiła nerwowo pasek płaszcza. Trzymała się dzielnie, ale widać było, że za chwilę się rozpłacze.

Lars przytulił dziewczynę do siebie, schował twarz w gęstych, rudych lokach.

– Już dobrze – szepnął. – Ja... spróbuję napisać ze Skały. Oddam list w porcie.

Pokiwała głową i delikatnie wysunęła się z jego ramion. Twarz miała bladą, oczy spuchnięte i podkrążone.

– Uważaj na siebie – poprosiła słabo. – W plecaku masz ciepłe ubrania, trochę jedzenia, lekarstwa i zestaw opatrunkowy. Opat mi dał wczoraj po południu.

Berg przygryzł wargę.

– Tak – wymamrotał. – Tak, wiem.

Spojrzała na niego niepewnymi, nakrapianymi złotem oczami.

Pożegnali się już. Żegnali się nocą i o poranku. Rozpaczliwie, zachłannie, pełni lęku. To nie na zawsze, powtarzali. Wrócę. Wrócisz. Przecież karty powiedziały... przecież inaczej się nie da.

– Będę dbać o Achillesa – powiedziała.

Skinął głową.

– Tylko nie próbuj jeździć.

Nie zdobyła się nawet na cień uśmiechu.

Kapitan „Amfitryty", chudy, żylasty żeglarz z opadającą powieką i twarzą naznaczoną blizną na czole i policzku, tylko parsknął, kiedy się dowiedział, że Berg chce zabrać motocykl. Nie pomogły pieniądze i perswazje. Kapitan za każdym razem odmawiał, równie cierpliwie co stanowczo.

– Nie. Ładownie mam przepełnione. Statek jest ciężki jak dupa grubej baby. Zresztą to nie prom. Tu nikt nie zabierze panu tego grata. I gdzie pan będziesz tym jeździł? Na północy prawie nie ma dróg.

Lars z niechęcią myślał o rozstaniu z Achillesem, a szczególnie o dźwiganiu ciężkiego plecaka, ale w końcu musiał się zgodzić. Motocykl został u Amber.

– Poczeka na ciebie – obiecała. – Ja też będę czekać.

Pocałował wąskie, miękkie usta wróżki.

– Wrócę i zabiorę cię do domu – szepnął.

– I koty też? – spytała po raz setny.

Uśmiechnął się.

– Koty i konia na biegunach, komódkę na krzywych nóżkach, porcelanową sowę, wszystkie lalki, nawet żyrafę. Co chcesz.

Objęła go mocno.

– Uda się, Berg. Wiem, że się uda.

– Jasne, królewno – przytaknął.

Kapitan wychylił się zza relingu.

– Właź pan! – zawołał. – Zaraz odpływamy.

Amber ścisnęła rękę Grabieżcy.

– Idź – szepnęła.

– Wrócę – powiedział z niezachwianą pewnością w głosie, choć w głębi duszy wcale jej nie czuł.

Zarzucił plecak na ramię i wszedł na pokład po krzywym, trzeszczącym trapie.

Amber długo stała na nabrzeżu. Patrzyła na odpływającą „Amfitrytę", aż statek zmienił się w bezkształtną plamę w jej szklących się od łez oczach.

Rozdział 4

Co za krypa, pomyślał Lars. „Amfitryta" zmagała się z falami ciężko i bez wdzięku. Koła łopatkowe mełły z wysiłkiem wodę, nie pomagały rozpięte na masztach białe płachty żagli.

Berg gapił się na morze, wypatrując zamglonej linii brzegu. Był jednym z trzech pasażerów na pokładzie, obok kupca podróżującego do swojej faktorii w Skale i staruszka, który wracał z odwiedzin u mieszkającej w Porcie córki.

Podróż nie przebiegała emocjonująco. Szczerze mówiąc, Grabieżca dawno się tak nie nudził. Z przygodnymi towarzyszami nie było o czym gadać. Dowiedział się tylko, że uzdrawiacz Aakunen rzeczywiście osiadł w Skale, ale często wyjeżdża do okolicznych miasteczek i wsi.

Morze było błękitnoszare, płaskie jak patelnia. Wiatr niósł w sobie ciepło wiosny.

Lars obawiał się, że może go dopaść morska choroba, ale okazało się, że znosi rejs wyjątkowo dobrze. Ponieważ nie chciał siedzieć w ciasnej, śmierdzącej zgniłą wodą i rybami kajucie, większość czasu spędzał na pokładzie.

Gniew i rozgoryczenie towarzyszyły mu wiernie, nie chcąc się wypalić lub dać zastąpić przygnębieniu.

Berg płynął do Skały, gotów gołymi rękami rozebrać Zakon Krańca Świata, a Drzewo porąbać i spalić.

Mimo to ucieszył się, kiedy wreszcie zobaczył na horyzoncie zamgloną błękitną plamę brzegu.

Skała nie przypominała Portu. Okazała się małym miastem kamiennych domów, uczepionych stromego zbocza niczym kolonia jaskółczych gniazd. Wszystkie dawne dzielnice objął już w posiadanie las. Otaczał Skałę półksiężycem ciemnej zieleni, a wielkie budowle niegdysiejszego centrum obudował kolumnadami masztowych świerków i sosen.

Berg z ulgą zszedł z trapu. Morska podróż zmęczyła go, ale nie wygasiła dojmującego poczucia zawodu. Rozejrzał się po długim, popękanym i zaniedbanym nabrzeżu. Kiedyś port musiał być ogromny. Jednak teraz straszył tylko gruzowiskiem dawnych zabudowań. Gdzieniegdzie sterczała pojedyncza ściana, przywodząc na myśl pozostałość obcej, starożytnej cywilizacji. Dźwigi runęły przeżarte rdzą, z płytkiej wody wystawały metalowe kikuty konstrukcji. Z latarni morskiej pozostał tylko na pół zwalony szkielet. Na szczycie ktoś wzniósł chybotliwą platformę i zainstalował poobijaną, słabą niby robaczek świętojański lampę żarnikową. Wielkie beczki i metalowe kontenery przerdzewiały i zapadły się w sobie, tworząc paskudne, rude rafy złomu. Przypominały morskie potwory, które przed wiekami wylazły na ląd, gdzie zdechły.

Lars poprawił wpijające się boleśnie szelki plecaka.

– Boże, jak pięknie – mruknął. – Witamy na nieskażonej cywilizacją północy.

Ruszył stromą uliczką w górę, chcąc przede wszystkim wynająć jakiś pokój i pozbyć się ciężkiego bagażu.

Kwaterę znalazł bez trudu. Skała nie wydawała się zbyt ludna, a o tej porze roku kupcy dopiero zaczynali pojawiać się w mieście.

Berg zatrzymał się w malutkiej kamiennej gospodzie, oferującej gościom zaledwie cztery pokoje do wynajęcia i jadalnię wielkości przeciętnej komórki na węgiel. Zostawił rzeczy w kwaterze nadającej się w sam raz dla krasnoludka i od milkliwego gospodarza, żywo przypominającego dorsza, dowiedział się, że uzdrawiacz Aakunen powinien być o tej porze w klubie „Stella Maris". O ile nie wyjechał.

– Idź pan do lasu – burknął dorsz, gapiąc się podejrzliwie na gościa. – Jeśli się pan nie boisz hołoty, co mieszka w ruinach. Ani tej, co przychodzi do klubu. Tam pan najprędzej znajdziesz tego Aakunena.

Klub, pomyślał Berg. W takiej dziurze? Co mogą tam robić? Rzucać do celu śledziami?

Wzruszył ramionami. To pewnie jakaś smętna buda, mieszcząca w środku coś w rodzaju cyrku i bazaru równocześnie. Widywał już takie miejsca. W jednym namiocie występowali wspólnie akrobaci, nawiedzeni szamani, wróże i pseudoalchemicy, oferujący swoje usługi i towary.

Mistyczno-magiczna tandeta.

Mimo że ufał Amber i szanował jej zdanie, nie mógł się przekonać do tego genialnego Aakunena.

Spotkam zwykłego kuglarza, pomyślał. Albo jeszcze gorzej. Wariata, któremu ubrdało się, że jest wielkim cudotwórcą i zbawcą ludzkości.

Sprawdził, czy list od Amber spoczywa bezpiecznie w kieszeni kurtki, i ruszył wskazaną przez właściciela gospody ulicą.

– Uzdrawiaczu Aakunen. – Uśmiechnął się nieprzyjemnie. – Przyszła poczta od twojej wielbicielki. Poprzewracaj trochę oczami, zatańcz z grzechotką i złóż ładnie autograf.

Berg stanął przed drzwiami klubu „Stella Maris" i podrapał się w zamyśleniu w policzek. Tego z całą pewnością się nie spodziewał.

Niezłe, przyznał. Akurat na bal wampirów albo na czarną mszę. Cholera, mam nadzieję, że to nie urocze gniazdko samaelitan albo, co gorsza, Dzieci Chaosu. Czuliby się tu jak w rodzinnym piekle. Że też rozlazło się to tałatajstwo po całym świecie.

Klub mieścił się w pałacu. A raczej w tym, co z niego zostało.

Lars uniósł głowę i obejrzał fasadę. Młode zielone pędy wyrastały wprost z czaszek podtrzymujących resztki balkonu atlantów. Fryz z trytonami porastały mech i świeża trawa. Kamienne okładziny były zniszczone i poobijane, z tralek i gzymsów sypały się kawałki gruzu. Nad wejściem dawały się z trudem odczytać fragmenty wykutego antykwą napisu.

– *Iusticia est... pecunia...* – wydukał z trudem Lars.

Nie zrozumiał słów, ale uchwycił kontekst. Uśmiechnął się krzywo.

Piękne miejsce na imprezę. Budynek dawnego sądu albo urzędu. Przy odrobinie szczęścia może i podatkowego. Tylko co tam, u diabła, miałby robić nawiedzony szaman-uzdrowiciel?

Uderzył kołatką w metalowe drzwi. Otworzyły się ze skrzypnięciem, a w progu pojawiła się zwalista postać.

Wykidajło miał w oczodoły wprawione dwa potężne stermery i czaszkę oplecioną siecią podtrzymujących pasów. Lars złowił zielonkawy, blady jak świecące próchno poblask urządzeń.

Ciekawe, czy cerber zachował pod spodem oczy, pomyślał.

Tamten niechętnie odkleił się od ściany.

– Nowy? – spytał niskim, nosowym głosem.

– Nowy – przyznał Grabieżca.

Ochroniarz machnął ręką.

– Serdecznie witamy kolejnego klienta. Właź.

Zatrzasnął za Bergiem drzwi i Grabieżca znalazł się w rozległym, wyłożonym popękanymi marmurami wnętrzu „Morskiej Gwiazdy". Przypominało salon na pogrążonym w odmętach transatlantyku, gdzie balanga trwa nieprzerwanie od kilkudziesięciu lat. Z sufitu zwisały smętnie kryształowe żyrandole, w które niezbyt starannie wstawiono stare, na wpół wypalone lampy żarnikowe. Pośrodku pomieszczenia wisiała wielka, chyba drewniana kula pomalowana na srebrny kolor, nieco już oblazła z farby.

Ściany zdobiły krzywe rysunki ryb, zezowatych nereid z cycami jak melony i statków, które przypominały balie z zatkniętymi pośrodku karniszami na firanki. Wylot szerokiej, całkiem już zawalonej klatki schodowej służył za bar.

A na szynkwasie w towarzystwie trzech pijanych, rozchichotanych syren siedział uzdrowiciel Edwin Aakunen.

– Szlag – syknął Berg. – Nie wierzę własnym oczom.

Nie było mowy o pomyłce. Wysoki chudzielec z kpiącym uśmiechem na długiej, pociągłej twarzy i szopą grubych niczym końska grzywa konopnych włosów, związanych na karku w ogon, podtrzymywał troskliwie butelkę, której koniec wpychał w usta zupełnie już zamroczonej dziewczyny o policzkach tatuowanych w rybie łuski. Druga dama, wymalowana w tygrysie paski nieco rozmazane od potu, próbowała wpakować za pazuchę uzdrowiciela grubawą pęcinę w szydełkowych pończochach. Trzecia syrena, w kusej niebieskiej kiecce, opierała o ramię Aakunena strudzoną głowę, ozdobioną turkusowymi warkoczykami i pękami morskich muszli.

Berg ruszył niespiesznie w kierunku baru.

Kiedy cię ostatni raz widziałem, bracie, pomyślał ponuro, wisiałeś ramię w ramię ze mną na haku, pod półką w pracowni Amber. Tutaj chyba lepiej się bawisz.

Barmanka tkwiąca za ladą wyglądała na tak znudzoną, że nie zaciekawiłby jej nawet kolejny koniec świata. Dłubała w zębach długim, niebieskim paznokciem.

– Co podać? – spytała na widok Grabieżcy.

– Piwo – powiedział.

Z obojętną miną napełniła kufel.

Berg przyjrzał się uważnie chudzielcowi z konopną grzywą. Nie wydawał się specjalnie pijany.

– Ty jesteś uzdrawiacz Aakunen? – upewnił się Grabieżca.

Jasnowłosy mężczyzna podniósł głowę i uśmiechnął się krzywo.

– A co? Zachorowałeś, bracie? Wyglądasz całkiem żwawo.

– Jestem przyjacielem Amber Svensen – przedstawił się Lars. – Mam dla ciebie list.

Niebieskie oczy Aakunena rozjaśniły się.

– Od Amber? Naprawdę? Dawaj.

Berg sięgnął do kieszeni kurtki.

Dziewczyna z muszlami we włosach wymamrotała coś sennie i osunęła się po ramieniu uzdrawiacza. Odsunął ją stanowczo.

– Dobra, rybki – zakomenderował. – Dość tego. Spadać. Muszę pogadać z panem.

Dwie nieco trzeźwiejsze syreny spełniły posłusznie polecenie, zabierając ze sobą chwiejącą się na nogach towarzyszkę. Nie zaprotestowały nawet słowem.

Widać, że ma tu autorytet, pomyślał Lars kwaśno.

Aakunen zeskoczył z baru. Jednym ruchem rozdarł kopertę i wyciągnął plik kartek.

Rzucił się na ten list jak hiena na padlinę, stwierdził niechętnie Berg.

Aakunen zdecydowanie mu się nie podobał. Nosił fikuśne ubranie. Coś w rodzaju kusej marynarki, przypominającej nieudaną kurtkę mundurową, wąskie spodnie i wysokie aż za kolana buty z rzędem klamer.

Lars patrzył na niego ponuro. Nie musiał się długo zastanawiać, żeby dojść do wniosku, że nie lubi palanta.

Wygląda, jakby wybierał się walczyć z dzikusami w lesie, stwierdził. Albo na niedźwiedzie. I jeszcze ten pysk z krzywym uśmieszkiem. Nie do przyjęcia.

Nie miał pojęcia dlaczego, ale cały czas żył w przekonaniu, że uzdrawiacz okaże się kościanym dziadkiem obwieszonym amuletami i wytatuowanym w tajemne znaki. Tymczasem Aakunen był mniej więcej w jego wieku. A jeśli starszy, to naprawdę nieznacznie.

Zrobiła jego lalkę, pomyślał Grabieżca ponuro. Jak to ujęła? Przedstawiają moich przyjaciół i inne dobre istoty. Ciekawe, co ten jej przyniósł? Na pewno nie karty.

Aakunen czytał, a jego pociągła twarz rozjaśniała się coraz bardziej.

Sypiała z nim, stwierdził Berg z niejaką przykrością. Jasne, że z nim sypiała. Wystarczy popatrzeć na tę rozpromienioną końską gębę. On się chyba może podobać kobietom. Zresztą diabli wiedzą.

Zacisnął mimowolnie szczęki.

Cholera, o co mi właściwie chodzi? Musiałem upaść na głowę, żeby sądzić, że młoda i piękna dziewczyna będzie się przyjaźnić z samymi babami i starcami stojącymi nad grobem.

Uzdrawiacz odłożył list. Uśmiech na wąskich wargach nie był już kpiący, tylko serdeczny.

– Dobrze wiedzieć, że Amber sobie radzi – powiedział wesoło. – Przyjaźnimy się od lat, a odkąd wyjechałem z Portu, nie miałem od niej wiadomości. Rozumiesz, opuszczałem miasto w niejakim pośpiechu. Nie zdążyłem się nawet pożegnać. Amber to wspaniała dziewczyna. Cieszę się, że jej się układa.

– Ja też – warknął Lars nieco ostrzej, niż zamierzał.

Aakunen klepnął go w ramię.

– Chodź, usiądziemy i pogadamy. Jeśli mam ci pomóc, muszę coś o tobie wiedzieć.

Berg przez chwilę walczył z pokusą, żeby odmówić i wyjść, ale nie chciał zrobić przykrości Amber. Zabrał więc piwo i usiadł z Aakunenem przy szerokim drewnianym stole. Nieliczni goście zajmowali miejsca po przeciwległej stronie sali, gdzie było nieco jaśniej i przyjemniej.

– Przyjmujesz tutaj? – spytał Lars chłodno.

Aakunen się uśmiechnął.

– Nie. Przychodzę na piwo i dziwki. To pierwsze mają znacznie lepsze niż drugie. Zresztą sam widziałeś. Tu się zaczyna koniec świata, Bergerson. Skała to ostatni bastion cywilizacji. Dalej są tylko wiochy, faktorie handlowe i mnóstwo dzikich. Niektórzy mają prawdziwego świra. Zwłaszcza neobarbarzyńcy. To zaraza tego parszywego zakątka, bracie. Na tych uważaj szczególnie. To dranie jakich mało.

Jednak jest napruty, pomyślał Berg.

Ale niebieskie, czyste oczy Aakunena patrzyły bystro i trzeźwo.

– Od dawna należysz do gildii? – spytał.

Lars upił łyk piwa. Smakowało nieźle i było zimne.

– Gildia już nie istnieje – powiedział. – Zacząłem się uczyć, nim skończyłem dziesięć lat.

Uzdrawiacz gwizdnął cicho przez zęby.

– No, nieźle. Kawał czasu. Dużo łykasz prochów?

Grabieżca zastanowił się chwilę.

– Sporo – przyznał.

Aakunen postukał palcem w brodę.

– Jak szybko następuje niekontrolowane przejście, jeśli zabraknie ci leków? Po dobie? Dwóch?

Berg uważnie oglądał szczerbę na obrzeżu kufla.

Jeśli ma mi pomóc, powinienem mówić prawdę, pomyślał. Nadal nie wierzył w talent uzdrawiacza, ale jeśli już go znalazł, chciał spróbować. Życie bez prochów byłoby cudownym wyzwoleniem.

– Właściwie natychmiast – odpowiedział szczerze. – W najlepszym razie po kilku godzinach.

Uzdrawiacz odchylił się na krześle.

– Nie będzie łatwo – stwierdził. – Posłuchaj, chciałbym cię zekranować. Mogę?

Lars nastroszył się nieco.

– Znaczy, co będziesz robił? Sypał magiczne proszki, mruczał czy co? – spytał.

Aakunen wzruszył ramionami.

– Skupię się i spróbuję zobaczyć, jak wygląda sytuacja. Nie dotknę cię. Po prostu będę patrzył. Jesteś Grabieżcą. Masz niepowtarzalny talent. Większy i lepiej wyszkolony niż inni pozyskiwacze. Więc nie odpychaj mnie, dobra? Bo nic mi nie wyjdzie.

– Chcesz to zrobić tutaj?

– Aha – przytaknął Aakunen. – Gości mało, nikt nie będzie nas rozpraszał.

Berg skinął głową. Nie spodziewał się leczenia w knajpie przy piwie, ale w sumie odpowiadało mu bardziej niż kręgi ognia, okadzanie i pieśni przy bębenku.

– W porządku – zgodził się z ociąganiem.

Uzdrowiciel przymknął na chwilę oczy, a potem spojrzał prosto w źrenice Grabieżcy. Lars poczuł nieprzyjemne napięcie, ale nie spuścił wzroku. Healer patrzył spokojnie, niebieskie oczy wydawały się przyjazne, bardzo, bardzo stare i pełne dziwnej pierwotnej dzikości.

Takie ślepia może mieć zwierzę mocy, pomyślał Berg. Ale nie człowiek.

– Nie walcz! – powiedział Aakunen z napięciem w głosie. – Prosiłem. Nie grasz w kulki, Grabieżco.

Lars spróbował się rozluźnić. To przyjaciel, powtarzał sobie. Próbuje pomóc. Wskrzesić moje zwierzęta mocy.

Przypomniał sobie Maksa i Felisa, a wtedy tęsknota odezwała się potężną falą. Aakunen przestał się liczyć.

Nagle błękit zalał wszystko. Przez chwilę nie było nic, tylko czysta niczym niebo niebieskość.

– Chryste Panie – powiedział uzdrowiciel z podziwem i niedowierzaniem. – Jakim sposobem, do cholery, udało ci się przeżyć to wszystko?

Lars zamrugał. Czuł się odrobinę oszołomiony.

– Co? – spytał zdziwiony.

Aakunen rozłożył ręce.

– Sieć Stockla, bicz Livelego, stratę tatuażu mocy, walkę z Oświeconym, płonącą wesz, atak egzekutora Mistrzów Blasku. Mało czy co? Zabiłeś go na amen, wiesz? Nawet wióry nie zostały. Już nie wskrzeszą sukinsyna, choćby cudowali światem. Aż strach pomyśleć, co z ciebie będzie, Grabieżco. Drugi Arvani?

Amber mu napisała to wszystko? – pomyślał Berg.

Przypuszczenie zabolało, jakby dziewczyna zachowała się nielojalnie.

– Dlaczego nie możesz przyjąć, że naprawdę widzę takie rzeczy? – spytał niespodziewanie Aakunen. – Ty podróżujesz między wymiarami, ja wkraczam w pamięć ciała. Obaj po prostu mamy różne zawody.

Lars drgnął.

Uzdrawiacz wyciągnął dłoń. Nie wydawał się zirytowany ani dotknięty. Widocznie często stykał się ze sceptycznymi reakcjami.

– Daj mi rękę, dobra? Prawą. Chcę coś jeszcze sprawdzić.

Grabieżca poczuł uścisk mocnych kościstych palców. A chwilę potem mrowienie i ciepło w nadgarstku.

– Wiedziałeś, że masz tu sztucznie hodowane tkanki? – spytał uzdrawiacz. – Cholernie precyzyjna robota. I jakiś materiał, którego nie rozpoznaję. Ale dobrze się sprawdza. Miewasz przykurcze palców?

Lars potrząsnął głową.

– To niemal cud – mruknął Aakunen. – Poodtwarzał spalone i zniszczone nerwy. Zregenerował tkanki. Cholera, czegoś podobnego dawno nie widziałem. Miałeś szczęście, Bergerson.

Puścił dłoń Grabieżcy i uśmiechnął się.

– Zmęczyłem się. Nie będzie łatwo. Jesteś jak kronika katastrof i masz niesamowite pokłady mocy. Dobra, spróbuję ci pomóc. Zobaczymy, co z tego wyjdzie. Dla mnie to pewnego rodzaju wyzwanie. Przyjdź jutro rano. Napiszę ci, gdzie mieszkam. Trafisz, a jeśli nie, ktoś ci pokaże. Aha, lepiej nic nie jedz. W szałasie choroby można się porzygać gorzej niż kot.

Kiedy zobaczył wyraz twarzy Berga, w niebieskich oczach zalśniła iskierka ironii.

– Mnie to też dotyczy – dodał. – A, byłbym zapomniał. W dzieciństwie złamałeś lewą kość udową. Zrosła się jak marzenie. Prawie nie widać śladów. Ile miałeś lat? Sześć?

Lars spojrzał na rozpartego naprzeciw wysokiego chudzielca i też się uśmiechnął. O tym nigdy nie opowiadał Amber. Prawdę rzekłszy, zapomniał o całym zdarzeniu.

– Siedem – powiedział. – Poskładał mnie miejscowy uzdrowiciel.

Aakunen odchylił się na ławie, pokazał w uśmiechu duże białe zęby.

– Co za pożyteczni ludzie, nie? A teraz, kiedy sprawy formalne mamy już za sobą, napijesz się jeszcze browaru, Bergerson?

Czemu nie? – pomyślał Lars.

– Za zdrowie uzdrawiaczy – powiedział.

Jasnowłosy healer uniósł swoją szklankę.

– I wszystkich Grabieżców tego świata.

Kiedy Berg wracał wieczorem na kwaterę, doszedł do wniosku, że jednak lubi Aakunena.

– Co to ma być? – spytał Grabieżca.

Pokraczna konstrukcja z żerdzi, brezentu, krowich skór i gałęzi wznosiła się pośrodku zarośniętego zielskiem ogrodu na tyłach kamiennego domu Aakunena. Z otworu na szczycie sączyła się blada smuga dymu.

– Szałas choroby – wyjaśnił uzdrowiciel. – Co, nie podoba się? Całą noc budowałem.

– Perła architektury – burknął Lars.

Aakunen wydawał się odrobinę urażony.

– Wyluzuj trochę, facet. Nie będziesz tu mieszkał. Grunt, żeby zadziałał.

– A właściwie jak ma działać? – zainteresował się Berg.

Uzdrawiacz wzruszył ramionami.

– Odcina przestrzeń zewnętrzną od wewnętrznej. Wleziemy do środka, zasłonimy wejście i zostaniemy sami. Ze wszystkimi twoimi problemami, przyjacielu.

– Fantastycznie – burknął Grabieżca. – Długo zostaniemy wewnątrz tego cudu architektury, jeśli wolno wiedzieć?

– Okaże się. Może parę godzin, może i dwa dni. Wyglądasz na trudny przypadek. Ale nie przejmuj się, będę cały czas obok.

Berg wyszczerzył zęby.

– I to mnie martwi najbardziej.

– Gotowy? – upewnił się Aakunen.

Lars przytaknął.

– To właź do środka. – Edwin podniósł klapę namiotu.

We wnętrzu panował półmrok i nieznośna duchota. Było tak ciasno, że Grabieżca nie mógł wyprostować pleców. Pośrodku smażyło się małe ognisko, dymiąc paskudnie. Aakunen usiadł, skrzyżowawszy nogi, i wrzucił w pełgające płomienie garść ziół. Zrobiło się niebiesko od dymu. Zaśmierdziało gorzką wonią piołunu.

Edwin ściągnął bluzę przez głowę.

Facet ma niezłą kolekcję blizn, pomyślał Berg. Ciekawe, czy Amber tak lubi, czy po prostu jej nie przeszkadza.

– Nie wytrzymasz w tych ciuchach – powiedział uzdrawiacz. – Lepiej zdejmij sweter.

Grabieżca zdjął golf i pozostał w samych spodniach.

Edwin pochylił się nad ogniskiem. Źrenice miał rozszerzone, w błękitnych tęczówkach, wąskich niczym pierścienie z drutu, płonęło czyste szaleństwo. Wciągnął w płuca potężny haust dymu. Wyprostował się i uśmiechnął szeroko jak wariat.

– Uważaj, jedziemy – powiedział. – Wszyscy na pokład! Już! Jezzu... to będzie wyprawa!

Przestrzeń otworzyła się nagle, bez zapowiedzi. Lars szybował w błękicie, bezcielesny nad swoim ogrodem. Po raz pierwszy oglądał z góry prawie-śliwkę i całe wnętrze kotliny.

– Przejdź dalej – usłyszał głos Aakunena. – Widzę, na czym polega problem, ale to jeszcze nie sedno. Idź do przodu, Grabieżco.

Niewidzialna, przemożna siła uderzyła w Berga. Świat rozprysnął się na czarne i zielone kryształki, a potem zrósł niespodziewanie. Lars stał sam na czerwonym pylistym pustkowiu. Ostry, porywisty wiatr szeptał.

– Cholera, nie przechodź, Lars. Nie w tę stronę. Nie nadążę za tobą. Wracaj.

W porządku, pomyślał Berg. Chcę znaleźć się z powrotem w ogrodzie.

Wiatr przybrał na sile. Szarpał ubraniem Grabieżcy, ciskał w twarz drobiny piasku.

– Ogród – powiedział Lars stanowczo, mrużąc powieki w obronie przed kurzem.

Rzeczywistość znów się rozstąpiła.

Otworzył oczy. W głowie trochę mu się kołowało. Klęczał na ciągnącym się po horyzont polu. Powietrze pachniało słodko aromatem lata i kwitnących ziół. Wszędzie jak okiem sięgnąć rosły niskie, intensywnie zielone krzaczki, poznaczone jaskrawymi plamami owoców. Czerwone smugi barwiły materiał na kolanach spodni Grabieżcy.

Rozdeptałem truskawki, pomyślał Berg mętnie. Skąd się wzięły? Przecież dopiero kwiecień.

Powietrze zawirowało, gęste i przejrzyste na kształt żelatyny.

– Dziwaczne, ale może być – stwierdził Edwin.

Stał obok, kompletnie przezroczysty, tak że Grabieżca mógł widzieć każdą kość szkieletu, wyraźną, choć przejrzystą, jakby była odlana ze szkła. W szklanej czaszce jarzył się ostrym błękitem mózg, niebieskozielona linia biegła wyraźnie wzdłuż kręgosłupa, a miejsce, gdzie powinno znajdować się serce, świeciło pulsującą kulą turkusowego blasku.

– Dobra, zaczniemy od prochów – przemówiły widmowe usta. – Czym jest dla ciebie to uzależnienie, Lars? Postaraj się je zmaterializować.

Zielone pigułki, przeszło Bergowi przez myśl. Sznur malachitowych korali.

Świat wybuchł. Eksplozja wysadziła w powietrze tysiące truskawek, ochlapała głowę i tors Grabieżcy słodką, lepką posoką. Próbował strząsnąć z twarzy krwistą pulpę, zbierał masę dłońmi i zrzucał na ziemię, ale miąższu wciąż przybywało. Grabieżca poczuł, że się dławi.

– Nie! – usłyszał wrzask Aakunena. – Nie tak! Wizualizuj, nie konfabuluj!

Na nic. Lars zachłysnął się czerwoną słodyczą. Lepką, żelazistą, pachnącą jak posoka. Coś twardego i grudłowatego zaciskało się wokół gardła. Dusiło, odbierając dech. Berg poderwał do szyi śliskie od krwi dłonie. Drapał bezradnie, łamiąc paznokcie. Sznur wpijał się w żywe ciało, dławiąc oddech. Kaleczył.

Przetnie mi tętnicę, pomyślał w popłochu.

Namacał obłe, owalne paciorki wbite głęboko w skórę.

– Kurwa mać! – ryczał gdzieś blisko Edwin. – Przestań się miotać! Nie pomogę ci, jeśli będziesz się rzucał! Spokojnie. Uspokój się i zdejmij to. Oddychaj.

Łatwo powiedzieć.

Berg rozpaczliwie próbował zaczerpnąć oddechu. Płuca płonęły, pod czaszką zaczęły wyć syreny alarmowe. Przed oczami wirowały srebrne rozbłyski.

Duszę się, pomyślał. Jezu Chryste, to koniec!

Usłyszał ostrzegawczy krzyk Aakunena i runął w przepaść. Sznur zielonych pigułek naprężył się, a Lars uczuł potężne szarpnięcie w karku. Ból oślepił go. Straszliwy ucisk na szyję wzmógł się jeszcze, wyduszając z piersi resztki tchu.

Wiszę, zrozumiał Grabieżca. To stryczek.

Srebrzystość rozbłysków zmieniła się w czerń. Berg powoli tracił świadomość.

– Nie mdlej, bo cię stracę! – krzyknął wystraszony uzdrawiacz.

Lars zaczął charkotać. Czuł, że twarz mu puchnie i sinieje.

Umrę, pomyślał ze zdziwieniem.

Wtedy przejrzysta ręka z palcami zakrzywionymi na kształt szponów śmignęła w powietrzu. Berg poczuł gwałtowne szarpnięcie i ostry ból. Ale ucisk zelżał. Grabieżca ze świstem wciągnął powietrze.

Zobaczył, jak sznur ciężkich zielonych korali śmiga w powietrzu, a wolny koniec uderza Aakunena przez twarz i pierś.

Uzdrawiacz krzyknął i zapadł się w ogarniającym wszystko błękicie.

– Edwin! – wychrypiał Lars przez obolałe, ściśnięte gardło. – Żyjesz?

W klatce piersiowej Grabieżcy hulał płomień, szyja bolała, jakby ktoś przetrącił mu kark.

– W porządku – odpowiedział z głębi niebieskości stłumiony głos uzdrawiacza. – Wywal to z siebie, Berg. Wywal wszystko. Teraz.

Co? – zdziwił się Lars, a wtedy tama pękła.

Wisiał rozkrzyżowany w błękicie, a tam, gdzie powinien mieć wnętrzności, ziała ogromna dziura. Przez nią lał się strumień lodowatych pomyj.

Co to, kurwa, jest? – pomyślał Berg w popłochu.

Wtedy poczuł gwałtowny skurcz, rozpadlina w ciele zwęziła się, a fala brudu pokryła różową pianą krwi.

Aakunen, wciąż nieco przejrzysty, choć już bardziej materialny, pojawił się tuż przed Larsem. Na ramionach Grabieżcy zacisnęły się suche, silne palce. Berg natychmiast odczuł ulgę.

– Spokojnie – powiedział uzdrowiciel. – Nie bój się. Wszystko w porządku. Po prostu wyrzucasz z siebie chorobę. Dobrze ci idzie. Nie przerywaj.

Spieniona fala pomyj płynęła nieprzerwanie, aż Lars poczuł się pusty i lekki niby suchy strąk. Ale równocześnie cudownie spokojny. Zamrugał.

Stał nad stromą przepaścią na brzegu kanionu. Ponad siniejącą w dole głębią chwiała się cieniutka, krucha na kształt pręcika z cukru kładka. Aakunen stał po drugiej stronie, wyciągając ręce.

– Chodź, Berg – zawołał. – Musisz tędy przejść i wszystko dobrze się skończy.

Grabieżca spojrzał w szaroniebieską głębię pod stopami. I zdjął go nagły lęk. Dobrze wiedział, co płynie dnem kanionu.

Jeśli spadnę w przepaść, pomyślał, zwariuję i nigdy nie odzyskam zdrowych zmysłów.

Poczuł dreszcz wzdłuż kręgosłupa, jakby przebiegło tamtędy małe zwierzątko z mnóstwem łapek. Dłonie mu zwilgotniały, puls przyspieszył.

– Rusz się, Berg – warknął ostro Aakunen. – Nie zwlekaj. To niebezpieczne.

Ale Grabieżca miał nogi jak z kamienia.

Uzdrawiacz nabrał głęboko powietrza i wstąpił ostrożnie na pokrytą białym szronem kładkę.

– Chodź – powiedział cicho. – Pomogę ci.

Lars postąpił krok i postawił stopę na kruchym cukrowym moście. Serce waliło w piersi w rytmie pogrzebowego dzwonu.

Czego się właściwie boję? – zapytał sam siebie, ale zamiast odpowiedzi dostał kolejny skurcz lęku.

Rzeka w dole kanionu zaszumiała gniewnie, pienista i czarna. Brudna toń wirowała, aż kręciło się w głowie. Berg poczuł, że traci równowagę.

– Skoncentruj się – usłyszał. – To nie jest trudniejsze niż zwykły abordaż. Tylko skup się, do cholery!

Aakunen sunął ku niemu powoli. Twarz i tors uzdrowiciela lśniły od potu, w oczach było bezbrzeżne zmęczenie.

Lars odetchnął głęboko i ruszył przed siebie. Wydawało mu się, że materia kładki jest elastyczna, a czasem nawet grząska. Rzeka z głębin huczała wściekle, tłukła o kamienne ściany przepaści, przybierając gwałtownie.

Lśniąca, czarna toń płynęła wartko, rozbita na poszczególne drobiny kropel. Obłych, śliskich, obrzydliwych.

Jezu, to są...

Robaki śmignęły w górę, pełzły po kamieniach, przebierając tysiącem wstrętnych segmentowych odnóży.

Berg zachwiał się, zamachał rozpaczliwie rękami.

– Nie konfabuluj! – w głosie Edwina brzmiało napięcie. – Ich nie ma! Wywal to z wyobraźni, do diabła!

Lars z trudem przełknął gęstą i lepką ślinę. Zbierało mu się na wymioty. Przymknął oczy.

Nie ma robali. Po prostu świrujesz, Bergerson. Jasne? W porządku. Tak lepiej.

Rozwarł powieki. Pienista, smolista rzeka przelewała się z szumem po kamieniach. Grabieżca odetchnął. A wtedy z mrocznych odmętów wychylił się siny, pokryty szlamem trup Sebastiana, ochroniarza Zekego.

Berg krzyknął i poczuł, że grunt ucieka mu spod nóg. Cukrowy most brzęknął jękliwie. Aakunen skoczył natychmiast do przodu.

Z głębin wychynęły kolejne potwory. Iwo. Kobieta z kuchni. Pozyskiwacz Mark. Mokre, cuchnące zgnilizną stwory przysiadły na kamieniach, otwierając usta szeroko niczym kajmany. Martwymi, mętnymi ślepiami gapiły się w górę. Czekały na żer.

– Opanuj się! – krzyknął uzdrawiacz. – Nie patrz w dół. I nie konfabuluj, na litość boską! Nie jesteś winien niczyjej śmierci, dotarło?

Nie, pomyślał Berg. Osuwał się w dół, wprost ku otwartej paszczy Sebastiana.

Ale Edwin był szybszy. Chwycił Larsa za nadgarstki i szarpnął w górę.

– Walcz, sukinsynu – zasyczał przez zaciśnięte zęby. – No, ruszaj dupę, Grabieżco!

Berg poczuł uderzenie, jakby trzasnęło go wyładowanie elektryczne. Krzyknął. Stopy zakołysały się, dotknęły lodowo-cukrowej kładki, z trudem znajdując oparcie. Poczuł palce Edwina, zaciskające się na ramionach. Płynęło z nich ciepło i potężna fala energii, od której aż cierpła skóra.

– Mam cię – wychrypiał Aakunen. – Tylko się nie cofnij. I nie patrz w dół.

A tymczasem w dole działo się coś strasznego. Lars słyszał bulgot wzbierającej wody, przeciągłe wrzaski i chrobot skrobiących po kamieniach chitynowych pancerzy. Czarna toń zaczęła parować, tak że biała, oszroniona kładka zatonęła w morzu mleka.

Berg poczuł na karku zimny, lepki dech strachu. Chciał się odwrócić i spojrzeć w przepaść, ale Edwin przydusił mu ramieniem szyję i unieruchomił głowę.

– Zaufaj mi choć przez chwilę – syknął. – Inaczej obaj nie zobaczymy już słoneczka.

Abordaż, pomyślał Lars. To przypomina nieudany abordaż. Uspokój ciało. Uspokój umysł jak na ćwiczeniach w gildii.

Rozluźnił mięśnie, nabrał głęboko powietrza.

– Idź – powiedział Aakunen. – Spokojnie. Teraz wszystko się uda.

Berg postawił niepewny krok. A potem kolejny. I jeszcze kilka. Kładka uginała się nieprzyjemnie pod stopami, w dole huczała wściekle rzeka gniewu, cierpienia i szaleństwa.

Odpływa, pomyślał Lars. Odpływa daleko ode mnie, zabiera choroby, zabiera zło i te cholerne prochy też.

Zobaczył wyraźny obraz czarnej strugi spadającej w głęboką przepaść, aż do gorącego, płynnego serca ziemi. Błotnista maź parowała natychmiast, znikała, oczyszczona przez ogień.

– Doskonale! – krzyknął Edwin. – Dalej, Berg! Utrzymaj ten obraz i idź!

Mleczny opar zaczął się przerzedzać. Jeszcze tylko kilka kroków. Trzy. Dwa. Jeszcze...

Czubek buta Grabieżcy natrafił na twardy, gładki kamień.

– Udało się – powiedział z bardzo daleka głos uzdrowiciela.

A potem znów błękit zalał wszystko.

Berg zamrugał. Przed oczami wciąż jeszcze widział wirujące kręgi kobaltu. Potrząsnął głową. Siedział na miękkiej trawie w przyjaznym cieniu prawie-śliwki. Aakunen leżał na wznak, dysząc ciężko. Mokra od potu klatka piersiowa uzdrowiciela unosiła się i opadała spazmatycznie, w płucach rzęziło.

Jezu, wygląda gorzej niż zajeżdżony koń, pomyślał Lars z niepokojem. Chyba nie kipnie, na miłość boską?

– Edwin? – spytał.

Uzdrawiacz zaniósł się suchym, dudniącym kaszlem.

– W po...rządku... – wychrypiał.

Leżał jeszcze przez chwilę, łapiąc z trudem powietrze, a potem uniósł ręce i ścisnął skronie.

– Co za jazda – szepnął. – Mało brakowało i byłoby po nas. Chwilami zupełnie traciłem kontrolę. Jak się czujesz?

– Pewnie lepiej niż ty – stwierdził Berg.

Na wąskich wargach Aakunena pojawił się uśmieszek.

– Chyba wygraliśmy. Nie sądzę, żebyś potrzebował kiedykolwiek prochów, Grabieżco. Ta płynna magma, to było coś! Wykorzystam kiedyś, jeśli pozwolisz.

Lars machnął ręką.

– Jasne. Nie krępuj się.

Aakunen usiadł z trudem i otarł twarz z potu. Rozejrzał się z uznaniem. Zerwał długie źdźbło trawy i wsadził między zęby.

– Ładny masz ogród, Bergerson – stwierdził.

Lars wzruszył ramionami.

– Tylko zwierząt brakuje.

Uzdrowiciel odwrócił głowę. Berg spojrzał w pełne ciepła, łagodne i mądre oczy człowieka, który przed chwilą ryzykował życie, żeby uwolnić go od choroby.

– Nieprawda – powiedział Aakunen cicho. – Są, jeśli chcesz, żeby były.

Lars z westchnieniem przesunął ręką po twarzy.

– Egzekutor je zabił. Widziałem, jak umierały.

Edwin pokręcił głową.

– Nie. Po prostu sprawił, że uwierzyłeś w ich śmierć. To twoje zwierzęta mocy. Jeśli ty żyjesz, one też istnieją. Chodź, pokażę ci.

Aakunen wstał, otrzepał spodnie. Grabieżca też się podniósł.

Przeszli przez ogród i wdrapali się na ulubiony głaz Berga. Uzdrowiciel wyciągnął rękę.

– Patrz tam – polecił. – Daleko, gdzie skały sięgają morza.

Lars zmrużył oczy. Spienione grzbiety fal lśniły srebrzyście, biały piasek odbijał promienie słońca, oślepiał. Cień i światło przenikały się, tworząc rozedrganą, połyskliwą zasłonę. Berg zamrugał, a wtedy podmuch wiatru uderzył w piasek, poderwał w górę jasne drobiny, tworząc mały wir.

Między skałami coś zabłysło brązowo, rdzawo niczym skórka świeżego kasztana.

– Max – wyszeptał Grabieżca.

Aakunen pokazał w uśmiechu zęby.

– Jasne, że Max. Reszta też wróci, cierpliwości.

Berg z trudem przełknął ślinę.

– Dzięki – powiedział. – Dużo dla mnie zrobiłeś.

Uzdrowiciel wzruszył ramionami.

– Taki zawód.

Lars patrzył na biegnącego plażą konia.

– Przyjdzie? – spytał.

Edwin potrząsnął głową.

– Teraz na pewno nie. Musisz go znowu do siebie przyzwyczaić.

Berg westchnął.

– Ale to ten sam koń? Wszystkie zwierzęta będą te same?

– Oczywiście – przytaknął Aakunen. – Nie ulepiłem ich z piasku. Są twoje. Wróciły, ale wiele przedtem przeszły. Zdobądź się na trochę cierpliwości.

Lars potarł w zamyśleniu policzek.

– Będą pamiętać wszystko, co zdarzyło się, zanim umarły?

Niebieskie oczy uzdrowiciela były ciepłe i pogodne niby sierpniowe niebo.

– Tak. Jeśli zechcesz, żeby pamiętały. Przestań się wszystkim przejmować. Ułoży się. Zobaczysz.

Klepnął Grabieżcę w ramię.

– Chodź, pora wracać.

Dziękuję, pomyślał Lars. Amber wie, kogo wybierać na przyjaciół.

Siedzieli w „Morskiej Gwieździe" nad piwem i baranimi kiełbaskami. Edwin najpierw starannie zekranował posiłek.

– Dobra, nada się – mruknął.

Berg parsknął śmiechem.

– W domu też tak robisz?

Uzdrowiciel wzruszył ramionami.

– Nawet nie wiesz, jak się można zatruć tym świństwem. Żarcie tu dają jeszcze gorsze niż dziwki. Kiedyś nie sprawdziłem i miałem cztery dni wyjęte z życia. Musztardy chcesz?

Berg wycelował w niego widelec.

– Nie mogłeś sam się uzdrowić? Uklecić sobie szałas i trochę nadymić. Przeszłoby bez śladu. Przecież jesteś cholernie zdolny, nie?

– Bardzo śmieszne – burknął Edwin. – To co z tą musztardą? Chcesz?

– Chętnie. Czekaj, kupię jeszcze piwa. – Lars wstał od stołu.

Odkąd okazało się, że Aakunen nie chce nawet słyszeć o zapłacie, Grabieżca próbował wyświadczać uzdrawiaczowi chociaż drobne przysługi. Naprawdę był wdzięczny. Poczułby się lepiej, gdyby zostawił Edwinowi pieniądze. Nic nie wskazywało, żeby healer żył w jakimś specjalnym dostatku. Ale ten się zaparł.

– To prezent dla Amber – twierdził uparcie.

– Żyjesz z tego, facet – tłumaczył Lars. – Każdego tak będziesz traktować i umrzesz z głodu.

Aakunen wzruszył ramionami.

– A ty zawsze skaczesz dla forsy? Różnie bywa. O mnie się nie martw. Wiosna się zrobiła jak w pysk wyciął. Nadchodzi czas mojej wielkiej wyprawy do okolicznych dziur. Zastępy hipochondryków czekają na to cały rok. Zarobię swoje.

– Wyjeżdżasz? – zdziwił się Lars.

Edwin skinął głową.

– Raczej odpływam. Jutro rano. „Astrą". To stara krypa, która snuje się przy brzegu, zawijając do wszystkich pobliskich wioch. Wyprawiam się w teren przynajmniej cztery razy w roku. Miałeś szczęście, że mnie jeszcze zastałeś w Skale. Posłuchaj, wiem, że wybierasz się na północ. Jesteś już zupełnie zdrowy, ale organizm może się z początku buntować. Jeśli poczujesz, że odjeżdżasz, po prostu przeczekaj. Atak sam minie. Tylko nie spanikuj. Nic ci nie grozi, ale możesz wtedy stracić przytomność. Niezłe te kiełbaski.

– Podróżowałeś kiedyś na północ? – spytał Lars.

– Mhmm – mruknął Aakunen, przełykając kolejny kęs. – Pamiętaj, że tam nic nie ma. Żadnej cywilizacji, żarcia, schronienia, no nic. Najwyżej bandy świrów. Staraj się ich unikać, idź prosto traktem na północ, a znajdziesz Zakon.

Lars zakrztusił się piwem.

– Nie powiedziałem, że szukam Zakonu!

Edwin uśmiechnął się szeroko.

– Spokojnie, Amber napisała.

Ruda plotkara, pomyślał Lars, ale wcale się nie zirytował.

– Wiesz coś o nim? – spytał.

Aakunen dziobał widelcem w talerzu.

– Że istnieje – powiedział. – I tyle. A ty znajdziesz drogę.

– Zaraz. – Berg rozłożył ręce, zaskoczony. – Skąd jesteś taki pewny?

Uzdrowiciel wzruszył ramionami.

– Zobaczyłem w szałasie choroby – powiedział.

I nic więcej Lars z niego nie wydusił.

Od morza wiał zimny wiatr. Berg wsadził ręce do kieszeni kurtki. Przyszedł na nabrzeże, żeby oddać kapitanowi „Amfitryty" list do Amber, a przy okazji pożegnać przyjaciela. Bo właśnie tak myślał o Aakunenie od czasu pobytu w szałasie.

Uścisnął dużą, kościstą dłoń uzdrowiciela.

– Pomyślnych łowów – powiedział. – Wyduś wór forsy ze swoich hipochondryków.

Edwin uśmiechnął się szeroko.

– Zajrzyj do mnie, kiedy będziesz wracał. Powodzenia, bracie. Trzymaj.

Wcisnął w rękę Grabieżcy zalakowaną kopertę. Lars obrócił papier w palcach i zerknął nieufnie.

– Co to jest?

Aakunen już wchodził po trapie. Odwrócił się do Berga, niebieskie oczy lśniły kpiąco.

– Wskazówki medyczne – powiedział. – Uważaj na siebie. A zwłaszcza na amazonki. Straszne suki.

– Zaraz, jakie amazonki? – zawołał Lars, ale uzdrawiacz już był na pokładzie.

Chuderlawy marynarz wciągnął deskę służącą za trap.

Wtedy nad relingiem pojawiła się długa twarz Aakunena.

– Bergerson! – krzyknął. – Zakon naprawdę istnieje. Spędziłem tam pięć lat. Znajdziesz go, tylko nie daj się zabić po drodze!

– Co?! – wrzasnął Berg. – Czekaj! Jak to pięć lat?! Dlaczego nie powiedziałeś wcześniej?!

Z komina „Astry” buchnął kłąb dymu, syrena zawyła potępieńczo, więc Berg mógł domyślić się słów przyjaciela tylko z ruchu warg.

– Nie mogłem!

Statek odbił od brzegu. Aakunen pomachał, ale Berg stał nieruchomo, miętosząc w rękach list.

Ty draniu, pomyślał. Ale nie czuł złości.

Złamał pieczęć i zaczął czytać zamaszyste, stanowcze litery Aakunena.

Dobra, wiem, że jesteś wściekły. Masz rację. Ale musisz zrozumieć, że wciąż obowiązują mnie pewne zasady, mimo że odszedłem z Zakonu. Ty też trzymasz się reguł gildii, chociaż gildia już nie istnieje. Znajdziesz Zakon, jeśli naprawdę chcesz, jeśli taka jest twoja wola. Idź zawsze na północ. Jeśli ogarną cię wątpliwości, wybieraj tę drogę, która wydaje ci się gorsza, węższa, prowadząca na manowce. Na rozstajach idź tam, gdzie nikt rozsądny nie postawiłby kroku. Nie słuchaj intuicji. Nie słuchaj rozumu. Słuchaj tylko Drzewa. Pamiętaj, że twoja ścieżka jest traktem wariata. Uważaj na siebie. Na północy nie ma przyjaciół. Każdy człowiek to świr. Każde plemię to nieprzyjaciel. Idź śmiało. W końcu znajdziesz to, czego szukasz. To nie takie trudne. Tylko nie daj się zabić po drodze.

Aha, pozdrów ode mnie Exego. Powiedz, że dawny uczeń przesyła ukłony. Jest twardy, powinien to znieść. Szlag go chyba nie trafi, chociaż moja wiedza medyczna może się okazać zawodna. A jak wrócisz, opisz mi dokładnie minę starego sukinsyna.

Powodzenia, Grabieżco.

Edwin Aakunen

PS Szczególnie uważaj na amazonki. Zwłaszcza wiosną. Okropnie mi przykro, że nie mogę powiedzieć nic więcej. Trzymaj się, bracie.

Ed

– No, pięknie – mruknął Lars.

Podniósł wzrok. „Astra” kołysała się niemrawo na fali, chlupocząc kołem.

Dzięki, stary, pomyślał.

Złożył list i schował do kieszeni.

Wszystko wskazywało, że nadchodzą ciężkie czasy.

Rozdział 5

Aakunen miał rację. Na północy nie było nic prócz lasu. Berg szedł już piąty dzień. Odkąd opuścił Skałę, nie natrafił na ślady ludzkiej bytności. Prowiant kurczył się zastraszająco szybko, a plecak nadal wydawał się tak ciężki, jakby naładowano do niego złomu. Na szczęście pogoda złagodniała. Wiatr niósł w sobie powiew lata, powietrze z dnia na dzień nasycało się ciepłem. Las ożył. Miękkie, zielone łapki świerków zewsząd wyciągały się ku Grabieżcy, dopraszając się o uściski.

Lars nie żywił żalu do Aakunena. Uzdrawiacz zrobił, co mógł, żeby pomóc. Wciąż pozostał przyjacielem. Może jedynym, którego Grabieżca miał spotkać po drodze.

Zakon istnieje, przypomniał sobie. *Nie podejmuję wysiłku nadaremno*.

Wieczorami często zaglądał do ogrodu. Z początku zwierzęta okazywały nieufność, która sprawiała mu wiele bólu, ale powoli robiło się coraz lepiej. Max podchodził już naprawdę blisko, a Felis dał się nawet dotknąć. Jeszcze niewiele mówiły i niechętnie przychodziły na wołanie, jednak Lars nie miał wątpliwości, że wkrótce wszystko wróci do normy. Najważniejsze, że zwierzęta żyły. Im więcej czasu spędzał w ogrodzie, tym lepiej się z nimi rozumiał. Wreszcie przestał się bać, że po wskrzeszeniu się zmienią. Znów zaczynały się zachowywać normalnie. No, może prawie normalnie. Najważniejsze, że rozpoznawał w nich znów swoich dawnych, wypróbowanych przyjaciół.

Uśmiechnął się do własnych myśli. Już niedługo ogród znowu stanie się w pełni jego cudownym miejscem.

Ścieżka stała się z czasem tak wąska, że przypominała ścieg w poszyciu lasu. Mimo to Berg brnął dalej.

Był naprawdę bardzo zmęczony, kiedy potknął się o linę.

Skąd w tej głuszy wziął się sznurek? – przemknęło mu przez myśl i w tej samej chwili wystrzelił w górę. Świat obrócił się nienaturalnie, przed oczami Larsa zakołysał się dywan igliwia i mchu. Grabieżca dyndał głową w dół, zaczepiony kostką nogi o przemyślnie zastawioną pętlę. Plecak ciągnął go w dół niczym kotwica.

Co to za gówno! – zdążył pomyśleć, gdy zobaczył ciemne sylwetki na tle zieloności lasu.

Na ścieżkę wypadło sześć cieni. Kobiety. Dziwaczne w swoich szerokich spodniach, wąskich bluzach i z opitolonymi niczym spod kosiarki głowami.

Na widok zaplątanego w sieć, zwisającego do góry nogami Larsa zawyły radośnie. Słowa były jakby znajome, lecz równocześnie zupełnie niezrozumiałe.

Jezu, co one wrzeszczą? – pomyślał Berg w popłochu. Coś jakby „sama"?

Rosła, jasnowłosa dziewczyna wrzasnęła triumfalnie, potrząsając włócznią.

– Miso! – usłyszał Lars. – Sama!

– Sama! – ryknęły towarzyszki.

Berg poczuł, że przewraca mu się w żołądku. Wreszcie zrozumiał wrzaski. Wymalowane, groteskowo ubrane kobiety skandowały „samiec".

Nie jest dobrze, pomyślał.

Przywódczyni zbliżyła się. Jej szalone, puste jak przestrzeliny oczy okalały czarne kreski farby, tworząc wzór prostokątów. Wymalowany na nosie mostek w groteskowy sposób kojarzył rysunek na skórze z okularami. Ciągnące się od zewnętrznych kącików oczu aż do uszu ciemne smugi jeszcze potęgowały wrażenie.

Wojowniczka wrzasnęła dziko, pokazując garnitur spiłowanych niczym u rekina, pokrytych opalizującym fioletem zębów.

– To Zema Maty Zemiii... – zawyła wściekle. – Bogni ama przyja... Sama!

– Sammaaa! – wrzasnęły dzikuski.

No to pięknie, zdążył pomyśleć Lars.

Dorodna, fioletowozęba kobra okularnica zamachnęła się końcem włóczni i wokół zrobiło się nieprzyjemnie ciemno.

Berg ocknął się z potężnym bólem głowy. Leżał na twardej, pełnej zadziorów podłodze. Słońce zapadło już za horyzont, pogrążając las w fiolecie zmierzchu. Grabieżca uniósł się z trudem i usiadł na deskach.

Ścisnął palcami skronie. Ból łupał pod czaszką niby nawiedzony drwal. Lars namacał na potylicy spore bolesne zgrubienie. Włosy w tym miejscu były lepkie i poklejone od krwi.

Niezły guz, pomyślał.

Rozejrzał się dookoła. Żerdzie, stwierdził. Niezbyt grube, ale solidne pręty dzieliły rzeczywistość na ciąg pionowych pasów.

Klatka, zrozumiał. Siedzę w klatce.

To nie była dobra wiadomość.

Lars stęknął i odchylił do tyłu obolałą, ciężką niby wór z węglem głowę.

Jeszcze tego brakowało, pomyślał. Siedzę za kratami jak zwierzę.

Przeszukał kieszenie, ale suki nie zostawiły mu nawet złamanego scyzoryka.

– Dobrze się czujesz? – usłyszał szept gdzieś tak spod pachy.

Drgnął, zaskoczony. Spodziewał się, że za zasłoną prętów siedzi sam.

– Hej, coś ty za jeden? – spytał podejrzliwie.

Z cienia w kącie klatki wyłonił się drobny, niemłody mężczyzna. Był niski, mocno szpakowaty, a szczupła twarz przez chwilę wydała się Grabieżcy dziwnie znajoma. Na wklęsłych policzkach współwięźnia odbijał się rdzawy poblask odległego ogniska. Przypominał rumieniec.

– Jakub Tyllo. Kupiec. Teraz, niestety, ofiara dla Wielkiej Bogini, bodajby zdechła w męczarniach.

– Zaraz – mruknął Berg. – Jakiej znów bogini?

Szpakowaty wyszczerzył zęby.

– Ano tej, synu, w imię której ślicznotki poszatkują cię na kawałki. Nie wiesz, gdzie trafiłeś? To jest Ziemia Matki Ziemi. Siedlisko najgorszych zdzir pod słońcem. Mamy pecha, przyjacielu. Właśnie przypada święto wiosny. Dlatego zrobią z nas i innych złapanych nieszczęśników sałatkę ku czci bogini. Popatrz tylko. Już zaczynają.

Berg przycisnął twarz do prętów. Widok nie był zbyt wesoły.

Dziewczyny z wymalowanymi wokół oczodołów kwadratowymi bądź okrągłymi okularami tańczyły wokół ogniska, potrząsając pękami ususzonych głów.

– O tak, tak – skandowały. – O tak, tak! Siosry! Otoo nasza światа! Otoo wiekaa Pani! Damy jeja sama! Damy jeja krwy wiela sama! Krwa! Krwa! Czrwona, żywa krwa! Oby przyjdzie plona! Oby przyjdzie wisna! Ooo, wiekaa Pani!

– Nie brzmi zachęcająco – stwierdził Berg.

Cała sytuacja wydawała mu się śmieszna i bezsensowna.

Klatka stała w cieniu starych sosen o pokręconych, wygiętych niczym ramiona reumatyków konarach. Kora na gałęziach wydawała się krwiście ruda w blasku potężnego ogniska. Płonęło na rozległym dziedzińcu okolonym ustawionymi w podkowę rzędami długich domów z drewnianych bali. Pośrodku placu stała wielka, mniej więcej człekokształtna pałuba, wystrugana z grubego pnia. Postać rachitycznymi łapkami podtrzymywała na wydętym brzuchu spiralę z grubego miedzianego drutu. Dolna część posągu, aż do wyrzezanych nieudolnie piersi, była pokryta brązowymi zaciekami posoki. Płaska twarz figury szczerzyła w paskudnym grymasie trójkątne, pomalowane na fioletowo zęby. Wyglądało, jakby bogini preferowała drinki na bazie jodyny.

Wielka Matka, domyślił się Lars. Ależ śliczna. A to pewnie kapłanka albo szefowa całego interesu.

U stóp posągu, na zasłanym skórami podeście, stał przeraźliwie stary obrotowy fotel na przypominającej kurzą łapkę nodze, zakończonej połamanymi przed wiekami kółkami. Na tym tronie we władczej pozie siedziała stara baba, ostrzyżona niemal na łyso, okutana kolorowym pledem. Na nosie miała groteskowo wielkie kanciaste oprawki od okularów, pomalowane krwistą czerwienią. Wyglądały dziwnie.

Coś z nimi jest nie w porządku, pomyślał Lars. Wytężył wzrok.

– Są drewniane – mruknął kupiec.

Lars zerknął na towarzysza niedoli ze zdziwieniem.

Prorok czy co? – zastanowił się. Pewnie zauważył, że przyglądam się babsku na tronie.

– Okulary to u nich symbol mądrości i niezależności – ciągnął kupiec. – Popatrz sobie, jakie noszą te wielkie dziewuchy z obstawy tronu. Albo lepiej nie.

Berg przyjrzał się uważniej sześciu wojowniczkom, stojącym dumnie po obu stronach obrotowego fotela. Wszystkie nosiły na głowach głupkowate włóczkowe berety. Na twarzach miały czerwone malunki, kreski i spirale, a oczy wpisane w białe szerokie kręgi, niczym u papug. Lars zmrużył powieki, żeby lepiej widzieć. Wielkie okrągłe binokle przywiązane rzemieniami do głowy były kościane.

Grabieżca przygryzł wargę. Okulary, które właściwie były rodzajem masek, wycięto starannie z ludzkich czaszek. Wojowniczki Matki Ziemi patrzyły na świat przez oczodoły umarłych.

– Uważaj, zaczyna się – zapowiedział ponuro Tyllo.

Kapłanka uniosła w górę dłoń. Pieśń kobiet tańczących przy ognisku ucichła. Starucha wstała, majestatycznym gestem odrzuciła pled. Pod spodem ukazał się komiczny skórzany uniform, przypominający nieznacznie męski garnitur. Na szyi przywódczyni dyndały niezliczone amulety, pióra i kawałki kości.

– Siosry! – zaczęła przemowę. – Ta świata jist nasza! Wieka Pani dawa nama jeja byśma posiadały! Dawa nama sama! Żeby były nama jak piesy i sługi. Żeby krwa sama karmiła nasza Wieka Pani!

Berg zacisnął palce na prętach klatki.

– Co ona gada? – spytał z niepokojem.

Kupiec wzruszył ramionami.

– Że mężczyźni zostali stworzeni dla posług, że są niczym więcej niż psami i tak dalej. Będą karmić tę wielką, plaskatą sukę krwią samców. Dla nas to niezbyt dobrze. Bo tu chodzi też o naszą krew, obawiam się. Jeśli się człowiek dobrze przysłucha, można nieco zrozumieć. Stara wygłasza teraz zachwyty nad własną płcią i sobą samą w szczególności. I przypomina zebranym o odwiecznej nienawiści do samców. W ich języku istnieją prawie wyłącznie formy żeńskie. Męskie odnoszą się do nielicznych rzeczy, głównie obrzydliwych, na przykład fekaliów.

Jak na kupca jest nieźle obyty, stwierdził w duchu Berg.

Szarpnął kilka razy za pręty klatki. Były solidne, lecz nie wzmocnione poprzecznymi żerdziami. Spróbował namacać skobel, ale gruba belka z poprzeczką była za daleko.

Uważaj na amazonki, przypomniał sobie ostrzeżenia Aakunena. I nie daj się zabić, chłopie.

Poczuł zimny dreszcz na plecach.

Łatwo powiedzieć, pomyślał z goryczą.

Łysa baba w drewnianych oprawkach wykrzykiwała coraz głośniej, a tłum rozentuzjazmowanych kobiet przyjmował jej słowa radosnymi wrzaskami.

Szpakowaty towarzysz niedoli siedział na podłodze, obejmując kolana ramionami.

– Zaraz zaczną zabijać – mruknął. – Jeśli potrafisz, módl się, żeby wybrały nieszczęśników z innej klatki. Zyskamy przynajmniej kilka chwil życia.

Lars przerwał obmacywanie żerdzi.

– A są inne? – zdziwił się. – Myślałem, że to my będziemy gwoździem programu.

Kupiec w milczeniu wskazał kępę drzew po drugiej stronie podwórca. Rzeczywiście, w gęstym cieniu majaczyły jeszcze trzy inne drewniane więzienia.

Dwie damy w beretach i maskach z oczodołów oderwały się od tronu, przecięły dziedziniec i ruszyły w stronę odległych sosen, ku położonym najdalej klatkom.

Berg pozwolił sobie na zaczerpnięcie oddechu.

– Nie łudź się. Na nas też przyjdzie kolej – powiedział Tyllo z rezygnacją w głosie. – To zasrane święto trwa chyba z miesiąc. I wymaga mnóstwa ofiar.

Wojowniczki wywlekły z klatki dwóch miotających się i krzyczących rozpaczliwie samców.

Kiepsko, pomyślał Lars. Bardzo, bardzo kiepsko.

Rozejrzał się wokoło. Nic. Tylko kostropate żerdzie i drewniana podłoga. Klęknął i znów zaczął badać palcami pręty. Kiedy namacał twardą, ostrą skazę, serce uderzyło mu mocniej. Zerknął na towarzysza. Kupiec miał na sobie krótką skórzaną bluzę.

– Dawaj kurtkę – zażądał Grabieżca. – Szybko. Namacałem sęk.

Oczy Tylla rozbłysły. Pośpiesznie zdjął ubranie. Berg skręcił kurtkę i przełożył przez dwie pobliskie żerdzie. Na szczęście skóra była miękka, dobrze wyprawiona. Grabieżca obawiał się nawet, czy wytrzyma nacisk. Zakręcił połami bluzy.

– Patrz, czy tu nie idą – syknął.

– Spokojnie – szepnął kupiec, choć w jego głosie wyraźnie brzmiało napięcie. – Są nieuważne. Zbyt upojone krwią i zabijaniem. Próbuj śmiało.

Berg pociągnął kurtkę.

Wrzawa na placu sięgnęła zenitu. Przerażony, wierzgający więzień został rzucony na kolana i siłą przytrzymany. Wysoka kobieta z twarzą pokrytą tłustą czerwoną gliną zamachnęła się toporem. W świetle ognia podwójne ostrze zabłysło pomarańczowo i spadło. Czaszka nieszczęśnika otworzyła się jak ostryga. Bluznęła krew.

Oprawczyni wydała triumfalny wrzask, potrząsając zbroczonym toporem.

Drgające jeszcze ciało kopniakiem posłała na ziemię.

– Siosry! – krzyknęła baba w skórzanym żakiecie. – Wieka Pani pija krwę! Pijcie krwę sama!

Wojowniczki i wyznawczynie rzuciły się na ziemię tarzać w gorącej, cuchnącej posoce. Rude błoto oblepiało twarze, włosy, ręce. Kobiety wyły ekstatycznie, przewracały dziko oczami.

– Teraz – syknął Tyllo. – Szybko. Teraz możemy bezpiecznie zwiać.

Podwójny topór spadał właśnie na szyję kolejnej ofiary, fontanna czerwieni zalała plac. Lars zacisnął zęby, naparł na pręty. Usłyszał upragniony, niegłośny trzask i obie żerdzie złamały się wreszcie.

– Jeszcze jedna i wyjdziemy – szepnął kupiec z napięciem.

Berg wyszarpnął z podłogi złamany koniec pręta.

Teraz pójdzie dużo sprawniej, pomyślał.

Zawiązał kurtkę na dwóch kolejnych żerdziach, przełożył patyk i zaczął kręcić. Udało się szybciej, niż się spodziewał. Pręty pękły z trzaskiem, zagłuszonym skutecznie przez wrzaski trzeciej ofiary.

– Wiejemy! – zakomenderował Berg.

Tyllo prześlizgnął się przez otwór, Grabieżca przelazł za nim. Skuleni, puścili się biegiem w zbawczy cień lasu. Nagle Lars zatrzymał się, tknięty nagłą myślą.

– Co jest? – syknął kupiec.

– Plecak! – wyszeptał Berg. – Nie przeżyjemy bez namiotu, noży, krzesiwka... Cholera, pewnie już dawno przetrząsnęły łupy!

– Nie – usłyszał w ciemności stłumiony głos towarzysza. – Nie tknęły niczego. Nie ośmieliłyby się. Po złożeniu ofiar odbędzie się obrzęd dzielenia łupu. Nagrody przyznaje ta świrnięta kapłanka z czerwoną gębą. Żadna członkini plemienia nie zachowa niczego dla siebie. Boją się. Za karę obcięłyby jej ręce i wydłubały oczy. Wszystkie łupy leżą za posągiem, z tyłu.

– Wspaniale. Jedna wielka rodzina – warknął Lars.

Skradali się w ciemności, możliwie szerokim łukiem omijając ognisko.

Będzie po nas, jeśli odezwą się psy, pomyślał Berg.

Ale nie usłyszeli choćby pojedynczego szczeknięcia.

Pewnie nawet zwierzęta uciekły z Ziemi Matki Ziemi, przemknęło Grabieżcy przez myśl.

Przykucnęli, ukryci w gąszczu zarośli, w ciemności na skraju lasu.

– Ostrożnie! – szepnął Tyllo. – Widzisz łupy? Leżą tam.

Wskazał ręką.

Wysoka sterta odcinała się ciemną plamą na tle pomarańczowego poblasku ogniska. Bergowi wydawało się, że dostrzega kanciasty zarys plecaka.

– Idę – wyszeptał.

– Będę obserwował, co robią. Ostrzegę cię, jeśli coś zauważą. Wtedy wiej, nie zwracając uwagi na bagaże.

Obaj przypadli do ziemi. Lars starał się czołgać bezszelestnie, jednak suche, pełne igliwia i drobnych gałązek poszycie trzeszczało nieprzyjemnie. W uszach Grabieżcy dźwięk zdawał się głośny niby odgłos rąbania drzewa. Dłonie mu zwilgotniały, serce przyspieszyło. Ale był już o krok od celu. Plecak leżał u dołu sterty, klamra rozpiętego ramiączka lśniła w blasku ognia niczym iskra.

Berg zacisnął usta i podciągnął się bliżej. Wyciągnięte palce musnęły szelkę. Jeszcze sekunda i zacisnęły się na parcianym pasku. Grabieżca pociągnął delikatnie plecak. A wtedy cała kupa zachwiała się, a na Berga zaczęły osuwać się torby, juki i brzęczące głośniej niż piekielne dzwony żeliwne naczynia. Lars w ostatniej chwili złapał spadający kociołek, ale wtedy z góry zjechała okuta metalem tarcza.

– Uważaj! – syknął Tyllo.

Podpełzł błyskawicznie, cicho jak wąż i pochwycił staczające się przedmioty, jakby miał sześć rąk niczym tańczący Śiwa.

Lars słyszał tętno walące w skroniach, na karku poczuł chłodne dotknięcie strachu.

Już po nas, pomyślał. Musiały usłyszeć.

Ale ponury rytuał trwał dalej. Lepkie od posoki tancerki skakały wokół ognia, wywijając w powietrzu trzymanymi za włosy pomarszczonymi piłeczkami suszonych głów, kapłanka wznosiła ku czerni nieba zakrwawiony topór.

– Masz plecak? – spytał kupiec.

– Tak – szepnął Berg.

– To chodu.

Wycofali się cicho. Lars wlókł za sobą uratowany bagaż. Głęboko w ciemności, wśród kolumnowych pni drzew, padli, dysząc, na ziemię.

– Udało się – wyszemrał Tyllo.

Berg nabrał głęboko tchu.

– Jeszcze nie. Zorientują się, że zwialiśmy, i zaczną nas ścigać.

Kupiec błysnął zębami w uśmiechu.

– Nie dorwą nas. Moja w tym głowa. Wiem, którędy uciekać. Chodź. Lepiej się pośpieszmy. Zabrałem kociołek. Przyda się.

Berg wstał posłusznie, narzucił plecak na ramiona i ruszył za towarzyszem w noc.

Lars próbował oskrobać brzytwą zarost, przeglądając się w małym podróżnym lusterku, które cudem przeżyło zetknięcie z wyznawczyniami Matki Ziemi. Woda w miseczce była już ledwo ciepła, kawałek mydła leżał na pniaku obok.

– Skąd wiedziałeś, którędy uciekać? – spytał Grabieżca.

Kupiec wzruszył ramionami.

– Nieraz tędy przechodziłem. Zawsze jakoś udawało mi się przemknąć między tymi piekielnymi sukami, aż do teraz. Prawdziwy pech, co?

Odwrócił się plecami do Grabieżcy i zabrał się do łamania chrustu.

Dobrze się orientuje w tych stronach, pomyślał Berg. Chyba faktycznie nieraz podróżował po tym lesie. Może sporo wiedzieć. Co mi szkodzi zapytać?

– Słyszałeś może o Zakonie Krańca Świata?

Tyllo wrzucił kilka patyków do ognia.

– Oczywiście. Przecież tam właśnie idę.

Ręka Grabieżcy drgnęła, ostrze brzytwy omal nie poderżnęło mu gardła.

– Co?! – wykrztusił. – Naprawdę?!

Kupiec pokazał w uśmiechu zęby.

– Pewnie, że naprawdę. Handluję skórami. Zakon znajduje się daleko na północy. Tutaj skóry są walutą. Tubylcy płacą nimi za pomoc, leczenie, użyteczne przedmioty. A ja skupuję od tych z Zakonu towar każdej wiosny i jesieni. Nawet mędrcy i mnisi muszą z czegoś żyć. Chociaż tym razem będą zmuszeni dać mi swój zapas skór na kredyt. Suki obrobiły mnie do zera.

Lars potarł palcem skaleczoną szyję.

Ten szpakowaty chłopina zna drogę do Zakonu, pomyślał z niedowierzaniem. Bywa tam dwa razy w roku. Ani z niego mistyk, ani uczony. Zwykły handlarz. Wspaniały początek bajki. Kto miał cię niby poprowadzić? Anioł Stróż? Smuga nieziemskiego światła? Dziewica w białych szatach z wieńcem lilii na głowie? A rzeczywistość okazała się jak zwykle prozaiczna. Trafił się chuderlawy, szczerbaty kupiec. W końcu dlaczego nie, Lancelocie? Spodziewałeś się zamku na szczycie szklanej góry? Naiwniactwo, Bergerson. Zobaczysz, kiedyś cię zgubi.

– Daleko do tego Zakonu? – spytał.

Tyllo rozłożył ręce.

– Tak sobie. Kilka, może kilkanaście dni drogi. Tu jest głusza, przyjacielu. Trudno ocenić czas i odległość.

Może oszukuje, zmroziła nagle Berga nieprzyjemna myśl. Twierdzi, że tak po prostu idzie do owianego legendami miejsca, żeby kupować skóry. Niewykluczone, że kłamie. Tylko po co? Kto go wie? Cholera, chciałbym wreszcie stwierdzić coś na pewno.

Na północy nie ma przyjaciół, zabrzęczały mu w głowie słowa Aakunena.

Popatrzył uważnie na szpakowatego towarzysza. Siedział w kucki przed ogniskiem, mieszając w kociołku.

– A jak tam wygląda? – spytał Lars niby od niechcenia.

Tyllo odwrócił pogodną, pełną spokoju twarz.

– Zwyczajnie. Kilka dużych budynków. Zobaczysz. Zaprowadzę cię.

Berg wytarł ostrze i zamknął brzytwę.

– Skąd wiesz, że też tam idę?

Kupiec roześmiał się serdecznie.

– A gdzie miałbyś iść? Jesteś z miasta, z kontynentu. Widać na pierwszy rzut oka. Czego mógłbyś szukać w lesie? Grzybów? Skusiły cię historie o cudownym miejscu, więc zostawiłeś całe swoje życie i poszedłeś na północ. Może coś ci nie wyszło, może coś rozczarowało. No i zdecydowałeś się szukać szczęścia. Nie ty jeden. Raz na kilka lat trafia się taki szaleniec.

Berg podniósł głowę i spojrzał w oczy kupca. Bardzo ciemne, głębokie, nieprzeniknione niczym woda na dnie studni. Nagle zrobiło mu się słabo. Las wokoło skurczył się do rozmiarów guzika. Lars zobaczył przed sobą ciepłe, świecące bursztynowo ślepia jaszczura. Dziewczynka w koronkowej sukience bębniła piętami o łuskowane, beczkowate boki stwora. Śpiewała słodko i zawadiacko, ale Grabieżca nie był w stanie rozróżnić słów. Potrząsnął głową. Obraz pękł, zastąpiony przez serię kolejnych. Przez chwilę Berg widział wyraźnie podziemia „Babilonu", czerwone korytarze Miejsca Głębi, widok na Skraj z gabinetu Angelosa, zakole leniwej rzeki, swój pas startowy i zapłakaną twarz Miriam. Wszystko przesuwało się błyskawicznie, tworząc szalony kalejdoskop. Lars poczuł, że zapada się, odjeżdża, a rzeczywistość okręca go niby koc. Z cembrowanej studni lał się srebrzystoniebieski blask. Uderzył wysokim słupem w niebo, zalewając je świetlistym błękitem.

Struga mocy brzęczała cicho, szum układał się w słowa.

Zakon. Zakon Krańca Świata.

Cel zdawał się tak blisko, że Grabieżca poczuł nagły ucisk w sercu.

– Co tam jest? – spytał cicho. – To naprawdę miejsce mocy? Czemu mnie wezwali? Czego chcą? Co mogą mi dać? Prawdę? Odpowiedzi?

Tyllo parsknął.

– Skąd mam wiedzieć? Ja nie potrzebuję żadnych niezwykłych mocy. Dobrze mi tak, z tym, co mam. Handluję sobie skórami. Póki w Zakonie mają dobry towar, biorę go za uczciwą cenę.

Berg drgnął. Niekontrolowane przejście, zrozumiał. Nie otworzyło się i już wszystko jest w porządku. Udało się. Naprawdę nie potrzebujesz tych cholernych prochów, chłopie. Tylko powinieneś lepiej nad sobą panować. Uważaj na przyszłość, bo wezmą cię za świra. Tyllo już się na ciebie gapi, jakbyś był dwugłowym orłem.

Przygryzł wargę. Był jeszcze trochę roztrzęsiony i lekko wkurzony, że poddał się nastrojowi dziwnych wizji.

Co mnie naszło? – pomyślał ze złością. Facet jest zwykłym handlarzem. Zrobiłem z siebie kretyna. Po prostu dopadł mnie atak, tak jak uprzedzał Edwin. Trzeba było spokojnie przeczekać i już. Kiepsko z tobą, Bergerson. Jeszcze trochę i psychiatryk.

Sięgnął po wiszące na sęku lusterko.

– Zupa kipi – mruknął.

– Cholera! – syknął kupiec i rzucił się zdejmować kociołek z ogniska.

Tyllo okazał się użytecznym towarzyszem. Cichy i raczej spolegliwy, szedł wytrwale, uśmiechał się pogodnie, a przy tym doskonale znał las. Berg wielokrotnie musiał polegać na umiejętnościach i wiedzy kupca. W głuszy czuł się niemal zupełnie bezradny. Nie mógł zrozumieć, w jaki sposób Tyllo odnajduje drogę, szuka bezpiecznych kryjówek i bezbłędnie trafia na źródła czystej pitnej wody. Handlarz miał nieprawdopodobną intuicję i zmysły wyostrzone niczym zwierzę. Potrafił na przykład wąchać wodę, żeby stwierdzić, czy nadaje się do picia. Klękał nad strumieniem, zagarniał w dłonie nieco zimnej, krystalicznej wilgoci i bez namysłu ogłaszał werdykt.

– Skąd wiesz, że to niedobra woda? – pytał niezmiennie Lars.

Tyllo wzruszał ramionami.

– Po prostu pachnie chorobą. Nie czujesz?

Nie czuję, musiał za każdym razem przyznać Grabieżca. Trochę się niepokoił, że tak bardzo uzależnił się od towarzysza, ale wiedział dobrze, że bez niego byłby zgubiony niby foka na pustyni.

Tyllo potrafił wygrzebywać z ziemi jadalne korzenie i grzyby, których istnienia Berg nigdy by nie podejrzewał. Ale najbardziej niezwykły okazał się jego talent łowiecki. Kiedy po raz pierwszy wyciął taki numer, Grabieżcy naprawdę opadła szczęka.

Kupiec flirtował z tłustą, dorodną samicą bażanta.

Obaj leżeli w suchych trzcinach nad niewielkim, prawie całkiem zarośniętym jeziorkiem, które wyglądało jak kaprawe ślepko w kosmatej zieloności świerków.

Kura dostojnym krokiem pańci na niedzielnym spacerze wytoczyła się z zarośli.

– Patrz, obiad – szepnął Berg.

Tyllo położył palec na ustach. A potem ostrożnie rozgarnął trzciny i zagruchał słodko.

Bażancica znieruchomiała, zdumiona i jakby nieco oburzona, że ktoś zakłóca jej spokój. Kupiec patrzył prosto na ptaka, na ustach miał łagodny, przyjazny uśmiech.

– Ptaszyno, ślicznotko moja – zaszemrał cicho, głosem niewiele silniejszym niż tchnienie. – Chodź do mnie, chodź, cudna, chodź, piękna. Masz takie piękne pióra, taki ostry dziób, taki długi ogon. Podejdź, proszę, przyjaciółko, i pomóż mi. Jestem głodny, nakarm mnie. Jestem smutny, pociesz mnie. Jestem strudzony, dodaj mi sił.

Ptak postąpił parę kroków i zamarł z przekrzywionym łebkiem, jakby zahipnotyzowany. Słuchał, rozwarłszy lekko dziób.

Wygląda jak wdowa na wiejskiej zabawie, pomyślał Lars. Gdyby nie pióra, pewnie by się zarumieniła. Ależ jej kadzi.

– Piękności moja – szemrał handlarz. – Słodyczy. Nie ma śliczniejszej od ciebie w całym lesie...

Głos brzmiał słodko, sennie, kusząco. Berg poczuł nagle przemożną ochotę, żeby zamknąć oczy i usnąć, ukołysany szumem trzcin i szeptem wiatru.

W dłoni kupca mignęła mała proca. Bażancica przestąpiła z łapki na łapkę i nagle klapnęła w trawę.

– Cholera, jak to zrobiłeś? – szepnął Lars z nabożną czcią w głosie.

Tyllo wzruszył ramionami. Brązowe oczy lśniły triumfalnie.

– Nauczyłem się tego od Mówiących Lisów. Oni uważają, że duch zwierzęcia został przekonany, żeby odejść w zaświaty i tam hulać w szczęściu i wolności, aż wszechświat rozleci się ze starości. – Zachichotał. – A ja tam wiem swoje. Kurak jest po prostu głupszy od worka trocin. Dlatego daje się podejść. Na obiad będzie pieczeń z prawdziwego zdarzenia, synu. Zaraz poszukam ziół.

– Na czym polega ta sztuczka? – spytał Berg, kiedy wypatroszony i oskubany ptak obracał się nad ogniem.

– Nie wiem. – Tyllo walczył z suchym jak pumeks kawałkiem sera, który wygrzebał z resztek zapasów Grabieżcy. – Ale działa tylko wtedy, kiedy naprawdę potrzebujesz jedzenia. I wyłącznie w wypadku małych zwierząt. Ptaków, królików. Jeleń albo łoś nie dałby się nabrać. Może jest po prostu mądrzejszy. Lisy twierdzą, że małe zwierzęta mają nieduże dusze, płochliwe i chwiejne. Na świecie wszystkiego się boją, dlatego łatwo je przekonać, żeby odeszły w zaświaty. Tam czeka je wolność od lęku i drapieżników.

Grabieżca grzebał kijem w ognisku.

– Dobrze mieć taką pewność – mruknął. – Byle kura i zaraz trafia do raju.

Tyllo pokazał w uśmiechu zęby.

– Pewnie dlatego żaden jeleń nie da się przekonać. Nie jest taki naiwny.

Berg sięgnął po ostatniego ocalałego suchara.

Żegnaj, chlebie, pomyślał tęsknie. Może i na długie miesiące.

– Kto to są Mówiące Lisy? – zagadnął.

– Dzicy – wyjaśnił kupiec. – Żyją daleko, jeszcze za Zakonem. Kiedyś spędziłem wśród nich całą zimę. Zachorowałem, a potem zrobiło się za późno, żeby wracać. Wszystko zasypał śnieg. Przyjęli mnie bardzo miło, nie powiem. Nawet było przyjemnie, nauczyłem się wielu rzeczy. Ale kiedy człowiek przez osiem miesięcy nie może się wykąpać, ma dość nawet bardzo serdecznej gościny. A ty? Czego szukasz w Zakonie?

Berg westchnął.

Lekarstwa dla Miriam, pomyślał. Odkupienia winy. Jakiejś sensownej odpowiedzi, po co to wszystko. Kto mnie wzywa, co to jest Drzewo, dlaczego akurat ja? A teraz też spokoju i bezpieczeństwa dla Amber. Żebym mógł wrócić i zabrać ją do domu.

– Nie wiem – powiedział. – Teraz to chyba sam już nie wiem.

Tyllo nie sypiał w namiocie. Zwijał się w kłębek przy ognisku jak pies. Twierdził, że jest przyzwyczajony do noclegów pod gołym niebem. Lars nie oponował. W gruncie rzeczy był z tego zadowolony. Nie chciałby gnieść się w ciasnym trójkącie brezentu z obcym facetem.

Kupiec właśnie układał się do snu, okręciwszy się zapasowym swetrem Berga. Przywodził na myśl mumię w przykrótkich bandażach.

Grabieżca poczuł przelotne wyrzuty sumienia. Namiot jako tako chronił od wiatru i chłodu, a wiosenne noce nie należały do specjalnie ciepłych.

– Na pewno nie będzie ci zimno? – upewnił się.

Tyllo tylko się zaśmiał.

– Mnie nigdy nie jest zimno. Ani gorąco. Nie przejmuj się.

Berg spojrzał na towarzysza niepewnie. Czasami kupiec mówił trochę jakby od rzeczy. Chętnie porozmawiałby o nim ze zwierzętami mocy, ale chociaż zachowywały się już prawie normalnie, zawsze gdy zaczynał zagadywać o Tylla, milkły albo odpowiadały monosylabami, co budziło w Grabieżcy niepokój. Jego towarzysz podróży zdawał się kryć tajemnicę, której zwierzęta nie miały ochoty zgłębiać, chociaż nie rozumiał dlaczego.

– Przykro mi, że zniszczyłem twoją kurtkę – mruknął skruszony. – Teraz nie masz się czym okryć. We dnie też nie jest najcieplej, a ty chodzisz w samej bluzie...

Tyllo wyszczerzył w uśmiechu szczerbate zęby.

– Lepiej stracić ubranie niż życie – powiedział filozoficznie. – Śpij spokojnie, synu.

Ale nie dane im było spokojnie odpocząć tej nocy. Ledwie pół godziny później Berg poczuł, że ktoś cicho wczołguje się do namiotu. Namacał nóż, zacisnął palce na rękojeści i wstrzymał oddech.

– To ja – usłyszał szept kupca. – Wstawaj. Musimy uciekać.

Berg ocknął się błyskawicznie.

– Co się dzieje? – spytał, ledwie poruszając ustami.

– Bandyci – tchnął mu w ucho Tyllo. – Uzbrojeni. Chyba z dziesięciu. Słyszę ich. Są jeszcze daleko, ale i tak musimy się śpieszyć.

Lars zerwał się z posłania, w pośpiechu zbierał najpotrzebniejsze rzeczy. Nóż, krzesiwko, ciepłą kurtkę, pakunek z opatrunkami. Wysunął się spod brezentu, rozejrzał uważnie. Drzewa stały ciche i spokojne, wiatr poruszał gałęziami. Nic nie zwiastowało niebezpieczeństwa. Ale Lars nauczył się ufać wyczulonym zmysłom towarzysza. Jeśli kupiec twierdził, że zaraz zostaną napadnięci, warto było traktować ostrzeżenie poważnie. Grabieżca zarzucił na ramiona szelki plecaka.

Czuł się jednak trochę śmiesznie. Jakby uczestniczył w groteskowej, nieco wstydliwej grze. Znał niebezpieczeństwo. Wiele razy ryzykował życiem. Podczas abordaży, w czasie walki z gangami pasterzy, w nocnych bójkach z miejskimi szczurami. Ale teraz wszystko pachniało farsą.

Bandyci? – pomyślał. Nocą, w lesie? Grasanci łotrzykujący na gościńcu? Jezu, jak w bajce o siódmym synu zamożnej pozyskiwaczki, który szukał lekarstwa na smutek. Powinien zarzucić sobie na ramię namiot i nadziać ich kolejno na rożen po bażancie.

Jednak rzeczywistość wyglądała mniej różowo. Może byłby w stanie stanąć do walki z dwoma, trzema przeciwnikami, ale dziesięciu równało się samobójstwu. Zerknął na handlarza. W bladym świetle księżyca majaczyła jego przerażona, woskowożółta twarz. Wywracał oczami niczym spłoszony koń.

Do dupy, pomyślał Grabieżca. Z niego pożytku nie będzie.

Tyllo okazał się doskonałym przewodnikiem w lesie, ale na wojownika jakoś Grabieżcy nie wyglądał. Choćby z racji postury. Pierwszy lepszy bandzior złamałby go na pół łatwiej niż patyk.

Kupiec klęczał przy ognisku, zbierał sprzęt do gotowania w prowizoryczny pakunek. Chociaż starał się zachowywać możliwie cicho, ręce mu dygotały, a z zesztywniałych palców co chwila wypadał jakiś przedmiot. Uniósł nagle głowę i nasłuchiwał przez moment.

– Szybciej! – syknął. – Trzeba się zmywać.

Berg gestem dłoni nakazał ucieczkę w pobliskie zarośla. Skuleni, żeby jak najmniej rzucać się w oczy, pobiegli w mrok. Za późno. Usłyszeli tupot nóg, stłumione okrzyki, odgłos łamanych krzaków. Za plecami. Z boku.

– Cholera – szepnął Berg.

Z przodu też już byli. Słyszał przed sobą szmery, suchy chrzęst igliwia pod stopami napastników.

No i pięknie, pomyślał Grabieżca. Czas zginąć z honorem, broniąc paru starych ciuchów i krzesiwka żarnikowego, poruczniku Bergerson.

Odwrócił się do kupca. Drobny mężczyzna trząsł się niczym w ataku hipotermii.

– Chodź tu! – nakazał Lars. – Stań obok mnie, plecami do drzewa.

Tyllo w milczeniu usłuchał polecenia. Berg słyszał jego przyspieszony, urywany oddech. Poprawił uchwyt na rękojeści noża.

– Z lewej – rozległ się szept kupca.

Lars wytężył wzrok. W mroku widział tylko niewyraźne plamy. Kątem oka dostrzegł ruch. Rozległ się cichy brzęk. Ciemny krzak w pobliżu, który dotąd brał za dorodny jałowiec, jęknął, waląc się ciężko na ziemię. I zaraz zaroiło się od cieni. Migały, ciemniejsze od ciemności, osaczając zdobycz ciasnym kręgiem.

Proca Jakuba, zdążył pomyśleć Berg. Jednak go nie doceniłem.

– Idą – szepnął Tyllo. – Ze dwunastu. Nie wyjdziemy z tego.

Lars zacisnął zęby.

Ale przynajmniej tanio się nie sprzedamy, postanowił.

Napastnicy rzucili się do ataku. Berg zobaczył tuż przed sobą zarośnięty pysk wielkiego niby wół faceta. Bez namysłu trzasnął go nożem z dołu, celując w szyję lub miękką część podbródka. Ostrze przebiło grube, futrzane okrycie bandyty i z pewnością dosięgło ciała, bo twarz zbira wykrzywił grymas bólu.

Lars chciał uderzyć krótko z boku, ale kolejny napastnik grzmotnął go pałą w bark. Ręka Grabieżcy zdrętwiała natychmiast, opadła bezużyteczna, jakby zmieniła się w wypchany piaskiem wałek. Nóż wysunął się z bezwładnych nagle palców. Tuż przed oczami Berg dostrzegł wyszczerzony w uśmiechu triumfu, płaski, umazany błotem pysk wroga.

Wciągnął w nozdrza ciężki piżmowy smród skór i niemytego ciała. Schylił się błyskawicznie, namacał broń lewą ręką, ale nie zdążył uderzyć.

Okutane grubym futrem ramię podnosiło się właśnie do drugiego ciosu.

Nie masz się co łudzić, stary, przebiegło mu przez myśl. Ten kostropaty, krzywogęby niedźwiedź zaraz przerobi cię na pokarm dla lisów. Tym razem kawaleria nie nadciągnie na czas.

Spróbował się wywinąć, ale pałka samym końcem zawadziła o ucho Grabieżcy i zsunęła się na ramię, grzmotnąwszy ciężko w obojczyk.

Noc stała się nagle granatowa i srebrna. Berg zatoczył się, dźgnął kosmaty tułów tuż przed sobą, ale ostrze omsknęło się po kłakach, zaplątało w futro, do połowy wbite w cielsko stwora. Wołowaty potwór targnął ramieniem, wytrącając rękojeść noża z dłoni Grabieżcy. Wyszczerzył w uśmiechu zęby. Z pyska śmierdziało mu surowym mięsem.

Ludożerca, skojarzył Lars. Coś pięknego. Skończę jako potrawka dla bandy posrańców.

W głowie czuł przykry szum, ręka ciążyła niczym balast, nogi zrobiły się miękkie i niepewne jak u szczeniaka. Skulił się, czekając na ostateczny cios.

Ale uderzenie nie nastąpiło.

Za to przybyły anioły. Trąbiły właśnie dźwięcznie w rogi i pędziły przez las z szumem skrzydeł.

Tętent kopyt i bojowe okrzyki rozległy się tak wyraźnie, że Grabieżca drgnął zaskoczony.

Zabił mnie, pomyślał mętnie. A ja nawet nie zdążyłem nic poczuć. Teraz właśnie mój mózg umiera.

Światła rozbłysły w ciemności lasu. Przypominały długi sznur choinkowych lampek.

Boże Narodzenie, zdumiał się Berg. Widocznie w raju Gwiazdka trwa cały rok.

Odgłos kopyt przybliżał się. Oszołomiony Lars zobaczył pocięte czarnymi kreskami pni sylwetki jeźdźców z pochodniami w dłoniach.

Myliłem się, to nie anioły. Walkirie po mnie przyszły, zrozumiał. W końcu zginąłem w walce.

Bandyci rozpierzchli się prędzej niż karaluchy uciekające przed światłem lampy. Większość konnych popędziła za nimi w ciemność. Berg usłyszał obok słaby okrzyk kupca. Widocznie on też przeniósł się w zaświaty.

Trzej jeźdźcy wyłonili się spod niskich gałęzi sosen, ściągnęli wodze. Konie chrapały, drobiąc w miejscu. Chyba nie czuły się zbyt pewnie nocą. Zapach końskiego potu i skór był zdecydowanie rzeczywisty.

Żyję, skonstatował Lars. A kawaleria jednak przyjechała.

Wysoki jeździec, pomarańczowy niby płomień w blasku żarnikowej pochodni, pochylił się w siodle. Miał przystojną, pełną spokoju twarz, a na głowie nosił coś w rodzaju skórzanego biretu. Futrzany pompon dyndał z boku płaskiego denka.

Lars oparł się o pień drzewa. Chropowata kora dawała przyjemne, realne oparcie, bo kolana pod Grabieżcą trochę się ugięły.

– Zdążyliśmy w porę – stwierdził wysoki z chropawym, ale zrozumiałym akcentem. – Oddział terenowy uniwersyteckiej stacji badawczej „Ultima Thule". Jestem doktor Sylo Zelter.

Zasalutował do czapki.

Jezu, kolejny świr, pomyślał Berg. Czy tu jest coś niedobrego w ziemi?

– Bardzo mi miło – wymamrotał.

Rozmasował ramię. Czucie zaczęło wracać, mrowiąc nieprzyjemnie i niosąc w sobie zapowiedź potężnego bólu. Ucho pulsowało, płonęło gorącem, Grabieżca czuł, że puchnie. Pewnie przechodziło właśnie przemianę w purpurowy kalafior.

Miedziany jeździec pochylił się w siodle.

– Bandyci są plagą tego regionu – powiedział. – Z roku na rok stają się bardziej śmiali. Szacowny profesor rektor Abbot obawia się, że w końcu zaczną napadać na nasze placówki badawcze.

– Hmm, to byłoby okropne – przyznał Lars zmieszany, bo rozmówca umilkł, wyraźnie oczekując odpowiedzi.

– Bezczelne – dodał Tyllo.

Pojawił się obok Larsa tak cicho, że Grabieżca spostrzegł go, dopiero gdy się odezwał.

– Nadzwyczaj bezczelne – zgodził się miedziany. – Dlatego zapraszam na nocleg do naszej stacji. Oferujemy kwaterę, prowiant i oczywiście bezpieczeństwo.

Jasne, pomyślał Berg. A potem ockniemy się w formalinie albo na stole do wiwisekcji.

Uśmiechnął się szeroko.

– To naprawdę wspaniałomyślna propozycja, ale muszę podziękować. Nie śmiałbym zakłócać pracy i wypoczynku szanownym panom uczonym. A szczególnie profesorowi rektorowi. Bandyci tak się wystraszyli, że z pewnością już nie wrócą...

– Ależ wrócą! – Doktor Zelter potrząsnął pochodnią. – Ledwo się wycofamy. A pomoc podróżnym jest przecież zaszczytnym obowiązkiem naukowców! Należy do jednego z najważniejszych, ściśle przestrzeganych punktów regulaminu uczelni!

Dobry Boże, pomyślał Berg. Ten paladyn ma naprawdę nierówno pod biretem.

– Nie, to zbyt kłopotliwe dla placówki naukowej – spróbował.

Miedziany jeździec wyglądał na wstrząśniętego.

– Jesteśmy tu po to, żeby bronić, chronić i gromadzić wiedzę. Szacowny przybyszu, nasze intencje są czyste niczym sama nauka.

Z pewnością, pomyślał Lars. Dla mnie mogą być nawet zawiłe jak tablice statystyczne. Nie podobasz mi się, koleś. I tyle.

– Zgódź się – odezwał się półgłosem Tyllo. – Słyszałem o nich. Nie zrobią nam krzywdy. Przynajmniej prześpimy się pod dachem, w porządnym łóżku.

– Zapewniamy skromne wygody, ale z pewnością lepsze niż nocleg w namiocie i pieczeń z ogniska – potwierdził Zelter.

Przed oczami Larsa pojawiły się cudowne wizje. Cztery ściany i sufit. Pościel albo chociaż koc i poduszka. Ciepła woda. Kawałek chleba zamiast opalonego, półsurowego mięsa z rusztu. Piec. Ogień na kominku. Cywilizacja. Wspaniała, ludzka cywilizacja, a nie krzaki i gapiąca się z nieba ponura gęba księżyca.

A bandyci naprawdę mogli wrócić.

Berg westchnął.

– Wybacz moje wahanie, szanowny doktorze – powiedział, starając się podłapać napuszony styl rozmówcy. – Winne są niepewne i dziwne czasy. Przyjmuję z radością twoją propozycję.

Miedziany jeździec rozpromienił się na kształt naftówki po podkręceniu knota.

Cieszy się, jakby mu kto w czapkę nasrał, pomyślał Lars niechętnie.

Powinien być wdzięczny, w końcu uniwersytecka kawaleria uratowała mu życie, ale miał już zdecydowanie dość wariatów.

Dobry Jezu, westchnął tęsknie. Chciałbym spotkać chociaż jednego normalnego człowieka. Same świry na tej północy. Nawet Aakunen był nieźle pokręcony. Im dalej, tym gorzej. Aż strach pomyśleć, jaką bandę porąbańców spotkam w tym chrzanionym Zakonie.

– Wsiądź na mojego konia, szanowny przybyszu. – Zelter wyciągnął do Grabieżcy rękę. – Obozowiskiem zajmą się moi studenci.

A potem będą zdawać kolokwium z zawartości mojego plecaka? – zastanowił się kwaśno Lars, ale wskoczył za doktorem na siodło. Zauważył jeszcze, że i Tyllo siedzi bezpiecznie na końskim grzbiecie, przytulony do pleców rosłego studenta w futrzanym kubraku, gdy Zelter wbił pięty w boki wierzchowca. Ruszyli przez las.

Porwany przez elfy z obsesją na ponkcie tytułów naukowych, pomyślał Berg. Nieźle brzmi.

Stację badawczą „Ultima Thule" otaczał wysoki częstokół z bali. Nad bramą kołysał się wypalony na drewnianej desce szyld: „Alma Mater". I herb przedstawiający stwora z psią głową, wydętym brzuchem żaby i laurową gałęzią w łapie.

Coś pięknego, pomyślał Lars.

Jeden ze studentów zadął w róg.

– *Docendo discimus!* Obwieszczam czasowy powrót z ćwiczeń terenowych! – zawołał gromko doktor.

– *Omnes una manet nox!* – odpowiedziano ze środka.

Ciężkie, okute odrzwia otworzyły się. Jeźdźcy spięli konie.

Na kwadratowym, otoczonym długimi budynkami dziedzińcu Zelter ściągnął wodze. Berg zsunął się z siodła. Elfi doktor zeskoczył także. Reszta drużyny z głuchym tętentem przejechała przez drewniany pomost przed bramą. Tyllo zlazł ze swego wierzchowca i z trudem rozprostował plecy.

– Nie te lata na konne przejażdżki. – Wyszczerzył w uśmiechu zęby.

Berg przyglądał się solidnym budynkom o ścianach z grubych bali i stromych, wysokich dachach krytych gontem. Na niskich drewnianych drzwiach, umocowanych do framug za pomocą zawiasów z grubej skóry, ktoś starannie powypalał nazwy. „Pracownia nauk włókienniczych". „Pracownia hydrologiczna". „Aula wykładowa". „Pracownia technologii cieplnych". „Dormitorium żeńskie mniejsze". „Rektorat". „Dziekanat".

Zelter ukłonił się sztywno.

– Proszę o wybaczenie. Muszę dokończyć niezbędne praktyki. Studentki wskażą kwaterę. Życzę dobrej nocy.

– Jeszcze raz wyrazy wdzięczności – powiedział Berg, pochylając głowę. – Oby was chroniła i prowadziła sama pochodnia oświaty.

– Owocnych praktyk – uśmiechnął się Tyllo. – Przetrzepcie bandziorom skórę!

Doktor dosiadł konia i gwizdnął przeciągle. Drużyna pokłusowała w stronę bramy.

– Dziękuję w imieniu swoim i studentów! – odkrzyknął Zelter.

Do grobu będą cię wkręcać korkociągiem, przyjacielu, pomyślał Lars.

Drzwi z napisem „Sekretariat" uchyliły się i wyszły z nich dwie dziewczyny w identycznych długich, burych sukienkach. Niska blondynka niosła w dłoni okrągły lampion na patyku.

– Praktykantka Anna i praktykantka Zofia – odezwała się szczuplejsza, ciemnowłosa. – Zapraszamy na kwaterę.

Tyllo uśmiechnął się i wzruszył ramionami.

– Dotrzymacie nam towarzystwa? – spytał.

Dziewczyny zignorowały uwagę. Blondynka otworzyła drzwi z napisem „Pracownia hydrologiczna".

– Tu można dokonać niezbędnej puryfikacji – powiedziała.

Lars zajrzał do środka. Zobaczył rząd lśniących miedzianych wanien i kocioł do grzania wody. Z pomieszczenia buchnęły kłęby pary, gorącej niczym opar nad balią do prania.

Cudownie, pomyślał Lars. Puryfikacji dokonam z całą pewnością.

– Proszę dalej. – Szczupła wskazała dłonią sklepioną bramę.

Przeszli na drugą stronę i znaleźli się na kolejnym dziedzińcu, znacznie mniejszym. Dziewczyna otworzyła niskie drzwi.

– Oto kwatera – powiedziała. – Życzę dobrej nocy.

– Dziękuję – skinął głową Lars.

Chciał spytać, gdzie można dokonać defekacji, ale ugryzł się w język.

Pokoik był nieduży i schludny. W przeciwległych kątach stały dwa zaścielone łóżka, obok skrzynia na ubrania i rzeczy osobiste. Do pomieszczenia przylegała malutka wnęka, służąca za toaletę.

Tyllo natychmiast padł na posłanie.

– Mam dość – poskarżył się. – Jestem zmęczony jak diabli. Idę spać.

Lars zrzucił plecak, usiadł na łóżku i odsunął kołdrę. Zobaczył brzeg płóciennego ręcznika.

– Idę dokonać puryfikacji – powiedział.

– Mhhmm – mruknął Tyllo, zakopany głęboko w pościeli.

Woda była gorąca i cudowna, a Lars moczył się tak długo, aż nabrał podejrzeń, że oblezie ze skóry. Obejrzał nadwyrężony bark. Pod skórą rozlał się imponujący siniec, fioletowy i krwawy niczym orchidea. Berg ucisnął lekko obojczyk i syknął z bólu. Kości z pewnością ostały się całe, ale ręka przez jakiś czas będzie zdrowo dokuczać. Pobudzone gorącą wodą ucho pulsowało tak nieprzyjemnie, że Grabieżca niechętnie wygramolił się z wanny.

Ledwo zdążył wrócić do pokoju, gdy usłyszał stukanie. W uchylonych drzwiach ukazała się głowa brunetki.

– Szacowny profesor rektor zaprasza na późną kolację – powiedziała.

Ku swemu zdziwieniu Berg nie czuł się właściwie senny, ale głodny zrobił się upiornie.

– Z przyjemnością przyjmuję zaproszenie – odpowiedział uprzejmie.

Tyllo chrapał w pierzynach, więc postanowił go nie budzić. Dziewczyna podreptała przez dziedziniec, przyświecając sobie lampionem, a Grabieżca ruszył za nią.

Zatrzymali się przed drzwiami z napisem „Rektorat". Brunetka ukłoniła się nisko.

– Przybyszu profesorze – powiedziała dźwięcznie. – Jego Magnificencja czeka. Zapraszam do gabinetu.

Berg nawet się nie zdziwił. Nacisnął klamkę. Przeszedł przez ganek, zdobiony wizerunkami wyrzezanych w drewnie alegorii mądrości. Nastroszone, sękate sowy gapiły się w przestrzeń pustymi oczami, niezdarnie odtworzone zwoje wyglądały jak wstęgi papieru toaletowego, a grube woluminy przypominały osobliwe morskie ukwiały.

Gabinet okazał się dużym pomieszczeniem, oświetlonym czerwonawym blaskiem osadzonych w ścianach pochodni żarnikowych. Wielki kominek, na którym swobodnie można by upiec doktora Zeltera wraz z wiernym rumakiem, huczał ogniem. Przy długim stole siedziało coś małego, szczelnie okutanego podbitym gronostajami płaszczem. Z pakunku wystawały blade, wąskie dłonie i nieduża główka kiwająca się pod ciężarem futrzanego biretu. Zakończony medalionem gruby łańcuch, który zdawał się przytrzymywać w całości tłumok składający się na Jego Magnificencję, łowił odblaski płomienia i jakby mrugał złośliwie.

– Witam szanownego przybysza profesora – odezwał się rektor zaskakująco grubym, lekko ochrypłym głosem. – Proszę spocząć.

Berg zbliżył się wolno do stołu i usiadł na krześle naprzeciw paczki w gronostajach.

– To ja witam Waszą Magnificencję – powiedział. – I dziękuję za wyratowanie z opresji oraz serdeczną gościnę.

Spod płaskiego denka wyjrzał wąski, szczurzy pyszczek z okrągłymi, nieco wystraszonymi oczami barwy miodu. Miękki puszek w tym samym kolorze osiadł ponad wąskimi ustami i na spiczastej brodzie rektora.

Lars wciągnął powietrze przez zęby.

Dobry Jezu, on ma ze szesnaście lat, stwierdził trochę rozbawiony, a trochę wstrząśnięty.

– Szanowny gościu profesorze, zapewne musisz być głodny – zapiszczał tym razem Jego Magnificencja, który wyraźnie przechodził mutację. – Każę praktykantom podawać kolację.

Zadzwonił stojącym na blacie stołu dzwonkiem, starając się zachować godną i poważną minę, w czym wydatnie przeszkadzał kiwający się tuż przed nosem futrzany fontaź biretu.

Lars przygryzł nieznacznie wargę, próbując zachować kamienny wyraz twarzy.

Dziewczęta w burych sukienkach przyniosły nakrycia i wonną potrawkę z dziczyzny, zaprawioną ziołami i czosnkiem.

Młodociany rektor splótł palce nerwowym gestem. W żółtych ślepkach płonęła ciekawość.

– Co sprowadza mego dostojnego gościa w te strony? – spytał. – O ile można wiedzieć – dodał pośpiesznie.

Berg nałożył sobie pokaźną porcję potrawki.

– Podróżuję w poszukiwaniu Zakonu Krańca Świata – powiedział swobodnie.

Rektor zatarł wąskie dłonie.

– Aaa, to zasłużona placówka. Bardzo zasłużona. Utrzymujemy żywe kontakty. Naukowe, naturalnie. Choć podziwiam determinację, leży bardzo daleko.

– Faktycznie – przyznał Lars. – Odbyłem bardzo długą drogę. Ale cel już blisko, prawda?

Szczurek w birecie zmieszał się wyraźnie.

– Och, tak. Zapewne.

Nie był tam, pomyślał Lars z lekkim rozczarowaniem. Nikt z tych oszalałych niby-naukowców nigdy tam nie był. Słyszeli tylko legendy.

Magnificencja wiercił się nerwowo na krześle.

– Szanowny profesorze, racz wybaczyć – odezwał się wreszcie. – Nie przedstawiłem się. Jestem profesor rektor Milo Abbot junior.

Berg wyciągnął ponad stołem dłoń.

– Lars Bergerson. Grabieżca.

Młodzieniec podskoczył na siedzeniu. Żółte oczy zrobiły się wielkie jak guziki.

– Ooo! Grabieżca! Przybyłeś z kontynentu?!

Widocznie z wrażenia zapomniał o tych dętych formułkach, uśmiechnął się w duchu Lars.

Skinął głową.

– Z Bramy.

Milo westchnął.

– Chciałbym kiedyś zobaczyć kontynent. Mieszkają tam z pewnością bardzo uczeni ludzie. Sami profesorowie i doktorzy. Dysponują ogromną wiedzą.

Lars chrząknął.

– No, oczywiście. Chociaż w sumie, nie wszyscy. A wasza placówka? Długo istnieje?

Na policzki chłopca wystąpił ceglasty rumieniec.

– Bardzo. Kontynuujemy tradycje jeszcze sprzed Przesilenia. Wtedy zostały tu założone terenowe oddziały instytutów antropologii i etnologii, uniwersytetu... eee... no, chyba w Skale. Od tej pory nieustannie prowadzimy badania. Niedawno umarł mój szanowny ojciec, profesor rektor Milo Abbot senior, i teraz ja piastuję zaszczytną funkcję Kontynuatora Dzieła.

Berg zerknął na dzieciaka. Chłopiec wyprostował się dumnie, ale w żółtych oczach pojawił się smutek.

– Szczere kondolencje – powiedział Lars. – Muszę przyznać, że jestem pod wrażeniem waszej działalności. Wspaniałe rezultaty. Taka piękna tradycja. Nawet na kontynencie rzadko się spotyka coś podobnego.

Co za świnia ze mnie, pomyślał. Ale przynajmniej małemu będzie przyjemnie.

Szczurzy pyszczek pod fontaziem rozjaśnił się niczym gwiazda w zenicie.

– Chcesz zobaczyć nasz najcenniejszy manuskrypt? Dzieło samego profesora Hertza, założyciela. Zaczekaj, przyniosę.

– Nie śmiałbym... – mruknął Lars nieco zażenowany, ale Jego Magnificencja już zerwał się z krzesła i podbiegł do wysokiej szafki w rogu pokoju, włócząc po podłodze gronostajami.

– Masz, zobacz! – Z pietyzmem położył na blacie zwykły oprawiony w marmurkowy papier zeszyt.

Bardzo stary zeszyt.

Berg ostrożnie przewracał kruche woskowożółte kartki. Z początku chciał tylko zrobić przyjemność dzieciakowi, ale w końcu rzucił okiem na zapiski.

Dat nie było. Ktoś nerwowym, drobnym pismem gryzmolił w zeszycie coś na kształt pamiętnika z dni zagłady.

Nie wiemy, co się dzieje. Niebo ma barwę krwi, przetaczają się po nim kłęby dymu czy chmur. Petersen twierdzi, że to walczący bogowie, że nadszedł Ragnarök. Niektórzy inni chyba też dają wiarę tym idiotyzmom. Wszyscy już szalejemy z niepewności i strachu. Łączność została zerwana już ponad tydzień temu. Doktor Tyra Hall dostała wczoraj ataku nerwowego. Podaliśmy jej resztę środków uspokajających i zamknęliśmy w sypialni. Zapasy się kończą, woda też. Z kranów płynie tylko ciemna, cuchnąca maź. Ludzie boją się wychodzić poza obręb stacji. Boże, i to potworne, krwawe niebo. Myślę, że to początek wojny. Pewnie terroryści odpalili jakąś straszną, nieznaną broń. Wszystko będzie skażone. Powietrze, jedzenie... Niepokoję się o Marię i małego Jensa. Modlę się, żeby ocaleli...

Lars odwrócił wzrok, nie mógł dalej czytać. Czuł się okropnie. Jakby wdarł się siłą do cudzego umysłu, zbezcześcił pamięć i duszę tego nieszczęsnego profesora Hertza.

– Popatrz tu – zapiszczał z dumą Jego Magnificencja. – To o naszej placówce. I moim pradziadku, Franku Abbocie!

Przewrócił kartki i dźgnął palcem początek strony. Berg spojrzał na zapiski, chociaż w gardle czuł rosnącą kulę niechęci.

...co nam zostało? Wspomnienia? Nadzieja? Jaka? Już zostaliśmy osądzeni i skazani. Porzucono nas w piekle. Frank się zaciął. Mówi, że to nie może trwać wiecznie. Ja nie mam już siły, ale Frank twierdzi, że musimy konty-

nuować pracę. To, co dzieje się dookoła, jest zadziwiające. I fascynujące. Nigdy żaden naukowiec, żaden etnolog czy archeolog nie stanął przed taką szansą. Świat przeżywa gwałtowny regres. Teraz, na naszych oczach. Budzą się dawne obyczaje, odżywa moc. Ludzie, tak jak za zamierzchłych, pierwotnych czasów, muszą mierzyć się z naturą. Są zbyt słabi, nie potrafią przekształcać swego środowiska życiowego mechanicznie. Sięgają więc po moce ukryte w umyśle. Wszędzie z dnia na dzień odradza się i kwitnie dawny system szamański. Duchy przemawiają do ludzi, wybrańcy przechodzą inicjacje i przenikają do innych wymiarów.

Po tym, co wydarzyło się w noc Przesilenia, jestem w stanie uwierzyć we wszystko. Nawet w magię.

Mamy tu żywy uniwersytet. Jedyny w swoim rodzaju. Nie mam wątpliwości, że z czasem i my zaczniemy dziczeć. Trzeba wpoić naszym następcom nawyk zapisywania wszystkich wydarzeń, przemyśleń, zmian. Trzeba stworzyć ścisły system hierarchii i obyczajów, uświęcony przez tradycję. Będziemy prowadzić badania dalej. Nawet pośmiertnie. Staniemy się półbogami, ojcami założycielami. To jedyny sposób, żeby placówka przetrwała. Może kiedyś świat znów wkroczy na jasną ścieżkę rozumu. Może cywilizacja się odrodzi. A wtedy, gdy wieki ciemne już miną, ktoś odnajdzie plon naszych badań. Prawdziwy pamiętnik barbarzyńcy. I zrozumie, jaką ma mentalność, co jest motorem jego działań, jaki był i w każdej chwili może znów się stać człowiek pierwotny, bezradny wobec potęgi natury.

Tylko tyle jesteśmy w stanie teraz zrobić. I niech Bóg nam pomoże. Jeśli jest.

Lars zamknął zeszyt. Ogarnął go wielki smutek. Chciał zostać choć przez chwilę sam. Najchętniej poszedłby się położyć, ale profesor rektor patrzył na niego wyczekująco, jak szczeniak na pana.

– To bardzo interesujące – wykrztusił więc z trudem.

Mały uśmiechnął się radośnie.

– I piszą tam o moim pradziadku!

– Hmm, no tak – mruknął Berg. – Kontynuujecie pracę?

Pamiętnik barbarzyńcy, usłyszał w myślach. Osobliwy pamiętnik barbarzyńcy.

– O tak! – wykrzyknął profesor rektor i zabawnie zmarszczył nos.

Boże, niech mi tego nie wtyka, pomyślał Grabieżca. Nie teraz. Nie byłbym w stanie zachować spokoju. Po cholerę go w ogóle spytałem?

Milo rozłożył ręce, poły płaszcza z gronostajami rozwinęły się dumnie niczym sztandary.

– Ale nie mogę ci pokazać. Tajemnica naukowa, rozumiesz.

Położył palec na ustach, uśmiechając się szczerze.

Dzięki choć za to, odetchnął z ulgą Berg.

Skinął głową.

– Rozumiem. Jasne. Dziękuję za kolację. Była znakomita.

Jego Magnificencja posmutniał.

– Och, szanowny gościu profesorze, nie opuszczaj mnie jeszcze. Przybyłeś z kontynentu, z krainy mądrości. Powiedz, proszę, nie wiesz, co to może być? Znaleźliśmy taki przedmiot i...

Zaczął gorączkowo przewracać szuflady szafki.

– ...nie możemy się zgodzić co do przeznaczenia. Zelter twierdzi, że to przedmiot kultowy. Ja, że jakiś rodzaj ochronnej tarczki. O, mam!

Wygrzebał triumfalnie starą, porysowaną dyskietkę do komputera.

Dobry Jezu, pomyślał Berg. Jak ja mu to wytłumaczę?

– W środku mieszkały informacje – zaczął ostrożnie. – Spakowane dzięki wiedzy dawnych mistrzów.

Żółte oczy patrzyły nieufnie i całkiem bezrozumnie.

– No, to rodzaj książki. Albo listu – plątał się Lars. – Jest w środku.

Rektor klasnął w dłonie.

– Cudownie! A w jaki sposób można go odczytać?

Berg pokręcił głową.

– Nie można. Trzeba mieć specjalne urządzenie, a wszystkie umarły po nocy Przesilenia.

Milo potarł nos.

– Szkoda – zasmucił się. – Zaraz, a to?

Wyjął z kieszeni bardzo stary kalkulator.

– Pomagało liczyć. Ale teraz jest zupełnie zepsute.

– Hmm – westchnął Jego Magnificencja. – Wiedziałem, że nie służy do celów religijnych ani jako amulet. Zelter nadużywa najprostszych rozwiązań. W końcu to tylko doktor. A to? To już może być talizman, prawda?

Zrozpaczony Berg patrzył na starą kartę telefoniczną. Tej nocy oglądał jeszcze wiele podobnych przedmiotów. Większość rozpoznał, ale niektórych nigdy nie widział na oczy. Świtało, kiedy wrócił do pokoju, klnąc na niespożytą energię profesora rektora, któremu na szczęście w końcu zaczęły opadać powieki.

Stanowczo odmówił spędzenia w placówce kilku dni, wymawiając się ważnym wykładem w siedzibie Zakonu.

Kiedy wreszcie wsunął się pod kołdrę, zasnął natychmiast i śnił o niebie czerwonym niby krew.

Rano obudził się późno. Zastał Jakuba Tyllo już na nogach, siedzącego na łóżku zasłanym tak równo, jakby nikt na nim nie spał tej nocy. Kupiec uśmiechnął się.

– Dziewczyny przyniosły śniadanie. To wszystko dla ciebie. Ja już zjadłem.

Wskazał na gliniane talerze i miski pełne mięsa na zimno, chleba i sera.

Berg zabrał się do posiłku.

– Dostaliśmy też prowiant – poinformował go zadowolony Tyllo. – Powinniśmy zaraz wyruszyć, żeby za dnia odejść jak najdalej od terenu tych cholernych bandytów. Potem już nic nam nie grozi. Przez kilka dni będziemy szli przez zupełną pustkę, a potem trafimy na skraj terytorium Mówiących Lisów. Nie ma się czego bać, to dzicy, ale dobrze mnie znają.

Berg skinął głową. Zjadł szybko, a potem wstąpił na moment do pracowni hydrologicznej, bo nie mógł odmówić sobie krótkiej puryfikacji.

Chciał odwiedzić profesora rektora i podziękować za schronienie, ale student zamiatający dziedziniec oznajmił, że Jego Magnificencja jeszcze śpi, więc nie wolno mu przeszkadzać. Obiecał, że przekaże podziękowania.

Kiedy Lars i Tyllo opuszczali żywy uniwersytet, żegnały ich dochodzące z pracowni włókienniczej chichoty studentek i miarowy turkot kołowrotków.

Po dwóch dniach podróży „Ultima Thule" była już tylko odległym wspomnieniem. Jedyną rzeczywistością stał się las. Zielony i srebrny las świerków i sosen, pachnący żywicą las ciężko stąpających łosi, rosochatych jeleni i wrzeszczących ptaków.

Zwierzęta nie bały się podróżnych. Podchodziły bardzo blisko, patrząc na przybyszów wilgotnymi, ciemnymi niczym jeziora oczami. Berg nie rozumiał, czemu nie uciekają. Przecież powinny stykać się często z myśliwymi, skoro w pobliżu mieszkały plemiona tubylców. Czasem, w krótkich i szalonych momentach, zastanawiał się, czy nie przychodzą do kupca.

Tyllo zmienił się. Jakby urósł czy zmężniał, stracił naiwny, nieco głupkowaty wyraz twarzy, który prezentował wszystkim nieznajomym. Znów przypominał człowieka, którego Lars spotkał w klatce na Ziemi Matki Ziemi. Niekiedy spostrzegał, że kupiec przypatruje mu się oczami ciemnymi i głębokimi niczym ślepia zwierząt, tyle że otchłań w jego źrenicach zdawała się nie mieć końca. Jakby patrzył w nocne niebo bez gwiazd.

Mimo to Lars nie czuł się nieswojo. Wolał nowego, milczącego, skupionego Tylla od jego poprzedniego wcielenia. Kupiec starał się uczyć Berga mowy lasu z zaskakującą cierpliwością i wytrwałością. Ale mimo szczerych wysiłków powietrze nie niosło dla Grabieżcy żadnych informacji, a woda pachniała tak samo jak zawsze.

Berg polubił kupca, chociaż sympatia nigdy nie przekroczyła granic przyjaźni. Spędził w jego towarzystwie znacznie więcej czasu niż z Aakunenem, ale to uzdrawiacz był Grabieżcy bliższy. Czasem wydawało mu się, że Tyllo coś ukrywa, a czasem, że nie jest tym, za kogo się podaje. Kupiec za bardzo przypominał mu Paksa, szczególnie w czasie samotnej wędrówki przez las. Miał coś z mentora, coś z serdecznej i chłodnej zarazem osobowości mistrza.

Ale prawdziwie niezwykłą twarz Tyllo pokazał dopiero, kiedy pojawiło się niebezpieczeństwo. Dzikie niczym północ, nieprzewidywalne jak dzikość, znające tylko jedno prawo. Prawo puszczy.

Zapadał już zmierzch, szykowali się do rozbicia obozowiska.

Tyllo oczywiście pierwszy usłyszał szelest. Zatrzymał się, unosząc ostrzegawczo dłoń.

– Podejdź do mnie jak najbliżej – polecił, a w jego głosie było słychać napięcie. – Nic nie mów, nie rób gwałtownych ruchów i staraj się nie bać. Wyczują.

– Kto? – szepnął Lars.

– Wilki.

W tym momencie Berg dostrzegł lśniące lusterka ślepi. Żółtych i dzikich oczu stworzeń, które żyją, ponieważ nauczyły się zabijać.

Kupiec powiedział coś niskim, chrapliwym głosem w języku, którego Lars nie znał. Pobliskie zarośla zaszeleściły i wychynął z nich ogromny siwy wilk. Obnażył kły, wydając głuchy warkot. Żółte ślepia spoglądały rozumnie i niechętnie. Sierść na grzbiecie była zmierzwiona, łapy wparte mocno w ziemię, jakby całą swoją postawą chciał oznajmić: nie przejdziecie.

Lars poczuł zimny dreszcz przebiegający po plecach. Wielki zwierz budził respekt, jakiego nigdy nie doświadczał człowiek żyjący i wychowany w mieście. Lęk przed wielką potęgą natury.

Kupiec Jakub Tyllo znów powiedział coś w dziwacznym języku.

Języku wilków, pomyślał Lars, choć rozum nie chciał dopuścić tej możliwości. Teraz naprawdę Grabieżca poczuł strach.

Towarzysz podróży stał na pozór całkowicie spokojny, czekając.

Na pysku i grzbiecie wilka siwe włosy lśniły srebrzystym szronem. Zwierzę warknęło krótko. A wtedy na ścieżkę wyszła cała wataha. Szare, czarne i bure dzieci lasu, kłęby mięśni, kłów, pazurów i drapieżnych instynktów. Przyszły posłuchać słów Jakuba Tylla. Słów w wilczym języku.

Lars poczuł, że ogarnia go dziwny, pierwotny lęk. To już nie były sztuczki Mówiących Lisów. Oglądał niezwykły spektakl, gdzieś na granicy szaleństwa i cudu. Spektakl, od którego zależało jego życie.

Tyllo wyprostował się, nabrał głęboko powietrza i rozłożył ręce. Wyglądał teraz niby dziwaczny święty, wygłaszający kazanie do wilków. Znów wypowiedział kilka słów w chrapliwym języku. Większość zwierząt pochyliła łby, jakby nie śmiały spoglądać w twarz człowieka, który do nich przemawia. Tylko stary siwy basior nie spuścił wzroku. Żółte oczy lśniły, ale było w nich teraz jakby zdziwienie i niedowierzanie.

Lars z trudem przełknął ślinę.

Świrujesz, chłopie, pomyślał. Widzisz całą gamę uczuć w oczach wilka. Lepiej zastanów się nad sobą.

Wysrebrzony szronem siwizny zwierz ruszył w kierunku Grabieżcy i zatrzymał się tuż przed nim. Berg poczuł, że lekko kręci mu się w głowie. Nie bał się już. Działo się coś niezwykłego, co dalece przekraczało nawet zaklinanie dzikich zwierząt.

– Nawet nie drgnij – syknął Tyllo.

Kierowany nagłym impulsem Lars pochylił się, wyciągając rękę. Mokry, zimny nos zwierzęcia trącił jego dłoń i w nagłym rozbłysku Berg zobaczył przed oczami olbrzymie sękate drzewo, którego gałęzie tworzyły sklepienie nieba, a korzenie plątały się w niezmierzonej odległej głębi ze splotami gigantycznego węża.

Stary wilk warknął krótko, ale nie było w tym odgłosie agresji. Brzmiał raczej jak rozkaz. Szare, kudłate cienie natychmiast rozpierzchły się i na ścieżce zostali tylko Grabieżca, Tyllo i siwy basior. Zwierz pochylił łeb, spojrzał jeszcze raz uważnie na Berga, odwrócił się i odszedł.

Dopiero wtedy Lars ośmielił się wypuścić oddech.

Wilki cię znają, usłyszał w głowie. *Zwierzęta cię znają. Przychodzą do Tylla, ale też i do ciebie. Jesteście jednej krwi.*

Berg zacisnął powieki, ścisnął palcami kąciki oczu.

Szaleństwo, pomyślał. Jestem chyba bardzo zmęczony.

Westchnął i popatrzył na towarzysza. Jeśli nawet chciał zadać idiotyczne pytanie: „Jak to, do diabła, zrobiłeś?", to na widok surowej niby granit, pobladłej twarzy Tylla stracił resztki ochoty.

– Chodźmy – mruknął kupiec. – Wieczór jeszcze jasny. Rozbijemy obóz kawałek dalej, koło źródła. Przypomniałem sobie, że to lepsze miejsce.

Berg bez słowa podniósł plecak i zarzucił na ramię. Było mu niewygodnie, ale stłuczony bark za mocno dokuczał, żeby obciążać go ciężarem bagażu.

Jasne, pomyślał. Przypomniałeś sobie. Jeśli ty jesteś handlarzem, to ja przepracowałem całe życie jako pasterz.

Tego wieczoru nie odzywali się już do siebie.

Rozdział 6

Po incydencie z wilkami kupiec zmienił się znowu. Stał się gadatliwy, opowiadał o życiu wśród Mówiących Lisów, o polowaniach i skórach, ale Berg nie stracił czujności.

To na nic, koleś, myślał, maszerując obok niskiego, szpakowatego towarzysza. Ja nie zapomnę. A ty lepiej byś zrobił, gdybyś darował sobie udawanie.

Pewnego poranka, kiedy zbierali obóz, żeby ruszyć w drogę, Tyllo klepnął Berga w plecy.

– No, przyjacielu. – Zachichotał. – Jeśli się pośpieszymy, jeszcze tego wieczoru zobaczysz swój Zakon.

Lars drgnął. Podróż przez las stała się przez ostatni ciąg dni całą jego rzeczywistością, niejako celem samym w sobie. Nie mógł uwierzyć, że w końcu dotrze do miejsca, które wydawało mu się równie realne, co szklana góra.

– Skąd wiesz? – spytał niezbyt mądrze.

Tyllo wyszczerzył w uśmiechu wielkie, przypominające klawisze zęby.

– Poznaję okolicę. Przecież bywałem tu wiele razy.

Lars spakował graty i wyruszył w drogę z dziwnym wrażeniem, że jego umysł jest w tej chwili zupełnie gdzie indziej. Nogi niosły go w kierunku Zakonu, ale głowa, lekka i wypełniona oszołomieniem niby syfon Erdsena gazem halucynogennym, płynęła nad tułowiem bez kontaktu z resztą ciała.

Zobaczę Zakon, powtarzał sobie Grabieżca, ale równie dobrze mógłby klepać tabliczkę mnożenia. Słowa wyzbyły się znaczeń, wysunęły się z nich niczym noga z pończochy.

Wieczór przyszedł ubrany w oranż, złoto i seledyn. W powietrzu wisiała bledziutka mgiełka.

Nie ma żadnego Zakonu. Tyllo kłamie, pomyślał Berg i, o dziwo, poczuł się znacznie lepiej.

Wtedy kupiec zatrzymał się, wyciągnął rękę.

– Widzisz tam w oddali takie nikłe światło? – spytał. – To Zakon. Kiedy się jeszcze ściemni, będzie lepiej widać.

Lars z trudem przełknął ślinę.

– Zdążymy do zmroku? – zagadnął.

Tyllo z uśmiechem skinął głową.

– Pewnie. Zresztą nawet gdy noc zapadnie, damy radę trafić. Zakon świeci piękniej niż ognisko.

Berg poczuł nerwowe mrowienie w czubkach palców. Wolałby, żeby kupiec udzielił innej odpowiedzi. Wolałby wędrować spokojnie przez las jeszcze przez wiele dni.

O co mi chodzi? – pomyślał. Czyżbym się bał?

Ale to chyba nie był strach. Sam Grabieżca nie potrafił określić.

Napięcie. Wielkie napięcie i podświadomie oczekiwane rozczarowanie.

Oblałbym na kursie pozytywnego myślenia, nie ma co, skarcił się ponuro.

– Chodźmy – ponaglił Tyllo. – Nie ma na co czekać.

Berg nie znalazł żadnej odpowiedzi. Poprawił plecak na ramionach i posłusznie ruszył.

Zmierzch zapadł już na dobre, kiedy ściśnięte gęsto pnie drzew zaczęły się przerzedzać.

– Jesteśmy na miejscu – oznajmił Tyllo. – Dzisiejszą noc prześpisz w swoim upragnionym Zakonie, Grabieżco.

Lars w milczeniu ruszył ku jasnej łunie, przeszywającej ciemność z łatwością i beztroską. Mrok i blask przenikały się, podobne wątkowi i osnowie, budując nierzeczywistą noc ze srebra i granatu.

Podążaj ku światłu, Bergerson, pomyślał, ale nawet się nie uśmiechnął. Twarz miał bladą i ściągniętą.

– Trzymaj się, Miriam – szepnął. – To szansa dla nas obojga, dla ciebie i dla mnie.

I wyszedł na zalaną chłodnym blaskiem polanę.

Przypominała jezioro pod lodem. Wydawała się ogromna. Berg już zapomniał, jak wygląda przestrzeń wolna od wszechobecnych kolumnad drzew. Jaśniejące mnóstwem reflektorów budynki odbijały światło od księżycowo białych ścian. Wszystko wokół wydawało się pochodzić z księżyca. Z perłowego blasku i obłych, srebrzystych kształtów.

Więc to jest Zakon Krańca Świata, pomyślał Grabieżca i przeszedł go dreszcz.

Patrzył na rozległe szklane kopuły, na ciąg niskich białych budynków, na lustrzane błękitne tafle, które wydawały się tak podobne do zamarzniętej wody, na czyste niby pierwszy śnieg ściany i nie mógł uwierzyć, że dotarł tu naprawdę.

Szklana góra, pomyślał. A jednak szklana góra.

– Idziesz? – zagadnął Tyllo. – Z bliska lepiej się przyjrzysz. Wiatr się zerwał, paskudnie zimny. Marznę.

Przecież ty nigdy nie marzniesz, przypomniał sobie Lars, ale nic nie powiedział.

Ruszyli po księżycowym jeziorze prosto do wrót zamku na szklanej górze.

Wydawało się, że Zakon nie ma żadnych zabezpieczeń, ale wprawne oko Grabieżcy wypatrzyło mydlane, blade soczewki, ukryte sprawnie pod nawisem stropu.

Co to może być? – pomyślał. Dobry Jezu, czyżby kamery?

Nigdy nie widział podobnego urządzenia, chociaż podobno przed Przesileniem były powszechne.

W płaskich litych drzwiach, przywodzących na myśl płytę ze srebra, pękła nagle szczelina i dwa skrzydła rozjechały się w przeciwnych kierunkach, z cichym sykiem znikając w ścianie. W jaśniejącym światłem otworze pojawił się młody, krótko ostrzyżony mężczyzna. Uśmiechał się miło, ale jego oczy pozostawały chłodne i przenikliwe.

– Witam na krańcu świata – odezwał się głosem dźwięcznym niczym świeżo wykuta stal. – Mogę wiedzieć, kto postanowił odwiedzić naszą placówkę?

Miał na sobie krótki płaszcz o wyraźnie mundurowym kroju, w nieokreślonym burooliwkowym kolorze, który rażąco nie pasował do oślepiającej bieli wnętrza.

Wygląda jak jaszczurka na torcie weselnym, przemknęło Bergowi przez głowę.

Zwilżył spierzchnięte usta.

– Lars Bergerson, Grabieżca z Miasta Bramy – przedstawił się.

– I Jakub Tyllo, handlarz skór, Immanuelu – dodał kupiec z uśmiechem. – Nie poznajesz?

Bury płaszcz rozłożył ręce w geście ni to zaskoczenia, ni to powitania.

– A więc pan Bergerson wreszcie do nas dotarł – powiedział. – Bardzo się cieszę.

Wyciągnął rękę i Lars uścisnął zimną, marmurowo twardą dłoń, która wydawała się całkowicie pozbawiona życia.

Grabieżca wzdrygnął się.

Jakbym dotknął dłoni trupa, pomyślał. Żywego trupa. Skąd wiedział, że wyruszyłem szukać Zakonu? Pewnie od Angelosa. Wygląda jak jego bliski kuzyn. Ten, którego już w żłobku nazywali „porucznik".

– Zajmij się gościem, Immanuelu – odezwał się Tyllo. – Ja pójdę do kancelarii. Nie przejmuj się, znam drogę.

Przestąpił próg i ruszył w głąb korytarza.

– Proszę za mną, panie Bergerson. – Bury płaszcz zrobił zapraszający gest dłonią.

Nie wyglądał, jakby przez całe swoje życie był w stanie czymkolwiek się przejąć.

Berg chciał pożegnać się z Jakubem, ale mały kupiec zniknął, jak gdyby się rozpłynął w powietrzu.

Widocznie zna jakieś przejście, pomyślał Berg. Cholera wie gdzie tu są drzwi. Światło za bardzo oślepia.

Długi, porażający bielą korytarz jaśniał. Przypominał tunel wiodący prosto do nieba.

– Proszę, panie Bergerson – powtórzył Immanuel z naciskiem.

Lars przestąpił próg.

Stało się, pomyślał. Jestem w zamku na szklanej górze.

Zmrużył oczy. Nie był przyzwyczajony do tak intensywnego światła. Nawet lampy Aladyna nie pałały nigdy równie mocnym blaskiem. Ruszył za Immanuelem po gładszej niż szkło lodowej posadzce. Powinna dźwięczeć pod stopami, ale i bury płaszcz, i Lars poruszali się zupełnie bezgłośnie. Widocznie podłoga tłumiła odgłos kroków.

W pustym, jaskrawobiałym tunelu korytarza Berg czuł się nieswojo, jakby szedł przez chmury. Plecak niewygodnie zwisał z jednego ramienia, brzęcząc sprzączkami. Ubranie Grabieżcy było nieświeże i poplamione, buty znoszone i zabłocone. Potarł swędzący, ledwo oskrobany ze szczeciny policzek i zobaczył za paznokciami sine półksiężyce brudu. W sterylnym, lśniącym wnętrzu poczuł się nagle bardzo brudny i zaniedbany.

Nie tak wyobrażałem sobie Zakon, pomyślał. To miejsce jest dziwnie zimne, nieprzyjazne. Czyżbym popełnił błąd, przychodząc tutaj?

Delikatne mrowienie w lewym ramieniu odezwało się niespodziewanie, słabe i ledwie wyczuwalne. Lars odwrócił głowę i kątem oka dostrzegł ruch przy ścianie z prawej. Gdyby nie blizna po tatuażu, przeszedłby pewnie obojętnie, nie dostrzegłszy niczego niezwykłego. A tak zobaczył ich. Dwóch mężczyzn przezroczystych niczym woda, towarzyszących w milczeniu Immanuelowi i Grabieżcy.

Lars odruchowo wstrzymał oddech. Poczuł mrowienie w koniuszkach palców. Szedł dalej, na pozór zupełnie swobodnie, ale mięśnie miał spięte, gotowe w każdej chwili na uderzenie adrenaliny.

Obserwował przejrzystych strażników, starając się zachować kamienny wyraz twarzy.

Nie wyglądali jak zjawy. Przypominali raczej istoty ulepione z wody. W przejrzystych, niewyraźnych dłoniach trzymali podłużne przedmioty zbyt nieokreślone i płynne, żeby można było dobrze rozróżnić kształty. Prawdopodobnie broń, domyślił się Grabieżca.

Na wskroś wodnych ciał, niby przez soczewki, widać było nieostre, rozmazane kontury mijanych drzwi i schodów. Jednak twarze, choć rozmyte i bezbarwne, pozostawały nieprzezroczyste. Były białe i niewyraźne, jakby uformowane z mgły. Grabieżcy zdawało się, że pod widmowymi podbródkami widzi krawędź przylegającego do skóry materiału.

Przymrużył oczy, wytężając wzrok.

To prawdopodobnie kombinezony, pomyślał. Tylko jak, na miłość boską, zrobione? Są cholernie skomplikowane. Przetrwały czas Przesilenia? Nie bardzo chciał w to uwierzyć.

Tym razem nie wierzył też w żadne magiczne sztuczki. Tu działała technika. Ale bardziej niezwykła i niebezpieczniejsza od jakichkolwiek czarów.

– Tędy – zadźwięczał Immanuel, wskazując schody.

Berg posłusznie postawił stopę na stopniu. Przejrzyści, przylgnąwszy do ściany, też zaczęli pełznąć w górę. Przywodzili na myśl dwie człekokształtne krople wbrew prawom grawitacji wspinające się po murze, zamiast ściekać w dół.

Budynek wydawał się zupełnie pusty. Korytarze i klatki schodowe także na piętrze sprawiały wrażenie tuneli wydłubanych w śniegu. I tu białe ściany były gładkie i szkliste, a podłoga lśniła na kształt zamarzniętej wody. Wnętrze przypominało termitierę lodowych mrówek.

Nadejdzie lato i cały interes się stopi, przyszła Grabieżcy do głowy absurdalna myśl.

Śnieżne korytarze Zakonu spowijała zupełna cisza. W białym od blasku powietrzu dźwięczały tylko sprzączki plecaka niczym dzwoneczki u sań Królowej Śniegu.

– Zapraszam tutaj – powiedział stalowy Immanuel, zatrzymując się przed srebrną taflą drzwi. – To nasze pokoje gościnne.

Dotknął dłonią wypolerowanego metalu, dwie płyty rozsunęły się z sykiem. Lars zobaczył niewielki, skromnie umeblowany pokój, o dziwo, utrzymany w błękitnej tonacji. Wyglądał jak okruch nieba mrugający spomiędzy bieli obłoków.

Immanuel puścił Grabieżcę przodem. Wodni ninja przyczaili się w korytarzu.

– Znajdzie pan tutaj wszystkie potrzebne rzeczy. Posiłek jest w lodówce, na prawo znajdzie pan łazienkę. Życzę dobrej nocy. – Przenikliwe, chłodne oczy Immanuela miały kolor równie bury i nieokreślony co jego płaszcz. – Aha, radzę raczej nie opuszczać pokoju. Wszystkie drzwi wyglądają tak samo. Łatwo się zgubić. To oczywiście tylko sugestia, mająca na celu zapewnienie panu doskonałego komfortu. Nie ma mowy o jakimkolwiek przymusie. Szef przyjmie pana jutro rano. Spokojnych snów, panie Bergerson.

Uśmiech przewodnika był ostry i paskudny niczym sztylet.

Lars również wyszczerzył zęby.

Jasne, pomyślał. Ja też cię nie lubię.

– Dzięki za troskę – powiedział.

Immanuel sztywno skinął głową.

– Dobranoc – zadźwięczał i wyszedł.

Drzwi zasunęły się za nim posłusznie.

Berg z westchnieniem cisnął na podłogę plecak. Rozejrzał się. Pokój był schludny, urządzony skromnie, ale przyjemnie. W rogu stało nakryte niebieską kapą łóżko. Obok nocna szafka, przy przeciwległej ścianie niewielki stół i dwa wyściełane krzesła. Wbudowana we wnękę szafa była zupełnie pusta. Lars nie znalazł na półkach nawet drobiny kurzu. Podłogę pokrywała miękka wykładzina przypominająca błękitny mech. Duże okno umieszczone na wprost drzwi przypominało zasnute bielmem oko, bo szyba była mleczna, zupełnie nieprzejrzysta. Grabieżca przysunął do niej twarz, ale zobaczył tylko białawą mgłę. Okno oczywiście nie dawało się otworzyć.

Berg usiadł na łóżku i westchnął znowu.

– Witamy na dworze Królowej Śniegu – powiedział do siebie.

Przeciągnął się, aż zatrzeszczały stawy. Dopiero teraz poczuł, jaki jest zmęczony. Bolały go nogi, dokuczał krzyż i rozbity bark.

Śmierdzę, pomyślał z przykrością. Z pewnością śmierdzę.

Ostatni raz wykąpał się porządnie w pracowni hydrologicznej „Ultima Thule".

Spojrzał na leżący na podłodze plecak. W wysprzątanym, schludnym wnętrzu wyglądał jak coś, co zdechło przed miesiącem.

Łazienka, przypomniał sobie.

Wstał i ruszył ku zachęcająco kobaltowym drzwiom, jakby podążał w objęcia niebieskiego, czystego jeziora. Skrzydła rozchyliły się pod dotknięciem, we wnętrzu łazienki natychmiast zapłonęło światło. Berg zamarł w progu. Wanna i sanitariaty lśniły bielą pierwszego śniegu, w przestworzu błękitnych kafelków pluskały wesołe rybki. Na półce pod lustrem stały rzędem kolorowe flakoniki i pudełeczka. Jednak nigdzie nie było kotła do grzania wody, instalacji żarnikowej ani energetycznych kryształów. Być może mieli gdzieś ogromną zbiorową aparaturę, ale nic na to nie wskazywało.

Lars podszedł do umywalki, odkręcił kran. Z cichym szumem popłynęła struga gorącej wody. Grabieżca przepłukał twarz i podniósł głowę. W lustrze zobaczył nagle gębę jakiegoś obwiesia. Podkrążone oczy, zarośnięte paskudną szczeciną, podrapane brzytwą policzki, we włosach, niechlujnych i brudnych, igliwie i nasiona szyszek.

– Aleś ty śliczny, Bergerson – mruknął Grabieżca. – Co za pysk. Brzydszy niż u małpy.

W wannie spędził chyba z godzinę. Szorował skórę, prał włosy, kilkakrotnie zmieniając wodę. Potem wytarł się wielką niczym żagiel płachtą błękitnego ręcznika, puchatego bardziej niż dwutygodniowe kocię. Założył obszerny niebieski szlafrok, miękki niby fala ciepłego morza, ogolił się, przygładził włosy i przejrzał się znowu. Teraz przypominał przynajmniej istotę ludzką. Zmęczoną, nieco wychudzoną i niezbyt piękną, ale nie przywodzącą już na myśl stwora z lasu.

Wyszedł z łazienki. Ostre światło w pokoju przeszkadzało, więc poszukał przełącznika. Wolał siedzieć po ciemku, niż męczyć oczy jaskrawym blaskiem. Ale okazało się, że mrok mu nie grozi. Ledwo przekręcił odrobinę gałkę, wnętrze zalało spokojne, ciepłe światło, jakie wydawały lampy Aladyna.

– Cholera – mruknął. – Trochę za dużo tego dobrego jak dla mnie.

Zaburczało mu w brzuchu i zdał sobie nagle sprawę, że jest piekielnie głodny.

Posiłek stoi w lodówce, przypomniał sobie słowa Immanuela.

Otworzył drzwi wysokiej, srebrzystej kolumny stojącej przy szafie i znalazł kawał pasztetu, sałatkę na zimno, wędliny, sery i chleb. Obok na półce stało kilka kolorowych kubeczków. Wziął w rękę ten, który wyraźnymi zielonymi literami oznajmiał: „Herbata". Obrócił w palcach lekkie naczynie z tworzywa.

No dobrze, pomyślał. A wrzątek? W ostateczności naleję wody z kranu. Wydaje się dostatecznie gorąca.

Na pokrywce było napisane po prostu: „Zerwij ochronny pasek i zedrzyj wieczko".

Jak flaszeczka z napisem „Wypij mnie".

Berg wzruszył ramionami i wykonał polecenie. Natychmiast rozszedł się zapach świeżo zaparzonej herbaty. Lars podniósł naczynie do ust i szybko odstawił. Płyn był gorący jak diabli.

Jezu, gdzie ja trafiłem? – zapytał sam siebie. Umarłem, a to jest bardzo dziwny rodzaj raju.

Na stole znalazł cukier w małych poręcznych torebkach. Zjadł kolację, a potem zrobił sobie kolejną herbatę.

Idąc do lodówki, potknął się o leżący na podłodze plecak. Brudne łachy wysypały się na nieskazitelny błękit wykładziny. Wyglądały jak zawartość śmietnika.

Tak nie może być, zdecydował. Muszę uprać te szmaty.

Zagarnął kłąb ubrań i pomaszerował do łazienki z nadzieją, że obłe, lśniące urządzenie, które tam widział, jest pralką. Ukląkł na podłodze i zabrał się do badań. Po dziesięciu minutach wiedział mniej niż na początku. Udało mu się jednak otworzyć bęben i wpakować łachy do środka.

Jak to cholerstwo działa? – zastanawiał się ponuro.

Po dłuższej walce w końcu intelekt wygrał ze złośliwym oporem przedmiotu i Berg odpalił pranie, nalawszy na wszelki wypadek do wszystkich szufladek różowego niczym stokrotki płynu.

Najwyżej zostanie mi szlafrok, pomyślał. W tej puchatej niebieskości będę wyglądał dostojnie, jak kapłan Nowych Adwentystów Królestwa Pańskiego.

Wypił nadal ciepłą herbatę i nabrał ochoty, żeby się trochę rozejrzeć. Wysunął głowę na korytarz. Dwaj wodniści strażnicy czatowali po obu stronach drzwi.

I tyle z mojego spaceru, pomyślał Lars. Oczywiście tylko z dbałości o mój komfort.

– Dobranoc, chłopaki – rzucił, zamykając drzwi.

Obaj ochroniarze drgnęli. Wyglądało to tak, jakby ktoś dźgnął palcem taflę kałuży.

Lars położył się do łóżka, zgasił światło.

Czas pogadać ze zwierzętami, postanowił. Skupił się, ale zamiast znajomej szczeliny w skałach uderzył w kobaltową, miękką zasłonę. Ugięła się, jakby była zrobiona z galarety. Mnóstwa galarety, zalewającej cały prywatny zaświat Grabieżcy błękitną masą. Naparł dłońmi na ścianę zgęstniałego powietrza, zebrał siły i uderzył, lecz niebieskość się nie rozstąpiła. Próbował jeszcze kilka razy, zanim się wycofał, zniechęcony, zaniepokojony i zły. Odpoczął chwilę, nim ponowił wysiłki. Nic nie osiągnął. Spróbował jeszcze kilka razy, ale galareta okazała się nie do pokonania.

W końcu był tak zmęczony, że nie miał siły dalej walczyć.

To blokada, zrozumiał. Mają tu jakąś cholerną niezwykle silną blokadę. Ostrożne sukinsyny. To nic, potem znów spróbuję. Kiedy trochę odpocznę.

Nie spróbował.

Przymknął oczy tylko na chwilę i już nie potrafił oprzeć się zmęczeniu. Do snu ukołysał go cichy, miarowy szum pralki.

Rano znalazł swoje ubrania zupełnie suche i o wiele czystsze niż przedtem. Ubrał się, zjadł resztki wczorajszej kolacji i dopijał właśnie herbatę, kiedy zastukał Immanuel.

– Szef czeka – powiedział tylko.

Lars ruszył za nim przez białe korytarze. Tym razem nie towarzyszyli im przejrzyści ochroniarze. Może odsypiali noc.

Immanuel prowadził Berga ciągiem kolejnych ośnieżonych bielą korytarzy tak długo, aż Grabieżca nabrał przekonania, że chodzą w kółko. Wreszcie stanęli przed srebrzystymi drzwiami wyjątkowych rozmiarów. Przypominały wrota do futurystycznej stodoły. Stalowy przewodnik uśmiechnął się samymi ustami. Bure oczy pozostały przenikliwe i zimne.

– Jesteśmy na miejscu – oznajmił. – To Zielony Pawilon. Szef czeka ze śniadaniem. Proszę wejść, panie Bergerson. Śmiało.

Berg zerknął na niego spode łba.

Co jest? – pomyślał. Kpi? Wyglądam, jakbym się bał otworzyć drzwi? Zeżre mnie ten szef już na progu czy co?

Położył dłoń na chłodnej srebrzystej tafli. Drzwi zaczęły rozsuwać się z cichym westchnieniem. Berg złowił jeszcze wzrokiem drwiący uśmieszek wykwitający na wargach Immanuela i zamarł, nie postąpiwszy nawet kroku.

Za srebrnymi wrotami otwierała się dżungla.

Zielone, grubsze niż męskie ramię liany oplatały pnie wysokich palm. Ogromne orchidee czepiały się gałęzi drzew, zwisając kolorowymi kiśćmi niczym pęki chustek na straganach bławatnych. Ptaki i motyle pomalowane w deliryczne, jaskrawe kolory fruwały w powietrzu niczym konfetti. A jednocześnie wśród tego barwnego chaosu panował całkowity, spokojny ład starannie wytyczonych ścieżek, przytulnych altan, podestów z egzotycznego drewna i porosłych murawą placyków świetnie nadających się na miejsca piknikowe. W Zielonym Pawilonie nie rozpanoszyła się tropikalna dżungla. Założono tu i starannie pielęgnowano ogromny egzotyczny ogród.

– Proszę, panie Bergerson – powtórzył Immanuel. – Śniadanie wystygnie.

Przez jedną krótką sekundę Berg pomyślał, że miło byłoby strzelić go w posągowy pysk, ale się opanował. Bez słowa przestąpił próg. Drzwi zasunęły się za nim cicho, wtapiając się całkowicie w tło. Teraz nie potrafiłby stąd wyjść. Stał więc wśród tropikalnej zieleni, nie wiedząc, dokąd pójść.

Odwrócił się i dopiero teraz zauważył, że pomieszczenie ma jednak ściany. Tyle że zamiast tynkiem starannie pokryte ciemnymi, palczastymi liśćmi bluszczu. Wyciągnął rękę, dotknął zielonego muru. Rośliny były niewątpliwie żywe, ale sprasowane w twardą powłokę przywodzącą na myśl filc.

Lars podniósł głowę. Nad sobą zobaczył niebieskie, wysokie niebo poznaczone kłaczkami obłoków. Nie mógł jednak dociec, czy patrzy na szklany nieskazitelny sufit, czy na sprytną iluzję. Coś w rodzaju przestrzennej tapety.

Z głębokiej zieloności ogrodu dobiegał świergot ptaków, skrzeki papug i delikatne szemranie strumienia. Powietrze, przesycone wilgocią, było bardzo ciepłe, więc Grabieżca ściągnął sweter i pozostał w koszulce z krótkimi rękawami.

Dobrze, że wyprałem ciuchy, pomyślał przelotnie.

Ruszył ścieżką przed siebie w nadziei, że znajdzie gdzieś swojego gospodarza. Ale miast niego natknął się na lekki jak mgiełka biały stół zastawiony do śniadania. Dwa wyściełane gięte fotele zapraszały do odpoczynku.

Idealny seledynowy obrus pokrywał blat niczym trawnik golfowe pole. Pośrodku królował pękaty dzbanek na herbatę, wymalowany w różyczki. Przypominał miniaturową świątynię. Obok na spodeczkach przycupnęły kruche, bladziutkie filiżanki, poznaczone pąsami różowych kwiatuszków. Były jeszcze dwa śniadaniowe talerze od kompletu, sztućce, kosz z rogalikami, półmisek wędlin, patera z serami, jajka, dżem, dzbanek z sokiem i dwie wysokie szklanki.

Wszystko to przypominało herbatkę u cioci. Pod warunkiem że ciocia miałaby pokaźną rezydencję na tropikalnej wyspie.

Berg podszedł do stołu, pogładził dłonią oparcie giętego fotela. Między krzewami wściekle amarantowych rododendronów otwierał się piękny widok na małe jeziorko. Strumień wpadał do niego z góry ślicznymi, starannie ułożonymi kaskadami. Pośród kwitnących lotosów pływała parka miniaturowych barwnych kaczuszek.

Lars przygryzł wargę.

– Piękne przyjęcie – szepnął do siebie.

– Prawda? – usłyszał za plecami męski głos.

Drgnął.

Spośród rododendronów, niczym jakieś osobliwe bóstwo, wyłonił się gospodarz ogrodu. Berg spojrzał w oczy o barwie fiołków i wciągnął powietrze przez zaciśnięte zęby. Tym razem szaman ze Skraju miał na sobie lekką płócienną marynarkę i szerokie spodnie. Brzęczącą kurtkę nosił widocznie tylko w delegacji. Szare, długie włosy splótł w schludny warkocz.

– Witam, Bergerson – powiedział. – Nazywam się Exe. Jestem koordynatorem projektu znanego ci jako Zakon Krańca Świata. Cieszę się, że szczęśliwie odbyłeś podróż. A teraz powiedz, czego od nas oczekujesz?

Lars osłupiał.

To jakiś test czy co? – pomyślał. Powinienem podać odpowiednie hasło? Przybywam po wiedzę, czy może stawiam się na wezwanie?

Przełknął ślinę, bo nagle zaschło mu w gardle.

– Przecież to wy oczekujecie czegoś ode mnie – powiedział w końcu.

Ale gdzieś głęboko w środku zaczęła już kiełkować i wzrastać zimna, zła kula lęku. Coś nie grało. Coś było wyraźnie nie tak.

Grabieżca poczuł, że pocą mu się dłonie.

Exe rozłożył ręce, jakby chciał uspokoić spłoszonego konia. Na jego twarzy pojawił się łagodny, uprzejmy uśmiech. Fiołkowe oczy były głębokie i kompletnie nieprzeniknione.

– Dowiedzieliśmy się od Nullusa, że podjąłeś podróż do Zakonu, więc oczekiwaliśmy twego przybycia.

Berg zacisnął palce na oparciu fotela. Wydawało mu się, że głęboko pod czaszką zaczyna tłuc upiorny młot. A każde uderzenie odzywało się głuchym echem. Łup, łup, łup.

Był zbyt zmęczony na jakieś głupie gierki, półsłówka i tajemnice. Chciał, żeby wreszcie coś wyjaśniło się na dobre.

Podniósł wzrok, spojrzał w spokojny fiolet oczu Exego.

– Przyszedłem, bo mnie wezwaliście – powiedział wprost.

Szarowłosy koordynator pokręcił głową.

– To jakieś nieporozumienie. Nie prosiliśmy Nullusa, żeby cię tu przysłał. Powiadomił nas tylko, że się wybierasz. Dlatego nie jesteśmy zaskoczeni. Cieszymy się i przyjmujemy z otwartymi ramionami każdego, kto pragnie nam pomóc realizować projekt, chociaż osobiście uważam, że więcej byłoby z ciebie pożytku, gdybyś pozostał z Nullusem. Charakter jego działalności bardziej odpowiada talentowi Grabieżcy.

Berg poczuł, że brakuje mu tchu. Dżungla stała się nagle bardzo parna, ciasna i mroczna.

– Jaki projekt? – spytał.

Szarowłosy uśmiechnął się lekko.

– Ten, który nazywasz Zakonem Krańca Świata. W rzeczywistości chodzi o gromadzenie wiedzy pochodzącej ze świata przed Przesileniem, rozwijanie jej i kontynuowanie badań. Mamy również sekcję zajmującą się problemem tak zwanych Mistrzów Blasku, ale naszym głównym celem jest ocalenie i w miarę możliwości reaktywowanie nauki i cywilizacji zniszczonej w trakcie rewolucji Oświeconych.

– Więc po co wam Grabieżca? – spytał Berg cicho. – Czemu chcieliście, żebym przyszedł?

Exe splótł palce.

– Bergerson, mylisz podstawowe rzeczy. Ty sam chciałeś przyjść. Przyjęliśmy cię, bo nikomu nie odmawiamy schronienia ani pomocy. W końcu jesteśmy Zakonem.

Grabieżcy zakręciło się w głowie. Ścisnął poręcz fotela, aż pobielały kostki.

– Przecież wy mnie wezwaliście – powtórzył z trudem. – Przez wszystkie te znaki, wyrocznie, sny... Zakon mnie wezwał. Więc przyszedłem.

Exe westchnął. Na jego twarzy pojawił się wyraz znużenia.

– Wybacz, ale przeceniasz nasze możliwości. Nie potrafimy nikogo wzywać w ten sposób.

Berg potrząsnął głową.

– Co to znaczy, nie potraficie? Widziałem cię już. W Skraju. Kreśliłeś kolorowe znaki na piasku – plątał się, czując, że sytuacja właśnie staje się beznadziejna. – Miałeś na sobie skórzaną kurtkę z brzękadłami. Kazałeś mi znaleźć moje własne zaklęcie. Kazałeś mi tu przyjść. Dla Miriam. Dla mnie.

Koordynator potarł policzek. W fiołkowych oczach błysnęło coś jakby litość.

– Od lat nie byłem w Skraju, Bergerson. – Westchnął. – A ciebie widzę pierwszy raz w życiu.

Lars drgnął.

Kłamie, pomyślał z rozpaczą. Kłamie drań w żywe oczy.

Ale gdzieś z głębi duszy napłynęło przekonanie, że Exe mówi prawdę. To on dał się omamić, zrobił z siebie głupka. Żałosnego idiotę, który wierzy w czary i cudowne miejsca, gdzie wszystko staje się proste.

Zdobyłeś swojego Graala, Lancelocie, pomyślał gorzko. Tylko że to stary, dziurawy kubeł pełen pomyj.

– Co chciałeś u nas znaleźć, Grabieżco? – zapytał Exe. – Czego szukałeś? Spokoju? Mocy? Wiedzy?

Berg przesunął dłonią po twarzy. Czuł się słaby, śmieszny i bardzo zmęczony.

Czego naprawdę szukał? Właściwie diabli wiedzą. Gwiazdki z nieba. Cudu. Worka pełnego odpowiedzi na każdą okazję. Swojej byłej żony. Wszystkiego.

– Lekarstwa dla Miriam – wymamrotał.

Exe rozłożył ręce.

– Już próbowaliśmy wyleczyć tę dziewczynę – powiedział spokojnie. – Bardzo mi przykro, że się nie udało.

Lars zacisnął mocno powieki, zamrugał.

Myśl! – nakazał sobie. Nie poddawaj się, myśl.

– Zaraz – mruknął. – A Ava? Powinna u was być. Ona też mnie wzywała.

Szarowłosy lekko pochylił głowę.

– Kto to jest Ava? – zapytał łagodnie, jakby mówił do dziecka albo wariata.

Berg z trudem przełknął ślinę.

To beznadziejne, beznadziejne, zupełnie rozpaczliwe, tłukło mu się w głowie.

– Moja żona – odpowiedział ponuro. – Zniknęła wiele lat temu. Myślałem, że powinna tu być. Wysoka, rudowłosa, bardzo utalentowana pozyskiwaczka.

Fiołkowe oczy patrzyły serdecznie. Z politowaniem, jak na kompletnego szaleńca.

– Rozumiem, że to bardzo bolesne stracić kogoś bliskiego, ale nie mogę ci pomóc. Nie ma w Zakonie żadnej Avy.

I tyle, Bergerson, pomyślał Lars. Już po twojej wielkiej podróży. Trzeba było zostać z Amber. Trzeba było zabrać ją do domu. I w dupie mieć wszystkie zasrane znaki świata.

Gapił się na własne palce, na bielejące z wysiłku kostki i nie był w stanie podnieść wzroku.

– Wybacz, że zepsułem ci śniadanie, koordynatorze – powiedział z wysiłkiem. – Chciałbym trochę odpocząć. Wrócę do pokoju. Jeszcze dziś wieczorem opuszczę Zakon. Przepraszam za zamieszanie.

Poczuł, że Exe delikatnie kładzie mu dłoń na ramieniu.

– Nie śpiesz się, Bergerson – usłyszał. – Nie pozwolę, żebyś opuścił naszą stację, zanim nie ochłoniesz i nie przemyślisz swojej decyzji. Zastanów się dobrze. Możesz tu zostać. Odszukać spokój i wiedzę. Zdobyć inne doświadczenia, dotknąć świata, który przeminął. Nie na darmo nazywamy się Zakonem. Tu możesz odpocząć, znaleźć dystans, zastanowić się nad dalszą drogą. Chcę, żebyś obejrzał stację, zorientował się, co tu robimy. Przyślę po ciebie po południu. Wtedy pokażę ci bibliotekę i skryptorium. A może usiądziemy? Napijesz się herbaty, porozmawiamy...

Lars przygryzł wargę.

– Wybacz, ale ja... chciałbym zostać sam.

Exe skinął głową.

– Dobrze. Zatem do popołudnia. Immanuel cię odprowadzi.

Berg z trudem puścił krzesło, jakby odcinał ostatnią kotwicę trzymającą go przy zdrowych zmysłach. Czuł się lekki i pusty. Zupełnie pozbawiony siły.

Jeszcze ten dupek do kompletu, pomyślał. Fajnie. Widać nic mi nie będzie dzisiaj oszczędzone.

Szedł za Immanuelem przez białe śniegi korytarzy, jakby poruszał się we śnie. W pokoju zgasił światło i długo leżał w ciemności. Nie spróbował nawet wejść do ogrodu. Brakowało mu siły.

Ale kiedy Immanuel zapukał znowu, był przekonany, że minęło zaledwie parę chwil.

Exe w swojej jasnej płóciennej marynarce przypominał przybysza z tropików. Czekał z uśmiechem w fiołkowych oczach, siedząc z nogą założoną na nogę, w niedużym holu przypominającym poczekalnię u felczera.

Na widok Berga wstał.

– Witam ponownie – powiedział. – Cieszę się, że zechciałeś przyjść, Bergerson.

Grabieżca tylko skinął głową. Był blady i przygnębiony, lecz zdołał już trochę ochłonąć. I przemyśleć parę rzeczy. A teraz miał kilka wątpliwości i związanych z nimi pytań. Ale nie był pewien, czy chce je w tej chwili zadawać.

Weź się w garść, Bergerson, pomyślał. Myśl i nie dawaj się zbyć byle czym. Widziałeś drania. Widziałeś go w Skraju, przecież dobrze pamiętasz. Ten fiołkowooki anioł miłosierdzia kłamie jak pies. A przynajmniej ukrywa większość prawdy.

– Chodźmy. – Exe zrobił zapraszający ruch ręką. – Chciałbym pokazać ci nasze szklarnie, Grabieżco. Widziałeś już Zielony Pawilon. Ale to tylko skwerek. Służy jako mały park i miejsce wypoczynku. Każdy pracownik może przyjść tam w wolnej chwili, kiedy poczuje się zmęczony. Ja, na przykład, bardzo lubię jadać tam śniadania. Upał i zieleń odprężają. A lato mamy tutaj takie krótkie i chłodne. Tędy, proszę.

Wspięli się po wąskich schodach i przed Larsem otworzyła się nagle szeroka galeria. Grabieżca zatrzymał się zdumiony. Widok był naprawdę porażający.

To pewnie te ogromne kopuły, które widziałem z zewnątrz, pomyślał. Jakim cudem to draństwo się trzyma? Przecież jest gigantyczne.

Pod rozpiętymi na pajęczej konstrukcji szklanymi taflami ciągnęły się rzędem pola i zagony zieleni. Spryskiwacze szumiały cicho, zapewniając w wybranych częściach ogromnej hali sztuczny deszcz. Ludzie w białych kombinezonach, maleńcy niby wykałaczki, paskudni niczym brzydkie owady, kręcili się na dole.

Berg zbliżył się do tafli szkła, zacisnął palce na poręczy i spojrzał w dół. Zawirowało mu przed oczami. Hala miała kilka kondygnacji, widocznych w dole przez przezroczyste tafle sufitów i podłóg.

To gorsze niż przejście przy abordażu, pomyślał.

– Robi wrażenie, prawda? – powiedział Exe. W jego głosie brzmiała duma.

Lars odwrócił głowę.

– Jest ogromna – przyznał.

Exe uśmiechnął się.

– Tak. To jedna z większych – przytaknął.

Jest tutaj panem i władcą, pomyślał Berg. Z taką miną Salomon mógł patrzeć na swoją świątynię.

– Dużo ich macie? – spytał.

Exe wzruszył ramionami.

– Kilka – mruknął. – Chodźmy. Pokażę ci bibliotekę i skryptorium.

Ruszyli szeroką galerią, po lewej ręce cały czas mając szklany bok cieplarni. Krótszy bok, jak szybko zorientował się Lars.

Są nieźli, pomyślał. Jeśli nie potrafili wyleczyć Miriam, to szansa naprawdę jest minimalna. O ile naprawdę próbowali.

Koordynator okazywał mu wielką życzliwość, ale Berg jakoś nie potrafił zaufać spojrzeniu jego fiołkowych oczu. Może dlatego, że zbyt dobrze pamiętał je ze Skraju. A może sprawiły to słowa Aakunena. „Przekaż ode mnię ukłony temu staremu sukinsynowi". Uzdrawiacz sprawiał wrażenie faceta, który wie, co mówi.

– Teraz na dół – powiedział Exe.

Zeszli po długiej pochylni i nagle wszystko zrobiło się seledynowe. Ściany, sufity, podłoga. Jakby do kopalni soli przeniknęły niespodzianie tlenki miedzi. Rzędy metalowych drzwi wyglądały na spatynowane. Na posadzce wykwitły zielone wzory, podobne do mchu lub kolonii glonów. Ale wnętrze nadal sprawiało wrażenie sterylnego niczym laboratorium.

– Proszę, oto biblioteka – powiedział Exe.

Dotknął dłonią skrzydła wysokich, opatrzonych dodatkową framugą drzwi. Otworzyły się z cichym syknięciem.

Witamy w głębokiej przeszłości, pomyślał Berg.

Długie, beczkowo sklepione pomieszczenie wydawało się pochodzić z odległego świata. Lars widział kiedyś staroświeckie rysunki przedstawiające podobne wnętrze. Nazywało się klub czy jakoś tak. Drewniany strop pokryty czerwonawą okładziną zdawał się wyrastać bezpośrednio z olbrzymich, sięgających sufitu regałów, zapeł-

niających szczelnie wszystkie ściany. Niezliczone książki stały na półkach na wzór cegieł w murze. Wydawało się, że całe pomieszczenie zbudowano z grubych tomów w twardych oprawach. Biblioteka przypominała olbrzymią jaskinię z drewna, papieru i skóry.

Głębokie, miękkie fotele w kolorze burgunda zachęcały, żeby usiąść i poczytać. Na małych inkrustowanych stolikach stały mosiężne lampy. Był nawet kominek z marmuru, wielkości przeciętnego wiejskiego domu.

Że też nie boją się w nim palić, pomyślał Berg przelotnie. Tyle tu papieru.

– Biblioteka liczy w sumie ponad dwadzieścia pomieszczeń – odezwał się Exe. – Tutaj trzymamy najstarsze książki. Pozostałe sale są utrzymane w bardziej nowoczesnym stylu.

Lars patrzył na półki.

Ciekawe, czy mają księgę z kartami Mistrzów Blasku, zastanowił się przelotnie. Cholera, gdybym chciał to sprawdzić, musiałbym spędzić tu ze dwa tygodnie. Po co on mi pokazuje to wszystko?

Odwrócił się.

Fiołkowooki koordynator splótł ręce na piersi. Spoglądał na książki niczym pasterz na swoje pryzy.

Król szklanego imperium. Exe na włościach.

– Ach, byłbym zapomniał. – Berg uśmiechnął się krzywo. – Pozdrowienia od Edwina Aakunena.

Spokojne rysy koordynatora zmarszczyły się, kąciki ust zadrgały. Zmrużył oczy.

– Aaa... spotkałeś Aakunena, Grabieżco? Dobrze się miewa?

– Kwitnąco – powiedział Berg.

Exe skinął głową.

– Dobrze wiedzieć, że mu się powodzi. Utalentowany uzdrawiacz. Tylko słaby. Nie wytrzymał presji.

Nieźle to zniosłeś, doszedł do wniosku Lars. Naprawdę nieźle.

Exe zaplótł palce, a w tym geście Grabieżca dostrzegł skrywaną nerwowość.

– Z czego żyje? – spytał koordynator na pozór obojętnie.

Lecz fioletowe oczy zrobiły się ciemne i niespokojne.

Berg wzruszył ramionami.

– Uprawia swój zawód. Uzdrawia ludzi.

Koordynator westchnął.

– Powiedział ci, dlaczego odszedł? – spytał.

Lars uniósł głowę.

Nie miał pojęcia. Strzelił:

– Bo chciał leczyć ludzi, a nie gromadzić wiedzę.

Tym razem trafił. Exe się żachnął.

– To zaledwie część prawdy – mruknął. – Przede wszystkim chciał się bawić. To słaby człowiek. Skłonny do chowania uraz. Nie sądź pochopnie, Bergerson. Chodź, pokażę ci skryptorium. Może wtedy zrozumiesz, czym się zajmujemy.

Berg pomyślał o Miriam. O pustym wzroku i pajęczych palcach dziewczyny. O szmacianej lalce imieniem Mizia. O Lottie, cierpliwie pakującej porcje papki do bezkrwistych, niechętnych ust.

Część prawdy, ale prawdopodobnie ta większa, powiedział sobie.

Skryptorium znajdowało się na dnie oceanu. Za zielonymi wrotami, pokrytymi lśniącą, szklistą emalią, przypominającą opalizujące wnętrze muszli. Rzędy stolików z pochyłymi blatami po prostu unosiły się w wodzie pośród podwodnych skał oblepionych tutkami ukwiałów, barwnych niczym papierowe rożki na cukierki. Ławice ryb przemykały między nimi niczym salwy srebrnych pocisków. Brzydkie, dostojne głowonogi sunęły naprzód, łypiąc wielkimi bladymi oczami. Przypominały podarte torby z kolorowego plastiku. W błękitnawej i zielonkawej kryształowej jasności morza lampki na stołach płonęły niczym wabiki ryb głębinowych. Pracownicy skryptorium, zawieszeni w przestworze wody, tronujący na swoich krzesłach niczym zwielokrotniony Posejdon, wyglądali dziwacznie i niepokojąco. Jakby byli topielcami, którzy postanowili założyć w morskiej toni osobliwą kancelarię.

Lars spojrzał w dół i poczuł nagły zawrót głowy.

Daleko pod stopami majaczył posypany okruchami kamieni złoty piasek dna. Ciemny, obrosły pąklami wrak statku leżał ciężko na boku, bodąc wodę ostrym kikutem masztu. Wyglądał jak czaszka gigantycznego jednorożca.

A gdzie skrzynia ze złotem? – przez głowę Berga przemknęła ironiczna myśl. Brakuje kufra pełnego klejnotów i szkieletów piratów.

– Wejdź śmiało, Grabieżco – powiedział Exe. – Dalej. Nic ci nie grozi. Przykre wrażenie zaraz minie.

Nie boję się, pomyślał Lars ponuro. Tylko za cholerę nie chciałbym się zrzygać.

Postąpił kilka kroków po przejrzystej, zupełnie niewidzialnej podłodze. Czuł się niepewnie, stoły w skryptorium kołysały się nieprzyjemnie, skały też. Ryby, niczym pstre skrawki i szmatki wymiatane z pracowni krawcowej, śmigały tuż pod podeszwami butów.

Grabieżca nie miał pojęcia, czy morze jest prawdziwe, czy ma do czynienia z iluzją. Wszystko jedno. Podwodny ogród wyglądał imponująco.

Berg ruszył przed siebie, mimo że wciąż czuł zawroty głowy i przykry ucisk w żołądku. Ukwiały kiwały ku niemu pękami bladych łapek, barwne ryby kręciły się w kółko, przypominając płatki kwiatów porwane wiatrem. Zimnym blaskiem połyskiwały krystaliczne nacieki kolorowych minerałów, bryłki bursztynu mrugały kocimi oczami.

Nieistniejąca posadzka była całkowicie wytłumiona, co jeszcze potęgowało wrażenie spaceru po pustce.

Grabieżca szedł chwiejnie, ostrożnie przesuwając stopy.

Ja chrzanię. To pałac królowej morza, pomyślał. Za chwilę podpłyną do mnie chichoczące, chętne syreny. Oplączą zielonymi włosami, utopią i na zawsze już pozostaniemy razem. Będziemy się ganiać między stolikami, ciągnąć kałamarnice za macki i szczypać te gryzmolące w kajetach manekiny. Co za ubaw.

– Jesteś zaskoczony, Bergerson? – zaszemrał Exe, cichy niby mgła.

Musiał podążać za Larsem cały czas, choć Grabieżca go nie zauważył.

– Tak. Jeszcze nigdy nie przechadzałem się we wnętrzu akwarium – mruknął.

Koordynator położył palec na ustach i pokręcił głową.

– Mów szeptem – syknął. – Tutaj musi panować idealna cisza. Tu pracują rekonstruktorzy. Chodźmy głębiej. Tam można swobodnie rozmawiać.

Głębiej to dobre słowo, skwitował Lars.

Ruszyli ogromną podmorską galerią. Woda, przejrzysta i jasna, przelewała im się nad głowami, otaczała zewsząd. Raz przepłynął nad nimi obły, wąski cień długiego na dobre trzy metry stwora. Lars nie zdążył dobrze się przyjrzeć i chyba nie żałował.

Minęli ciągnący się na kształt torów kolejowych korowód pulpitów i znaleźli dryfujące w zielonkawej pustce, ustawione w podkowę kanapy. Przypominały cielska pozbawionych skorup morskich ślimaków.

Exe ruchem ręki zachęcił Grabieżcę, żeby usiadł.

– To kąt wypoczynkowy. Możemy tu spokojnie porozmawiać. Jest całkowicie wyciszony.

Lars zapadł w miękkie, zaskakująco ciepłe objęcia kanapy.

– Czym oni się zajmują? – spytał.

Exe się uśmiechnął.

– Tym, czym wszyscy w Zakonie. Gromadzeniem i przechowywaniem wiedzy. Przepisują księgi sprzed Przesilenia. A często starają się odczytać lub odtworzyć zaginione dane. To ciężka praca. Ale przynosi wyniki.

Berg przygryzł wargę.

– Tu nie chodzi tylko o księgi, prawda? Próbujecie zgłębić dawne teorie naukowe.

Exe uśmiechnął się szerzej, jakby Berg powiedział coś zabawnego i naiwnego zarazem.

– Nie tylko teorie. Interesuje nas też strona praktyczna. Naprawdę trudno to wytłumaczyć laikowi. Dotykamy bardzo skomplikowanych problemów, wiedzy na najwyższym poziomie. A ty patrzysz na nas, jakbyśmy byli bandą alchemików. I trudno się dziwić. W twoim świecie cywilizacja naprawdę runęła, a cała wiedza przodków przepadła.

Lars zacisnął szczęki.

Nadęty dupek, stwierdził w duchu. Zasrany, pewny siebie, puchnący z pychy buc.

– A to nie jest przypadkiem i twój świat? – przypomniał z krzywym uśmieszkiem.

Koordynator zmrużył oczy.

– Nie, panie Grabieżco. Nie jest. Chcecie czy nie, wszyscy staliście się neobarbarzyńcami. My jesteśmy jak odkrywcy Atlantydy, spadkobiercy wielkiej cywilizacji. Staliśmy się neo-Atlantami, w pewnym sensie.

Jeśli teraz spyta, czy wiem, co to Atlantyda, chyba gwizdnę go w ten nadęty pysk, postanowił Grabieżca.

Uśmiech Grabieżcy stał się paskudnie wilczy.

– Pewnie zdajesz sobie sprawę, że dla poprzedników z tej twojej Atlantydy bylibyście tylko żałośni i śmieszni. Wiecie tak mało i chcecie rozumieć ich spuściznę? Kontynuować pracę? Życzę powodzenia.

Koordynator westchnął.

– Powiedziałem „neo-Atlanci". Ten nieszczęsny przedrostek zawsze zawiera w sobie smutek degradacji.

Berg przypomniał sobie uniwersytet „Ultima Thule".

Prędzej czy później skończą tak samo, pomyślał z goryczą. Barbarzyńcy praktykujący idiotyczne rytuały, których nie pojmują.

– Więc czy naprawdę jest powód do takiej dumy? – spytał ostro.

Exe splótł palce. Fiołkowe oczy zapłonęły, jakby ktoś włączył światło wewnątrz czaszki.

– Wiesz, że wiele wieków temu, kiedy upadło potężne imperium rzymskie, na wyspie, którą zwiecie teraz Zieloną, mnisi gromadzili i starannie przepisywali księgi ocalałe z katastrofy kulturowej i cywilizacyjnej? Mimo że czasem nie rozumieli, co kopiują, starali się zachować wszystkie, najdrobniejsze nawet szczegóły. Czasem powielali w ten sposób błędy, lecz ocalili ogromny dorobek swoich poprzedników. A potem, gdy nadeszły światlejsze czasy, ludzie na nowo odkryli te skarby tylko dlatego, że także dzicy, lecz mniej prymitywni od swych współbraci mnisi ocalili je. Uważasz, że powinniśmy zaprzestać naszej pracy? Że nie mamy powodów do dumy?

Grabieżca westchnął.

Wokół w zupełnej ciszy falował szalony sztuczny ocean.

– Nie – przyznał szczerze. – Macie pełne prawo do dumy i satysfakcji. Wybacz. Po prostu bardzo nie lubię, kiedy ktoś umniejsza znaczenie naszej biednej, szczątkowej cywilizacji. Niełatwo przetrwać piekło i podjąć próbę zbudowania na nowo normalnego świata.

Exe uśmiechnął się łagodnie.

– To ty wybacz, Grabieżco. Niepotrzebnie cię sprowokowałem. Oczywiście, masz rację. Być może pragnę powrotu dawnych czasów zbyt obsesyjnie.

Berg pochylił się do przodu, oparł łokcie na kolanach.

– Po co pokazujesz mi to wszystko, koordynatorze? Żebym oddał wam należyty szacunek?

Szarowłosy wzruszył ramionami.

– Żebyś wiedział, czym się zajmujemy. I mógł dokonać właściwego wyboru.

– Wyboru? – zdziwił się Lars.

– Dotarłeś na kraniec świata, więc możesz zostać. Takie panują tu prawa. Każdy, kto przybędzie z własnej woli, wybiera, czy chce odejść, czy być naszym bratem i podporządkować się regułom Zakonu. Mamy przecież pozyskiwaczy. Mógłbyś do nich dołączyć.

Berg uniósł głowę.

– Przecież powiedziałeś, że powinienem pracować dla Angelosa.

Exe rozłożył ręce, jakby chciał przeprosić za nieporozumienie.

– Skąd. Powiedziałem tylko, że moim zdaniem tam sprawdziłbyś się lepiej.

Grabieżca odchylił się i znów zapadł w miękkie cielsko kanapy. Zamyślił się. Nie miał zamiaru zostawać w Zakonie. Nie rozumiał jednak, w jaką grę bawi się Exe. Wszystko razem nie bardzo mu się podobało. Szarowłosy koordynator zachowywał się jak skończony dupek, ale czasem potrafił dać do zrozumienia, że to nie jest jego jedyna twarz. Postępował niczym światły i serdeczny mistrz, który musi zakładać maski i udawać różne postaci, żeby niezbyt rozgarnięty, krnąbrny uczeń sam odkrył właściwą ścieżkę, którą powinien podążać. Problem w tym, które oblicze było prawdziwe.

Co się kryje w twoich fioletowych ślepiach, draniu? – zastanowił się Berg, ale nie czuł już niechęci do koordynatora.

Spojrzał uważnie w spokojną, nieprzeniknioną twarz Exego. Twarz, którą dobrze zapamiętał od czasu spotkania w Skraju.

W jaką stronę mam pójść, żebyś się choć trochę odsłonił? – pomyślał.

Zaplótł palce, pochylił się ku rozmówcy.

– W jakim charakterze miałbym pracować dla ciebie, koordynatorze? – spytał.

Exe uśmiechnął się niewinnie.

– Jako pozyskiwacz. Członek służby pomocniczej przy sekcji analitycznej.

Berg wyszczerzył w odpowiedzi zęby.

Służba pomocnicza, pomyślał. Wspaniale. Tego właśnie się spodziewałem.

– Dasz mi jeszcze trochę czasu do namysłu?

Exe poprawił się na kanapie, założył nogę na nogę. Znów nieprzyjemnie przypominał Larsowi pasterza.

– Ile zechcesz, Grabieżco.

Spojrzał na Berga i znów się lekko uśmiechnął.

Chłodna, spokojna twarz koordynatora wydawała się należeć do bardzo skomplikowanego ożywionego manekina, który wyraża emocje zgodnie z wolą właściciela, z ukrycia sterującego mechanizmem. Tylko oczy były żywe. Szaleńczo fioletowe, uśmiechnięte oczy mistrza przywdziewającego maski różnych demonów. Ta nazywała się Exe – szef wielkiego projektu.

Ukrywa coś, pomyślał Berg. Powie mi więcej, jeśli zadam właściwe pytanie. Ale jeśli zadam je źle, mogę wszystko zaprzepaścić. Co powinienem zrobić? Wrócić do Angelosa lub zostać. Tylko to biorę pod uwagę. A jest jeszcze jedno rozwiązanie. Wyrocznia. Nie dowiedziałem się niczego o wyroczni.

– Gromadzicie i chronicie przed zniszczeniem dawną wiedzę, prawda? Ale udzielacie też rad. Gdybym zechciał skorzystać z wyroczni, pozwoliłbyś, koordynatorze?

Brwi Exego uniosły się w górę ze zdumienia.

– O jakiej wyroczni mówisz, Grabieżco? Nie mamy żadnych magicznych maszyn ani cudownych puszek z wróżbami. Myślałem, że zrozumiałeś. Jesteśmy placówką naukową. Nie znajdziesz tu magów ani cudotwórców.

Lars przygryzł wargę.

Źle. Nie w tę stronę. Cholera, pudło.

– Pytałem o Księżniczkę – wyjaśnił. – Tam, gdzie wszystko się kończy i przemienia, na krańcu świata stoi twierdza zamieszkana przez mędrców. Tędy wiedzie droga do wyroczni. Księżniczki obdarzonej mocą wieszczenia, istoty na pół z tego i na pół z wyższego świata. Ona niesie pocieszenie, miłosierdzie i dobro. Jakoś tak to leciało, nie pamiętam dobrze. Pomyliłem adres? Ci mędrcy to nie tutaj?

Exe westchnął, pokręciwszy głową z politowaniem.

– Tam, na tym waszym południu, wszystko musicie pomieszać. Legenda o Księżniczce nie ma nic wspólnego z Zakonem. Chociaż podobno pochodzi z tych okolic.

Berg w zamyśleniu potarł podbródek.

– Zaraz, jak to podobno? Żyjecie tu od tylu lat i nie znacie wierzeń swoich sąsiadów?

– Sąsiadów? – Brwi Exego podjechały teraz niemal pod nasadę włosów. – Wybacz, ale nie rozumiem?

Lars przymknął oczy. Był już zmęczony całą tą grą. Nie wiedział, jakie zadać pytanie, nie miał pojęcia, dokąd jedzie rozmowa.

Pewnie w buraki, pomyślał ponuro.

– Chodziło mi o okoliczne plemiona. Na przykład Mówiące Lisy i inne.

Exe wydął pogardliwie wargi.

– Widzę, że wiesz o nich więcej niż ja. Nigdy się nie zainteresowałem nazwami szczepów czy obyczajami dzikich. Są dla nas tylko częścią przyrody. Nie zajmujemy się nimi, a oni też zostawiają placówkę w spokoju. Boją się nas. Pewnie sądzą, że to przeklęta ziemia, nawiedzana i zamieszkana przez demony.

Lars podrapał nerwowo policzek.

– Przecież ich leczycie. Płacą wam za pomoc skórkami, ziołami, świeżym mięsem.

Koordynator się zaśmiał.

– Leczymy? Skąd! Nie podeszliby do skraju polany, nawet gdyby całe plemię wymierało. Boją się nas bardziej od zarazy. Zapewniam cię, Grabieżco, że nikt z placówki nie tknąłby ich jedzenia ani ziół. Jak by to powiedzieć? Nie bylibyśmy zachwyceni poziomem higieny zastosowanym podczas produkcji. Wolimy własne zapasy.

Berg poczuł się nagle bardzo zmęczony i zagubiony. Wszystko sypało się w rękach jak mokra kreda.

– To skąd bierzecie skóry? – spytał bezradnie.

Exe westchnął, jakby zniecierpliwiony pytaniami wyjątkowo tępego dziecka.

– Jakie skóry?

– Futrzane – powiedział Grabieżca, zdając sobie sprawę, że się pogrąża. – Na sprzedaż. Kuny, lisy, jenoty i inne. Nie znam się na tym.

Koordynator potrząsnął głową.

– Ani ja. Nie handlujemy tu skórami. To placówka naukowa. Po co mielibyśmy to robić?

Berg miał dość. Poczuł, że coś w nim właśnie pękło. Koniec tego dobrego, pomyślał.

– Skąd mam wiedzieć? Może z nudów! – podniósł głos. – W końcu po coś regularnie przychodzi do was handlarz. Co mu sprzedajecie, do diabła? Pierścienie Atlantów?

Umilkł, kiedy zobaczył, że oczy Exego robią się nagle bardzo głębokie i poważne. Koordynator zmienił się w jednej chwili. Jego rysy ściągnęło napięcie.

– Bergerson, o jakim handlarzu mówisz? – spytał cicho.

Lars czuł się tak niepewnie, jakby dryfował na krze po wzburzonej rzece. Przez chwilę miał ochotę po prostu skoczyć na głowę w zimną toń i pozwolić sobie przestać myśleć.

– O Jakubie Tyllu. Przyszedł razem ze mną pod wasze drzwi. Wpuściliście nas obu. Poszedł do kancelarii, zanim Immanuel zaprowadził mnie do pokoju...

Exe zrobił głęboki wdech.

– Bergerson – przerwał. – U nas nie ma kancelarii. Nigdy nie słyszałem o żadnym Tyllu. Nie handlujemy skórami ani żadnymi innymi towarami.

Berg poczuł, że to wszystko go przerasta.

– Zaraz – wykrztusił z trudem. – Więc gdzie się podział? Dlaczego Immanuel i ci mokrzy w kombinezonach w ogóle go wpuścili?

Oczy koordynatora zrobiły się fioletowe niczym zmierzch.

– Wpuścili tylko ciebie – powiedział wolno. – Przyszedłeś sam.

Łup, powiedziało serce Berga. Grabieżca zbladł.

Masz je, usłyszał znajomy głos w głowie. *Masz swoje właściwe pytanie. I co teraz?*

– Zaraz – szepnął. – Co to znaczy, sam? Przecież Tyllo towarzyszył mi przez całą drogę. Uciekliśmy razem z Ziemi Matki Ziemi, walczyliśmy z bandytami, nocowaliśmy w „Ultima Thule". Jechał na koniu za jednym ze studentów. Wszyscy go widzieli.

– Na pewno? – spytał Exe.

– Dobry Jezu – jęknął Berg. – Przecież tam był, więc musieli go widzieć!

Koordynator pochylił się do przodu.

– Rozmawiał z kimś? Przypomnij sobie, Bergerson.

– Jasne, że rozmawiał! – zaczął Lars i urwał.

A z kim, kolego? – zabrzęczał ironicznie głosik w głowie. *Z kim oprócz ciebie? Czasem coś wtrącał, ale czy to można nazwać rozmową? Kiedy uciął sobie pogawędkę, Grabieżco? Bo nie pamiętam.*

Lars poczuł skraplający się na karku zimny, lepki pot.

Świr. Całkiem już ześwirowałeś, Bergerson. Wymyślasz sobie nieistniejących przyjaciół, którzy czarują kury i gadają z wilkami. Gratulacje. Szkoda, że nie zdążyliście pobawić się w policjantów i złodziei. Bo w bezludną wyspę już tak.

Exe nadal przyglądał się Grabieżcy z napięciem. Śledził każdy grymas i gest, jakby przeprowadzał ważny eksperyment.

Nagle Berg poczuł narastającą falę gniewu.

Znowu mnie wrabia, suczy syn, pomyślał. Znowu kłamie. Chce ze mnie zrobić wariata czy co? Widziałem tego małego, cholernego handlarza równie wyraźnie jak jego wtedy w Skraju. Co za pieprzenie! Nie pozwolę tak się omotać. Nie zrobi mi z mózgu kaszy z masłem.

– Nie możesz mi wmówić, że Tyllo nie istniał! – warknął. – Widziałem go, gadałem z nim, ściskałem jego pieprzoną, cholernie realną rękę. Polował, uczył mnie, w jaki sposób radzić sobie w lesie, przyprowadził prosto tutaj. Co, do diabła?! Niewidzialny był czy jak?!

Exe przygryzł wargę.

– To niewykluczone, Grabieżco – powiedział cicho.

Wyglądał przy tym śmiertelnie poważnie. Nic nie wskazywało, żeby drwił.

Berg popatrzył na niego niepewnie. Cała złość gdzieś wyparowała. Nie miał pojęcia, gdzie się znalazł, z kim spędził ostatnie tygodnie ani co jest właściwie grane. Paskudne wrażenie.

Exe westchnął.

– Kiedy przyszedłeś, czujniki zarejestrowały ogromny potencjał energetyczny, znacznie większy niż w wypadku zwykłego człowieka. Zniknął, gdy wszedłeś do środka. Kamery natomiast nie zarejestrowały niczego. Nie było zwiększonego nacisku na podłoże, drzwi zamknęły się za tobą jak za pojedynczą istotą ludzką. Nie wiemy, kto ci towarzyszył. Nie wiemy, czy jednak nie wniknął do środka. Tylko dwie rzeczy są pewne. Dysponował ogromną mocą i z pewnością nie był człowiekiem.

Lars rozmasował sobie skronie. Niczego już nie rozumiał. Czuł się głupio i bezsensownie. Niczym marionetka w cudzych rękach.

Lalka, którą zrobiła Amber, ma więcej do powiedzenia na swój temat, pomyślał ponuro. Może kiwać nogami albo starać się spaść z haka.

– Kim więc był? – spytał bezradnie. – Aniołem Stróżem?

Exe westchnął.

– Chciałbym wiedzieć – zapewnił Larsa. – Mam nadzieję, że nie diabłem strażnikiem.

Berg w zadumie skubał wargę.

– Sądzisz, że mogłem przyprowadzić do was wroga? Jezu, gdybym wiedział, że takie niebezpieczeństwo istnieje, natychmiast bym zawrócił. Tak mi przykro. Wybacz, Exe.

Koordynator potarł w zamyśleniu podbródek.

– Nie wiemy, kto z tobą przyszedł. Nie przejmuj się. Nie jesteś niczemu winny. Przecież mówiłeś, że znał drogę. Do tej pory Zakon był dobrze chroniony. Znajduje się tak daleko na północy nie tylko dlatego, żeby nie rzucać się w oczy. Moc Mistrzów Blasku tutaj bardzo słabnie. To pierwotna ziemia przesycona magią i siłą. Oświeceni boją się zapuszczać tak blisko źródła.

– Źródła? – powtórzył Berg.

– Mocy. Drzewa. Osi świata. Wszystko jedno jak to zwać. Może twój potężny towarzysz przybył właśnie z tej strony. Wybacz, chciałbym porozmawiać z radą. Teraz już wiem, że nie musimy się ciebie obawiać.

– A przedtem miałeś wątpliwości? – spytał Berg.

Exe westchnął znowu.

– Niejakie – przyznał.

– Dlatego postawiłeś przezroczystych z bronią?

Exe skinął głową i uśmiechnął się blado.

– Jesteś bystry, skoro ich zauważyłeś. Przekonaliśmy się, że nie ty stanowisz zagrożenie, dlatego ich odwołałem. Poczekaj, przywołam Melchiora, żeby cię odprowadził. To tutejszy opiekun sali, jeden z naszych pracowników technicznych.

Berg nie zauważył, żeby Exe zrobił cokolwiek, ale Melchior przydreptał prawie natychmiast. Okazał się pulchnym blondynkiem w niebieskim kombinezonie. Przypominał putto przebrane za hydraulika. Za to był gadatliwy niczym stado gęsi.

Wracając, Berg dowiedział się, że pokoje gościnne znajdują się w części zwanej Białym Przedsionkiem, a cały Zakon dzieli się na kilka różnych stref. Zieloną, Błękitną, Złotą i Miedzianą, gdzie mieszczą się pracownie i laboratoria. Podobno robią tam cuda, wskrzeszają umarłych i budują niezwykłe przedmioty.

– Ale wpuszczają tylko wybranych – stwierdził ze smutkiem Melchior, który przyznał, że bardzo chciałby zobaczyć te wspaniałości.

Nie wszyscy twoi pracownicy to światli neo-Atlanci, Exe, pomyślał Lars kpiąco.

– Daleko to? – spytał niby od niechcenia.

Blondynek energicznie potrząsnął głową, aż się zakolebały loczki nad czołem.

– Za skryptorium schodami w dół. Potem będzie hol niebieski, atrium i brama do Miedzianej Strefy.

– Aha – mruknął Berg i zmienił temat.

Ale Miedziana Strefa zapadła mu w pamięć na dobre.

Przewracał się niespokojnie na kobaltowym niczym sen sprawiedliwego, wygodnym łóżku. Zbyt wiele się wydarzyło, żeby mógł spokojnie zasnąć. Zjadł zimną kolację, przyniesioną przez młodą kobietę w niebieskim kombinezonie, w przeciwieństwie do Melchiora gadatliwą mniej więcej tak jak ryba.

Tym razem trafił mi się ostrożniejszy pracownik techniczny, pomyślał. Pech. Blondwłosy Melchiorek gotów byłby wypaplać jeszcze coś ciekawego.

Jeszcze raz, bez specjalnej nadziei, spróbował dostać się do ogrodu. Znowu odbił się od niebieskiej zapory. Bariery były naprawdę potężne. Zrezygnowany cofnął się do rzeczywistości.

Wykąpał się, bo nie mógł sobie odmówić przyjemności skorzystania z wanny, grzmotnął na łóżko i zaczął się zastanawiać, co dalej.

Nie ufał Exemu. W każdym razie nie do końca. Był pewien, że koordynator nie mówi całej prawdy. Czy mógł kłamać w sprawie wyroczni, Avy i Miriam?

Lars ucisnął palcami skronie.

No mógł, stwierdził. Zdecydowanie mógł.

Ale to i tak nie wszystko. Pozostawał jeszcze tajemniczy wymyślony przyjaciel.

O ile to rzeczywiście przyjaciel, odezwał się uprzejmie zjadliwy głosik w głowie. *A nie sukinsyn, którego przyprowadziłeś, żeby rozpieprzył cały Zakon.*

Lars przekręcił się na wznak, zacisnął powieki.

No właśnie, został jeszcze kupiec. Mały człowieczek, który flirtuje z kurakami i wygłasza kazania do wilków. Pytanie za sto punktów. Kim okaże się Tyllo? Szpiegiem z dominium Mistrzów Blasku?

Berg westchnął. Takie rozwiązanie było oczywiście prawdopodobne, choć nie bardzo w nie wierzył. Kupiec nie przypominał nikogo, kogo spotkał po drugiej stronie przez całe swoje życie. Oświeceni i ich ludzie zachowywali się, wyglądali i myśleli po prostu inaczej. Znał ich. Na niezliczonych abordażach, które odbył, nauczył się, jak ich przejrzeć i oszukać. A Tyllo jakoś tam nie pasował.

A jeśli rzeczywiście był przyjacielem? Wysłannikiem potężnej sprawczej siły, która pchnęła Grabieżcę na wyprawę na północ? Istotą ze świata Drzewa? I to nie Zakon jest właściwym celem, ale inne potężne miejsce. Miejsce mocy.

Jeżeli naprawdę gdzieś istnieje dominium stanowiące przeciwieństwo imperium Mistrzów Blasku, jeśli żyjący tam ludzie czy inne stworzenia próbują przywołać go do siebie, musi pójść. A jedyna droga zdaje się wieść przez wyrocznię zwaną Księżniczką.

Nie wiem, co robić, pomyślał. Ruszać dalej na północ w poszukiwaniu kolejnego wydumanego Graala? Dokąd? Po prostu przed siebie? Do Mówiących Lisów i Bóg wie czego jeszcze? Do cholernej krainy wiecznego lodu, gdzie zamarznę na posąg pochwalny własnej głupoty i naiwności, a miejscowi będą mi składać w ofierze tłuszcz i rybie wnętrzności? Kusząca perspektywa, Bergerson.

Znów ciężko westchnął. Niedobrze. Wszystko to wyglądało bardzo niedobrze.

Więc co? Uwierzyć Exemu? Wrócić z niczym do Angelosa, pomachać na powitanie i wyszczerzyć zęby? Udawać, że przejechałem się na północ, bo lato było za gorące? Olać małą, zwariowaną Miriam, na zawsze zostawić ją Lottie i po prostu otrzepać ręce? Jakby nic się nie stało? Cholera, nigdy. Do końca życia nie śmiałbym patrzeć na własną gębę, gdybym okazał się takim skurwielem.

Zamrugał, wpatrzył się w błękitny prostokąt sufitu, który przypominał małe bezchmurne niebo. Zrób coś, zdawał się mówić. Nie siedź tak, bezwolny niczym kukła. Masz problem, spróbuj go sam rozwiązać. Co z tobą? Pojechałeś na wycieczkę krajoznawczą? Pozwiedzałeś to, co pozwolili ci łaskawie zobaczyć, a teraz próbujesz analizować dane i podejmować decyzje? Ej, Grabieżco. A na jakiej podstawie? Teorii wygłaszanych przez Exego? Brawo. Świetnie dajesz sobie radę. Tylko tak dalej. Własnego rozumu szkoda? Zepsuje się czy co? Wstawaj! Czas się dowiedzieć, w co się właściwie wpakowałeś.

– Racja – zgodził się Berg. – Miedziana Strefa, kochany suficie. Tam, gdzie robią cuda i wskrzeszają umarłych. Dobre miejsce na nocną wycieczkę.

Sufit uśmiechnął się bezchmurnym błękitem. Pewnie był zadowolony.

Korytarze Zakonu jak zwykle wydawały się zaskakująco puste. Jasne, że była noc, a teren placówki ogromny, ale mimo wszystko ktoś powinien się tu kręcić.

Berg stał przytulony do lśniącej, srebrzystej tafli drzwi. Na pałającej bielą, odkrytej przestrzeni holu czuł się widoczny niczym zaskroniec w kompocie.

To przypomina abordaż, przemawiał do siebie uspokajająco. Zupełnie zwykły abordaż. Weź się w garść.

Tylko że podczas abordażu łatwiej było się wycofać.

Dlaczego nikogo nie ma? – zaniepokoił się. Muszą się tu, dranie, kręcić. Nie widzę ich? Są lepiej zamaskowani niż mokrzy w kombinezonach?

Wydawało mu się, że czuje na sobie zimny, przenikliwy wzrok. Oczy wroga. Wzdrygnął się.

Chrzanisz, Bergerson, napomniał sam siebie. Tu jest puściej niż we łbie u pasterza.

Ale przykre wrażenie nie mijało.

Kamery, zrozumiał.

Rozejrzał się nerwowo.

Nigdzie nie dostrzegł jednak obłych, zasnutych mlecznym bielmem ślepi soczewek.

Odetchnął głęboko.

Świrujesz i tyle, podpowiedział przyjaciel ze środka głowy. *Za chwilę zaczniesz słyszeć głosy.*

Ale nie słyszał nic. Nawet szelestu. W oślepiającej bieli ścian mieszkała głucha cisza.

W drogę, postanowił.

Ruszył ostrożnie przed siebie. Po prawej otwierała się szeroka paszcza klatki schodowej. Przystanął, starając się odtworzyć w pamięci właściwą drogę.

Cholera, jak to było? Teraz w górę? Chyba tak.

Wspiął się na schody. Jeśli niczego nie pomylił, powinien znaleźć się przed nim korytarz Niebieskiej Strefy, sinawy w ostrym blasku lamp.

Był. Grabieżca odetchnął z ulgą.

Teraz musiał skręcić i dojść aż do głównego holu. Już miał postawić stopę na granatowej, gładkiej niczym tafla górskiego jeziora posadzce, gdy zobaczył, że powietrze w korytarzu faluje lekko, niczym w czasie wielkiego upału.

Przezroczyści, pomyślał i skulił się na schodach. Najchętniej wtopiłby się w ścianę. Mógł zrobić tylko tyle i modlić się, żeby nie zapragnęli skorzystać z klatki schodowej. Zbliżali się wolno. Puls Grabieżcy nieznacznie przyspieszył, palce zacisnęły się bezwiednie.

Wodniści ochroniarze płynęli bezszelestnie, błyskając lustrami twarzy. Widocznie założyli maski.

Berg wstrzymał oddech.

Minęli go, przejrzyści, bezcieleśni, utkani z powietrza, straszni ze swoimi opalizującymi, nieistniejącymi obliczami niby upiory wysoko zaawansowanej technologii. Przesunęli się obok, nawet nie odwróciwszy głów w stronę schodów.

Do dupy z taką techniką, pomyślał Lars.

Odczekał jeszcze chwilę i odkleił się od ściany. Pusty niebieski korytarz nie stanowił przeszkody. Grabieżca pokonał bez trudu długą drogę pomiędzy rzędami metalowych zamkniętych drzwi. Nikt nie próbował go zatrzymać.

Hol główny Niebieskiej Strefy okazał się rozległy niczym lodowisko i oszałamiająco szafirowy. Ściany zdawały się być zrobione z zastygłej kobaltowej wody. Sufitu nie było. Na czystym granacie nocy lśniły srebrne gwoździe gwiazd.

Berg miał wrażenie, że kroczy ogromnym tunelem przeprowadzonym wprost przez głębinę. Jakby rozstąpiło się morze. Albo niebo, wszystko jedno.

Jezu, pomyślał. Jakim sposobem oni to zrobili? Jak ktokolwiek oprócz Stwórcy mógł coś podobnego zrobić?

Ogromne kobaltowe wrota ujęto w prostokąt szerokich framug, zdobionych motywami floralnymi. Miękkie wici powojów i bluszczu oplatały metalowe płyty. Wydawało się, że intensywnie granatowa posadzka w każdej chwili może się otworzyć i wciągnąć przechodnia w głębię bez dna.

Berg czuł się trochę oszołomiony. Nawet po drugiej stronie nie oglądał nigdy takich wnętrz. Widocznie Mistrzom Blasku brakowało fantazji. A może technologii.

Uniósł głowę, spojrzał na rozpiętą w górze noc.

Niebo gwiaździste nade mną, przemknęło mu przez głowę. Gorzej z prawem moralnym.

Mimo że szalone piękno holu naprawdę zachwycało, poczułby się znacznie lepiej, gdyby już stąd wyszedł.

Atrium, zastanawiał się gorączkowo. Gdzie może być atrium?

Otworzyło się nagle po lewej. Wysokie, otoczone kolumnami pomieszczenie pod sufitem z gwiazd. Małe, szafirowe niczym oczko pierścionka jeziorko zajmowało centralną część posadzki. Dookoła stały kamienne ławki i donice z krzakami azalii. Na wyłożonych kobaltowymi kaflami ścianach atrium pluskały ceramiczne rybki.

Berg przypadł do wnęki w murze. Rozejrzał się nerwowo.

Dlaczego tu nikogo nie ma, do diabła? – pomyślał zaniepokojony. Wymarli?

Wtedy, jak na zamówienie, zza drzwi po przeciwnej stronie wyszło dwoje pogrążonych w rozmowie neo-Atlantów. Wysoki mężczyzna w burym płaszczyku i piękna ciemnowłosa kobieta ubrana w krótką sukienkę w kolorze burgunda.

Berg drgnął.

Zachciało ci się towarzystwa, kretynie, skarcił się w myślach.

Spróbował wcisnąć się głębiej we wnękę, nie oddychać i wyglądać w miarę możliwości podobnie do ściany.

Spacerująca para zbliżała się.

To koniec, pomyślał Lars. Nie sądzę, żeby wzięli mnie za kamiennego fauna. Nawet gdybym się starał. Może lepiej było zabrać szlafrok i strugać głupa, że przyszedłem się wykąpać. W końcu nie da się wykluczyć, że barbarzyńcy tak robią. Exe twierdził, że w Zakonie nie znają się na barbarzyńcach.

Słyszał już wyraźnie głosy rozmawiających, ale nie rozumiał ani słowa. Widocznie język też mieli własny. Zaryzykował i zerknął zza framugi.

Zobaczył, że wysoki, krótko ostrzyżony mężczyzna, który wyglądał jak brat Immanuela, wskazuje kobiecie ławkę. Usiadła. Bury płaszcz usadowił się obok niej.

Nie jest dobrze, pomyślał Grabieżca. To wygląda na romantyczną randkę. I może trwać, aż wybuchnie kosmos.

Zastanowił się, ile czasu wytrzyma skulony niewygodnie we wnęce. Z pewnością nie dosyć, żeby przeczekać zakochanych. Oni potrafią godzinami ględzić o niczym.

Zerknął znów. Brat Immanuela pochylał się właśnie ku kobiecie, ale nagle, jakby tknięty tikiem, poderwał głowę.

Szlag, zobaczył mnie, pomyślał gorączkowo Lars. Było za późno, żeby uciekać. Poczuł, jak spinają się mięśnie pobudzone nagłym kopniakiem adrenaliny.

Wyszedłem na spacer, bo nie mogłem zasnąć, powiedział sobie ponuro. Schowałem się, żeby nie zakłócać intymnego spotkania. I przy tej wersji będę obstawał do końca.

Tymczasem bury płaszcz nawet się nie poruszył. Trwał wyprostowany, z uniesioną głową, jakby nasłuchiwał. Potem wstał, powiedział coś do kobiety. Przytaknęła i oboje zawrócili do drzwi, którymi weszli do atrium.

Berg z ulgą wypuścił powietrze. Przynajmniej raz miałem szczęście, stwierdził. Ale z nimi chyba coś nie tak. Słyszą głosy czy co?

Obszedł jeziorko i szybko się zorientował, że tylko jedne, solidne drzwi mają miedzianą barwę. Właściwie bez przekonania dotknął tafli dłonią. Zgodnie z oczekiwaniami nawet nie drgnęła.

Lars przygryzł wargę.

Mógł czekać, aż ktoś wejdzie lub wyjdzie, ale wtedy i tak nie zdoła dostać się do środka niezauważony. Obmacał metal skrzydeł. Nie znalazł żadnego zamka ani śladu zawiasów czy mechanizmu uruchamiającego. W szczelinę pośrodku nie dało się wetknąć nawet paznokcia. Jakby działały za pomocą magii.

Berg westchnął.

Nie był włamywaczem, ale Grabieżcą. Potrafił pokonywać zamknięte drzwi tylko w innym wymiarze. Tutaj nie zadziałają żadne sztuczki ani gadżety pozyskiwacza. Miał przy sobie smolną łzę, płytkę pozorującą, a nawet kluczyk Lessy, ale dobrze wiedział, że gdyby spróbował któregoś użyć, tylko zmarnowałby cenny przedmiot.

Potarł brodę.

I co dalej? Spróbować „Sezamie, otwórz się"?

Oparł dłonie na miedzianej tafli. Była dziwnie zimna. Znacznie zimniejsza, niż powinna. Poczuł na skórze charakterystyczne mrowienie.

Cholera, pomyślał. Dlaczego by nie spróbować?

Skupił się, zamknął oczy. Przywołał pod powiekami obraz rozstępujących się skrzydeł. Naparł na drzwi.

Mrowienie zmieniło się w kłucie. Od lodowatego zimna drętwiały palce, dłonie przenikał ból. Ale metalowe płyty drgnęły nieznacznie.

Grabieżca zacisnął zęby.

– No, dalej! Proszę – szepnął.

Ręce kostniały, płonęły, jakby były odmrożone. Zrobiło się naraz bardzo zimno. Lars oddychał z wysiłkiem. Widział zmrożoną parę wydobywającą się z ust przy każdym wydechu. Znów przymknął powieki, wywołał obraz otwartych drzwi.

– Teraz! – syknął. – Ustępuj, bydlaku!

Metalowe skrzydła rozsunęły się tak gwałtownie, aż Berg stracił równowagę. Potknął się i wpadł do przedsionka Miedzianej Strefy. Drzwi zawarły się za nim momentalnie.

Grabieżca zamrugał.

Korytarz, w którym się znalazł, nie przypominał poprzednich. Był szeroki, oświetlony łagodnym, miękkim światłem, niższy niż pozostałe, z podłogą wyłożoną metalowymi płytami w kolorze terakoty. Od gładkich białych ścian wyraźnie odznaczały się ciemne prostokąty drzwi z masywnymi judaszami pośrodku. Niżej sterczały metalowe koła służące do zamykania wielkich rygli, niczym w śluzach.

Berg roztarł skostniałe dłonie.

W pomieszczeniu było zimno niczym w lodówce.

– Miłe miejsce – mruknął. – Trochę jak piwnica, a trochę kostnica. Doskonałe, żeby wskrzeszać zmarłych i dokonywać cudów.

Postąpił krok i skrzywił się, bo podłoga zadźwięczała pod stopami.

Tym razem będzie trudniej, pomyślał.

Ostrożnie podszedł do najbliższych drzwi. Metalowa klapka wizjera odsunęła się ze zgrzytem, od którego ciarki przebiegały po plecach. Berg przyłożył oko do szybki. Zobaczył obszerne, słabo oświetlone pomieszczenie zastawione mnóstwem skomplikowanego sprzętu, jakiego w życiu nie widział. Metalowe skrzynie, białe plastikowe cylindry, jakaś aparatura pomiarowa. Wszystko razem przypominało raczej magazyn niż laboratorium.

Położył dłonie na zimnym metalu zamka, spróbował poruszyć kołem, ale rygle nawet nie drgnęły.

Zerknął jeszcze raz przez wizjer, ale nie dostrzegł niczego ciekawego.

Kolejne drzwi też przyniosły rozczarowanie. Wszędzie stały skomplikowane urządzenia, niektóre nakryte plandekami. Część wyglądała na bardzo stare i często używane. Pozostałe lśniły nowymi, nienaznaczonymi żadną rysą obudowami.

Berg westchnął.

To po prostu magazyny, stwierdził.

A czego się spodziewałeś? – warknął głosik w głowie. *Pracowni Frankensteina?*

Lars potarł w zamyśleniu brodę.

Zobaczymy, co jest dalej, postanowił.

Ale dalej tylko narastało rozczarowanie.

Długi korytarz zakręcał i łączył się z następnym. Wszędzie na Grabieżcę cyklopimi oczami gapiły się judasze. We wszystkich salach stały nieznane mu starannie zapakowane urządzenia.

Przereklamowana ta Miedziana Strefa, pomyślał.

Postanowił zawrócić, ale wtedy za załomem muru otworzył się nagle główny hol. Nie był równie wysoki, jak ten w Niebieskiej Strefie, ale i tak imponujący. Przypominał grotę wykutą w bryle miedzi. W szorstkich, jakby z grubsza obrobionych ścianach tkwiły gładkie, doskonale wypolerowane płyty wrót. Wyglądały niczym zamknięte powieki niezliczonych oczu.

Berg zatrzymał się.

Wokół panowała całkowita cisza. Miedziana jaskinia zdawała się zupełnie pusta. Grabieżca przyjrzał się rzędom drzwi. Skierował się ku najbliższym. Położył dłoń na tafli. Nie poruszyła się nawet o milimetr.

– Coś nowego – mruknął.

Spróbował się skoncentrować i postąpić tak, jak w wypadku wejścia do strefy. Nie wydarzyło się nic szczególnego. Choć z całych sił napierał na gładki metal, nie poczuł żadnego chłodu ani mrowienia na skórze. Miedziane powieki nie chciały się rozewrzeć.

Po blisko półgodzinie Berg był mokry od potu, wściekły i zawiedziony. Próbował otworzyć już chyba z tuzin drzwi, szarpiąc, drapiąc, napierając, obmacując domniemane zawiasy i zamki, wpychając paznokcie w szczeliny, klnąc i prosząc. Zmarnował nawet płytkę pozorującą i kluczyk Lessy. Na nic. Dobrnął prawie do końca holu zaślepionego ogromnymi, sięgającymi sufitu wrotami. Zerknął na nie nienawistnie.

– I wy, Brutusy, z pewnością też – warknął.

Nie pozostawało nic innego, jak tylko pogodzić się z porażką, zawrócić i postarać się odnaleźć drogę do pokoju. Ale Grabieżca wcale nie miał na to ochoty.

Jeszcze jedne, powiedział sobie. Te wielkie. W końcu, dlaczego nie?

Ruszył w kierunku wrót. Kroki nieprzyjemnie dźwięczały w pustym korytarzu, jakby podłoga próbowała ostrzec niebacznego przechodnia przed niebezpieczeństwem.

Lars zatrzymał się, wyciągnął rękę.

Dobra, pomyślał. Zobaczymy. Nie ustąpią, to dam sobie spokój.

Gigantyczne skrzydła rozsunęły się bezszelestnie, zanim dotknął dłonią miedzianej tafli.

Berg wciągnął przez zęby powietrze.

Sala, która się przed nim pojawiła, nie przypominała jaskini skarbów. Raczej olbrzymi, nowocześnie wyposażony azyl. W zalanym łagodnym zielonkawym światłem wnętrzu stały rzędami szklane sarkofagi, odlegle przypominające koje. Przy każdej kapsule cicho mruczały spiętrzone wieże urządzeń, jakich Lars nigdy jeszcze nie widział.

Nie ma błyskających kolorowych światełek, pomyślał głupio.

Metalowe wrota skrzypnęły cicho, ale dla Grabieżcy ten dźwięk brzmiał niby ostrzegawcze wycie syreny. Pośpiesznie przestąpił próg. Nie chciał, żeby drzwi zatrzasnęły mu się przed nosem. Nie teraz, kiedy znalazł się w miejscu jakby stworzonym do czynienia cudów i przywracania trupów do życia.

Zbliżył się ostrożnie do pierwszej koi. Wnętrze kapsuły wypełniał przejrzysty seledynowy płyn. Po ściankach, na podobieństwo mrówek po murze, wędrowały karawany maleńkich bąbelków. Na dnie majaczył niewyraźny podłużny kształt.

Lars oblizał wyschnięte wargi.

Niepokojąco człekopodobny kształt.

Grabieżca przełknął z trudem ślinę i przysunął twarz do szklanej pokrywy. Odskoczył z cichym syknięciem.

W koi leżała martwa kobieta.

Przesunął dłonią po twarzy. Odetchnął głęboko.

Musi być martwa, pomyślał. Leży w wodzie albo jakimś innym cholernym płynie, nie rusza się, ma zamknięte oczy. Znaczy trup. Masz wreszcie swoje upragnione trupy, Bergerson. Poczekaj, to może je wskrzeszą.

Jednak coś tu nie grało. Jeśli kobieta nie żyła, co robił burczący u jej wezgłowia mechanizm?

Lars jeszcze raz przycisnął twarz do pokrywy koi.

Zmarła wydawała się bardzo wysoka, o ile można było ocenić przez szkło. Zielone włosy, okalające niezwykle regularną, posągową twarz, falowały lekko. Ciało nie było nagie, tylko okryte bardzo cienkim cielistym kombinezonem. Tak mogłyby wyglądać kameleonie ubrania przezroczystych, gdyby wyłączyć kamuflaż. Berg przypatrzył się chłodnym, nieskazitelnym rysom kobiety. Wydawało się, że nie ma wieku, niczym antyczna bogini.

– Ja cię już chyba kiedyś widziałem, siostro – mruknął. – Tylko gdzie?

Zamknięte powieki zadrgały niemal niedostrzegalnie.

Berg wyprostował plecy.

Więc jednak nie trup, pomyślał.

Zajrzał do kolejnego sarkofagu. W zielonkawej toni spoczywała bliźniacza wodnica. Różniła się jedynie kolorem włosów. Tym razem pływały wokół głowy niczym rubinowe wodorosty. Inne kapsuły zawierały kolejne posągowe piękności z różnymi wersjami fryzur. Każdej mruczała kołysankę do snu identyczna wieża mechanizmów.

Lars poczuł nagły ucisk w gardle. Serce zacisnęło się jak pięść.

Dobry Jezu, pomyślał. A jeśli wśród nich jest Ava? Jeśli porwali ją i przerobili na taką na wpół martwą syrenę? Przecież wezwała mnie tutaj we śnie. Może potrzebuje pomocy?

Przyłożył dłonie do szklanej pokrywy, osłaniając oczy.

Różowowłosa, miedzianowłosa, szarowłosa, złota. Teraz widział wyraźnie, że żadna nie wykazywała ani cienia podobieństwa do jego byłej żony. Wyglądały niczym lalki z tej samej sztancy.

Berg doszedł do końca rzędu szklanych trumien i postanowił sprawdzić sąsiedni. Pochylił się, żeby przeniknąć wzrokiem zielonkawy płyn wewnątrz. I spojrzał prosto w twarz Angelosa.

Cofnął się, wydawszy stłumiony okrzyk zaskoczenia.

Poczuł, że tętno w skroniach przyspiesza.

Więc tak to wygląda, pomyślał. Święta Matko, szlag by to trafił. Tak wygląda tajemnica Zakonu Krańca Świata.

Odetchnął parę razy głęboko, przesunął ręką po twarzy.

– Popatrzmy jeszcze raz – mruknął. – To historyczna chwila. Nullus z wody. Prosty przepis na zbawcę ludzkości.

Zajrzał do sarkofagu.

Turkusowe włosy Angelosa falowały majestatycznie. Ogromne, posągowe ciało leżało w całkowitym bezruchu. Lars patrzył chwilę bezmyślnie na sznurek bąbelków wypływający z czoła między zielonymi brwiami przywódcy Tancerzy, jakby wydobywał się z trzeciego oka. Oka mądrości.

Tylko że mądrość czasem przynosi ból. Berg zerknął na kolejną trumnę. Tym razem Angelos miał włosy czerwone jak słońce o zachodzie. Następny był złocisty. Loki układały się niby promienie wokół nieruchomej, apollińskiej twarzy. Czwarty był granatowy niczym syn nocy. Lars patrzył przez chwilę na opalizującą, bladą skórę i chmurę atramentu otaczającą głowę.

– Szkoda, przyjacielu – szepnął. – Naprawdę szkoda. Lubiłem cię.

Księżycowe powieki drgnęły i uniosły się. Głębokie, granatowe oczy nie miały białek ani źrenic. Mieszkała w nich tylko otchłań.

Tym razem krzyk Larsa wcale nie był stłumiony. Grabieżca targnął się w tył, uderzając plecami w sąsiedni sarkofag.

– Nie budź mi śpiącej królewny – usłyszał obok cichy, nieco zgrzytliwy głos.

Odwrócił się i zobaczył ducha.

Stał w szerokim przejściu między rzędami przezroczystych koi. I nie mógł być nikim innym niż zjawą, bo unosił się mniej więcej pięć centymetrów nad posadzką. Na ustach miał nieco krzywy uśmieszek, a jego twarz wydała się Grabieżcy dobrze znajoma, choć w pierwszej chwili nie potrafił jej rozpoznać.

Mężczyzna zbliżył się bezszelestnie, po prostu płynąc w powietrzu. Miał ciemne, nieco szpakowate włosy i kocie oczy o barwie bursztynu.

Pomajstrował coś przy wieży i uśmiechnął się znowu.

To przez piegi, pomyślał Lars. I rude włosy. Dlatego nie poznałem go do razu.

– Pan Bergerson, nieprawdaż? – zagadnął szpakowaty bliźniak doktora Tertiusa. – Jestem Primus. Doktor Primus.

Oszołomiony Grabieżca z trudem skinął głową. Primus przepłynął na drugą stronę metalowej wieży, a Berg nie potrafił oderwać od niego wzroku.

– Dziwi cię mój sposób poruszania? – odgadł doktor. – Wiek, chłopcze. Mam swoje lata. Nie wszystko chce działać tak dobrze jak kiedyś.

Roześmiał się zgrzytliwie.

Grabieżca się nie odezwał. Właściwie nie miał nic do powiedzenia. Wszystkie pytania były idiotyczne. Skąd się tu wziąłeś? Dlaczego wyglądasz jak Tertius? Kim jest Angelos? Skąd wiesz, jak się nazywam? Beznadziejny bełkot.

Primus popatrzył na Berga żółtymi oczami, dziwnie podobnymi do ślepiów jaszczura ze snów.

– Chodź – powiedział. – Szef już na ciebie czeka.

Lars spróbował się uśmiechnąć.

– Wiedział, że przyjdę, prawda? Dlatego wymiótł wszystkich z drogi, po to zostawił otwarte tylko właściwe drzwi. Nawet gadatliwego blondaska Melchiora przydzielił mi nie bez powodu.

Primus wzruszył kościstymi niby wieszak ramionami.

– On dużo wie – mruknął. – Dlatego jest szefem. Chodź. Nie lubi czekać.

Berg posłusznie ruszył za widmowym doktorem. Zastanowił się przelotnie, czy rzeczywiście za wszystkimi tamtymi drzwiami znajdowały się magazyny, czy w szybkach wizjerów Exe zostawił sprytnie zamontowane iluzje.

Primus płynął przez ogromną salę pełną uśpionych sióstr i braci Angelosa. Nie wszyscy mieli identyczne rysy, ale zawsze wydawali się posągowo piękni.

– Tutaj – oznajmił wreszcie doktor, skręcając z gracją w powietrzu. – I uważaj na głowę, chłopcze.

Berg schylił się, żeby nie walnąć czubkiem czaszki w niską framugę małych drzwi. I znalazł się w przytulnym, mikroskopijnym ogródku. Pośrodku stał drewniany stół, w ceramicznych donicach rosła lawenda, słoneczniki odwracały krągłe, wesołe mordki do jaśniejącego w górze sufitu z niebieskiego szkła.

– Mówiłem, że lubię zieleń – odezwał się Exe. – Tutaj, na północy, bardzo brakuje mi prawdziwego lata.

Siedział za stołem na wyściełanym ogrodowym krześle. W dłoni trzymał kieliszek z winem.

– Nie stój, proszę. – Wskazał Grabieżcy sąsiedni fotel.

Berg klapnął ciężko. Czuł się skołowany, ale dziwnie uspokojony. Fioletowe oczy koordynatora spoglądały ciepło. Na gładkim, miodowym blacie stołu stała biało-niebieska miseczka pełna truskawek. Pachniały słodko i kusząco.

Exe wskazał pękaty, oplatany gąsiorek.

– Wina, Grabieżco? – zaproponował uprzejmie. – Własne. Porzeczkowe.

Berg skinął głową.

– Z przyjemnością.

– Pochodzi z krzaków rosnących tylko na południowych stokach – uśmiechnął się koordynator. – Nalej sobie, proszę.

Lars napełnił kieliszek. Podniósł naczynie w górę, przyjrzał się pod światło klarownemu rubinowemu trunkowi.

– Pięknie wygląda – powiedział.

Exe wydawał się ucieszony pochwałą.

– Udało się tego roku – powiedział. – Lubię czasami oddawać się prostym czynnościom. To mnie odpręża.

Berg upił łyk wina. Smakowało latem, wsią i spokojem.

– Doskonałe – pochwalił.

Exe spoważniał, zmierzył gościa przenikliwym spojrzeniem.

– Masz pewnie wiele pytań, co?

Grabieżca potrząsnął głową.

– Nie. Teraz już nie.

Koordynator się uśmiechnął.

– Oczekiwałem, że tu przyjdziesz.

Berg też pokazał zęby.

– Poprowadziłeś mnie jak po sznurku.

– Niektórych rzeczy nie wolno nam ujawniać przed czasem. Nawet Aakunen się nie wyłamał. Taka reguła.

Uśmiech Larsa poszerzył się.

– Wiem. W końcu jesteście Zakonem – mruknął. – Ile możesz mi powiedzieć, Exe?

Szarowłosy koordynator znów westchnął.

– Dużo. Wbrew pozorom naprawdę dużo.

Berg odchylił się na fotelu.

– Dobrze, więc zaczynaj.

Exe napił się wina.

– Przesilenie było dla cywilizacji straszliwym wstrząsem. Nikt się nie spodziewał takiego obrotu spraw. Nikt nie przewidział zagrożenia z tej strony. Obawiano się katastrofy ekologicznej, konfliktu zbrojnego, pandemii o światowym zasięgu, ale nie rewolty oszalałych sekciarzy. Skutecznej rewolty.

Przerwał i wpatrywał się chwilę w kieliszek. Berg też milczał.

– Na początku dwudziestego pierwszego wieku nauka dotknęła Boga – uśmiechnął się lekko koordynator. – Absolutu, jeśli wolisz. Oczywiście nie zrozumiano boskiego planu, do tego było jeszcze bardzo daleko.

Uczeni zaledwie go dotknęli, musnęli machinę wprawiającą w ruch wszechświat. Otarli się o część prawdziwej prawdy, złotej reguły. To był początek. Nauka i duch zaczęły się splatać. Powoli, bardzo opornie. Odkrywano kolejne prawidła rządzące kosmosem, organizmami ludzkimi i zwierzęcymi, światem przyrody i światem umysłu. Nie wiadomo, dokąd to doprowadziłoby ludzkość. Może stalibyśmy się lepszymi istotami, wznieślibyśmy się o poziom wyżej, a może sprowadzilibyśmy na siebie zagładę. Nie wiadomo. Ze źródła mocy, które odkryto, potężnego i całkowicie niezbadanego, skorzystali bowiem ludzie zwani teraz Mistrzami Blasku. Żaden z ówczesnych naukowców się tego nie spodziewał. I prawie żaden nie przeżył katastrofy. Mistrzowie o to zadbali.

– Tak jak Stern – wtrącił Berg. – Uwięzili go i zabrali mu duszę.

Palce Exego zacisnęły się na kruchej nóżce kieliszka.

– Zamordowali go, Bergerson – powiedział cicho. – Stern nie żyje. To, co nazywasz jego duszą, to pewnego rodzaju konstrukt. Zapis pamięci, emocji i zdolności umysłowych, obdarzony swoistym rodzajem inteligencji.

Lars pochylił się do przodu, oparł łokcie na blacie.

– Więc dlaczego Angelosowi tak zależało na odzyskaniu duszy Sterna? – spytał.

W fioletowych oczach Exego pojawił się cień smutku.

– Stern był wyjątkowym człowiekiem. Miał ogromny potencjał, dysponował twórczym, niezwykle elastycznym umysłem. Jeśli ktoś rozumiał cokolwiek ze skomplikowanych, na wpół mistycznych struktur, które zaczęliśmy ze zdumieniem odkrywać, to tylko on. Był geniuszem. Największym, jakiego wydały nasze czasy.

Liczyliśmy, że przeciwstawi się Mistrzom. Niestety, zgładzili go.

Berg bezwiednie zastukał brzegiem kieliszka o zęby. Postanowił gładko przejść do porządku dziennego nad niepokojącym stwierdzeniem „zaczęliśmy odkrywać".

– Kim jest Angelos? – zapytał. – Jakimś rodzajem mechanizmu? Maszyną?

Exe potrząsnął głową.

– Nullus... – zaczął powoli, jakby się zastanawiał – jest emisariuszem. Doskonale łączy wiedzę i pierwiastek duchowy. Podobnie jak kiedyś Stern. Stern był, w dosłownym, ale również przenośnym sensie, ojcem Nullusa. Chyba można tak to wyrazić. Dlatego Nullusowi tak bardzo zależało, żeby uwolnić jego duszę. Oczywiście pomoc Sterna przy naszym projekcie jest nieoceniona. Nawet jeśli to tylko konstrukt. Dziękuję, Bergerson. Dokonałeś czegoś niezwykłego. Nawet nie wiesz, jak bardzo jesteśmy ci wdzięczni. Być może przyczynisz się w ten sposób do zmiany biegu wydarzeń. Być może przyspieszysz koniec Mistrzów Blasku.

Lars skinął głową.

– Chciałbym – mruknął. – Powiedziałeś, że Angelos to emisariusz. Co przez to rozumiesz?

Exe złączył opuszki palców, zakręcił uwięzionym między dłońmi kieliszkiem.

– Pracuje u podstaw. Stara się przywrócić cywilizację. Inaczej niż my, od góry, studiując dawne pisma, oderwani od rzeczywistości. On drąży od dołu. Z ludźmi, w waszym świecie. Przecież widziałeś, czym się zajmuje. Pracowałeś dla niego.

Berg przygryzł wargę.

I obiecałem, że nadal będę, pomyślał. Nawet jeśli prawda, której się dowiem, okaże się gorzka.

– Tamci także? – Wskazał ruchem podbródka drzwi do pobliskiej sali. – Dlaczego leżą w formalinie jak preparaty? Czekają na właściwy moment? Angelos też tak czekał?

Zobaczył przed oczami obraz olbrzyma o turkusowych włosach, spoczywającego w szklanej wannie. Bardzo nieprzyjemnie realny obraz.

Exe trochę się zmieszał.

– Tak, emisariusze zostaną powołani, żeby kontynuować dzieło, kiedy idea się rozszerzy, a poprzednicy zrobią dla nich miejsce.

– Albo umrą lub zginą – wtrącił Lars ponuro.

Na myśl, że miał może do czynienia z drugą lub trzecią wersją Angelosa, poczuł ciarki na plecach.

Dla mnie to człowiek, pomyślał. W pewnym sensie przyjaciel. A nie jakiś... stwór.

Exe przyglądał się Grabieżcy uważnie.

– Nullus stanowi niezwykły wyjątek – powiedział. – Wiesz, co znaczy jego imię? Zero. Nic, w potocznym rozumieniu. Ale również początek i koniec. Ideę. Nullus jest... stary. Pierwszy i jedyny.

– Bo Stern wykonał go osobiście? – warknął Berg.

Koordynator zacisnął usta. Pierwszy raz Grabieżca zauważył, że Exe się zirytował.

– Nullus to żywa, myśląca, odrębna istota – odezwał się ostro. – Nie zauważyłeś?

Berg spuścił wzrok.

– Jasne, że tak – mruknął. – Nie powinienem tego mówić. Przykro mi.

Było mu głupio i nieprzyjemnie, że wyraził się w taki sposób o przyjacielu, który w sumie uratował mu życie. Angelos wiele razy dawał dowody, że można na nim polegać. Nie zachowywał się jak maszyna, więc nie był maszyną. W całej swojej posągowej dziwaczności okazywał się przecież tak cholernie ludzki.

Wybacz, stary, pomyślał Berg. Wariuję od tego wszystkiego.

Exe skinął głową.

– Podjąłeś już decyzję? – zmienił temat. – Wiesz, co masz robić?

Lars westchnął. Spojrzał w głęboki fiolet oczu koordynatora.

– Nie – przyznał szczerze.

Exe milczał przez chwilę.

– W zamierzchłych czasach, kiedy nie narodziła się jeszcze żadna cywilizacja miejska, kiedy nie znano uprawy roli, hodowli zwierząt i osiadłego trybu życia, pierwotni ludzie nie potrafili jeszcze przekształcać świata zewnętrznego mechanicznie za pomocą narzędzi. Byli zbyt słabi. Mogli albo dostosować się i spróbować przetrwać, albo wpływać na otoczenie innymi metodami. Własnym umysłem. Sięgnąć do źródła, o którym zapomniano potem na tysiące lat. Do świata magii, duchów, szamanów i pierwotnej siły. Teraz ten świat odradza się na naszych oczach. Ludzie znów stali się słabi, brak im narzędzi, żeby zmusić środowisko do posłuszeństwa. Zwłaszcza na tej ziemi, która zawsze była dzika i niepokorna. Jak myślisz, czemu Zakon stoi tak daleko na północy? Bo Mistrzowie Blasku boją się tej mocy. Dlatego, że jest prawdziwa. Towarzyszy nam od zawsze, nie została wykradziona ani podstępnie wykorzystana do stworzenia sztucznej utopii. To miejsce nosi nazwę Zakonu Krańca Świata. Domyślasz się, czemu? Ponieważ dalej nie rozciąga się już zwykła rzeczywistość. Tam zaczynają się zaświaty.

– Zaświaty? – powtórzył Lars.

Nie rozumiał, o czym właściwie mówi fioletowooki koordynator.

Chodzi mu o piekło? – pomyślał. A może magiczną krainę elfów? Tak czy inaczej, to brednie. Szaleństwo. Dalej na północ jest tylko tundra. A potem wieczny śnieg.

Exe wpatrywał się w Grabieżcę z napięciem.

– My jesteśmy zbieraczami – powiedział. – Gromadzimy wiedzę. I tylko nią dysponujemy. Ty masz talent. Ludzie stąd mówią o takich jak ty, że są dotknięci przez duchy. Szukaj drugiego bieguna, Bergerson. Szukaj mocy.

– Wyroczni? – szepnął Berg. – Mam znaleźć Księżniczkę? Uwierzyć w kolejną bajkę?

Exe machnął ze zniecierpliwieniem ręką.

– Wyrocznia informuje, nie przyzywa. To zaledwie przekaźnik. Kto cię wezwał, Grabieżco? Kto cię zmusił, żebyś odbył tę szaloną podróż? Kto cię dręczy, szantażuje i kusi? Zastanów się.

Fioletowe oczy koordynatora świeciły niczym reflektory.

Berg ścisnął rękami skronie.

– Nie wiem – wymamrotał. – Nie mam pojęcia.

– Bergerson, proszę – szepnął Exe przez zaciśnięte zęby.

I Berg zrozumiał. Zobaczył masywny, pokryty szorstką korą pień. Gałęzie, z których gwiazdy zwisają na podobieństwo owoców. I splątany węzeł korzeni, ogromny niczym obca planeta.

– Drzewo – powiedział. – Zawsze Drzewo, prawda?

Koordynator wypuścił głośno powietrze.

Jakby chciał powiedzieć „no, nareszcie", pomyślał Lars.

Exe uśmiechnął się szeroko.

– *Axis mundi* – potwierdził. – Drabina szamanów. Twoja droga, Bergerson. Droga przez twoje własne zaklęcie.

Lars drgnął. Oczy mu się zwęziły.

– Zaraz – zaczął powoli. – To samo mówiłeś wtedy, w Skraju...

Urwał, zachłysnął się oddechem i zamarł, zapominając zamknąć ust.

Bo Exe zniknął.

Rozpłynął się nagle w powietrzu, nie zostawiając po sobie śladu. Na stole została miseczka truskawek, gąsiorek i jeden kieliszek.

– Ty draniu! – zawołał Berg. – Znów to zrobiłeś!

Primus wsunął się bezszelestnie do ogródka.

– Wybacz szefowi – powiedział. – Jest naprawdę bardzo zajęty. Czasem musi się dosłownie rozdwoić. Chodź, wyprowadzę cię ze strefy. Tylko najpierw zjedz truskawki. Szkoda, żeby się zmarnowały.

Lars pokręcił głową.

– Oszaleć z wami można – westchnął.

Truskawki miały wyborny, słodki smak. Pachniały latem, słońcem i radością.

Rozdział 7

Berg poprawił plecak na ramionach. Zgłodniał, miał ochotę rozbić już obóz, ale wiedział, że powinien pokonać jeszcze kawałek drogi. Było w końcu dopiero popołudnie. Polana wyglądała kusząco. Zbity w istny płot młodniak zapewniał ochronę przed chłodnym wiatrem, przepływający obok strumień dostarczał wody. Idealne miejsce na biwak.

Grabieżca westchnął.

Jeszcze kawałek, powiedział sobie. Dalej też coś znajdę.

Zerknął na kompas, podciągnął poluzowaną klamerkę przy szelkach plecaka i ruszył przed siebie.

Przynajmniej kondycję będę mieć dobrą, pomyślał ponuro.

Wędrował już kilka dni, trzymając się cały czas kierunku północnego. Dzięki prowiantowi otrzymanemu od Exe nie musiał na razie martwić się o jedzenie. Cały plecak miał wypchany małymi, płaskimi pakiecikami, które po zdarciu ochronnego paska natychmiast robiły się gorące. Mięsno-warzywna papka nie była może jakaś szaleńczo smaczna, ale za to bardzo pożywna. Zagryziona ziołowymi sucharami dawała się zjeść. Najważniejsze, że po długim dniu wędrówki bez dodatkowego wysiłku mógł zjeść ciepły posiłek. Jednak najbardziej błogosławił koordynatora za kubeczki z herbatą i kawą. Bywało, że marzenie o chwili, gdy usiądzie wieczorem przy ognisku i napije się cudownego gorącego płynu, pomagało Grabieżcy przetrwać.

Zauważył, że las zaczął się zmieniać. Już nie był tym pełnym wysokich jak maszty świerków, gęstym borem, który otaczał Zakon. Drzewa skarlały, ugięły karki, opuściły ku ziemi pokręcone gałęzie. Pojawiły się zbite, gęste zarośla mierzących zaledwie dwa, trzy metry iglaków. Nie znosił ich, bo choćby nawet miał maczetę, nie wyrąbałby sobie drogi. Równie dobrze mógłby tłuc nią w mur. Musiał mozolnie obchodzić szczególnie duże kępy. Pogoda też uległa zmianie. Zrobiło się chłodniej, wiał nieprzyjemny, ostry wiatr. Ale najdziwniejsze bywały noce. Blade, jakby rachityczne, cały czas podbarwione ukrytym za horyzontem słonecznym światłem. Zmierzch nadchodził powoli, niechętnie, niebieski i przezroczysty, jakby naprawdę pochodził z zaświatów. Zresztą noce były wyjątkowo krótkie. Lars musiał nauczyć się rozbijać obóz i zasypiać, nie czekając na wieczór. Gdyby chciał iść do zachodu słońca, wkrótce umarłby z wycieńczenia.

Wielokrotnie żałował, że musiał zostawić Achillesa u Amber.

Powinienem znaleźć jakiegoś przewoźnika, który zabrałby na pokład ten cholerny motor, myślał ponuro.

Wiele razy w ciągu dnia, przystając na moment, żeby dać odpocząć obolałym, poobcieranym nogom, klął w żywy kamień kapitana „Amfitryty" i wyobrażał sobie, jak śmiga na potężnym poczciwym Achillesie przez las. Niczym król puszczy. Ale w duszy musiał przyznać, że motor jednak nie dałby sobie rady w skalistym, stromym terenie, ugrząłby w łachach piasku i utknął w gęstwinie gałęzi. Na samą myśl, że miałby własnymi rękami wypychać ogromną maszynę z opresji, robiło mu się zimno.

Podczas wędrówki nie spotkał na razie żadnego człowieka. Czasem miał wrażenie, że śledzą go czujne, niespokojne oczy, wśród zarośli cicho przemykały jakieś cienie, ale tubylcy nigdy się nie pokazali. Lars przypuszczał, że się go boją. I dobrze. Nawet wolał wędrować samotnie. Spotkanie z dzikimi mogło oznaczać kłopoty. A tak po prostu schodzili sobie z drogi.

Nie miał pojęcia, jak odnaleźć wyrocznię. Robił to, czego żądało od niego Drzewo. Szedł na północ. O resztę postanowił martwić się później. Wściekłość i rozgoryczenie, które buzowały w nim wysokim płomieniem, kiedy opuszczał w Skale pokład „Amfitryty", gdzieś się dawno ulotniły. Przestał czuć nienawiść do Drzewa. Zbyt wiele się wydarzyło. Teraz chciał tylko wiedzieć. Zrozumieć, dlaczego został wybrany.

Zatrzymał się, kiedy usłyszał szelest. Trzask łamanych gałązek brzmiał wyraźnie i głośno, jakby przez krzaki przedzierało się duże zwierzę. Naprawdę blisko.

Jeleń? – pomyślał. A może łoś?

Nie znał się za bardzo na obyczajach dziko żyjących kopytnych. Miał tylko nadzieję, że bydlak sobie pójdzie, jeśli będzie stał spokojnie. Nie uśmiechało mu się starcie z rozzłoszczonym łosiem.

Gałęzie zaszeleściły, rozstąpiły się i oczom Grabieżcy ukazał się brązowy cień. Wcale nie przypominał łosia. Berg zmrużył oczy.

– Co to jest, u diabła? – szepnął.

Spomiędzy krzaków wysunął się skórzany worek przybrany lisimi kitami, wyszywany we wzory niebieską i czerwoną nitką. Zakiwał się na długim kiju i znów znikł w zaroślach. W tej samej chwili przed Bergiem pojawiła się grupka tubylców. Wydawało się, że po prostu wystąpili nagle z pni drzew i gałęzi. Stojąc nieruchomo, przypominali osobliwe rzeźby z brązowej skóry. Ubrani w wyszywane kurtki z kapturami, spodnie i długie do kolan buty, wydawali się powieloną sześciokrotnie tą samą istotą.

Berg spojrzał na widoczne w otworach kapturów twarze. Wyglądały jak białe guziki z ciemnymi dziurami oczu.

Wspaniale, pomyślał. Co mam niby zrobić? Ukłonić się? Ścisnąć najbliższemu grabę? Przedstawić się?

Sześciu milczących mężczyzn patrzyło na Grabieżcę wilgotnymi, nieprzeniknionymi niczym u zwierząt oczami. Spod kapturów wystawały rude kosmyki włosów. Skórzane kurtki były zdobione niebiesko-czerwonymi ornamentami i wizerunkami wąskopyskiego stwora z grubym ogonem. Berg przyjrzał się uważnie zdobieniom. Układały się w długie rzędy stylizowanych, zlepionych z sobą liter. „Sveanokiaskanska...", przeczytał. Szlaczki biegły niestrudzenie wzdłuż obszytych futrem pół, rękawów i kapturów. Tradycyjne rękodzieło tubylców.

To Mówiące Lisy, zrozumiał Berg. Czego ode mnie chcą? Mają tu rogatkę czy co?

Wtem z krzaków znów wysunął się obszyty lisimi ogonami worek, zakołysał się groteskowo i ukrył wśród gałęzi.

Co jest? – zdziwił się Lars. Jasełka odprawiają?

Wysoki mężczyzna o piegowatej, jasnej jak bułka twarzy wystąpił krok naprzód. Podobne do jamników czerwone liski na jego piersi były większe niż u pozostałych, a „sveanokie" bardziej wymyślne.

– Duch przodek... – dukał z wysiłkiem, okropnie kalecząc słowa – mówi: dobry. Duch przodek cieszy.

Berg z trudem rozumiał, o co chodzi.

Z krzaków, jakby na potwierdzenie, znowu pomachano workiem na kiju.

– Ja też się bardzo cieszę – odpowiedział, wyszczerzając zęby w sztucznym uśmiechu. – Bardzo miłe spotkanie. Mogę już iść?

Rudy energicznie potrząsnął głową.

– Idzie ku Drzewu – wydukał i dźgnął palcem pierś Berga.

Grabieżcy mięśnie tężały od wymuszonego uśmiechu.

– Tak – zgodził się. – Idzie ku Drzewu. I bardzo mu się śpieszy. Na razie, chłopaki.

Chciał ruszyć, ale zagrodzili mu drogę milczącym murem brązowej skóry.

– Wy-braniec – odezwał się znów wysoki. – Wy-braniec pomoc. Pomoc teraz.

Worek na kiju podskoczył parę razy nerwowo.

Fajnie, pomyślał Berg. Zdaje się, że „wy-braniec" wdepnął w niezłe gówno. To jednak rogatki.

– Co chcecie? – spytał, starając się nie okazać zniecierpliwienia. – Jedzenia? Sprzętu?

Milczeli, więc ściągnął plecak i otworzył klapę.

– No, dalej – powiedział. – Zabierajcie swoje. Ale kubków z herbatą nie oddam. Będę walczył do ostatniego tchu.

Wysoki rudzielec gapił się przez chwilę w otwartą paszczę plecaka. Potem zdecydowanie potrząsnął głową.

– Chory – wydukał. – Wy-braniec pomoc. Dużo chory. Duch przodek kazać iść wy-braniec. Pomoc. Nie śmierć.

Lars cofnął się o krok.

– Nie, nie – mruknął. – Śmierć absolutnie nie. W żadnym wypadku.

Cholera wie, o co im chodzi, pomyślał, lekko już zdenerwowany. Kto ma być chory? Chcą mi przetrącić kark i złożyć w ofierze workowi na kiju, bo zapadł właśnie na zdrowiu?

Słyszał kiedyś, że na głębokiej północy wierzą, że rytuał będzie skuteczny, jeśli ofiara wyrazi zgodę na własny zgon. Uśmiechnął się szeroko, aż rozbolały go szczęki.

– Nie ma mowy – oznajmił stanowczo. – Śmierć nie wchodzi w grę. W żadnym razie. Słyszycie?

Skinęli głowami z powagą. Wysoki rozpromienił się i wydał jakiś rozkaz w chrapliwym języku.

Lars napiął mięśnie.

Tak łatwo mnie nie wezmą, postanowił.

Wtedy z krzaków wychynęła niziutka, chuda kobieta, ubrana tak samo jak pozostali. W ramionach niosła tłumoczek ze skór.

– Chory – wyszemrała ze smutkiem. – Wy-braniec pomoc?

Lars zerknął na zawiniątko. Spomiędzy króliczych skórek wyzierał mały niczym jabłko, skrzywiony pyszczek.

– O cholera – szepnął Berg.

Dziecko rzeczywiście wyglądało na bardzo chore. Sine powieki i usta sprawiały, że przypominało martwe, sprawione zwierzątko, może królika albo fretkę. Nie poruszało się i nie dawało znaku życia.

Dobry Boże, pomyślał Grabieżca. Dlaczego ja? Co ja tu mogę pomóc?

Okutana w kaptury i futra chuda kobieta patrzyła na Larsa wilgotnymi oczami jak wystraszony pies czy kot na pana.

– Pomoc? – powtórzyła cicho.

Berg wypuścił przez zęby powietrze. Niósł w plecaku zestaw medyczny, ale nie miał pojęcia, co dolega dziecku. Pierwszy z brzegu antybiotyk mógłby je po prostu zabić. Wydawało się bardzo słabe. Podstawowy talizman uzdrawiający? Nie przypuszczał, żeby mógł zadziałać. Pomagał na katar albo rozstrój żołądka, ale nie dałby rady uczynić tutaj cudu.

Chude ramiona wyciągnęły się, wepchnęły Grabieżcy tobołek w ręce.

– Wy-braniec – poprosiła jękliwie kobieta. – Pomoc.

I wtedy Berg zobaczył nagle wstrętną czerwonawą poświatę bijącą z ciała niemowlęcia. Pulsującą wokół długiej czarnej zadry, znajdującej się pod żebrami, nieco z prawej strony. Zrozumiał, że patrzy na przyczynę choroby. Nie potrafił powiedzieć, w jaki sposób ją widzi. Jakby spoglądał innymi, wewnętrznymi oczami.

Edwin Aakunen powiedział kiedyś, że ich umiejętności są bardzo podobne. Że talent Grabieżcy zawsze zawiera w sobie ziarno talentu uzdrawiacza.

Spróbuję, zdecydował Lars. W końcu tego ode mnie oczekują.

Przymknął powieki, skoncentrował się. Widmowa zadra stała się wyraźniejsza, lepiej widoczna.

Berg przypomniał sobie wydarzenia z szałasu choroby. Ścisnął mocno zawiniątko z niemowlęciem i zaczął sobie wyobrażać, jak choroba wielkimi tłustymi kroplami wycieka z małego ciała, podobna do surowej ropy naftowej. Ciężka, zimna ciecz spływa na ziemię, przenikając warstwę skał aż do rozpalonego wnętrza planety. Tam ginie na zawsze, oczyszczona przez potężny ogień. Kropla po kropli choroba znikała, zamieniając się w słabe obłoczki pary nad olbrzymią przestrzenią magmy. W końcu paskudna czerwona poświata zbladła. Ciemna ciecz wyparowała do końca. Pozostała czarna zadra. Berg wpatrywał się w nią z napięciem. I wreszcie poczuł, że drgnęła. Poruszała się z trudem, opornie, podobna do grubej czarnej igły. Berg zacisnął zęby.

– No dalej! – warknął. – Wyłaź, cholero!

Drzazga przesuwała się powoli, ale wyraźnie. Już przebiła się przez skórę, wystawała do połowy z ciała niemowlaka. Lars poczuł, że słabnie. Z wysiłku zakręciło mu się w głowie, obraz zachybotał się, rozmazał.

Nie teraz! – pomyślał z wściekłością.

Skoncentrował się i naparł na igłę. Wygięła się, jakby miała pęknąć, i wyskoczyła na zewnątrz. Dziecko zakwiliło jak zając.

Pod Larsem ugięły się nogi. Poczuł, że zaraz zemdleje. Wyciągnął ramiona, podając matce tobołek z małym. Chwyciła kurczowo, spojrzała pełnym przestrachu wzrokiem na drobną małpią twarzyczkę i krzyknęła z radości. Zaczęła trajkotać głośno, pokazując dziecko wysokiemu.

Berg usiadł ciężko na ziemi. Wydawało mu się, że zaraz zwymiotuje z wysiłku.

Ale masz zawód, Edwin, pomyślał. Nigdy więcej, stary.

Wysoki rudzielec skrzyżował ręce na piersi i ukłonił się nisko. Wyglądał jak groteskowy dżinn w anoraku.

– Wy-braniec dobry – powiedział – Wy-braniec pomoc. Bardzo dobry pomoc. Duch przodek cieszy.

Worek wesoło podskakiwał na kiju.

– Wybraniec też jest bardzo zadowolony, że sprawił radość szanownemu tłumokowi na patyku – odpowiedział Berg.

Chuda kobiecina, rozpromieniona niczym sama Madonna, przyklękła obok Grabieżcy, podetknęła mu pod nos tobołek z dzieckiem. Małpia twarzyczka wykrzywiła się do płaczu, ale blade usta straciły trupią siność, a na policzkach pojawiły się słabe rumieńce.

– Poczekajcie – polecił Lars.

Sięgnął do plecaka. Teraz talizman uzdrawiający mógł się okazać skuteczny. Rozdarł opakowanie, przyłożył maseczkę do zmarszczonego pyszczka. Wewnątrz mieściła się prawie cała głowa niemowlęcia. Malec zachłysnął się wonną parą, zaskrzeczał i kichnął, zabawnie marszcząc nos.

Matka roześmiała się głośno. Była szczęśliwa jak szczeniak.

Lars podał jej opakowanie leku.

– Zrób tak jeszcze trzy razy – pouczył kobietę wyraźnie i wolno, pokazując trzy rozczapierzone palce. – Rozumiesz? Trzy razy. Wieczorem, rano i znów wieczorem.

Skinęła potakująco głową, pokazując w uśmiechu drobne, spiłowane zęby. Wysoki przykucnął obok.

– Następca-syn dobrze – powiedział. – Wiedzieć. Trzy raza, słońce w dół, słońce w górę, słońce w dół. Idzie ku Drzewu bardzo siła. Bardzo siła. Duch przodek cieszy.

– Jasne, że się cieszy – mruknął Lars. – Ale mogę już iść? Muszę szybko odnaleźć wyrocznię.

Rudzielec zamrugał czarnymi niczym guziki oczami.

– Księżnica, tak? – zapytał. – Wy-braniec idzie Księżnica?

Berg drgnął. Spojrzał uważnie na wysokiego Lisa.

– Tak – potwierdził. – Idę do Księżniczki. Znasz drogę? Wiesz, gdzie to jest?

Rudy pokiwał głową.

– Nie-długo. Idzie pięć słońce. Zła ziemia. Mokra ziemia. Trudno. Bardzo trudno idzie Księżnica. Za mokra ziemia. Nie-długo. Wy-braniec idzie. Święty słup czeka.

Usłyszawszy ostatnie zdanie, wszyscy mężczyźni pochylili się, dotykając dłonią ziemi.

– Za pięć dni mogę dojść do wyroczni? – upewnił się Lars.

Lis przytaknął.

– Zła ziemia – powtórzył. – Mokra. Dużo śmierć.

Berg westchnął. Znowu jakieś draństwo, pomyślał zrezygnowany.

– W którą to stronę? – spytał.

Rudzielec wskazał ręką.

Lars wstał, zarzucił na ramiona ciężki plecak. Czuł się dziwnie. Lekki i spokojny wewnątrz, a jednocześnie oszołomiony i nieco roztrzęsiony. W końcu do tej pory nie prześwietlał nikogo wzrokiem. Zwłaszcza barbarzyńskich dzieci. Chętnie usiadłby z Aakunenem przy piwie i zapytał o to i owo.

Wysoki Lis ukłonił mu się z szacunkiem, a pozostali przyklęknęli, kładąc dłonie na piasku.

– Wy-braniec idzie – powiedział. – Duch przodek dzieli drogę.

– Dzięki – mruknął Lars. – Wy też się trzymajcie, chłopaki.

Odwrócił się, żeby odejść. Nagle chuda kobieta grzmotnęła przed nim na kolana, objęła za nogi. Berg drgnął odruchowo, pociągnął ją za ramiona.

– Co ty wyrabiasz? – krzyknął. – Natychmiast wstań!

– Wy-braniec dobry – wyszeptała ze łzami w oczach. – Dobry! Dobry!

Lars próbował ja podnieść, zmieszany i wstrząśnięty takimi hołdami.

– Jezu kochany, wstawaj! – jęknął.

Podniosła się, a wtedy poczuł wyraźnie. Zapach złej wody. Uderzył go nagle w nozdrza, silny i niebudzący wątpliwości. Otaczał kobietę i wszystkich jej towarzyszy. To z tego powodu dziecko zachorowało.

Nie miał pojęcia, dlaczego go wyczuł ani skąd wiedział, że jest przyczyną choroby. Po prostu był pewien i już.

Podniósł w górę ręce.

– Posłuchajcie! – powiedział głośno. – Nie pijcie wody z waszych studni! To zła woda. Od niej chorują dzieci. Wy też możecie chorować. Rozumiecie? Nie pijcie tej wody. To zła woda.

Zaszemrali, wyraźnie poruszeni.

– Zła woda? – wyszeptał wysoki Lis. – Duch przodek nie zakazać. Duch przodek pić.

Spokojnie, pomyślał Berg. Tu jest niezbędna dyplomacja.

– Woda zła od niedawna – powiedział. – Demon choroby zatruł wodę. Ma niedobry zapach. Duch przodek potwierdzi. Nie pijcie jej. Wszyscy będziecie chorować.

Rudy cofnął się. Na płaskiej twarzy malowało się niedowierzanie i lęk.

– Duch przodek potwierdzi? – spytał.

Lars skinął głową.

Mam nadzieję, że tak, pomyślał ponuro.

Wszyscy obrócili głowy w kierunku krzaków. Tobół z lisimi ogonami trwał nieprzyjemnie długo w bezruchu, a potem zaczął szybko podrygiwać.

Lisy wydali okrzyk zdumienia.

– Duch przodek mówi zła woda! – zawołał rudzielec i zatoczył się, jakby zrobiło mu się słabo. – Duch przodek nie pić! Wy-braniec bardzo siła!

Berg odetchnął z ulgą.

– Dzięki – mruknął. – Trzymaj się ciepło, przyjacielu, i nie porozpruwaj się na szwach.

Wśród Lisów zapanowało poruszenie. Rudzi mężczyźni pokrzykiwali, gestykulując żywo, obleźli Larsa jak brązowa, wzburzona palisada. Co chwila przyklękali, dotykając dłońmi piasku.

– Dobra, już w porządku – powiedział Grabieżca. – Muszę iść. Wyrocznia czeka. Zrozumieliście?

Rozstąpili się, mrucząc i składając ręce.

– Duch przodek przyjaciel wy-braniec – oznajmił wysoki łamiącym się ze wzruszenia głosem. – Wy-braniec dobry. Bardzo siła. Lisy służy wy-braniec.

– Dzięki – powiedział Lars, nieco zmęczony hołdami Lisów. – A teraz idę, dobra?

Pokiwali gorliwie głowami.

Kiedy ruszył, znów przypadli do ziemi. Z krzaków machał Grabieżcy na pożegnanie skórzany duch przodek. Rude kity powiewały niczym dziwaczne chusteczki.

Mokra ziemia, pomyślał Lars z goryczą. Pieprzona mokra ziemia.

Już trzeci dzień przebijał się przez ogromne, niekończące się grzęzawisko. Ubranie miał przemoczone, buty oblepione lepką, cuchnącą breją, w plecaku pełno błota. Powoli kończyły się zabrane z Zakonu zapasy. Grabieżca mógł sobie pozwolić tylko na jeden ciepły posiłek dziennie. W mokrych, brudnych ciuchach trząsł się z zimna. Odkąd wkroczył na bagna, ani razu nie zdołał rozpalić ogniska. Namiot tonął w błocie, rozkraczony niczym zdychająca krowa. Nie dawał żadnego schronienia, a wysiłek towarzyszący beznadziejnej czynności rozstawiania słupków przyprawiał Berga o mdłości ze zmęczenia. W końcu zrezygnował. Sypiał okręcony śpiworem, wyszukawszy wcześniej jakieś względnie suche miejsce.

Czwartego dnia rano obudził się z dreszczami i gorączką. Otworzył drugi talizman uzdrawiający, pozwolił sobie na ciepłe śniadanie i dwa kubki bezcennej herbaty. Poczuł się nieco lepiej, więc ruszył w drogę.

Krajobraz był tak monotonny i brzydki, że Lars szybko nabrał przekonania, że chodzi w kółko.

Jeziora błota poprzetykane kępami bladej, rachitycznej trawy ciągnęły się chyba w nieskończoność. Krzywe zagajniki tonęły po kolana w błotnistej brei. Było buro, paskudnie i przygnębiająco.

Teraz naprawdę jestem na krańcu świata, pomyślał Grabieżca mętnie. Albo i w samym przedpieklu.

Gapił się bezmyślnie na kompas, ale strzałka podrygiwała przed oczami, wykonując dziwne fikołki.

Już w okolicy południa zaczął dygotać i osłabł tak, że musiał się zatrzymać. Zęby nie trafiały mu na zęby. W żołądku miał lodowatą, lepką kulę. Zrobiło mu się niedobrze. Zwymiotował resztki śniadania i trochę żółci.

Wszędzie śmierdziało zgniłą, złą wodą. Otaczała Larsa jak oddział znienawidzonych wrogów. Błoto i zimno wysysały resztki sił.

Oddech palił w płucach, powietrze wydawało się ostre, jakby naładowane szpilkami.

Kiepsko ze mną, pomyślał Berg.

Zbliżała się noc, a on słabł z każdą minutą.

Sięgnął do plecaka, drżącymi palcami wyciągnął pakiet medyczny. Na widok zapasów zrobiło mu się niedobrze i znów zwymiotował.

Głowę ściskała ciężka, gorąca obręcz, mimo że dygotał z zimna. Miał wrażenie, że pod czaszką płonie, hucząc wściekle, ogromny piec.

Użył lekarstw starannie opisanych przez Exego, zmusił się do wypicia kubka herbaty i okrył śpiworem. Po jakimś czasie poczuł się trochę lepiej. Był tak osłabiony i zmęczony, że oczy same mu się zamykały. Nie potrafił dłużej czuwać. Zresztą zrobiło mu się wszystko jedno. Nie potrafił myśleć o żadnych hipotetycznych niebezpieczeństwach. W ogóle nie za dobrze mu się myślało. W skroniach czuł ucisk i szum, jakby zagnieździł się tam rój pszczół. Trząsł się w śpiworze, oblewając się jednocześnie gorącym i zimnym potem.

W końcu przyszedł blady, niechętny zmierzch, pochlapał świat mdłym fioletem i ukołysał Grabieżcę do płytkiego, niespokojnego snu.

Było jeszcze ciemno, kiedy Lars się ocknął. Czuł się fatalnie. Męczyły go mdłości i nieznośny, tępy ból głowy. Odezwało się ostre rwanie w uszkodzonym nadgarstku, wszystkie kości ciągnęły, jakby ktoś próbował we śnie urwać mu ręce i nogi.

Zakaszlał głucho i poczuł płonącą pięść zaciskającą się wokół żeber.

– Niedobrze ze mną – szepnął ochryple. – Amber, skarbie, być może nigdy nie zabiorę cię do domu.

Zrobiło mu się bardzo smutno i przeraźliwie zimno. Dygocząc, wydobył kolejną porcję lekarstw i połknął bez popijania. Mało się nie udławił, ale ściśnięty żołądek buntował się natychmiast, jeśli tylko pomyślał o przełknięciu czegokolwiek. Nawet herbaty.

Zamknął oczy i zapadł w ciężki półsen.

Chyba wtedy przyszła do niego pantera. Siedziała nieopodal, świecąc zielonymi księżycami ślepi. Wcale się nie przestraszył. Nie miał siły. Patrzył na wielkie, siedzące bez ruchu zwierzę. Cętki na skórze dzikiego kota połyskiwały jak cekiny.

– Lars – odezwała się w końcu. – Walcz. Już niedaleko. Nie poddawaj się. Dojdziesz. Ale musisz się ruszać. Tutaj zginiesz.

Kiwnął obojętnie głową.

– Idź – nakazała pantera. – Pomyśl o Amber. Ona czeka, Lars. Twoja wymarzona kobieta. Nie pozwól, żeby czekała na próżno.

Wspomnienie Amber ostro zakłuło w sercu. Grabieżca uniósł wzrok.

– No, ruszaj – ponagliła pantera. – Pomogę ci. Spójrz, jaka jestem silna. Zrób tylko pierwszy krok, a będę tuż obok. Wyzdrowiejesz, jeśli wyjdziesz z obrębu bagien. To woda przynosi gorączkę. Zła woda, Lars.

Amber, pomyślał Grabieżca mętnie. Tak, trzeba iść.

Poczołgał się na kolanach do plecaka. Spróbował go dźwignąć, ale nie miał siły.

– Zostaw – rozkazała pantera. – Musisz iść.

Więc szedł. A właściwie pełzł w błocie. Na północ. Cały czas na północ.

Piątego dnia nie pamiętał wcale. Pojawiał się potem w jakichś przebłyskach podobnych do majaczenia. Zdołał zapamiętać tylko jedną scenę. Siedział oparty plecami o krzywy pień drzewa. A wysoko w górze, po chmurnym niebie, ślizgał się sokół. Krzyczał wysokim, histerycznym głosem.

Berg patrzył na niego, a w głowie słyszał piękną, niespokojną melodię. Była w pisku sokoła, szumie wiatru, rytmie serca. Wszędzie.

– Idź! – wołała. – Idź! Idź!

Więc zbierał się i szedł. Wyciągał z błota ciężkie jak kamienie nogi. Szedł. Słaniał się, wymiotował, przewracał i szedł. Na północ.

Matka Gwiazd miała sen. Stała pośrodku wsi, a wieś obracała się wokół niej. Duchy wołały mocnymi, rozkazującymi głosami. Słuchała ich, z trudem tłumiąc radość. Wybraniec już tu był. Przebrnął przez mokrą ziemię i zbliżał się do wyroczni.

Kiedy tylko duchy ją opuściły, przywołała Ciągła, swego syna.

– Przyprowadź wybrańca – poleciła. – Jest już na naszej ziemi. Pokonał złą wodę.

Ciągło popatrzył na nią spode łba. Zmarszczyła brwi.

– Mówię ci, natychmiast idź! – warknęła. – Chcesz na nas sprowadzić gniew duchów?

Ciągło, wystraszony, spokorniał.

– Idę, matko – wymamrotał i wyszedł.

Sapnęła z gniewu. Co za głupi i zły syn z tego Cięgła. Wolałaby posłać Strzałę. Uśmiechnęła się na myśl o pierworodnym. Był bystry, posłuszny i rozumiał słowa duchów. Ale wybrał się akurat na polowanie. Szkoda.

Westchnęła.

Trudno, pomyślała. Cięgło przyprowadzi Wskrzesiciela. Bałby się sprzeciwić duchom.

Kiedy silne, brązowe jak kawa z mlekiem ręce pochwyciły Grabieżcę i wyciągnęły z błota, myślał, że majaczy. Ale mężczyźni o płaskich niczym talerze twarzach, okolonych twardą, czarną niby u konia grzywą, byli zupełnie realni.

Napoili Berga obrzydliwie gorzkim wywarem, siłą rozwierając mu szczęki. Był tak słaby, że ledwo się bronił.

– Też mi wybraniec – parsknął Cięgło. – Prawdziwy zdechlak.

Zadra spiorunował go wzrokiem, więc umilkł. Rzeczywiście, nie było dobrze gadać takich rzeczy o naznaczonym przez duchy.

Postacie i obrazy rozmazywały się przed oczami Larsa, rozmywały w kolorową, ciężką mgłę. W końcu rozpadły się na małe strzępy i Grabieżca stracił przytomność.

Ocknął się w ciemnym, zadymionym pomieszczeniu o ścianach z surowych drewnianych belek. Leżał na posłaniu z futer. Czuł się straszliwie osłabiony, ale myślał trzeźwo. Gorączka minęła. Został po niej tylko ciężar w głowie i ból mięśni.

Spróbował wstać, ale opadł ciężko na posłanie.

– Potem – powiedziała kobieta siedząca przy ogniu.

Nie zauważył jej wcześniej, bo była ciemna jak mrok w chacie. Miała twarz płaską i brązową niczym stary skórzany portfel.

– Odpocznij jeszcze trochę – dodała.

Berg przełknął z trudem ślinę.

Staruszka odzywała się, nie otwierając ust. Jej głos słyszał bezpośrednio w głowie.

– Gdzie jestem? – wymamrotał.

Zaśmiała się.

– U mnie. W chacie Matki Gwiazd.

Uniósł się na łokciach.

– Słyszałaś o wyroczni nazywanej Księżniczką?

Oczy starej zwęziły się z rozbawienia.

– Tak. To moja córka.

Lars klapnął na posłanie ze skór.

Córka, pomyślał mętnie. Boże, nigdy nie pomyślałem, że ona musi mieć jakąś matkę.

Stara kobieta zbliżyła się do posłania. W dłoni trzymała drewniany kubek.

– Wypij – powiedziała. – Zaśniesz, odzyskasz nieco sił, a potem zaprowadzę cię do wyroczni.

Czuł się zbyt kiepsko, żeby protestować. Upił łyk wywaru i parsknął mimo woli. Płyn był gorzki jak diabli.

– Pij – nakazała Matka Gwiazd. – To dobre zioła. Pomogą ci przekroczyć bramę.

Jaką znów bramę? – zdziwił się Grabieżca, ale w tym momencie świat zwinął się w maleńką czarną kulkę i przestał istnieć.

Nie wiedział, jak długo spał. Kiedy znów się ocknął, Matka Gwiazd wmusiła w niego trochę mdłej, tłustej zupy. Pływały w niej szare, rozgotowane kłapcie mięsa. Dziwnie pachniało. Miał nadzieję, że nie pochodzi z psów, których ujadanie słyszał cały czas przez ściany chaty. Przełknął posłusznie trochę wywaru, a stara skinęła głową.

– Tak. Teraz możesz iść.

Wyszedł za nią z chaty, mrużąc oczy przed słońcem. Czuł się niczym ćma, która wpadła do klosza lampy.

Osada wyglądała nędznie. Parę niskich drewnianych chałup, właściwie ziemianek. Zagroda dla małych renów o rosochatych rogach. Rozdeptane błoto, w którym taplały się wyliniałe kundle o wiecznie głodnych oczach.

Tu bije źródło? – pomyślał Berg z niepokojem. W tej zapyziałej dziurze mieszka Księżniczka? Piękność z innego świata? Lazłem taki kawał, żeby zobaczyć kilka krzywych szop i bezzębną staruchę-brzuchomówcę? Oby było warto.

Odetchnął głęboko. Powietrze miało słodki smak.

Przynajmniej ból w piersi ustąpił, powiedział sobie.

Matka Gwiazd stała przed jedną z chałup i kiwała na niego niecierpliwie. Dopiero teraz poczuł nagłe uderzenie emocji. Niepokoju, nadziei i podekscytowania, pomieszanych, nerwowych, nie do odróżnienia. Bezwiednie zacisnął palce.

To tu, powiedział sobie. Za chwilę stanę przed wyrocznią. Wreszcie dotarłem do celu. Dowiem się wszystkiego. Dowiem się prawdy.

Ale i tak nie potrafił uwierzyć.

Na dziwnie sztywnych nogach zbliżył się do starej kobiety. Wydawało mu się, że nie idzie, tylko płynie w powietrzu w ten sam sposób co Primus. Głowę miał lekką, jakby napompowaną. Wzdłuż kręgosłupa maszerowały dreszcze.

To pewnie skutek gorączki, pomyślał.

– Wejdź – poleciła Matka Gwiazd. – Ona czeka.

Zatrzymał się przed drzwiami, nabrał głęboko powietrza. Rozejrzał się. Renifery z nudów skubały ogrodzenie wielkimi żółtymi zębami. Jakaś kobieta szła z wiadrami do strumienia. Dwa psy warczały na siebie wściekle pod ścianą chaty.

Berg przymknął oczy. Chciał zapamiętać ten obraz.

Ciekawe, czy potem będę patrzył na to wszystko tak samo? – pomyślał.

Matka Gwiazd dotknęła jego ramienia. Płaska, gładka niby wyślizgana twarz była poważna i skupiona.

– Idź – powtórzyła.

Pochylił kark i wkroczył do ciemnego, pachnącego dymem wnętrza.

Chwilę trwało, zanim wzrok przyzwyczaił się do ciemności. Lars zobaczył, że pośrodku chaty leży sterta futer. Majaczył na niej jakiś ciemny, obły kształt.

Oblizał spierzchnięte nagle wargi. Serce tłukło mu w klatce żeber na kształt kafara. Bez trudu mógłby nim rozbijać kamienie.

Zaciskał zwilgotniałe z emocji dłonie.

– Wyrocznio? – szepnął.

Istota na stosie futer nie poruszyła się.

– Księżniczko? – spróbował znowu.

Cisza.

Nabrał głęboko powietrza i podszedł bliżej.

– Księżniczko? – powtórzył drżącym głosem. – Jestem Lars Bergerson, Grabieżca. Drzewo mnie wezwało. Przybyłem tu, bo tego chciałaś. Co mam teraz zrobić?

Tłumok futer i skór drgnął. Wyglądało to tak, jakby Księżniczkę męczył atak czkawki. Lars zamarł. Słyszał tylko huk krwi we własnych skroniach.

– Wyrocznio? – wyszeptał.

Kobieta odwróciła się, a Berg spojrzał w opuchniętą, rybią twarz kretynki.

Zachłysnął się, cofnął, potykając o coś w półmroku.

– Nie! – jęknął. – Jezu, to niemożliwe!

Opóźniona w rozwoju dziewczyna uśmiechnęła się szeroko bezzębnymi ustami. Z kącika warg pociekła strużka śliny. Puste, bezmyślne oczy, blade niczym u ryby, wyglądały jak tłuste plamy na okrągłej, nabrzmiałej twarzy.

Berg poczuł, że coś w środku rozrywa mu się na kawałki. Na krwawe, straszne ochłapy, ociekające wściekłością i rozpaczą. Nie był już Larsem Bergersonem, Grabieżcą, tylko samym płonącym, niepowstrzymanym gniewem. I wielkim smutkiem. Tak wielkim, że nie mógł się pomieścić w jednym wycieńczonym, zawiedzionym, zdruzgotanym człowieku.

– Kurwa mać! – wrzasnął. – Pierdolone wyrocznie! Pieprzone, zasrane Drzewo! W dupie mam waszą mistykę! Pierdolę ją! To miałem zobaczyć?! Pieprzoną

kretynkę, która sra pod siebie i nie umie trafić palcem do własnej gęby?! To ma być wasza zasrana, pierdolona księżniczka?! A może królowa, co? Królowa porąbów! Wielka władczyni pieprzonych idiotów. Ze mną, kurewskim królem kretynów, na czele! Ja pieprzę! Słyszycie?! Pieprzę wszystko! Pieprzę wszystkooo!

Urwał, zdyszany, zrozpaczony, słaniający się na nogach z wycieńczenia i żalu. Urwał, bo już nie było w chacie niedorozwiniętej dziewczyny. Zamiast niej strzelał w górę snop nieziemskiego, błękitnego światła. Takiego jak ze studni mocy, tylko tysiąckrotnie potężniejszego.

Od wibracji Lars zaczął dygotać.

Wyrocznia jest bramą, Bergerson, usłyszał w głowie. *A teraz brama stoi otworem. Wejdź, wybrany przez Drzewo. Oto twoja droga.*

Zmrużywszy oczy przed blaskiem, wyciągnął ręce w stronę niebieskiego światła. Ogarnęło go natychmiast, porwało w górę, ciskając między gwiazdy.

Nie było już chaty. Zastąpiła ją granatowa, nieskończona noc.

Brama się otworzyła.

TAM

Rozdział 8

W otchłani pełnej zimnych drobin gwiazd pulsowała kula ognia. Lars słyszał w huku płomieni potężny krzyk milionów istnień. Unosił się w pustce nocy, nie mogąc oderwać oczu od niezwykłego zjawiska.

Ognista kula drgała, miotana gwałtownymi spazmami, jakby coś próbowało rozerwać ją od środka. Przy każdym skurczu sypała fontannami iskier. Berg czuł gorący powiew na twarzy. Ogniste strzępy śmigały w powietrzu niczym małe komety.

Nagle kula zapadła się w sobie i eksplodowała. Ze środka wydobył się oblany nieziemskim, błękitnym blaskiem pęd. Ogromny kiełek z zielonkawymi, wielkimi jak cała planeta liśćmi i bladym, krętym ogonem korzenia. Przypominał zdumiewającego roślinnego węża. Potężniał i rósł w oczach, momentalnie zamieniając się w gigantyczne drzewo.

Lars patrzył oszołomiony i urzeczony. Przed nim odbywał się spektakl narodzin świata.

Błękitne światło spływało w granat nocy, rozlewając się w pierwotne morze blasku. Pośrodku wód praoceanu stało potężne Drzewo. Widział przez czystą taflę kłąb sękatych, splątanych korzeni. Wybrzuszały się, wystawiając ponad taflę błękitu ogromne, węźlaste grzbiety. Przypominały wyspy na morzu. Korona Drzewa, rozległa niczym niebo, porastała obłokami liści, zakwitała gwiazdami i owocowała planetami. Od patrzenia na rosochate, pokrzywione gałęzie kręciło się w głowie. Olbrzymie konary pochyliły się ku powierzchni wody, podobne do cielska gigantycznego smoka. Korzenie zaczęły się wić i wybrzuszać, podążając na spotkanie gałęziom. Od dna uderzyła w taflę potężna głębinowa fala. Woda się zakotłowała, w górę wystrzeliła struga błękitu. Koniec potężnego korzenia, podobny do ogromnego kamiennego komina, wybił się na powierzchnię, plując kroplami kobaltu. Obok niego urodził się natychmiast nowy. I jeszcze jeden. I kolejny.

Wystrzelały w górę, aż wkrótce wokół Drzewa stała poczwórna palisada wąskich, zdrewniałych kraterów.

Korzenie wyrzynały się z pnia, węźlaste niby palce staruchy, nurkowały w głąb praoceanu, aby wystrzelić znów w górę ogromnym kominem. Konary pączkowały, płożąc się na powierzchni wody lub pnąc ku niebu, na przemian, tworząc splątany, przepleciony wzór niczym dzieło szalonego powroźnika.

Potęga i blask bijące od Drzewa oślepiały Larsa. Wydawało mu się, że zaraz zginie, zgnieciony straszliwą, napierającą zewsząd mocą. Krzyczał, a razem z nim zanosił się od krzyku rodzący się wszechświat.

Wreszcie poczuł, że opada, ciągnięty potężnym strumieniem energii. Na pół ślepy, poraniony ostrymi odłamkami blasku, runął jak kamień ku powierzchni pramorza.

Umieram, pomyślał. Roztrzaskam się o taflę wody, jakby była szklana.

Wtedy przez załzawione, obolałe oczy zobaczył tuż pod sobą paszczę krateru. Wpadł do wnętrza korzenia niczym drobina pyłu wciągnięta przez odkurzacz.

Maleńkie, niebieskie lusterko błękitu zamknęło się nad nim natychmiast, jakby ogromna elegantka zatrzasnęła puderniczkę. Spadał w całkowitej ciemności, obijając się o granitowo twarde wybrzuszenia we wnętrzu korzenia.

Pęd szarpał ubraniem i włosami, świst w uszach ogłuszał. Wnętrze komina zwężało się niepokojąco. Grabieżca co chwila obijał się o ściany, tarł plecami o szorstkie, sękate narośla. Stopniowo wytracał prędkość. Tłukł teraz głową, ramionami, nogami o drewno twarde niby żelazo. W końcu zrobiło się tak wąsko, że utknął.

Dygotał w ciemności, obolały i oszołomiony. Mięśnie brzucha kurczyły się spazmatycznie w nerwowych torsjach. W głowie śpiewał rój. Ramiona i plecy paliły, jakby ktoś obdarł je ze skóry. Oddech wydobywał się z piersi ze świstem niczym z rozstrojonej harmonii.

Powinien już nie żyć. Rozpaść się na strzępy, rozlecieć jak zrzucona z dachu fajansowa figurka. Ale przetrwał.

Wydawało mu się, że nie ma ani jednej całej kości, lecz nie stracił czucia w rękach i nogach. Mógł się nawet ostrożnie poruszać, chociaż nadwerężone mięśnie reagowały paskudnym bólem. Z nosa ściekało na wargę coś ciepłego i słonawego. Krew. Oblizał ją odruchowo.

Niepewnie obmacał ściany. Chropowata powierzchnia była bardzo twarda, ale ciepła, a nie lodowata niczym nagrobek pod śniegiem. Znajdował się chyba w czymś w rodzaju naturalnego kolana, niczym w rurze hydraulicznej. Wydawało mu się, że ściany korytarza opadają łagodnie. Gdyby się podciągnął i uwolnił nogi, mógłby się odwrócić i popełznąć dalej.

Powietrze pachniało stęchlizną i kompostem, ale miał wrażenie, że czuje leciutki świeży powiew dochodzący z dołu.

Z trudem przekręcił się w ciasnym syfonie korzenia. Było cholernie ciemno, a to bardzo utrudniało manewry. W końcu jednak udało mu się odwrócić i poczołgać ku wyjściu. W każdym razie miał nadzieję, że znajdzie jakieś wyjście.

Wkrótce w tunelu zrobiło się nieco przestronniej. Świeży powiew był już wyraźnie wyczuwalny. Przed umęczonymi całkowitą ciemnością oczami Grabieżcy tańczyły złociste plamy. Ciągle zdawało mu się, że widzi w oddali światełko. Może wygodniej byłoby zamknąć powieki, ale odruchy stworzenia posługującego się głównie wzrokiem okazywały się silniejsze. Berg pełzł przez aksamitną, doskonałą ciemność, wytrzeszczając z wysiłku oczy.

Zaraz, pomyślał nagle. Coś się zmienia.

Pomachał ręką przed twarzą i zauważył słaby cień, bardziej atramentowy niż mrok. Zadygotał z podniecenia i nadziei. Światło. Zapowiedź światła.

Przyspieszył, zmuszając obolałe mięśnie do większego wysiłku. Wkrótce ciemność zaczęła się rozpraszać. Mdłe światło wydobywało się z otworu majaczącego daleko przed Bergiem. Zrobiło się na tyle szeroko, że nie musiał już się czołgać. Pokonał wreszcie ostatni odcinek tunelu i wyjrzał, mrużąc oczy przed światłem.

Przed nim otwierała się wielka, wysoko sklepiona grota. Korytarz, który go tu przyprowadził, kończył się mniej więcej metr nad dnem jaskini. Lars zeskoczył ciężko. Bolały go wszystkie kości, jakby został dotkliwie obity.

Rozejrzał się. Jaskinia przypominała długą, krętą galerię. Przestrzeń wypełniało blade, żółtawe światło. Nie mógł jednak wypatrzyć, skąd dochodziło. Pod stopami chrzęścił drobny żwir, którym było wysypane całe dno groty. Może kiedyś wdarł się tutaj błękitny praocean.

Berg westchnął. Nie pozostawało nic innego, tylko ruszyć przed siebie.

W jaskini panowała zupełna cisza, jeśli nie liczyć monotonnego dźwięku kapiących ze stropu kropli. Wysokie stalagmity wyciągały szyje ku zwieszającym się jak lepy na muchy stalaktytom. Stalagnaty naprawdę przypominały skamieniałe kości dawno zdechłych smoków.

Skalna galeria rozszerzała się znacznie. Małe jeziorka połyskiwały w szarym piasku niczym zgubione monety. Kolumnady stalagnatów zaczęły przejawiać zdumiewającą regularność. Zupełnie jakby ktoś ustawił je celowo, tworząc wysoki kamienny portyk.

Berg zadarł głowę do góry. Postrzępione skalne załomy znikły. Majaczący wysoko mroczny sufit był sklepiony beczkowo, gładki, ozdobiony tylko barwnymi naciekami soli.

– Witamy na dworze króla gnomów – mruknął Lars, chociaż czuł się niepewnie.

Kamienna grota zaczęła niepokojąco przypominać kamienną komnatę. W dodatku wyglądającą na bliźniaczą siostrę sali, po której błądził z Miriam w Domu Wieczności, twierdzy Mistrzów Blasku.

Zaraz zobaczę oplecione siecią ornamentów, płaczące krwawymi łzami kolumny, pomyślał ponuro. I będę w domu.

Zobaczył. Gigantyczne słupy, w których tkwiły wrośnięte w kamień ludzkie postacie. Tylko że tym razem to nie były rzeźby.

Berg cofnął się, syknął przez zęby, potknąwszy się o kamień.

Jezu, pomyślał przerażony. Jezu kochany!

Jedna z ogromnych postaci z przyprawiającym o dreszcze zgrzytem odwróciła głowę. Puste, czarne niczym obsydian oczy patrzyły wprost na Grabieżcę. Patrzyły rozumnie. Czerwone łzy lały się z nich nieprzerwanie, spływały ciężkimi kroplami po wężowych splotach ornamentów.

Lars starał się oddychać głęboko i opanować gwałtowną potrzebę ucieczki z wrzaskiem.

Uniesione do góry ramiona giganta, z ażurowymi prześwitami między kośćmi stalaktytów, wrastały w sklepienie, tworząc żebrową konstrukcję. Wydawało się, że kamienne szkielety trzymają się za ręce w jakiejś okrutnej parodii nieruchomego tańca. Pusta klatka piersiowa stwora poruszała się spazmatycznie.

– Martwy – odezwał się słup głosem głuchym i niskim jak odgłos trzęsienia ziemi. – Co robisz w Domu Łez, martwy?

Berg z trudem przełknął gęstą niczym papka ślinę.

– Nie jestem martwy – powiedział, starając się nie patrzeć w otchłań oczu kamiennego szkieletu.

A przynajmniej mam taką nadzieję, pomyślał.

– W Dolnym Świecie są tylko martwi – zadudnił słup. – Życie trzeba porzucić u progu.

Lars odetchnął głęboko.

Jasne, pomyślał. Nie zabiłem się, spadając do komina, bo już byłem trupem. Zabiło mnie przejście przez bramę. Koniec, Bergerson. Jesteś zimny kadawer. A to twoje nowe mieszkanie.

Stał, zaciskając bezwiednie pięści, pod bezdennym spojrzeniem słupa.

Nie panikuj, powtarzał sobie w myślach. Tylko nie panikuj, chłopie. Nie teraz.

Rdzawe, gorzko pachnące łzy spływały po trzonie kolumny i wsiąkały w żwir.

– Czy jestem w Domu Wieczności, w dominium Mistrzów Blasku? – zapytał z wahaniem.

Słup zaniósł się ni to śmiechem, ni to kaszlem.

– W Dolnym Świecie nie ma żadnych dominiów – zagrzmiał. – Wszedłeś przez bramę?

Lars skinął głową.

– Zatem musisz iść. Czekają na ciebie, martwy.

Berg przygryzł wargę.

– Dokąd iść? – wymamrotał.

– Swoją drogą! – ryknęły kamienne usta. – Ścieżką ziemi.

Dno jaskini zatrzęsło się gwałtownie, Lars stracił równowagę i upadł, tłukąc boleśnie biodrem o kamień. Potrząsnął głową, oszołomiony. Przycisnął dłonie do uszu, bo wibrował w nich straszliwy, ogłuszający ryk, jakby pękała skorupa ziemi.

Podniósł wzrok i zorientował się, że teraz krzyczą już wszystkie słupy. Otwarte do wrzasku usta otaczały go ze wszystkich stron. Od huku drgała podłoga groty. Z pustych jak przestrzeliny oczu stworów lały się wodospady krwi. Sięgała Grabieżcy do kostek, kolan, pasa.

– Przestańcie! – krzyknął dziko, ale nie usłyszał nawet własnego głosu.

Cuchnąca żelaziście, spieniona posoka okrywała go już po pierś, zakryła ramiona i szyję. Walczył rozpaczliwie, próbując pływać w czerwonej mazi, ale płynęła tak wartko, że zbijała go z nóg, paraliżowała ruchy. Zachłysnął się paskudną, gorzką cieczą. Wlała mu się do gardła. Połykał, żeby się nie zadławić. Żrący płyn palił przełyk, przelewał się w żołądku żywym ogniem.

Olbrzymia fala krwi zalała usta i nos Berga. Zakrztusił się, chciał wciągnąć rozpaczliwie powietrze, ale była już tylko posoka. Nabrał jej głęboko w płuca, czując, jak pękają, przepalone płomieniem. Miotał się jeszcze chwilę w płonącej czerwieni, ale zalała wszystko. Grabieżca tonął. Poczuł, że powoli opada w otchłań, i stracił przytomność.

Ocknął się obolały. Cała klatka piersiowa paliła od wewnątrz, jakby napił się kwasu. W ustach czuł wstrętny, żelazisty posmak krwi. Z trudem rozkleił powieki. Dźwignął się na łokciach i jęknął z bólu. Jeśli przedtem czuł się niczym obity, to teraz chyba i skopany.

Usiadł z trudem. Przesunął dłonią po twarzy, zamrugał. Znów był w jaskini. Mniejszej niż poprzednia. Właściwie wyglądało to raczej na skalny korytarz.

Ze zdziwieniem stwierdził, że włosy i ubranie ma suche. Nigdzie nie została nawet plamka krwi.

– Jakie miłe miejsce – mruknął, rozcierając stłuczone biodro.

Wstał, postąpił parę kroków, krzywiąc się boleśnie. I nagle zatrzymał się zdumiony.

– Boże, znowu jakieś obrzydlistwo – jęknął.

Przesunął ręką po włosach.

– Na stypę po cioci smoczycy czy co? – mruknął.

Pod ścianą korytarza stały ogromne, wysokie na chłopa słoje. Niczym ohydne marynaty pływały w nich ludzkie głowy. Długie włosy niektórych falowały jak jakiś cholerny koper. W ostatnim słoju moczyła się tylko jedna głowa, za to olbrzymia. Puste, blade ślepia gapiły się na Grabieżcę bezmyślnie oczami ośmiornicy.

Lars przycisnął dłonie do brzucha. Do ust podeszła mu wstrętna, lepka gorycz.

Rzygnę, pomyślał, jak Boga kocham, porzygam się jak kot.

Wtedy głowa kolosa otworzyła sine, bezkrwiste usta, pokazując szary czop języka.

– Wybrańcze – usłyszał bulgot ze słoja. – Otwórz drzwi!

Krzyknął i odskoczył w tył, uderzając plecami w ścianę. Zgiął się wpół i zwymiotował.

Tego było stanowczo za dużo. Rozmawiał z żywym słupem, utonął we krwi, a teraz gada do niego marynowana głowa.

Otarł usta rękawem.

– Drzwi – powtórzył czerep. – Prędko.

Grabieżca rozejrzał się rozpaczliwie.

Jakie, do cholery, drzwi? – pomyślał.

– Tam – zabulgotał marynowany łeb i wskazał kierunek wywalonym ozorem.

Bergowi znów się flaki przewróciły. Zobaczył jednak malutkie metalowe drzwiczki w ścianie, przy samej podłodze.

– Dzięki – mruknął.

Odcięta głowa zamrugała, zamiast odpowiedzieć.

Lars przyklęknął, niepewnie położył dłoń na maleńkiej klamce.

Ciekawe, co tam będzie, pomyślał ponuro. Suszona ropucha w cukrze z napisem „Zjedz mnie"?

Pchnął drzwiczki. Otworzyły się bezszelestnie. Wewnątrz było ciemno. W oddali paliła się tylko nikła niby robaczek świętojański lampka.

Berg westchnął i przeczołgał się przez otwór. Cokolwiek miał znaleźć za drzwiami, było lepsze niż towarzystwo marynowanych głów.

Pomieszczenie wydawało się zupełnie puste. I bardziej rozległe, niż sądził na początku. Szedł w kierunku światła. Wkrótce mógł już rozpoznać kontur lampy. Obok leżał długi, połyskujący w mdłym blasku kształt.

Lars zmrużył oczy. Wydawało mu się, że to leżąca na podłodze kobieca postać. Być może rzeźba z jakiegoś błyszczącego tworzywa.

Wystarczyło kilka kroków, żeby się przekonać, że miał rację. Na pokrytej kaflami posadzce spoczywała naturalnej wielkości szklana figura. Ciepła poświata bijąca od lampy ślizgała się na przejrzystej, gładkiej krzywiźnie piersi i bioder. Postać została wykonana z niezwykłym realizmem. Przymknięte powieki, lekko rozchylone usta, długie palce, które w każdej chwili mogły się zacisnąć. Wydawało się, że klatka piersiowa za chwilę uniesie się w oddechu.

Berg przyklęknął obok.

To była Miriam. Uśpiona Miriam ze szkła.

Grabieżca ucisnął skronie.

Umarła? – pomyślał ze smutkiem. I trafiła po śmierci do tego samego parszywego miejsca co ja?

Nie potrafił w to uwierzyć. Spojrzał jeszcze raz na spokojną, przezroczystą niczym woda twarz dziewczyny. I nagle dostrzegł zwiewną jak dym czerwoną poświatę, która zaczęła się wydobywać ze szklanego ciała. Rozpoznał ją natychmiast. Aura choroby. Taka sama czerwona, mroczna chmura, jaką dostrzegł wokół dziecka Mówiących Lisów. Już pojawiła się czarna zadra, usadowiona tuż pod sercem. Ogromna jak niedźwiedzi pazur.

Berg przygryzł wargę, wyprostował plecy. Odetchnął parę razy głęboko.

Pochylił się nad dziewczyną, położył obie dłonie na zimnej, przejrzystej piersi. Skupił się i zobaczył przed oczami płonące jądro ziemi. Ale czarna, tłusta ciecz nie chciała się skroplić. Zaledwie kilka ciemnych, gęstych strzępów spłynęło do jeziora lawy. Lars zacisnął z wysiłku zęby, uderzył jeszcze raz.

– No, dalej! – warknął. – Wynoś się, spływaj.

Pojawiło się trochę gęstej, przypominającej asfalt cieczy. Kapała ciężko, opornie. Ale czerwona chmura nie malała. Przeciwnie, nabrała krwistej, intensywnej barwy.

Lars oddychał ze świstem, kark i plecy miał mokre od potu.

– Paruj, skurwysyństwo! – wrzasnął, ale czerwień jeszcze się zagęściła.

Zakręciło mu się w głowie, przed oczami zawirowały czarne plamy. Obraz zaczął się zamazywać. Przestraszył się, że zniknie, i przestał wizualizować ciecz. Położył ręce na kolanach i wpatrywał się ponuro w wielką, zakrzywioną drzazgę.

Może w ten sposób, pomyślał i spróbował ją przesunąć.

Skupił na nienawistnym, czarnym jak śmierć przedmiocie całą wolę i wszystkie siły. Uderzył z mocą. Nawet się nie poruszyła. Za to Grabieżca poczuł się tak, jakby muł kopnął go w potylicę. Świat zakolebał mu się przed oczami. Na górną wargę znów spłynęła z nosa słona czerwień. Rozmazał ją palcem.

Jeszcze raz, pomyślał. Uda się. Musi.

Zebrał siły i uderzył. Drzazga tkwiła niczym przymurowana, za to Berg o mało nie zemdlał. Z nosa bluznęła krew, w głowie wystartował oszalały wirnik. Grabieżca przymknął powieki, przyłożył dłoń do nosa i spróbował uspokoić kolebanie pod czaszką.

– Nie uda ci się – usłyszał tuż obok cichy, szemrzący głosik. – Nie tym sposobem.

Otworzył oczy. Naprzeciw, po drugiej stronie szklanej Miriam, siedziała mumia. Wyglądała jak zasuszony świerszcz. Cienkie, rzadkie włosy oblepiały kiwającą się miarowo czaszkę. Mumia patrzyła na Berga okrągłymi oczami z kamieni.

– Tak jej nie uratujesz – zaszemrała. – Jesteś za słaby, a choroba za silna.

Lars przytknął sobie rękaw do nosa. Wykwitły na nim natychmiast czerwone plamy wilgoci. Grabieżca wciąż jeszcze mocno krwawił.

– To co mam zrobić? – spytał bezradnie.

Mumia zakolebała łysą głową. Wyciągnęła uschłą niczym gałąź dłoń. Między patykowatymi, okręconymi szmatami palcami zabłysło ostrze noża.

– Masz – powiedział truposz. – Otwórz ją i wyjmij chorobę.

Lars się wzdrygnął.

– Otwórz? To nie walizka.

Otoczaki w oczodołach mumii obróciły się, zezując.

– Tylko tak zdołasz ją uratować – zaszeleściła.

Berg niechętnie wziął nóż z ręki trupa. Był ciężki i tak zimny, że przypominał sopel lodu.

Grabieżca spojrzał na przejrzyste, kruche ciało przed sobą, a potem na skuloną w małpiej pozie mumię.

Dlaczego miałbym jej wierzyć? – pomyślał. Może chce mnie skłonić, żebym zabił Miriam.

Zadrżał.

– Nie bój się – skrzeknął trup. – Tnij śmiało. Uratujesz jej życie, przywrócisz duszę.

Lars oblizał suche wargi. Ujął mocno rękojeść noża.

– Spróbuję – szepnął. – Zaufam ci.

Podniósł rękę. Zimne, lśniące ostrze zawisło nad piersią szklanej dziewczyny. I zadrżało. Berg opuścił nóż.

– Nie mogę – szepnął. – Nie mogę tego zrobić.

Otoczaki w czerepie mumii patrzyły na niego z troską.

– Jesteś pewien? – spytały wąskie, wyschłe jak rzemienie usta.

Grabieżca tylko skinął głową.

– W takim razie musisz iść inną drogą – powiedziała mumia.

Pstryknęła patykami palców i lampa zgasła. Natychmiast zapadła całkowita ciemność.

Stał na mrocznej, obskurnej ulicy. Z góry spoglądała wykrzywiona gęba księżyca. Wysokie, czarne od brudu kamienice z surowej cegły otaczały go niby chuligani szkolnego ciamajdę. Pochylały obdrapane czoła fasad, otwierając pełne czerni pyski bram.

Spojrzał na popękany bruk pod stopami. Uparte chwasty próbowały przebić zielonymi głowami płyty chodnika.

Powietrze było ciężkie i duszne. Niosło w sobie zapach węglowego dymu.

Rozejrzał się niespokojnie.

Czuł się nieswojo. Czubki palców mrowiły nieprzyjemnie, wzdłuż kręgosłupa spływały dreszcze, puls przyspieszył.

To nie było bezpieczne miejsce.

Coś czaiło się w cieniach pod ścianami, coś dyszało ciężko w jamach bram, świeciło złymi ślepiami zza wyrwanych, kolebiących się na resztkach zawiasów drzwi.

Zadrżał.

Wtedy z cienia wysunął się potężny wilk. Pokazał w uśmiechu białe sztylety kłów. W żółtych oczach mieszkała wściekłość. Zjeżona sierść na karku zwierza przywodziła na myśl kolce. Ogromny basior warczał głucho, jakby rechotał.

Berg patrzył mu w ślepia, bojąc się poruszyć.

Z ciemnej czeluści bramy wychynęła pantera. Nie przypominała przyjaznego zwierzęcia, które pomogło mu pokonać bagna. W jej szalonych oczach lśniła czysta wściekłość. Pysk marszczył się od głuchego warkotu. Ogon tłukł po bokach niczym pejcz.

Niedobrze, pomyślał Lars.

Z piwnicznego okna wypełzał ogromny wąż. Grube jak kolumna cielsko wysuwało się powoli na ulicę. Płaski łeb gada obrócił się ku Grabieżcy niczym celownik morderczej broni. Paciorki oczu były odległe i obojętniejsze niż gwiazdy.

Berg napiął mięśnie.

Zwierząt wciąż przybywało. Z sąsiedniej kamienicy wytoczył się niedźwiedź. Na płaskim, obrzydliwie ludzkim pysku miał wymalowaną furię. Długie niby koziki pazury zgrzytały po kamieniach bruku.

Cuchnąca, kosmata hiena, chyba ze cztery razy większa niż w rzeczywistości, wylazła z pobliskiego śmietnika. Zaniosła się histerycznym chichotem, pokazując igły kłów. Zbliżyła się do Grabieżcy, wysunęła pysk i zaczęła węszyć. Odskoczyła nagle z głośnym wizgiem, przypominającym ni to płacz, ni śmiech.

Jakby na dany sygnał z dachu spadła na bruk kula pierza i szponów. Orzeł wrzasnął wysokim, ostrym głosem. Jego niebieskie, czyste niczym szkło oczy były dzikie i złe.

Wtedy niedźwiedź powstał na tylne łapy i wydał rozdzierający ryk.

Zwierzęta tylko na to czekały. Rzuciły się na Berga równocześnie.

Uciekał. Na oślep, potykając się na połamanych kamieniach bruku. Ulica skręciła się w spiralę. Na plecach Grabieżca czuł oddech ścigających nieprzyjaciół. Wataha zwierząt pędziła za nim, wyjąc, chichocząc i krzycząc.

Uciekał. Stał się ślepym strachem, ofiarą pędzoną przez drapieżniki. Nie musiał się oglądać za siebie, żeby wiedzieć, że zwierząt przybywa.

Widział cień potężnego łosia. Krępą, zbrojną w straszliwe szable sylwetkę dzika. Czarną na obraz mroku postać olbrzymiego, toczącego pianę z pyska ogiera. Byka wielkiego niby głaz, złożonego z samych mięśni i ścięgien, jak potworny Minotaur.

Uciekał. Nic już mu nie zostało prócz lęku. Tylko on gonił Grabieżcę do przodu, zmuszał do wysiłku rozdęte płuca, walące wściekle serce, nogi ciężkie niczym kotwice. Berg rzęził z wysiłku, ulica zdawała się nie mieć końca, a stwory nie ustawały w szaleńczej gonitwie.

Czasem zdawało mu się, że biegnie w kółko, zaś ulica skręca się w spirale, tworząc oszalałe jo-jo. I on, i zwierzęta są tylko figurami na olbrzymiej karuzeli, wirującej bez końca pod bladą gębą księżyca.

Pędził. W oczach ćmiło mu się ze zmęczenia, puls walił tak, jakby miał rozerwać żyły.

Ulica kończyła się nagle, zaślepiona murem wysokiej kamienicy. Oszalały ze strachu, wpadł w rozwartą paszczę bramy.

Może się uda, może jest drugie wyjście, pomyślał w panice.

Nie było. Ponure podwórko-studnia cuchnęło zgnilizną i rozkładem. Rzędy powybijanych okien wyglądały jak seria pociągnięta z ogromnego automatu. Krzywy trzepak przypominał szubienicę. W rogu leżała kupa śmieci i koksu. Połamane krzesło sterczało ze sterty stęchłych szmat niby szyderczy tron. Tron dla króla zwierząt.

Już wpadały na podwórze. Ostro cuchnące piżmem, podniecone gonem. Bezduszni nieprzyjaciele zbrojni w noże kłów i pazurów.

Berg przypadł plecami do ściany. Czekał. Nic więcej nie mógł zrobić.

Pierwszy skoczył wilk. Berg chciał odepchnąć szare cielsko, zdzielić w nos, dźgnąć w oko, ale przewrócił się od impetu uderzenia. Bestia przygniotła go. Szorstka sierść drapała twarz, dławiła oddech. Walczył rozpaczliwie, wiedząc, że przegra.

Pozostałe zwierzęta nie czekały. Rzuciły się na Grabieżcę, głodne i wściekłe. Próbował szarpać grubą szczecinę, uderzyć w przekrwione, pełne dzikości ślepia, ale chybiał. Był już tylko upolowaną zdobyczą. Pożywieniem.

Czuł, jak głębokie ukąszenia wydzierają mu kawały skóry i ciała, potężne szczęki druzgocą kości. Ostre rogi przebijają boki, brzuch, pierś. Ślizgał się na lepkich od krwi kamieniach, pożerany żywcem. Wył, a zwierzęta wrzeszczały wraz z nim.

Z góry obojętnie spoglądało zasnute bielmem oko księżyca.

Błyskawica biała i ostra niczym flesz.

Leży na wielkim niczym katafalk dla olbrzyma stole. Nad sobą widzi białe, dziobate maski w trójgraniastych kapeluszach. Medycy czasu zarazy pochylają się nisko. W czerni peleryn przypominają ibisy w żałobie.

– Człowiek to taka niepotrzebnie skomplikowana istota – przemawia głos z nieba. – Tak dużo bezsensownych podwojeń. Na co ci tyle, wybrańcze?

Milczy, bo nie wie, co odpowiedzieć. Nie czuje już lęku. Jest zbyt późno na lęk.

Białe jak czaszki kruków maski wiszą nad nim niczym widmowy naszyjnik szamana.

– Pragnąłeś uzdrowić tę dziewczynę – przemawia nieziemski głos. – Ale okazałeś się za słaby. A przecież to taka prosta, zwyczajna rzecz. Masz tak dużo zbędnych części. Czy oddasz trochę? Dla Miriam. Dla nas.

Bardzo chciałby powiedzieć „nie", ale nie ma siły otworzyć ust.

– Płuca, na przykład – ciągnie dalej głos. – Po co ci aż dwa? Czy oddasz mi jedno?

Nie! – krzyczy coś w środku, ale wargi milczą. Bo odpowiedź może być tylko jedna. Przyzwolenie.

Upiorni lekarze pochylają się.

Nie czuje bólu, jedynie przykre, nieznośne odczucie otwierania i rozdzierania, jakby był paczką właśnie dostarczoną przez pocztę.

Doktor dziób trzyma w czarnych rękawiczkach jakiś blady, zakrwawiony strzęp.

Błysk. Wilcza paszcza wpycha się pod rozwarte, odsłonięte żebra, wyrywa ochłap. Krew. Krew barwi na czerwono żarłoczny pysk, białe sople kłów.

Błysk.

– Albo wnętrzności. Mnóstwo niepotrzebnego kłopotu. Za dużo. Czy nie wyzbyłbyś się paru metrów?

Medycy przytakują z powagą. Pochylają się. Dłonie kolejnego oplatają ciężkie, śliskie sploty jelit niczym zdechłe węże.

Błysk. Hiena rzuca się na odsłonięty brzuch. Gryzie. Gryzie jak wściekła.

Błysk.

– Ręce. I nogi. Taka ilość. Mogą się tylko pomylić. Nie prościej oddać po jednej potrzebującym?

Chciałby zaprzeczyć, ale przecież nie może. Próbuje lekko skinąć głową. Za dużo, o wiele za dużo. Doktor dziób wie, co robić. Za chwilę nie ma już kłopotu. Nic się teraz nie pomyli.

Błysk. Pantera i orzeł. Biją się o swoje, wrzeszczą. Ostre szpony zagłębiają się w ciało tuż obok długich, lśniących kłów kota. Miażdżą kości, wydzierają ze stawów. Ptak odlatuje ze zdobyczą w pazurach. Pantera odciąga swój ochłap kawałek dalej od żerującej hałastry zwierząt.

Błysk.

– Hmmm – zastanawia się głos. – Teraz serce. Niby jest jedno, ale tyle niepotrzebnych dodatków. Te komory, przedsionki, aorty. Za dużo. Może byś trochę oddał, co?

Nie! – chcą zawołać usta, ale zamiast tego drgają słabo.

Biało-czarny doktor kruk wkłada dłonie w rozcięcie mostka.

Błysk. Niedźwiedź sięga głęboko do otwartej jak papierowe pudełko klatki piersiowej. Wyszarpuje strzęp mięsa. Dobry, krwisty. Jeszcze pulsuje w wielkich szczękach zwierza. Jeden ruch i zostaje połknięty.

Błysk. Patrzy na świat jednym ocalałym okiem. Doktorzy zabierają wycięte organy, skrupulatnie i ostrożnie, jakby nieśli niezwykle cenne, choć kruche podarki.

– Wspaniale – mówi głos z nieba. – Teraz jesteś istotą doskonałą. Uczyniłeś wiele dobra. Dzięki tobie dziewczyna wyzdrowieje. Zobaczysz. Jesteś perfekcyjny, niby

świeżo narodzone słońce. Oto twoja mądra kość. Kość mocy i prawdy.

Najbliższy doktor pochyla się, umieszcza w otwartej klatce żeber lśniącą, złotą kuleczkę.

– Udało się – mówi głos. – Zaszyjcie go.

Ptasi medycy przynoszą worek pełen trocin. Sypią pył do środka brzucha, wypychają puste miejsca pomiędzy żebrami. Szyją. Igły śmigają pewnie. Grube szwy zamykają otwarte ciało, próbując znów złożyć je w jeden kawałek.

To nie boli. Ktoś, kto ma w środku trociny, nie może przecież nic czuć.

– Doskonale – powiada nieziemski głos. – Skończone. Stałeś się nową całością. Gratuluję. Pokażcie mu lustro.

Czarni medycy posłusznie przynoszą duże zwierciadło. Unoszą w górę, żeby mógł dobrze się przyjrzeć.

Jest kalekim, krzywym tułupem, poznaczonym sinymi liniami szwów. Nie wygląda nawet jak potwór. W ogóle nie ma wyglądu. Worek. Nieudolnie uszyty worek. Duch przodek na kiju jednej nogi.

Zamyka ocalałe oko. Nie chce już patrzeć. Nie widzi więc, że kruczy doktorzy zabierają lustro.

Ale dostrzega błysk. Oślepiający biały piorun. Jeden za drugim. Cała burza białych błyskawic. A potem cisza.

Leżał zbolały, dziurawy, niekompletny. Nie był już sobą. Zabrali mu wszystko. I dobrze. Zobojętniał.

Chciał tylko leżeć i zapadać się w piasku.

Gdyby mógł wybierać, może wolałby umrzeć. Ale to nie miało sensu. I tak przecież nie żył. Żywi ludzie nie mają w środku trocin. Składają się z jednego kawałka, a nie kilku krzywo pozszywanych szpagatem.

Amber, Miriam, Angelos, Exe, Aakunen krążyli mu nad głową na kształt stada wron. Kręcili się w kółko w wariackim sabacie, jak wysmarowane czarodziejską maścią wiedźmy. Nie miał nawet tyle siły, żeby ich przepędzić. Kołowali więc natrętnie, wykrzywieni groteskowo, rozmazani w smugi na szybie.

– Zostawcie mnie – wymamrotał. – Wynoście się.

Wtedy usłyszał cichy szelest. Piękna, złota niby poranek puma kroczyła wolno, ostrożnie stawiając wielkie, kosmate łapy. Jej boki lśniły niczym polerowany mosiądz. Spojrzała na Grabieżcę zielonymi księżycami oczu.

Była tak piękna, że mimowolnie się uśmiechnął.

Otworzyła pysk i dmuchnęła, a korowód widm rozwiał się w bladą mgiełkę. Usiadła obok Berga. Wyciągnął dłoń, próbując dotknąć gładkiej, błyszczącej sierści.

Puma pochyliła łeb. Z jej głębokich, malachitowo zielonych ślepi spłynęły dwie łzy. Były błękitne, czyste i smutne jak niebo nad pobojowiskiem. Spadły na ziemię i rozlały się w ogromne, miękkie, szumiące morze, które zamknęło się nad Grabieżcą niczym szkatułka z akwamaryny. Szybował w błękicie i nic już nie istniało prócz kojącej niebieskości. Otulała Berga do snu, głębokiego niby kobalt, bez majaków, bez wizji, bez bólu.

Opadł w niebieskie zapomnienie, w szafirowy praocean.

Zamknął oczy i pozwolił sobie po prostu nie być.

Obudził się na ciepłym, jasnym piasku plaży. Zamrugał i usiadł z wysiłkiem. Przed nim, jak wielki kawał sukna, leżało spokojne, niezmącone morze. Marszczyło się tylko delikatną koronką fal.

Widocznie praocean wyrzucił mnie na brzeg, pomyślał Berg mętnie.

W ustach czuł słony posmak. Oblizał wargi.

Gdzieś daleko krzyczały mewy. Ich tęskne, przenikliwe wołanie brzmiało niczym głos z zaświatów.

Podniósł do twarzy ręce, obejrzał uważnie. Obie wyglądały tak samo jak zawsze. Zacisnął zęby i ostrożnie podciągnął do góry sweter. Brzuch był płaski, skóra gładka, bez śladu blizn. Odetchnął z ulgą.

To tylko jakieś pieprzone majaki, pomyślał. Po prostu koszmar. Zły sen.

Rozejrzał się. Obłe, garbate grzbiety wydm przypominały stado wędrującego bydła. Wokół, jak okiem sięgnąć, był tylko piasek, morze i wysokie, blade niebo. Nabrał garść miałkich drobin i przesypał przez palce. Nie wiedział, co powinien zrobić. Podnieść się i iść? Wzdłuż brzegu? W głąb plaży? Problem w tym, że nie miał pojęcia, gdzie się w ogóle znajduje. Został porwany przez kosmiczne Drzewo czy tylko mu się zdawało? Prawdopodobnie stracił przytomność w chacie Księżniczki, a potem tubylcy wynieśli go i porzucili gdzieś daleko od wioski.

Wynieśli? – zakpił znajomy głos w głowie. *Nad morze? To mieli kawałek do przejścia, Bergerson.*

Grabieżca westchnął, ścisnął palcami kąciki oczu. Czuł się trochę skołowany. Jakby powoli wychodził z gigantycznego kaca.

Wywar, przypomniał sobie. No jasne! Napoili mnie jakimś halucynogennym świństwem i stąd to wszystko. Tylko, gdzie, do cholery, jestem?

– Opuściłeś Dolny Świat – powiedział uprzejmie Max. – A teraz znajdujesz się na środkowym szczeblu drabiny.

Lars poderwał głowę, spojrzał, zaskoczony. Gniady koń stał przed nim, oganiając się od nieistniejących much czarnym wiechciem ogona.

– Max? – szepnął Berg. – Jak...

Koń wywinął górną wargę, pokazując wielkie, żółte zęby, jakby się uśmiechał.

– Jak? No, zwyczajnie. Przecież jestem twoim głównym zwierzęciem mocy. Wskakuj, mamy kawałek drogi do zrobienia.

Lars rozłożył ręce.

– Zaraz – mruknął. – Chcesz, żebym cię dosiadł?

Max skinął łbem.

– Pospiesz się. Ciągle znajdujemy się niebezpiecznie blisko Dolnego Świata.

Berg niemrawo gramolił się z piasku. Bolało go każde ścięgno i kość. Pewnie złota kulka mądrości też. Koń pochylił szyję, a Grabieżca chwycił szorstki kosmyk grzywy. Czuł się trochę głupio. Jeszcze nigdy nie jeździł na grzbiecie Maksa. To znaczy Maksa – zwierzęcia mocy. Bo kiedy był chłopcem, uganiał się na oklep całymi dniami.

Podciągnął się i zdołał wgramolić na konia. Usadowił się w miarę wygodnie na gładkim, beczkowatym grzbiecie, chociaż kręgosłup zwierzęcia był twardy i pokryty gruzłami niby sznur z supłami. Pochylił się nad karkiem konia.

– Max? – spytał. – Dokąd jedziemy?

Koń parsknął.

– Co się głupio pytasz? W górę, oczywiście.

Odbił się kopytami od piasku i popędził wprost w niebo. Berg zachwiał się, kurczowo wplątał palce w grzywę.

– Trzymaj się! – krzyknął Max. – Będzie gorąco.

Piął się po niebie skokami, ale dopiero po chwili Berg zorientował się, że za każdym razem odbija się od gałęzi Drzewa. Mglistego na kształt widma, lecz całkiem wyraźnego. Cały czas tu było, tylko Lars nie potrafił go dostrzec. Koń pędził w górę, obiegając pień dookoła, jakby wspinał się po krętych, stromych schodach.

Byli już strasznie wysoko, morze w dole wydawało się okrągłe i małe niczym talerz. Berg poczuł zawrót głowy.

Nie patrz w dół, nakazał sobie.

Spróbował zamknąć oczy, ale wtedy zrobiło się jeszcze gorzej. Czuł się tak samo, jak kiedyś na karuzeli, gdy był małym dzieckiem. Za nic nie chciał zejść, zrobił pewnie ze sto obrotów, mimo że było mu strasznie niedobrze. Zobaczył to wspomnienie nagle, jakby ktoś podstawił mu pod nos barwną, trójwymiarową fotografię, nasyconą emocjami niczym eterem.

Max galopował po Drzewie, a Berg za każdym susem widział inny fragment swego życia. Matkę i ojca w rodzinnym domu. Przyjazd do siedziby gildii. Paksa. Przyjaciół ze szkoły. Chwilę, kiedy zdał egzaminy i został przyjęty do Grabieżców. Moment, gdy otrzymywał tatuaż. Avę. Mirandę. Dirka. Pierwsze spotkanie z Miriam. Angelosa. Amber. Pojawiali się w krótkich, niezwykle intensywnych przebłyskach, migających niczym kalejdoskop.

Oglądał swoje życie jak album, z zewnątrz i wewnątrz równocześnie. Miał dziwne wrażenie, że się rozdwaja. Jakby było teraz dwóch Bergów. Dawny i ten nowy, w którego piersi rosła złota kość mądrości.

– Uważaj, Berg – zawołał nagle koń. – Lądujemy.

Drzewo znikło. Opadli na rozległą zieloną przestrzeń trawy. Miękkie, łagodne pagórki wybrzuszały się niczym jedwab owiewany wiatrem. W zieloności łąk ciągnęła się pojedyncza wąska dróżka, przypominająca aplikację na tkaninie. Max się zatrzymał.

– Złaź – powiedział. – Dalej nie mogę cię zabrać. Musisz iść sam.

Lars ześlizgnął się z gładkiego, ciepłego grzbietu.

– Dzięki – mruknął. – A dokąd?

Koń wskazał głową.

– Drogą. Potem zobaczysz.

Lars cofnął się o krok. Max wyglądał dziwnie. Zrobił się nagle półprzejrzysty, zamglony. Berg widział wyraźnie pulsujące między żebrami serce, świecące błękitną poświatą, i niebieską, lśniącą smugę kręgosłupa zakończoną jaśniejącą kulą blasku w głowie zwierzęcia.

– Max – zaniepokoił się. – W porządku z tobą?

Koń parsknął.

– Jasne. Po prostu zaczynasz widzieć. Jesteśmy już bardzo wysoko. Jako zwykłe zwierzę mocy nie mogę ci dalej towarzyszyć. Powodzenia, przyjacielu.

Odwrócił się, jakby chciał odejść.

– Zaraz! – zawołał Lars. – Poczekaj! Co to za miejsce?

Widmowy koń obejrzał się zniecierpliwiony.

– Górny Świat – wyjaśnił. – Lars, ja naprawdę muszę już iść. Trzymaj się.

Skoczył w górę niczym w jakiś dziwnym cyrkowym numerze i po prostu zniknął. Berg został sam.

Podrapał się w głowę i westchnął. Przynajmniej krajobraz wygląda przyjemniej, pomyślał.

Westchnął znowu. Nie było się nad czym zastanawiać. Mógł tylko ruszyć przed siebie ścieżką pomiędzy łagodnymi stokami wzgórz.

Otaczały go ze wszystkich stron jak wielkie zielone fale. Wydawało się, że zapadają się i wybrzuszają w cichym, cierpliwym rytmie niczym wędrujące wydmy.

To niemożliwe, pomyślał Berg.

Zatrzymał się i uważnie przyjrzał pagórkom. Poruszały się naprawdę. Powoli wydymały zieloną toń murawy, układając się w miękkie, obłe bryły, jakby pod spodem, pod warstwą darni, płynęła woda.

Może to nie łąki, pomyślał. Tylko wodorosty, z daleka przypominające murawę.

Przystanął, urwał źdźbło rosnące na skraju ścieżki. Pachniało świeżo ściętą trawą. Lars strzepnął je na ziemię, spojrzał na falujące łagodnie pagórki i zamarł. Układały się wyraźnie w kształt ludzkich twarzy. Spokojnych, jakby pogrążonych we śnie zielonych twarzy o miękkich rysach.

– Górny Świat – powiedział Berg. – Ano, zobaczymy, co to za cudo.

Ścieżka biegła zakosami w dół. Grabieżca zaczął powoli schodzić po długim stoku. Nie miał wrażenia, że ziemia porusza się pod podeszwami butów, ale i tak zastanawiał się, czy schodzi wzdłuż linii podbródka, czy raczej po grzbiecie nosa.

Żółte, bardzo okrągłe, wielkie słońce stało tuż nad horyzontem. Świeciło tak słabym blaskiem, że bez trudu mógł patrzeć na tarczę. Mimo to niebo nad łąkami było jasne.

Lars zmrużył oczy.

Zaraz, pomyślał. Czy to w ogóle jest słońce?

Na szczycie wzgórza, zawieszony wprost w błękicie, wisiał olbrzymi łeb jaguara. Cętki na futrze połyskiwały niczym napy. Zwierz miał zamknięte oczy, a z rozwartego pyska wystawał długi ozór, przeradzający się w ścieżkę wijącą się między pagórkami. Ścieżkę, którą Grabieżca właśnie szedł.

Zatrzymał się na moment. Zobaczył przed oczami karty Amber. Na jednej z nich widniał taki sam rysunek. Jak się nazywała? Pod obrazkiem była przecież nazwa.

Podrapał się w policzek.

„Szczęśliwa brama", przypomniał sobie. Tak właśnie brzmiał podpis pod rysunkiem.

Uśmiechnął się krzywo.

– Obyś miała rację, królewno – mruknął i ruszył ścieżką w górę.

Powoli wsunął się do groty rozwartego pyska. W górze połyskiwało różowo żłobione sklepienie podniebienia. Miękki język uginał się pod stopami, elastyczny niczym materac. Po krótkim czasie Berg minął białe, opalizujące kolumny kłów. Musnął jedną palcami. Była bardzo gładka, pokryta twardą emalią. Ścieżka jęzora prowadziła w dół, ku czerwonawemu tunelowi przełyku. A tam, gdzie powinna zaczynać się gardziel jaguara, stały drewniane, pomalowane na zielono drzwi. Zawahał się przez chwilę i nacisnął klamkę. Zawiasy zgrzytnęły cicho. Grabieżca zajrzał przez szparę. Drzwi prowadziły do lasu.

Rozdział 9

Przestąpił próg. Drzwi zatrzasnęły się za nim natychmiast. I znikły. Powietrze pachniało słodko – igliwiem, wilgocią, żywicą, wiosną. Nabrał głęboko powietrza i wydało mu się, że nigdy dotąd naprawdę nie oddychał. Ścieżka wiodła pomiędzy jasną palisadę brzóz. Zakręcała, wiodąc dalej w zagajnik. Max kazał mu wędrować drogą, więc postanowił jej nie opuszczać.

Było ciepło. Promienie słońca rzucały na ziemię złote i ciemnozielone plamy. Pnie sosen lśniły świeżą czerwienią jak pomalowane pokostem. Ćwierkały ptaki, liście, trącane podmuchami wiatru, szeleściły cicho. Ale w zwykłą gadaninę lasu wplatał się jeszcze jeden obcy głos. Z oddali dochodził słodki, jasny dźwięk. Przybliżał się i po chwili Lars mógł już odróżnić słowa piosenki.

Gdy usłyszałam, że nadchodzisz,
Od tego dnia począwszy,
Na złoty talerz nakładam posiłek,
Mój przyjacielu, mój młody szamanie.

Razem siedzimy przy błękitnym stole,
Ze złotego talerza posilamy się,
Razem siedzimy przy białym stole,
Mój przyjacielu, mój młody szamanie.

Berg zatrzymał się. Zza zakrętu ścieżki ukazał się nagle wielki, pokryty łuskami łeb jaszczura. Gad pełzł powoli, człapiąc krzywymi łapami. Uważnie badał drogę, wystrzeliwując spomiędzy zębów podwójny bicz ozora. Dziewczynka tłukła o jego boki bosymi piętami. Na widok Grabieżcy przestała śpiewać. Jaszczur przystanął.

– Jesteś głodny? – spytała mała, zabawnie przekrzywiając głowę.

Lars zmieszał się nieco.

– Eee, chyba nie...

Zaśmiała się.

– Nie szkodzi. Masz gruszkę.

Owoc pojawił się nagle w jej dłoniach, stworzony chyba z powietrza. Zaśmiała się znów i cisnęła gruszkę Grabieżcy. Złapał ją w locie. Wyglądała na zwykłą klapsę, tylko bardzo dorodną.

– Zjedz – poleciła dziewczynka z powagą. – Musisz odzyskać siły. W Dolnym Świecie z pewnością nie potraktowali cię uprzejmie. Ale tacy już są. Powinieneś im wybaczyć. Zresztą gdyby nie oni, nie zostałbyś tym, kim teraz jesteś.

Lars podniósł wzrok i spojrzał w oczy dziewczynki. Czuł się dziwnie, rozmawiając z nią. Przyzwyczaił się traktować ją i jaszczura jak zjawy ze snów. Trudno konwersować ze zjawą na ścieżce w lesie, kiedy za plecami ma się bramę z jaguarzego pyska.

Wycelowała w niego palec.

– Nie wiesz? Człowiekiem mocy, oczywiście. Zjadaj. To dobra gruszka.

Uniósł owoc do twarzy, powąchał. Pachniał kusząco. Ugryzł ostrożnie jędrną skórkę, spodziewając się, że zaraz bluźnie krwią albo kwasem. Ale sok był słodki i orzeźwiający. Ugryzł znów. Dziewczynka w koronkach przyglądała się temu z aprobatą, jakby był psem, który posłusznie zjada podany kąsek.

Wyrzucił ogryzek, a mała uśmiechnęła się szeroko.

– No, teraz poczujesz się lepiej. Ktoś chce się z tobą spotkać, wiesz?

Berg rozłożył ręce w geście zdziwienia.

– Kto? – spytał. – Kolejna marynowana głowa?

Parsknęła śmiechem, jakby opowiedział świetny dowcip.

– Zobaczysz. No, idź już. Niech nie czeka. I tak trudno jej było przyjść.

Jej? – pomyślał Berg z niepokojem. O kogo, u diabła, tym razem chodzi? O Matkę Zarazę?

Mała uderzyła piętą w bok jaszczura, aż zadudniło. Zakolebał łbem i ruszył ciężko. Lars uskoczył w krzaki, kiedy wielkie cielsko przetaczało się tuż obok niego.

– A, zapomniałam! – krzyknęła wesoło dziewczynka. – Gratulacje, Bergerson. Cieszę się, że ci się udało.

– Udało co? – zapytał.

– Przeżyć, przyjacielu! – krzyknęła wesoło i pomachała mu na pożegnanie.

Jaszczur człapał ciężko, łamiąc zwieszające się gałęzie sosen. Mała znów zaczęła śpiewać. Berg stał jeszcze przez chwilę, słuchając czystego, pełnego mocy głosu.

Ze złotego talerza posilamy się, mój młody szamanie...

Śpiew brzmiał równie jasno i buńczucznie jak wtedy, gdy kazał budować dom na głowach nieprzyjaciół.

Lars zamachał obiema rękami.

– Hej! – zawołał za nią. – Dzięki, że mi pomogłaś załatwić zabójcę Mistrzów Blasku!

Nie odwróciła się nawet.

Jeziorko przypominało upuszczone lusterko. Migotało w trawie polany, oprawione w ramę omszałych zielonych kamieni. Berg zatrzymał się, bo obrazek był tak bajkowy, jakby pochodził z książki o elfach.

Usłyszał za plecami szelest i odwrócił się. Po mchu stąpała piękna, złota puma. Jej ślepia lśniły jak zielone księżyce. Lars nie przestraszył się. Już chyba niczego nie był w stanie się przestraszyć. Uśmiechnął się, bo rozpoznał zwierzę, które rozproszyło widma i przyniosło mu ukojenie.

Puma przystanęła, uniosła w górę przednie łapy, jakby chciała go objąć, i przemieniła się nagle w kobietę. Piękną, rudowłosą kobietę. Jedynie oczy pozostały te same. Księżycowe oczy pumy.

Z gardła Berga wyrwał się okrzyk zdumienia.

– Ava? – wychrypiał, kiedy już minął pierwszy szok. – To naprawdę ty?

Skinęła tylko głową. Podeszła chwiejnie, jakby dawno nie poruszała się w ludzkiej postaci.

– To ja – powiedziała cicho.

Lars przygryzł nerwowo wargę. Nie wiedział, jak się zachować. Ava stała przed nim odległa i chłodna. Wydawało mu się, że wcale jej nie zna. Jakby patrzył na obcą kobietę. Nie miał pojęcia, czy powinien ją uściskać, przytulić, pocałować czy podać jej rękę. Patrzył na jej owalną, piękną twarz i nie umiał odnaleźć rysów swojej niegdyś ukochanej żony.

Nie czuł zupełnie nic. Po latach tęsknoty i smutku wszystko się wypaliło. Palenisko było zupełnie puste, nawet popielnik wymieciony. Może jeszcze rok temu, może tuż po spotkaniu z Miriam, zareagowałby inaczej. Ale zbyt dużo się wydarzyło. Teraz była Amber.

To jest Ava, pomyślał. Moja Ava? Boże, nie pamiętam. To jakaś obca kobieta.

Wskazała ręką kamień.

– Usiądźmy, dobrze?

Klapnął na omszały, zimny głaz.

– Dowiedziałam się, że Drzewo cię wezwało – odezwała się chłodnym, cichym głosem. Mówiła z trudem, wyraźnie szukała słów, nie mogła zebrać myśli. – Cieszę się, że tu dotarłeś. Zawsze wiedziałam, że masz talent.

– Ava – spytał. – Co się z tobą działo? Czemu odeszłaś? Żyjesz tutaj? Co to za miejsce?

Potrząsnęła głową, jakby nie mogła zrozumieć naraz tylu pytań. W księżycowych, zielonych oczach nie było nic ludzkiego.

Nic, pomyślał Lars i przeszedł go dreszcz.

– Nie odeszłam – powiedziała z wysiłkiem, patrząc mu w twarz ślepiami pumy. – Ja... przeszłam. Dokonałam wyboru. Otworzyła się przede mną ścieżka księżyca, a ja tak bardzo pragnęłam nią iść...

– Boże, dziewczyno – jęknął. – O czym ty opowiadasz? Jakie księżyce? Jakie ścieżki? Nie możesz mówić po ludzku? Rzygać mi się chce od tych ciągłych zagadek i tajemnic!

Odwróciła głowę.

– Nie rozumiesz? Wybrałam wiedzę. Miałam szansę znaleźć się tak blisko źródła, jak to tylko możliwe. Miałam szansę zrozumieć. Kto by nie skorzystał, Lars?

– Mogłaś chociaż dać mi znać – mruknął gorzko. – Powiedzieć, że odchodzisz.

Potrząsnęła z niecierpliwością głową.

– Kiedy otwiera się ścieżka mocy, droga prawdy, nie masz czasu myśleć o żadnych głupstwach. Nie pragniesz niczego innego, tylko przejść. Dlaczego sądzisz, że miałabym cię zawiadamiać? Wybrałam. Wybrano mnie. Osiągnęłam swój cel.

– Na miłość boską! – wybuchnął. – Byliśmy małżeństwem! To naprawdę gówno dla ciebie znaczyło?

Westchnęła.

– Emocje. Za dużo emocji.

Przejechał ręką po twarzy.

– Fajnie – mruknął. – Dobrze wiedzieć, że tak na to patrzysz. Tylko wiesz co? Szkoda mi tych wszystkich lat. Po prostu cholernie mi ich szkoda.

Zielone oczy były zimne i szklane niczym szyby. Za nimi nie kryło się nic. Pustka.

Splotła palce. Elegancki, pusty gest. Wydawało się, że cała zrobiła się pusta. Wydrążona, a potem napełniona na powrót obcą, zimną wiedzą. Nie przypominała dawnej Avy. Raczej jej odlaną z chłodnego, lekkiego metalu kopię.

Nie potrafił połapać się we własnych uczuciach. Płynęły szybciej niż górski potok. Nadzieja, oczekiwanie, smutek, złość, rozczarowanie, obojętność kotłowały się w rwącym prądzie myśli i umykały. Nie mógł ich zatrzymać. Gdyby znajdował się na ziemi, a nie w tym szalonym, dziwacznym świecie, natłok sprzecznych odczuć mógłby go nawet zabić.

Ava siedziała obok, wytęskniona, a przecież zimna niczym rzeźba z lodu. Odezwała się spokojnym, beznamiętnym głosem.

– Lars, ty nic nie rozumiesz. Nawet nie wiesz, ile wysiłku kosztuje mnie, żeby pamiętać.

Zacisnął pięści. Poczuł się nagle paskudnie jak wyrzucony pies.

Moja żona, pomyślał. Moja cudowna księżniczka. Nie miała po prostu ochoty myśleć o głupstwach.

– Co pamiętać, Ava? – warknął. – Nas?

Uśmiechnęła się blado.

– Pamiętać, co się czuje, kiedy jest się człowiekiem, Lars.

Wciągnął powietrze przez zęby.

Nie spodziewał się takiego wyznania. Było jak uderzenie kijem w splot słoneczny. Kiedy kobieta, z którą żyjesz, którą kochałeś, odchodzi, to boli. Kiedy zamienia się w coś, w stwora o księżycowych oczach, jesteś zupełnie bezbronny. I nieźle wstrząśnięty.

– Więc kim jesteś, Ava? – spytał cicho.

Uniosła głowę.

– Mocą, wiedzą, tchnieniem...

Pieprzyłem się z tchnieniem, pomyślał ponuro. Wspaniale.

– Więc po co mnie wezwałaś? – spytał. – Po co, skoro nic dla ciebie nie znaczę?

Westchnęła.

– Jesteś wybrańcem Drzewa. Musiałeś zdobyć moc. Udało się. To dobrze.

Ukrył twarz w dłoniach i siedział przez chwilę w bezruchu. Nie mógł patrzeć na obojętną, zimną twarz Avy. Po prostu nie mógł.

– Chodziło tylko o Drzewo? – spytał.

Skinęła z powagą głową.

– Tak. Część naszej misji to pomoc wybranym. Rzadko się tym zajmuję, ale ty stanowiłeś wyjątek. Przekazywałam ci wiadomości od Drzewa.

– Pomoc wybranym – powtórzył z goryczą. – Gratuluję. Dlaczego akurat ciebie do tego wybrali?

Uniosła lekko brwi.

– Żebyś przyszedł – powiedziała szczerze.

W tym momencie ostatecznie przestał ją kochać. Nie miał już nic do powiedzenia.

Wstał.

– Wybacz – mruknął. – Czuję, że wzywa mnie moja ścieżka. Będę szedł.

Uśmiechnęła się lekko, tak jak mógłby się uśmiechnąć posąg. Nie było w niej życia. Jeśli kiedykolwiek jakieś miała, oddała je bez żalu.

– To dobrze – stwierdziła tylko. – Bardzo trudno mi z tobą rozmawiać. Nie umiem już. Tyle emocji. To zbyt skomplikowane.

– Co? – warknął.

– Bycie człowiekiem – wyjaśniła.

– Aha – mruknął. – Dla ciebie z pewnością.

Zamilkł, zły i zraniony. Ava siedziała obok, obca niby wróg.

– Stałeś się istotą mocy – odezwała się po chwili. – Minie nieco czasu, zanim się przyzwyczaisz. Przeszedłeś inicjację w Dolnym Świecie, teraz otrzymałeś talenty i dary. Podążyłeś ścieżką ziemi. Zawsze wiedziałam, że jest w tobie siła.

– Mnóstwo siły, skarbie – warknął. – Całe pokłady. A teraz pójdę je wykorzystać.

I upiję się, pomyślał. Ciekawe, czy w tym cholernym Górnym Świecie mają jakieś knajpy?

Ava obróciła ku niemu bladą, pustą twarz.

– Wierzę, że osiągniesz cel. Jesteś wytrwały i uparty. Uzdrowisz dziewczynę. Wrócisz do domu. Ścieżka ziemi jest stworzona dla ciebie i tobie podobnych. Mnie wezwała ścieżka księżyca. Nie zobaczymy się już. Za daleko odeszłam. Żegnaj, Lars – szepnęła. W jej głosie brzmiała ulga.

Stanęła na kamieniu i skoczyła. Jeszcze w powietrzu zmieniła się w złocistą pumę. Miękkimi, płynnymi susami odbiegła w las.

– Chyba wolę cię w tej postaci, kotku – mruknął.

Dla podobnych do mnie, pomyślał gorzko. Fajnie, moja piękna, była, martwa żono. Wolałbym cię nie spotkać, pani pumo. Idź spokojnie swoją księżycową drogą. I nie oglądaj się.

Usiadł na kamieniu, ścisnął rękami skronie i przymknął oczy. Nie pamiętał, ile czasu tak siedział. Długo. Aż zatrzęsła się ziemia.

Dygotała miarowo, niczym od ciężkich uderzeń potwornego młota. Każdemu towarzyszyło głuche łupnięcie, wprawiające w drgania czubki sosen. Rytm był równy jak kroki biegacza.

Lars uniósł głowę.

Drogą biegł olbrzym złożony z samego płomienia. Nie miał twarzy, w jej miejscu buzował ogień. Iskry włosów ciągnęły się za nim, podobne do ogona komety. Pomarańczowe, żółte i czerwone ciało huczało niczym palenisko. Od giganta bił żar. Berg cofnął się przed podmuchem gorącego pustynnego powietrza.

Stopy olbrzyma tłukły w ziemię z siłą kafara. Wyglądało, jakby postanowił pobiegać trochę przed śniadaniem. Mimo że był samym ogniem, las pozostawał nietknięty. Nie zatliła się nawet najmniejsza gałązka.

Gigant biegł, a huk płomieni zdawał się szeptać słowa w nieznanym języku. Może olbrzym rozmawiał sam ze sobą, a może się modlił.

Berg wstał, żeby lepiej widzieć zdumiewające zjawisko. Płomień śmignął tuż przed nim, ciągnąc za sobą smugę iskier i powalającego gorąca. Lars wciągnął w płuca rozpalone powietrze. Pachniało ostro żywicą.

– To żywiczny olbrzym – powiedział głos za jego plecami. – Jeden z czternastu braci. Nie wiem który, bo nie potrafię ich rozróżnić.

Berg odwrócił się. Na brzegu jeziorka stał Jakub Tyllo.

– Oprócz kur potrafisz też zaklinać olbrzymy? – spytał Grabieżca.

Tyllo się uśmiechnął.

– Jeśli zachodzi taka potrzeba. Chodź, Berg, czas się stąd wynosić.

Lars cofnął się o pół kroku.

– Zaraz – żachnął się. – A niby dokąd?

Tyllo skierował palec w ziemię.

– Do domu. Na dół.

Berg zacisnął zęby.

– Sam się tam wybierz, kumplu. Ja zostaję.

Tyllo podrapał się w policzek, przekrzywił głowę.

– Nie ufasz mi, co? – spytał.

– Ano jakoś nie. – Uśmiech Grabieżcy wyglądał jak szrama od noża.

Kupiec westchnął.

– Naprawdę nie wiesz, kim jestem, Lars? – spytał łagodnie.

Oczy Grabieżcy zwęziły się.

– Nie bardzo, panie Tyllo – warknął.

Szpakowaty mężczyzna uśmiechnął się szerzej.

– Przypominasz sobie mentometr? W Bibliotece Mistrzów Blasku?

Berg zmarszczył brwi.

Niemożliwe, pomyślał. To przecież nie może być on. A jeśli?

– Arvani? – spytał niepewnie. – Jonas Arvani?

Twarz kupca rozpromieniła się.

– Chodź, synu – powiedział. – Czas wracać.

Grabieżca potarł podbródek. Wciąż nie bardzo potrafił uwierzyć. Wahał się.

– Naprawdę jesteś Arvanim? – spytał.

Tyllo parsknął.

– A po co bym z tobą szedł taki kawał? Stworzyłem gildię, to opiekuję się jej wychowankami. No chodź, już czas.

Lars przygryzł wargę. Rzeczywiście, Tyllo zachowywał się czasami jak mistrz z gildii. Przypominał mu często Paksa. Ale wydawał się mądrzejszy i silniejszy niż Pax. I rozkazywał wilkom.

– Dokąd chcesz mnie zabrać? – spytał niepewnie.

Arvani znów się uśmiechnął.

– Na ziemię, synu. Przecież nie chcesz tu zostać. To nie miejsce dla ciebie.

Lars zbliżył się do skraju jeziorka niechętnie, niczym spłoszony koń przywołany przez właściciela. Faktycznie, nie miał ochoty zostać w Górnym Świecie. Wolałby go szybko opuścić. Ale nie wiedział, czy może ufać byłemu towarzyszowi podróży.

– Co mam zrobić? – zapytał.

Arvani wyciągnął dłoń.

– Po prostu daj mi rękę.

Nabrał głęboko powietrza i ścisnął kościste, chude palce przewodnika.

Komuś muszę uwierzyć, pomyślał. W końcu był mi bardzo pomocny.

– Postaraj się zrobić krok równocześnie ze mną – poinstruował go Arvani. – Teraz.

Weszli w wodę po kostki. Była nieznośnie zimna.

Nic się nie dzieje, zdążył pomyśleć Lars i zapadł się w toń, głęboką niby studnia.

Spadali wśród iskier, pyłu i ciemności. Wydawało się, że znów zjeżdżają kominem w korzeniu albo jakimś cholernym tunelem do spuszczania węgla. Lars dławił się oddechem, zachłystywał kurzem. Kaszlał spazmatycznie, zaciskając powieki, łzawiąc i łapiąc z trudem powietrze.

– Jeszcze tylko chwila! – zawołał Arvani, który unosił się w powietrzu spokojnie niczym szybujący ptak.

W końcu opadli na coś twardego i zimnego. Berg, kiedy przestał pluć pyłem i kasłać, zorientował się, że siedzi na podłodze. Przed nim otwierały się wyloty trzech korytarzy. Nieprzyjemnie znajomych. Jeden wyglądał dokładnie jak podziemia „Babilonu". Drugi był żywcem wyjęty z Domu Wieczności. Trzeci lśnił rdzawą posadzką i zamkniętymi powiekami drzwi Miedzianej Strefy.

Arvani siedział na podłodze ze skrzyżowanymi nogami, bardzo z siebie zadowolony.

Berg uniósł głowę.

– Co to ma... do cholery... znaczyć? – wykrztusił, walcząc z opornym oddechem.

Twórca gildii wzruszył ramionami.

– To dowód, że niektóre miejsca są ze sobą powiązane. A wszystkie składają się na to samo. Żadna tajemnica. Wkrótce nauczysz się tędy poruszać. To wewnętrzne drogi, Berg. Ważny szlak komunikacyjny.

Oczy Larsa zwęziły się nieprzyjemnie.

– Jeden z nich prowadzi do twierdzy Mistrzów Blasku. Co mi chcesz wmówić? Że tak naprawdę są po naszej stronie i wszystko jedno, po co korzysta się z mocy? I zbrodniarze, i święci to tak naprawdę bracia w jednej potędze?

Arvani parsknął śmiechem.

– A coś ty taki zgorzkniały, synu? – wykrztusił. – Za moich czasów w gildii było więcej optymizmu. Uśmiechnij się. Zdałeś właśnie najważniejszy egzamin w życiu. I wróciłeś w jednym kawałku.

Berg siedział z zaciśniętymi ustami, nieufny i napięty. Nie rozumiał, o co chodzi Arvaniemu. Ale nie spodziewał się niczego dobrego.

Drobny mężczyzna spoważniał.

– Przepraszam, Berg – powiedział. – Zapomniałem, że to wszystko jest dla ciebie takie obce. Mistrzowie Blasku nie są i nie będą moimi braćmi, w żadnej mocy, sile czy wierze. Na zawsze pozostaną wrogami. Chciałem ci tylko pokazać, że nie są wszechmocni. Bez trudu możemy przenikać do ich najpilniej strzeżonych twierdz. Do samego serca mrocznego, paskudnego imperium.

Na twarzy twórcy gildii malował się taki gniew i zaciekłość, że Lars uwierzył mu bez zastrzeżeń. Drobny mężczyzna nagle urósł i spotężniał, zacisnął szczęki.

– Pokazałem ci to miejsce, żebyś je na zawsze zapamiętał. Oni mają tysiące okutych drzwi, ale my mamy klucz. Nie są nie do pokonania. Przewrócimy ich parszywe dominium i przywrócimy porządek – zapewnił Larsa. – Ale na to trzeba czasu. I talentu takich ludzi jak ty. Daj rękę. Musimy jeszcze kawałek zjechać.

Grabieżca ujął dłoń towarzysza.

Ściskam rękę Arvaniego, pomyślał nagle. Pierwszego pozyskiwacza, ojca gildii. Co za szaleństwo.

Jonas odetchnął głęboko, przymknął powieki i podłoga zapadła się z trzaskiem.

Pędzili w kurzu i iskrach, ale krócej niż przedtem. Wylądowali miękko w ciemnym, pachnącym dymem miejscu. Berg zakaszlał, przetarł oczy. Rozpoznał, gdzie się znajduje. Wrócił do chaty Księżniczki. Dziewczyna leżała na barłogu ze skór, śliniąc się i chichocząc. Zerknęła na Berga oczami pustymi niczym rozłupane orzechy. Wstrząsnęły nią dreszcze. Z ust wysunął się biały, opuchnięty język. Ciało wygięło się w łuk.

Arvani otrzepał ubranie i skrzyżował nogi.

Grabieżca patrzył z niepokojem na niedorozwiniętą sybillę.

– Nic jej nie będzie? – spytał z niepokojem. – To wygląda na jakiś atak.

Jonas westchnął.

– Nic jej nie grozi – zapewnił go. – Dochodzi po prostu do siebie. Żyje na skraju wymiarów. W jej przypadku przejście trwa dłużej i jest wyczerpujące. Biedna mała. Dostała tylko jeden, nieznośnie trudny talent.

– Wieszczy? – spytał Lars.

Księżniczka uspokoiła się, oddychała tylko spazmatycznie. Chuda klatka piersiowa unosiła się gwałtownie.

– Skąd, to tylko legenda. – Arvani potrząsnął głową. – Jest bramą. W jej obecności otwiera się przejście w zaświaty. Dobre i to. Gdyby nie miała talentu, plemię porzuciłoby ją tuż po narodzeniu.

– To szczęściara z niej – burknął Lars.

Arvani spojrzał na niego poważnie.

– Berg, czy ty w ogóle wiesz, co się z tobą stało?

Grabieżca wzruszył ramionami.

– Drzewo mnie wybrało – odpowiedział. – Zaprosiło na piknik w wyższym wymiarze, gdzie utopiłem się we krwi, zostałem żywcem pożarty przez bandę dzikich bestii, porozcinano mnie na kawałki, a potem dowiedziałem się, że moja żona zawsze miała mnie w dupie. A teraz wróciłem bogatszy o wiele doświadczeń.

Arvani zachichotał.

– Ładnie to ująłeś, nie ma co. Przykro mi, że nie mogłem cię do tego przygotować. Gdybyś był tubylcem, już jako dziecko zrozumiałbyś, kim jesteś. Oni mają tę wiedzę wpisaną w kulturę. Rozumieją symptomy. Ty nie miałeś możliwości wiedzieć. Dlatego teraz jesteś taki skołowany.

Berg spojrzał spode łba.

– Faktycznie – przyznał niechętnie. – Jestem skołowany. Wyjaśnisz mi łaskawie, co się właściwie dzieje?

Jonas znów się uśmiechnął.

– Jasne. To część mojego zawodu. Niczego się nie domyślasz, Berg?

Grabieżca tylko spojrzał ponuro.

– Zostałeś właśnie szamanem, Bergerson – wyjaśnił Arvani. – Przeszedłeś inicjację, otrzymałeś dary od duchów, odwiedziłeś Dolny i Górny Świat. Twoje przeznaczenie się dopełniło.

– To super – burknął Lars. – Ale co z tego?

Arvani ze zniecierpliwieniem machnął ręką.

– Daj mi dokończyć. Exe powiedział ci, że po Przesileniu pierwotne umiejętności zaczęły powracać. Ludzie musieli się jakoś bronić. Akcja równa się reakcji. Mistrzowie Blasku, robiąc swój mistyczny przewrót, naruszyli równowagę. A wszechświat nie znosi nierównowagi. Oni użyli mocy pozarozumowych, żeby wznieść swoje imperium. Dlatego na Ziemi potrzebna była godna odpowiedź. Zaczęli się rodzić ludzie tacy jak ty i ja. Ludzie z talentem. Nie było w tym nic wyjątkowego. Rodzili się od tysięcy lat i rodzą do dzisiaj. Tylko teraz, siłą rzeczy, musiało być ich więcej. Ale mieli znacznie trudniej niż ich bardziej pierwotni bracia, bo kultura, w której wzrastali, zapomniała, kim są naprawdę.

– Szamanami – szepnął Berg.

Na wąskich wargach Jonasa pojawił się uśmiech.

– Jasne. Wszyscy pozyskiwacze rodzą się z talentem szamańskim. Robią to samo, co ich dzicy poprzednicy. Przedostają się do wyższego wymiaru, żeby leczyć, szpiegować i kraść technologie.

Berg podrapał się w ucho.

– Więc po co ta cała heca z Drzewem? – Wciąż nie bardzo rozumiał.

Arvani westchnął.

– Urodzić się z talentem to nie to samo, co zostać prawdziwym szamanem. W gildii starałem się was nauczyć wszystkiego, co sam odkryłem. Ale to zaledwie ułamek wiedzy. Pozyskiwacze, nawet Grabieżcy, nie są naprawdę szamanami. Umieją przenikać tylko do sztucznej, zbrodniczej domeny Mistrzów Blasku. To kwestia równowagi, Berg. Jaki zaświat, tacy szamani. Twój talent okazał się na tyle duży, że Drzewo zdecydowało się cię wezwać.

Lars wzruszył ramionami.

– Wcale nie prosiłem – mruknął.

Arvani się roześmiał.

– Pewnie, że nie. Nikt rozumny o to nie prosi. Tu, na północy, wszyscy wiedzą, że dar to przekleństwo. Wybrani uciekają przed nim, dokąd potrafią. Ale on jest silniejszy. W końcu każdy musi się ugiąć i przejść inicjację. Albo umrzeć. Duchy nie dopuszczą, żeby wybraniec im umknął. Dręczą go i gnębią, aż sprowadzą do Dolnego Świata. Nie ma nic do gadania, Berg. Tak jak ty. Albo kiedyś ja.

– Ty? – warknął Berg. – Wielki Arvani? Przecież przeszedłeś z własnej woli.

Jonas zaśmiał się niewesoło.

– Skąd! Zmusili mnie, podobnie jak ciebie. Rozerwali na kawałki, pozszywali i wysłali z powrotem. Więc wróciłem, pożyłem parę lat i przejechałem się na swojej własnej mocy. Przeceniłem umiejętności. Mistrzowie mnie dopadli. Wyrwałem się, ale nie zdołałem przeżyć. Umarłem i trafiłem w zaświaty. Ponieważ byłem niezłym szamanem, mam tu całkiem dobrą pozycję. Opiekuję się wybrańcami z mojej gildii. Tobą, na przykład.

Berg przełknął ślinę.

– Jesteś duchem? – spytał.

Arvani podrapał się w policzek.

– W pewnym sensie. Właściwie wolę określenie „przodek". Ale na ziemi pojawiam się cieleśnie.

Lars przesunął ręką po twarzy. Czuł się oszołomiony.

– Po co było to wszystko. Te zwierzęta i dodatkowe kości?

Arvani westchnął.

– Tradycja. Inicjacja zawsze przebiega tak brutalnie. To rodzaj katharsis. Twój umysł musi zrozumieć, że jesteś oczyszczony, rozebrany na sztuki i złożony znowu. Lepiej, mocniej, przez same duchy. Dodatkowa kość to alegoria talentu. I wiedzy, którą zdobywasz. Dolny Świat przemawia językiem podświadomości. Dlatego jest taki popieprzony.

Lars się wzdrygnął.

– To znaczy, że sam sobie wymyśliłem te marynowane głowy i mumie?

– Nie. Strażnicy Dolnego Świata są całkowicie realni. Po prostu widziałeś ich w ten sposób, bo tak zobrazował ich twój umysł. Gdybyś był tubylcem, miałbyś o wiele łatwiej. Duchy zameldowałyby się w znajomej ci, tradycyjnej postaci. Rozumiałbyś każdy etap swojej inicjacji i wiedział, co cię dalej czeka. Pamiętasz ulicę, którą goniły cię zwierzęta? Ponure slamsowisko, rozpadające się kamienice, brudne podwórka-studnie. Tak przedstawił sobie twój umysł niebezpieczne miejsce. Tubylec ujrzałby puszczę nocą albo bagna, lub rwącą po roztopach rzekę. Każdy dostaje swoje, Lars. Doktorzy w maskach musieli ci się kojarzyć z upiorami. Śmiercią i strachem, ale też zupełnie fizycznym cierpieniem.

Grabieżca spojrzał na Jonasa ciężko. Oczy miał wąskie i złe.

– Zaraz – mruknął. – Skąd wiesz, jak wyglądała ta ulica?

Twórca gildii uśmiechnął się trochę smutno.

– Bo byłem wilkiem, Berg.

Lars przesunął ręką po twarzy.

Cholera, pomyślał. A już cię zaczynałem lubić.

– A Drzewo? – spytał. – Czym jest to diabelne Drzewo? Żywą istotą? Bogiem?

Arvani zamachał gwałtownie dłonią.

– Nie, to tylko filar, na którym wspiera się kosmos. Dolne Światy mieszczą się między korzeniami. Nasz wymiar, czyli Ziemia i jej wszechświat, znajdują się na wysokości pnia. Nieba i Górne Światy zajmują miejsce w koronie, między gałęziami. Drzewo jest przekaźnikiem. Rodzajem anteny, wzmacniającej przekaz od innej, potężniejszej istoty.

– Kto to jest? Kolejny duch?

Jonas wzruszył ramionami.

– Nie wiem. Jeśli wierzysz, możesz nazywać go Bogiem.

Dobry Jezu, pomyślał Berg. Nie mogłeś znaleźć prostszego sposobu, żeby odkryć przede mną powołanie? Nie wiem, czy nie wolałbym być na przykład szewcem.

Arvani pokazał w uśmiechu zęby.

– Nie – powiedział. – Przecież za nic nie oddałbyś tego kopa przy abordażu.

Berg drgnął.

– Czytasz w myślach, draniu? – spytał.

Jonas parsknął.

– Bardzo łatwo odkryć, co ci chodzi po głowie, Grabieżco.

Lars skapitulował niechętnie.

– Dobra, powiedzmy. A gdzie są wobec tego dominia Mistrzów Blasku? Mają swoje małe drzewko, które szczepią i malują wapnem?

Arvani spiorunował go wzrokiem.

– Drzewo jest jedno – powiedział z naciskiem. – Mistrzowie Blasku siedzą na nim jak pasożyt. To mały, parszywy światek na krzywym sęku, tuż pod prawdziwą koroną.

Berg skinął głową.

– Aha – mruknął. – Rozumiem.

Niby taka legenda, a też świr, pomyślał. Witamy w domu. Będzie raźniej.

Jonas wyszczerzył zęby.

– Zostałeś szamanem, Lars. Teraz będzie ci łatwiej uprawiać zawód. Nauczysz się korzystać z mocy i abordaże staną się prostsze niż kiedykolwiek.

– Obym tylko nie przeholował – mruknął Berg.

Arvani skinął głową.

– Zgoda, istnieje takie niebezpieczeństwo. Ja przeholowałem. I straciłem przez to łeb. Ale przyczyniłem się do osłabienia cholernych uzurpatorów. Nie żałuję.

Lars zastanawiał się tylko przez chwilę.

– Wrócę do Angelosa, jak obiecałem – postanowił. – I zrobię, co w mojej mocy, żeby rozpieprzyć to piekielne dominium na strzępy.

– Dzięki, synu – ucieszył się Arvani. – Masz moc. Jesteś potężniejszy niż inni. Ale nie jedyny. Znajdą się tacy, którzy ci pomogą.

– Na przykład Angelos?

Jonas z powagą przytaknął.

– Angelos ma misję. Jest emisariuszem. Jednym z wielu działających na wszystkich kontynentach. Robi dobrą robotę. Walczy. Jeśli mu pomożesz, będziemy bliżej zwycięstwa. Trzeba przywrócić zaburzoną równowagę. Świat Mistrzów Blasku jest niczym nowotwór. Nie ma prawa istnieć. Powstał wbrew regułom, po bandycku, dla złych i egoistycznych celów. Zatruwa całe Drzewo. Dlatego trzeba z nim walczyć.

Berg roześmiał się.

– Walczę od dzieciństwa. W gildii uczyli nas, jak to robić.

Arvani też się uśmiechnął.

– Po to ją założyłem. Dobrze, że uwolniłeś konstrukt Sterna. Bardzo się przyda.

Lars wzruszył ramionami.

– To tylko zapis pamięci.

Arvani zmrużył oczy.

– Więc dobrze, że nie będzie służył Mistrzom. Zresztą to coś więcej niż pamięć. W pewnym sensie naprawdę uwolniłeś jego duszę. Wiesz, że w założeniach miał być jednym z tych zdradzieckich drani? Ale odmówił. A miał z nich największe predyspozycje. Dzielny i prawy człowiek. Dlatego zginął.

– Znałeś go? – zainteresował się Lars.

Arvani westchnął.

– Oczywiście. Był moim przyjacielem.

Berg spojrzał na własne palce.

– Przykro mi.

– A mnie przykro z powodu twojej żony.

Lars podniósł wzrok.

– Nie warto – mruknął.

Arvani przygryzł wargę.

– Drzewo obdarza różnymi talentami. Ava poszła ścieżką księżyca. To inna, uboższa droga, niepełne powołanie. Wyzbyła się ciała i emocji, żeby zaczerpnąć jak najwięcej wiedzy. Ty poszedłeś ścieżką ziemi. Zawsze zostaniesz sobą. Nie przemienisz się w istotę podobną Avie.

Berg patrzył ponuro w podłogę. Wspomnienie żony było bolesne niby zakażona drzazga.

– I fajnie – zbył Jonasa szorstko. – Dzięki za dobre słowo.

Arvani się uśmiechnął.

– Chodź – powiedział. – Pokażę ci sztuczkę. Twoje główne zwierzę mocy to koń, tak?

Lars przytaknął.

Arvani położył ręce na kolanach, wyprostował plecy.

– Dobra. Teraz patrz mi w oczy.

Berg spojrzał w orzechowe źrenice i natychmiast odpłynął.

Pędził stepem razem z całym tabunem. Był samym galopem, zatracał się w biegu. Kopyta biły równo o ziemię z siłą i gracją. Biegł i mógłby tak gnać w nieskończoność. Omiatał wzrokiem ogromną połać traw. Zauważał najmniejszy szczegół. Zająca przyczajonego pod kępą niskich zarośli, sokoła wysoko na niebie. Nie dbał o to. Jego umysł nie wysyłał sygnału „niebezpieczeństwo". Mógł cieszyć się pędem i bliskością stada. Galopował radosny, silny i młody. Wokół czuł zapach towarzyszy, widział kare, gniade, srokate i siwe grzbiety. Trawa pachniała słodko. A w powietrzu już unosił się zapach wody. Gnali do rzeki, do wodopoju. Pić. Łykać cudowną, chłodną, orzeźwiającą wodę. Już niedługo. Pędził. Ziemia pryskała spod kopyt, nogi niosły lekko i pewnie, mięśnie pracowały niestrudzenie. Był maszyną do biegania, był jak wiatr.

– Dość – powiedział Arvani.

Berg, oszołomiony, potrząsał głową.

– Podobało się? – spytał Jonas, szczerząc zęby. – Po raz pierwszy przejechałeś się mustangiem, synu.

– Jezu – jęknął Lars z zachwytem – jakim cudem to zrobiłeś?

Arvani wzruszył ramionami.

– Bardzo prosto. Jednoczenie się ze zwierzęciem to prosta sztuczka. Wybrałem konia, żeby było ci łatwo na początek. Zawsze lepiej zaczynać od głównego zwierzęcia mocy. Potem możesz wybierać dowolne. Jak się czujesz?

Berg podrapał się w brodę.

– Dobrze – przyznał szczerze. – Silniejszy i jakby mniej zmęczony.

Jonas się uśmiechnął.

– Prawidłowo. Po to się to robi. Żeby nabrać sił. A tobie będą teraz potrzebne. Musisz wrócić do domu. To długa droga. Zatrzymaj się w Zakonie, odpocznij trochę. Jest bardzo dobrze chroniony.

Lars zastanowił się chwilę.

– Myślisz, że puszczą za mną zabójcę?

Arvani westchnął.

– To prawdopodobne. Ale nie sądzę, żeby zrobili to teraz.

– Już jednego wysłali – przypomniał mu Lars. – Zabiłem go. Ty mi pomogłeś?

– Od tego jestem – mruknął Jonas.

Berg stukał paznokciem kciuka po zębach.

– Ciekawe, czemu nie wysłali drugiego, zanim doszedłem do wyroczni. Teoretycznie trudniej będzie mnie teraz załatwić, kiedy odbyłem inicjację.

Arvani klepnął go w ramię.

– Jasne, że dużo trudniej. Nie posłali kolejnego zabójcy, bo za bardzo boją się tej ziemi. Jest za blisko Drzewa. Im dalej od niego, tym bardziej słabnie też moja moc. Dlatego pokazałem ci się dopiero w wiosce amazonek.

Lars uśmiechnął się krzywo.

– Dzięki, że byłeś. Przydałeś mi się.

Jonas parsknął.

– A ty przydasz się mnie. Trzeba skleić to, co się rozwarstwiło. Zespolić nieprawnie rozdzielone światy. Pracuj nad tym, a ja podziękuję tobie.

– Co mam robić? – Berg spoważniał. – Dalej być Grabieżcą i pracować dla Angelosa? To wystarczy?

Jonas przytaknął.

– Poniekąd – powiedział. – Spróbuj znaleźć innych, też obdarzonych mocą, prawdziwych szamanów. Wbrew pozorom sporo ich przeszło inicjację. Szukaj młodych, których może wezwać Drzewo. I opowiedz im legendę o wyroczni.

– Jasne – westchnął Berg. – Żeby musieli przejść przez to wszystko i otrzymać moc. Spora cena.

Arvani uśmiechnął się łagodnie.

– Berg, moc zdobywa się po drodze. Osiągnąłeś pełnię siły, już kiedy wkroczyłeś do chaty Księżniczki.

Lars drgnął.

– Nie żartuj sobie – poprosił cicho.

– Nie śmiałbym. – Arvani rozłożył ręce. – Zyskałeś moc podczas wędrówki. Po to ją odbywałeś.

– A ćwiartowanie? – warknął Berg. – Pławienie we krwi? Zapewnienie żywego posiłku dla ciebie i innych futrzanych kanibali? Na co było, cholera, potrzebne?

Orzechowe oczy starszego szamana patrzyły ciepło i serdecznie.

– Szamanizm to stan umysłu, Lars. Gdybym po prostu siedział tu i powiedział to wszystko, co teraz, to czułbyś się tak samo? Bez zaświatów, Drzewa, duchów uwierzyłbyś, że jesteś naprawdę wybrany? Zastanów się, czy bez tego byś uwierzył?

Lars przygryzł wargę.

– Mógłbym spróbować – mruknął.

– Spróbuj teraz – zaproponował Arvani.

Berg spojrzał zaskoczony.

– Czego?

– Abordażu – uśmiechnął się Jonas.

Grabieżca parsknął.

– A widzisz tu gdzieś azyl, przyjacielu?

Arvani potarł nos.

– Dasz sobie radę. Jesteś szamanem. Zobaczysz, sprzęt już nie będzie ci potrzebny. Będziesz wolny od azylów, sezamów, koi. Możesz ich używać, ale nie musisz. Jak myślisz, jakim cudem przeniosłem mentometr?

Lars wzruszył ramionami.

– Dobra, skoro tak twierdzisz. Co mi szkodzi.

Nagle ogarnęła go przemożna chęć, żeby skoczyć. Nie był przecież na abordażu od tak dawna. Od czasu pobytu u Zekego. Wydawało się, że minęły całe wieki, odkąd stał na swoim pasie startowym nad cichą, szeroką rzeką. Nie ryzykował wiele. Jeśli jest tak, jak twierdził Arvani, dokona prostego przejścia. Może nawet nie zgarnie pryzu, tylko zrobi sobie krótką wycieczkę. Gdyby poczuł się zbyt słaby, zawróci, nie przechodząc przez zasłonę. Jeśli natomiast Arvani się myli, pas po prostu się nie otworzy.

Przymknął powieki i zaczął się koncentrować.

– Poczekaj. – Jonas położył mu dłoń na ramieniu. – Wędrowałeś tak długo, żeby zdobyć lekarstwo dla tej małej Miriam. Spróbuj zrobić to teraz.

Berg spojrzał zdziwiony.

– Niby jak? – spytał. – Nie mieli go w Zakonie, nie mieli w Górnym Świecie. Skąd mam wiedzieć, gdzie szukać?

– Jest w posiadaniu Mistrzów Blasku – powiedział Arvani. – Jeśli będziesz tego pragnął, znajdziesz je. Zaufaj mi. Spróbuj. No dalej. Walcz, Grabieżco.

Lars westchnął. Nie bardzo czuł się na siłach walczyć. Ale blada, mizerna Miriam stanęła mu nagle przed oczami. Ściskała w patykowatych rękach szmacianą lalkę Mizię.

Dobra, pomyślał. Zrobię, co obiecałem.

Zamknął oczy.

Pas startowy pojawił się natychmiast. Lars stał na wysokim przeciwpowodziowym wale. W trawie szaleńczo cykały świerszcze, pachniało wodą z rzeki i wiosennym wiatrem. Grabieżca odetchnął głęboko.

Jak mogłem bez tego żyć? – zapytał sam siebie.

Zaczął biec. Już po kilku krokach stopy oderwały się od ziemi. Berg wystrzelił w górę, między śmiejące się, wirujące gwiazdy. Ale tym razem przejście przebiegało inaczej. Szybował spokojnie i pewnie przez miękką, podatną ciemność. Biała tafla pojawiła się pod nim, migocząc blado.

Poderwał głowę. Poczuł je, podobnie jak przedtem zapach złej wody. Było tam, za opalizującą mgłą. Lekarstwo dla Miriam. Zniżył się, zawisł nad samą taflą. Bez trudu przeniknął wzrokiem bladą zasłonę. I zobaczył pudełko z talizmanami uzdrawiającymi. Wyglądały zupełnie inaczej niż zwyczajne. Długie, owalne, rubinowe niczym dobre wino.

To te, pomyślał i nie poczuł najmniejszej niepewności. Po prostu wiedział.

Stały w wąskim, drewnianym pudełku wraz z innymi lekami u stóp posągu białej bogini o kruczej głowie.

W ciasnym pomieszczeniu śmierdziało dymem z kadzideł i świeżą krwią. Dwie adeptki kręciły się po komnacie, ćwiartując ofiarne mięso dla bóstwa i układając dary.

Blizna po tatuażu nie zaćmiła nawet. Berg uważnie oglądał pomieszczenie. Nie było pułapek. Nie martwił się, że którąś przeoczył. Po prostu wiedział. Widocznie zdziry czuły się tutaj zbyt pewnie, żeby się zabezpieczać. W końcu były w sercu swego dominium. W swoim parszywym krwawym gniazdku.

Lars uśmiechnął się paskudnym wilczym uśmiechem. Wiedział już, gdzie jest. W chramie Czarnej, w najświętszym miejscu, gdzie czczono posąg bogini. Patronowała truciznom i klątwom. A także lekarstwom na najcięższe choroby. Musiał więc trafić do dominium Mistrzyni Igieł. Jednej z trzech kobiet pośród Mistrzów Blasku.

Odtrutka na szarą bombę leżała sobie spokojnie na postumencie, skrapiana właśnie świeżą krwią przez wyższą z adeptek. Ludzką krwią. Lars nie miał wątpliwości. Pachniała zamordowanym w męczarniach, przerażonym, ogarniętym rozpaczą człowiekiem.

Berg wyszczerzył zęby niby rozzłoszczone zwierzę.

– No, suki – warknął. – Teraz się pobawimy.

Gniew wrzał w nim jak paliwo w lampie Aladyna, poczucie mocy było tak potężne, że niemal rozrywało klatkę piersiową. Nie czuł najmniejszego lęku. Gdyby chciał, mógłby roznieść w drzazgi cały ten pieprzony chram.

Spadł na taflę białej mgły niczym sokół na królika. Wylądował miękko tuż przed posągiem. Kopniakiem posłał na podłogę misę z krwią i mięsem. Kapłanki wrzasnęły ze strachu i złości. Twarz wyższej wykrzywiła wściekłość. Krzyknęła ostro, wyciągnęła dłoń i uderzyła w Larsa strugą mocy. Odbił ją z łatwością, jak dorosły odbija przedmiot ciśnięty przez niemowlę. Spojrzał w chudą, owiniętą chustami twarz, zmusił przeciwniczkę, żeby nie odwracała wzroku. Gapiła się na niego niby mysz na kobrę. Uderzył. Wszystkie zasłony natychmiast pękły, miękkie, ciemne jądro rozprysło się niczym rozdeptana wiśnia. Kobieta krzyknęła i padła na ziemię. Z pewnością nie żyła. Z uszu, nosa, ust i oczu buchała krew.

Druga kapłanka skuliła się pod ścianą. Patrzyła na Berga nienawistnie czarnymi paciorkami oczu. Mamrotała coś pośpiesznie, splatając palce. Obrócił się wściekły, nabuzowany gniewem i oszałamiającym poczuciem siły.

– Nie boję się twoich klątw, kobieto – warknął.

Zasyczała jakoś tak po kociemu i cisnęła w niego wiązkę mocy. Czystą i precyzyjną jak sztylet. Była doskonale wyszkoloną adeptką. Gdyby walczyła z dawnym Bergiem, prawdopodobnie by go zabiła. Ale nie teraz. Trafiony, poczuł ból i zawrót głowy, ale to tylko wzmogło furię.

– Zdychaj, suko! – krzyknął.

W czarnych oczach zapłonął lęk. Kapłanka przywarła plecami do ściany, wyciągnęła dłoń, żeby uderzyć znowu. Nie zdążyła. Berg grzmotnął ją potężną siłą. Nawet nie poczuł oporu. Przebił się na wylot niczym przez galaretę. Błękitna, jaśniejąca błyskawica przepłynęła w powietrzu. Biała suknia kobiety w jednej chwili pokryła się szkarłatem. Przez dziury w tkaninie, niby obrzydliwe kły, przebijały się połamane żebra. Głowa opadła na ramię. Krwawa miazga, w którą zamieniła się twarz, przywodziła na myśl maskę wyjątkowo brzydkiego demona.

Berg stał, dysząc ciężko. Ochłonął już nieco, szalona wściekłość wygasła.

– Jezuniu – jęknął. – Można od tego odjechać, nie ma co.

Podłogę w sanktuarium pokrywała śliska, ostro cuchnąca warstwa posoki. Berg podniósł wzrok, spojrzał na krucze oblicze bogini. Nieprzyjemnie przypominało maski dziobatych doktorów.

– Dobrze się bawiłaś? – warknął. – Bo ja świetnie.

Zabrał pudełko z postumentu, wsadził sobie pod pachę. Wystarczyły trzy kroki, żeby znów wystartował między gwiazdy.

Arvani siedział na skórach obok upośledzonej dziewczynki. Leżała martwo, jakby popadła w trans. Jonas głaskał ją po włosach.

– Zasnęła – powiedział na widok Larsa. – Fajnie było?

– Nie wiem – mruknął Grabieżca. – Inaczej.

Położył na ziemi pudło z lekarstwami. Nie zmieniło się zbytnio. Zmniejszyło się nieco, dostało wygodne, mocne zatrzaski i parciany pasek do przerzucania przez ramię.

No, Miriam z Czajnika, pomyślał. Oddam ci twoje życie, zgodnie z obietnicą. Nie będę niósł tego ciężaru na karku do końca świata. Zostaniesz szczęśliwą krawcową albo kim tam zechcesz. A ja już nie będę widywał twego

widma, gapiącego się na mnie oczami bardziej pustymi niż u twojej szmacianej Mizi.

Rubinowe talizmany leżały w wyściełanym aksamitem wnętrzu skrzyneczki. Niosły w sobie spokój i ulgę, jakich nie doświadczał od dawna.

Usiadł ciężko obok Arvaniego. Czuł się trochę zmęczony i dziwnie nieswój. Jonas patrzył na niego uważnie.

– Przywykniesz – stwierdził. – Tylko nie daj się ponieść mocy, bo cię załatwią jak mnie.

Wyszczerzył zęby.

Lars patrzył na czubki własnych butów.

– Czy to się w ogóle da kontrolować? – mruknął z powątpiewaniem.

– Jasne, że tak. – Arvani skinął głową. – Jesteś Grabieżcą. Postępuj według zasad, których cię uczyli w gildii. Uważaj na emocje i nie pozwól sobie odjechać.

Berg uśmiechnął się krzywo.

– Chyba właśnie pozwoliłem – przyznał się.

– Ale wróciłeś żywy. – Jonas uśmiechnął się krzepiąco. – Z cennym pryzem. Jesteś pewien, że to właściwe lekarstwo?

Lars nie musiał się zastanawiać.

– Pewnie. Poczułem już po starcie. Prowadziło mnie prosto jak po sznurku.

– Mówiłem – ucieszył się Arvani.

Lars spojrzał mu w żółte oczy.

– Słuchaj – zaczął. – Dużo teraz potrafię. Gdybym chciał przekazać komuś wiadomość... Prostą, że nic mi nie jest i wracam...

Jonas zaśmiał się cicho.

– Wiedźmie? Nic prostszego. Posłuż się starym jak świat sposobem. Pokaż się jej we śnie.

– Fajnie – burknął Lars. – Mam wypchać poduszkę liśćmi bluszczu i zasypiając, myśleć o adresacie. Bawiłem się w to w dzieciństwie. Nie działa.

Arvani potrząsnął głową.

– Głupi sposób. Skoncentruj się, tak jakbyś chciał wejść do ogrodu, ale idź po prostu do jej domu, do sypialni. Przecież znasz drogę.

Uśmiechnął się znacząco.

Berg popatrzył na niego krzywo.

– A mamy noc? – zapytał.

Arvani westchnął.

– Tak, Bergerson. Mamy noc. Ruszaj.

Lars zamknął oczy.

Dużo dziś tych podróży, pomyślał. Wywołał przed oczami obraz domu Amber. Pojawił się błyskawicznie, realny, jak to bywa tylko w snach. Lars stał w ogrodzie, na tyłach. Ostrożnie nacisnął klamkę i otworzył drzwi, mimo że były zamknięte od wewnątrz. Widział wyraźnie klucz po drugiej stronie zamka, patrząc przez drewno drzwi niczym przez mydlane szkło.

Cicho wspiął się po schodach. Czuł się jak widmo i tak właśnie wyglądał. Przez dłoń opartą na poręczy prześwitywało wyślizgane, gładkie drewno.

Wszedł do sypialni. Amber spała skulona na łóżku, w asyście trzech futrzanych kłębków. Na widok Berga wszystkie podniosły pyszczki. W ciemności świeciły fosforycznie kocie oczy.

– Ciii – szepnął Grabieżca. – To ja.

– Mruuu? – zdziwił się Filo.

Lars patrzył przez chwilę na śpiącą dziewczynę. Wyglądała krucho i pięknie niby sen. Uśmiechnął się.

– Amber – szepnął. – Przyszedłem, skarbie. Widzisz mnie?

Uniosła głowę, zamrugała, zaspana. Czerwone włosy rozsypały się po poduszce.

– Berg? – zawołała. – To naprawdę ty?! Co się stało?!

– Nic – zapewnił ją. – Znalazłem Zakon i Drzewo. A teraz wracam, kochanie.

Usiadła na łóżku, wyciągnęła ręce. Chciał je pochwycić, ale przeleciały mu przez dłonie niczym dym. Amber zaśmiała się radośnie.

– Nie da rady. Zapomniałam, że jesteś zjawą.

– Już niedługo – obiecał. – Niedługo będę w domu.

– Cudownie – ucieszyła się. – Wierzyłam, że wszystko się uda, ale trochę się denerwowałam.

Obraz zafalował nagle. Łóżko zawirowało, czerwone włosy wiedźmy zafurkotały jak płomień.

– Musisz wracać – zawołała. – Szybko, uciekaj. Kocham cię. Będę czekać.

– Ja też cię kocham – powiedział. – Pamiętaj, to nie sen. Postaw sobie karty, kiedy tylko się obudzisz. Zobaczysz w nich więcej. Idę do domu, skarbie. Wszystko się udało. Niedługo wrócę.

– Dobrze – szepnęła ruda, wirująca chmura. – Będę codziennie wychodzić do portu. Wracaj szczęśliwie. Nie martw się...

– Jeśli będę mógł, wyślę wiadomość z Zakonu – zawołał i wszystko rozsypało się w pył.

Zawrót głowy był tak silny, że musiał otworzyć oczy. Przez srebrne i błękitne rozbłyski zobaczył postać Arvaniego. Szaman uśmiechał się.

– Nie przemęczaj się. Przekazywanie wiadomości jest trudne i kosztuje dużo energii. – Spoważniał. – Berg, zaraz zacznie świtać. Muszę iść. Ty też powinieneś opuścić wioskę. Nie bój się zgniłej wody. Tym razem nie będziesz chorować. Matka Gwiazd da ci prowiant. Suszone mięso, ser, wędzoną słoninę. Niedobre, ale przetrwasz na tym bagna. Lisy przyjmą cię jak wielkiego szamana i bohatera. Uratowałeś od śmierci jedyne dziecko ich wodza. Zaprowadzą cię do Zakonu. Tam odpocznij kilka dni. Exe dobrze cię wyposaży. Wracaj do domu, Berg. I zrób, co możesz, żeby rozpieprzyć drani na strzępy.

Wyciągnął dłoń.

Berg uścisnął ją mocno.

– Dzięki – powiedział. – Jesteś porządnym facetem jak na wielkiego szamana i legendę Grabieżców.

Arvani się uśmiechnął.

– Ty też będziesz wielkim szamanem i legendą. Lisy już śpiewają o tobie pieśni. Pewnie cię którąś uraczą. Staraj się wytrzymać. – Westchnął. – Nawet nie wiesz, jak chciałbym móc pójść z tobą.

Berg skinął głową.

– Chyba wiem, przyjacielu.

– Uważaj na moc. Kontroluj ją – napomniał go Jonas poważnie. – Powodzenia, Grabieżco.

– Ty też się trzymaj. Odwiedzisz mnie kiedyś?

Arvani uśmiechnął się blado.

– We śnie, Berg. Może.

Wyszli razem z chaty. Tuż za progiem Arvani rozpłynął się nagle w powietrzu.

Nad wioską wstawał biały, mglisty świt. Niebo miało barwę spranego płótna. Berg odetchnął czystym, zimnym powietrzem. Żółty kundel podpełzł, powarkując, i obwąchawszy Grabieżcy buty, przypadł do ziemi i wycofał się z podkulonym ogonem.

Lars go nie zauważył. Wpatrywał się w sinawy, daleki horyzont. Uśmiechnął się lekko.

– Czas do domu, Bergerson – powiedział cicho.

Matka Gwiazd stała w progu chaty i odprowadzała wzrokiem odchodzącego wybrańca. Dziękowała duchom, że przybył i że mogła go zobaczyć. Czuła potężną moc, jaka biła od tego wysokiego, dziwnego mężczyzny.

To wielki szaman, pomyślała. Wskrzesiciel. Przywróci dawny porządek. Scali rozwarstwiony świat. Wielki szaman. Duchy są bardzo łaskawe. Tej nocy w chacie mojej córki nocowało aż dwóch potężnych szamanów. Trzeba złożyć dary w podzięce.

Cięgło przepchnął się obok niej, ziewając szeroko. Popatrzył z niechęcią na oddalającą się sylwetkę obcego.

Nie lubił obcych. Bał się ich. I żałował najlepszego mięsa i sera, które matka dała na drogę człowiekowi mocy.

Po co tu przyłażą? – pomyślał. Jeszcze sprowadzą nieszczęście.

– Szkoda dla niego jedzenia – powiedział zaczepnie. – Nie przejdzie przez mokrą ziemię. Sterczą mu wszystkie żebra, jak staremu reniferowi. Mokra ziemia go wciągnie. To zdechlak.

Zatoczył się, bo Matka Gwiazd uderzyła go pięścią w szczękę.

– Głupku – prychnęła wściekle. – Obrażasz duchy. Obrażasz człowieka mocy. Najpotężniejszego, jakiego w życiu widziałam. Takim gadaniem wywołasz gniew świętego słupa.

Cięgło, mamrocząc przekleństwa, wycofał się do chaty.

Matka Gwiazd westchnęła ciężko.

Dobre duchy, pomyślała. *Dziękuję, że pozwoliłyście mi ujrzeć Wskrzesiciela. Tylko dlaczego pokarałyście mnie głupim synem?*

Sięgnęła po wiadro i kolebiąc się, ruszyła po wodę.

Koniec

foto © Fabryka Słów

Maja Lidia Kossakowska

Od dzieciństwa marzyła, że kiedyś zostanie reżyserem. Równie silnie pragnęła zostać lalkarzem, rzeźbiarzem i archeologiem. Zwiedzanie uroczych starych miasteczek (z częstymi postojami w małych, tradycyjnych knajpkach), patrzenie na morze, spacery plażą, malowanie obrazów, szycie lalek i grzebanie w starociach to do dziś jej ulubiony sposób spędzania wolnego czasu.

Jej wrażliwość ukształtowała się podczas nauki w liceum plastycznym, w trakcie studiów archeologicznych i nade wszystko dzięki lekturom. Bo dom Kossakowskich był zawsze pełen książek i bez czytania nikt z rodu nie mógłby się obejść.

Archeologia nauczyła ją odkrywać i odtwarzać światy, rozbudowała wyobraźnię, nauczyła myślenia fabularnego, które umiejętnie wykorzystała, realizując dokumentalne programy telewizyjne i podejmując pierwsze próby literackie.

Nie zapomni dnia, w którym po raz pierwszy ujrzała swój tekst w druku. Tego się nie da z niczym porównać. To uzależnia i determinuje plany. Dzisiaj w jej życiu dominuje literatura, która z pasji przerodziła się w sposób na życie i pracę.

Lubi w swoich powieściach eksperymentować ze stylem i gatunkami. Zawsze jednak przywiązuje wagę do szczegółów – starannie rozpisuje poszczególne rozdziały i sceny, jest do bólu dokładna i konsekwentna w swoich postanowieniach.

Chętnie ucieka od miasta i pracy. Ma nieduży letni domek, w którym czuje się naprawdę u siebie i na właściwym miejscu.

Książki Mai Lidii Kossakowskiej
wydane nakładem
naszego wydawnictwa:

Żarna niebios
Siewca Wiatru
Zbieracz Burz – tom 1
Zbieracz Burz – tom 2
Bramy Światłości – tom 1

Upiór Południa. Czerń
Upiór Południa. Pamięć Umarłych
Upiór Południa. Burzowe Kocię
Upiór Południa. Czas Mgieł

Zakon Krańca Świata – tom 1
Zakon Krańca Świata – tom 2

Takeshi 1. Cień Śmierci
Takeshi 2. Taniec Tygrysa

Grillbar Galaktyka

Więzy Krwi

Ruda Sfora

Siewca Wiatru
Zbieracz Burz
Zbieracz Burz tom II
Bramy Światłości tom I
KOSSAKOWSKA
Maja Lidia
Pamięć umarłych
Burzowe
Czas mgieł
Upiór Południa
Zakon Krańca Świata
Zakon Krańca Świata tom II
Takeshi Cień Śmierci
Takeshi 2 Taniec Tygrysa
Grillbar Galaktyka
Wiedźmy Krwi
Ruda Sfora

fabryka słów®
WYDAWNICTWO

WYDAWCA
Fabryka Słów sp. z o.o.
20-834 Lublin, ul. Irysowa 25a
tel.: 81 524 08 88, faks: 81 524 08 91
www.fabrykaslow.com.pl
e-mail: biuro@fabrykaslow.com.pl
www.facebook.com/fabryka

SPRZEDAŻ INTERNETOWA
swiatksiazki.pl

ZAMÓWIENIA HURTOWE
firma księgarska fk J&K Olesiejuk
Firma Księgarska Olesiejuk sp. z o.o. sp.j.
05-850 Ożarów Mazowiecki,
ul. Poznańska 91
tel./faks: 22 721 30 00
www.olesiejuk.pl,
e-mail: hurt@olesiejuk.pl

DRUK I OPRAWA
OPOLGRAF s.a.
www.opolgraf.com.pl

PROJEKT I ADIUSTACJA AUTORSKA WYDANIA
Eryk Górski, Robert Łakuta

ILUSTRACJA NA OKŁADCE
Dark Crayon

PROJEKT OKŁADKI
Dark Crayon, black gear Paweł Zaręba

ILUSTRACJE
Dominik Broniek

REDAKCJA
Dominika Repeczko

KOREKTA
Celina Nikolska

SKŁAD
„Grafficon" Konrad Kućmiński

Wydanie III

ISBN 978-83-7964-270-0

/ fabrykaslow
/ fabryka